KB262532

결정적인 책들

* 이 책의 인세 수익금은 지구촌 어려운 어린이들을 위해 유니세프(UNICEF) 한국위원회에 기부됩니다.

결정적인 책들

왕상한 교수, 내 인생의 책을 말하다

은행나무

대학 교수들이 가장 많이 받는 공통적인 질문이 무엇일까. 1996년 서강대 교수로 부임한 이래 수시로 받는 질문이 있다. KBS 'TV 책을 말하다'를 진행하면서 더욱 많아진 질문이다.

"지금까지 가장 감명 깊게 읽은 책은 뭔가요?"
"후학들에게 가장 추천하고 싶은 책이 뭔가요?"

그 답을 모아 책을 펴낸다. 원고를 완성하고 서문을 쓰는 지금 어린 시절, 도서관에 가 있는 내 모습이 떠오른다. 그 때의 난 몹시 작고, 왜소하고, 외로웠다. 지금도 그렇지만 그때도 마치 하루밖에 살지 못하는 하루살이처럼 바쁘게 세상을 날아다녔고, 반짝거리며 빛나는 것에 나방처럼 달려드느라 꽤나 지친 삶을 살았다. 그리고 그런 삶에 지칠 때마다 난 도서관을 찾았다.

특히 오래되고 사람들이 잘 찾지 않는 책들이 모인 곳에 서서 퀴퀴

한 냄새를 맡으며 한동안 서 있곤 했다. 내가 태어나기도 전에 내가 알 수 없는 어떤 곳으로부터 일어난 일들이 적힌 책들을 호흡으로 먼저 느끼고 싶었던 것 같다. 까불거리고, 사고뭉치에, 고집스럽기까지 한 내가 유일하게 조용하고 겸손해지는 순간이었다고 할까?

도서관은 내가 '무한'이라는 개념을 처음 익힌 곳이기도 하다. 이 많은 문자, 이 많은 이야기, 이 많은 의미들을 내가 과연 죽기 전에 다 접하고 읽고 이해하고 공감할 수 있을까… 하는 그 광활하고 무한한 느낌을 나는 책 앞에서 처음 느꼈던 것 같다.

지금의 내가 될 수 있었던 건 책의 힘이라고 할 수밖에 없다. 그리고 그 책의 힘을 믿기에 지금도 가능하면 자주 책 앞에 선다. 겸손함을 잊지 않기 위해서다.

사람이 태어나 생을 다하기까지 누구나 참 많은 일들을 겪는다. 살아볼수록 어려운 인생, 그 끝없는 바다에서 표류하지 않기 위해 반드시 필요한 건 나침반이 아닐까? 인생의 나침반은 바로 책이다.

또 다짐하게 된다. 그리고 이 책을 읽는 당신이 선뜻 좌표를 읽지 못한다면 한 번쯤 참고하기를 바라는 마음에서 나의 북리스트를 공개한다. 가능하면 너무 인문학에 치우치지 않으려 했다. 가능하면 너무 소설에 쏠리지 않으려 했다. 그렇게 모은 책들이 균형을 이루었는지 여부에 대한 평가는 독자의 몫이다.

너무나도 개인적이고, 지극히 주관적인 나의 감상평이지만, 한 사람의 마음을 이 정도로 울린 책들이라면 누군가에게도 어느 정도의 반향은 일으킬 수 있을 것으로 믿는다. 책 속에서 깨닫고, 책으로 인해 나아지는 것. 때로는 투병기 같을 것이고, 때로는 반성문 같은 나의 제멋대로 독후감이 오늘 당신에게 새로운 책 한 권을 만날 수 있게 한다면, 또는 이미 읽은 책을 다시 한 번 읽게 한다면 참 좋겠다.

첫 대중서《딸에게 쓰는 편지》는 첫 딸 민과 함께 살아갈 지구촌 어려운 어린이들을 위해, 그리고 지금 이 책은 둘째 딸 유와 함께 살아갈 지구촌 어려운 어린이들을 위해 인세 수익금 전액을 유니세프에 기부한다. 앞으로 내가 몇 권의 책을 더 쓰게 될지 모르지만, 그 모든 책의 인세 수익금도 유니세프에 전액 기부될 것이다. 내 딸 민과 유가 '다르다'와 '틀렸다'가 절대로 같은 말이 아니라는 사실에 공감하고, 친구가 넘어지면 일으켜 주고, 울먹이는 친구가 있으면 등을 토닥여 줄 수 있는 그런 사람으로 자라주면 좋겠다.

건강이 예전만 못한 부모님 생각에 하루에도 몇 번씩 가슴이 먹먹하다. 아내에게 좋은 남편이지 못해 미안한 마음을 이렇게 글로만 표현하는 나는 참 모자란 남편이다.

2010년 깊어가는 가을
민, 유가 세상에서 가장 사랑하는 사람이고 싶은 왕상한

02 사랑, 지구에서 나를 서 있게 하는 힘

민, 유와 함께 살아갈
지구촌 어려운 어린이들을 위해

01
내 안의 무언가, 흔들리다

누구나 어린 시절을 떠올리면 생각나는 어떤 이미지가 있을 것이다. 기억에 남는 친구가 있을 것이고, 심취했던 놀이가 있을 것이고, 추억 속으로 빨려 들어가게 만드는 물건이 있을 것이다. 나의 어린 시절 이미지를 단어로 말하자면 '개고기'다.

개고기. 보신탕 재료의 뜻도 있지만 성질이 고약하고 막된 사람을 속되게 이르는 의미도 있다. 철모르는 어린아이를 그렇게까지 부르는 게 좀 심하다 싶지만, 스스로 내 어린 시절을 들이켜 생각해 보아도 이 부분에서는 별로 할 말이 없다. 그 정도로 나는 상상을 초월하는 개구쟁이였다. 이런 개구쟁이 기질 때문에 내 별명은 '개고기'부터 '망나니'까지로 이어지더니 급기야 중학교 1학년 때 과외선생님은 사자성어를 붙여 나를 부르기에 이르렀다. 천하견육(天下犬肉). 이름 하여 천하의 개고기라는 뜻이다. 선생님을 얼마나 못살게 했으면 이런 별명까지 하사 받았을까.

나의 주 무대는 종로구 행촌동이었다. 그곳에서 경기국민학교를 다닌 나는 행촌동 일대 동네를 몇 바퀴씩이나 돌아다니며 온갖 참견과 싸움질을 일삼았다. 그렇기에 당연히 집으로 돌아오는 길엔 늘 다리가 아플 수밖에 없었다. 뛰어다니기만 하면 그래도 다행이었다. 한 번은 담장에 앉은 잠자리가 하도 안 움직여서 나도 덩달아 꼼짝도 안 하고 '네가 먼저 움직이나, 내가 먼저 움직이나 해보자!'하다가 오줌을 지린 적도 있었다.

극성맞은 성격 때문에 천천히 걸어서 가도 될 언덕을 늘 숨이 차오를 때까지 뛰어 올라가기 일쑤였다. 마찬가지로 손에 책을 잡았다 하면 앉은 자리에서 끝까지 다 읽어야만 직성이 풀렸던 성격 탓에 어린 나이치고는 여러 권의 책을 읽을 수 있었다. 무슨 내용인지 정확하게 이해는 되지 않았지만 형과 누나 덕에 또래보다 문학을 일찍 접할 수 있었다.

철없이 그저 사고만 치고 다니던 시절, 나는 책 안에서 나와 똑같은 캐릭터 하나를 발견하게 된다. 말썽만 부리고, 어디 가서도 환영받지 못했던, 하지만 의리 하나는 끝내주는 개구쟁이. 바로《나의 라임 오렌지 나무》의 제제였다.

개구쟁이가 개구쟁이를 알아본 것이다. 나를 투영했던 제제의 에피소드들은 떠올릴 때마다 아직도 가슴 한 편을 뜨끈하게 만든다. 그렇기에 이 책의 첫 번째 자리를 내주어도 전혀 아쉽지 않은 개구쟁이 제제를 지금 소개할까 한다.

나의 라임 오렌지 나무

《나의 라임 오렌지 나무》는 어린 시절의 향수와 아련한 기억을 떠올리게 하는 책이다.

실직한 아버지, 공장에 다니는 어머니, 두 누나와 형과 함께 가난하게 살아가는 제제. 우리의 어린 시절이 그랬듯이 제제는 정말이지 찢어지게 가난하다. 감히 희망이라는 것을 가슴에 품어볼 수도 없는 상황이지만 아이들에게는 언제나 상상을 초월하는 능력이 있지 않은가? 제제는 그런 상황에서도 몽상가로서, 모험가로서의 자신의 인생을 포기할 줄 모른다.

어떤 때에는 철없는 어린아이였다가 또 어떤 상황에 부딪힐 때는 어른과 같은 생각을 하는 꼬마, 제제. 그 깊은 생각과 감수성은 읽는 이로 하여금 동심의 아름다움을 넘어서 공감을 이끌어내기에 충분했다.

어릴 때는 생명이 없는 사물에게 이름을 붙인다거나 대화를 나누는 일이 그렇게 드문 일이 아니지 않은가. 대부분 애지중지 아끼는 로봇이나 언젠가 특별한 날 심었던 나무에게 나도 모르게 말을 건넨 경험이 한 번쯤 있을 것이다. 제제 역시 마찬가지였다.

우리의 제제에게 이 대상은 바로 오렌지 나무인 밍기뉴였다. 그러나 자신에게 주어진 삶의 무게에 힘들어했던 제제의 가족들은 이러한 제제의 마음을 알아줄 리가 만무했다. 제제는 늘 외로웠고, 또 사람을 그리워했지만 언제나 자신 안으로 파고들 수밖에 없었다.

이런 공상가이자 개구쟁이인 제제는 어느 날 학교에 가다 말고 마누엘 발라다리스라는 포르투갈 사람의 차에 몰래 탔다가 들켜 큰 모욕을 당한다. 제제는 그날의 수모를 잊지 않으리라 불끈 다짐을 하면서 복수의 칼날을 갈게 된다. 이 부분에서는 양 볼에 심술로 바람이 빵빵하게 들어간 꼬맹이 제제가 절로 그려진다.

하지만 이 포르투갈 사람은 이렇게 복수혈전을 꿈꾸는 제제에게 오히려 도움의 손길을 내민다. 제제가 발을 다쳐 붕대를 감은 채 학교로 가는 것을 보고 병원으로 데리고 가서 치료를 받게 해주었던 것이다. 제제는 한순간에 그의 위치를 적에서 동지로 옮긴다. 너무도 아이 같은 감정의 이동이 아닐 수 없지만 후에 제제가 포르투가라고 부르며 아버지처럼 따르는 이 포르투갈 인이야 말로 제제에게 인생이 그렇게 고된 것만은 아니며, 또 마음만 나눌 수 있다면 어른이든 아이든 충분히 서로 친구가 될 수 있다는 것을 알려주는 진정한 베스트 프렌드가 된다.

하지만 언제나 그렇듯 신은 우리가 소중하게 생각하고 사랑하는 것을 제일 먼저 데려간다. 포르투가는 제제 곁에 오래 머물러주지 않는다. 끔찍한 열차 사고로 포르투가가 세상을 떠나자 제제는 짧은 인생 전체가 송두리째 흔들리는 것을 경험하게 된다.

어리다고 해서 마음속에 풀지 못한 응어리가 없는 것이 아니며, 어리다고 해서 누군가에게 이해받지 못해도 아무렇지 않은 것은 아니다. 오히려 어리기 때문에 누군가에게는 꼭 이해받고, 내가 하고 싶은 말과 생각이 무엇인지 꼭 설명해야 하는 것인지도 모른다. 하지만 우리는 어리다는 이유로 얼마나 많이 아이들의 의견이나 생각을 무시하고 고개를 돌렸던가.

나는 제제와 포르투가의 이야기를 읽으면서 인생의 어느 순간이라도 나에게 이러한 역할을 해주는 친구가 있다면 그것이야 말로 인생의 가장 큰 방향키를 잡은 것이 아닐까 생각하기도 했었다.

이렇게 제제의 가슴 속에 큰 나무와 같았던 포르투가가 떠나고 제제는 깊은 열병을 앓게 된다. 그 누구도 왜 이 어린아이가 고열에 시달리며 울고 있는지 몰랐다.

제제가 거리에서 노래 부르는 사람에게 배운 '나는 발가벗은 여자가 좋아'라는 유행가를 흥얼거리면서 돌아다니는 것을 들은 제제의 아버지는 제제를 야단치고 심지어 때리기까지 했다. 동네에서 제제가 그 노래를 부르면 아저씨들이 좋아했기 때문에 일상에 지친 아버지에게도 기쁨이 될 것이라고 기대했던 제제에게 돌아온 것은 혹독한 매질뿐이었던 것이다. 이렇게 순수한 제제의 마음에 입은 상처를 위로해 줬던 것도 바로 포르투가였다. 어른의 생각으로 제게를 바라봤던 것이 아니라 아이의 눈으로, 친구의 눈으로 제제를 바라봐줬던 포르투가.

제제는 상실과 사랑하는 사람의 부재를 어쩔 수 없이 지켜보는 것이 어른이 되는 첫 번째 관문임을 담담하게 받아들인다. 그리고 마치 우리 모두의 시계처럼 세월을 그대로 옮겨 담은 밍기뉴도 어느새 어른 나무가 되었다.

제제는 자신의 어린 시절과 작별하듯이 라임 오렌지 나무와 작별하게 된다. 아프지만 멋진 이별이다. 우리는 너무도 쉽게 한 번의 되새김질도 없이 유년기를 빠져나온다. 그렇기에 몸은 자라고 마음은 자라지 못해 방황하게 되는 것이다. 그래서 우리는 나이가 들어서도 이러한 책을 다시 읽고 또 생각에 잠겨 볼 필요가 있다. 그 시간의 나를 잊지 않기 위해서, 지금과는 비교도 할 수 없이 순수하지만 그 시간을 걸어 지금에 내가 된 것에 더욱 떳떳하기 위해서 말이다.

세월이 흘러 나이가 든 제제의 멋진 안녕을 옮겨본다.

마지막 고백

사랑하는 마누엘 발라다리스 씨, 오랜 세월이 흘렀습니다.

저는 마흔여덟 살이 되었습니다. 때로는 그리움 속에서 어린 시절이 계속되는 듯한 착각에 빠지곤 합니다. 언제라도 당신이 나타나셔서 제게 그림 딱지와 구슬을 주실 것만 같은 기분이 듭니다.

나의 사랑하는 포르투가, 제게 사랑을 가르쳐주신 분은 바로 당신이었습니다.

지금은 제가 구슬과 그림 딱지를 나누어주고 있습니다.

사랑 없는 삶이 무의미하다는 것을 알기 때문입니다. 때로는 제 안의 사랑에 만족하기도 하지만 누구나와 마찬가지로 절망할 때가 더 많습니다.

그 시절, 우리들만의 그 시절에는 미처 몰랐습니다. 먼 옛날 한 바보 왕자가 제단 앞에 엎드려 눈물을 글썽이며 이렇게 물었다는 것을 말입니다.

"왜 아이들은 철이 들어야만 하나요?"

사랑하는 포르투가, 저는 너무 일찍 철이 들었던 것 같습니다.

영원히 안녕히!

딸아이의 침대에 누워 어린이들을 위한 《나의 라임 오렌지 나무》를 다시 읽어준 기억이 난다. 아이는 이미 곤하게 잠들었지만 나는 작고 개구지게 생긴 제제를 물끄러미 바라봤었다. 포르투가에게 안녕을 고하는, 이제 다 자라 더 이상 사고도 치지 않고 순수하지만도 않은 제제. 나와 같아진 제제.

어린 시절을 관통했던 기억의 책을 나이가 들어 다시 읽는다는 것은 마법에 걸리는 것과 비슷한 경험일 것이다. 나는 이 책을 꺼내들 때마다 그 마법을 경험하곤 한다. 우리는 흔히 이미 경험한 것, 이미 읽은 책과 지식을 지나간 것이라고 치부하는 경향이 있는데 그것은 참으로 어리석은 생각이다.

그때 감동을 느꼈던 것은 언제 보아도 다시 감동적인 것이고, 그것을 현실에 맞게 재해석해 다시 나의 가슴으로 새겨 넣는다면 어떤 베스트셀러보다 더한 즐거움을 만끽할 수 있을 것이라고 나는 믿는다. 일 년, 혹은 십 년을 만나지 않았던 오래된 친구를 다시 만나게 되면 그 순간 마치 어제 만난 것처럼 나의 인생을 교통정리해 주는 느낌을 받듯이 말이다. 그리고 만약 다섯 번 이상 제제를 만나게 된다면 당신은 이제 마음 한편에 심어져 있는 우리의 오렌지 나무 옆에 앉아서 언제라도 나를 기다리는 친구를 알게 될 것이다.

홍당무

초등학교 시절 난 누군가와 싸우지 않은 날이 없었다. 주로 때리는 입장이었지만 맞을 때도 물론 있었다. 싸워서 이길 상대만 골라서 싸웠다면 맞는 경우가 많지 않았겠지만 내 주먹은 가끔 너무 말도 안 되게 정의를 원할 때가 있었다.

친구가 누군가로부터 맞았을 때, 친구가 가지고 놀던 공을 누군가가 뺏어갔을 때, 그리고 우리 반 여자애를 누군가가 괴롭힐 때 내 주먹은 그 주인공을 찾아 여지없이 날아갔다. 두 번 생각도 하지 않고 엉겨붙어 싸우는 나를 보고 오히려 피해를 입은 친구들도 의아해할 정도였다. 어린 마음에도 '웬 오버?'라는 생각이 들었던 모양이다. 무협지를 독파하며 영웅에 심취했던 것도 아닌데 돌이켜보면 왜 그렇게 항상 싸움의 중심에 있었는지 이상하기도 하다.

지금도 마찬가지겠지만 그때 역시 아이들 싸움이 아이들만의 싸움으로 끝나지는 않았다. 그렇기 때문에 내가 누군가를 때리면 맞은 아이의 어머니가 학교로 쫓아와 선생님과 함께 나를 몰아세우기 시작했고 그러면 나의 어머니는 학교로 불려가서 사과를 하셔야 했다. 어린 나이에도 친구의 어머니가 무섭다기보다 우리끼리 싸움에 어머니와 선생님까지 끌어들인 그놈이 얼마나 비겁해 보였던지……. 끝까지 눈을 흘기다가 십 분이면 끝날 훈계를 한 시간으로 늘리기도 했던 나였다.

이런 나의 어린 시절이 '주워 왔다'는 말로 점철된 것은 어찌 보면 당연한 결과였을지도 모른다. 가족, 친척, 이웃 사람 할 것 없이 나를 보면 진지하게 누가 길에 버린 것을 어머니가 불쌍하게 생각해 데려왔다고 말하곤 했다. 내가 눈 하나 깜짝 안 할 줄 알고 한 농담이었겠지만 어린 나로서는 들을 때마다 정체성을 심각하게 의심할 수밖에 없었다. 이런 말은 농담이든 진담이든 아이들에게는 절대로 해서는 안 된다고 생각한다. 지금은 웃으면서 이야기할 수 있지만 말이다.

내겐 두 살 위인 형이 있다. 그래서 자랄 때 새 옷을 입은 기억이 거의 없다. 고대광실 도련님이 아닌 다음에야 당연한 일일 테지만 주워 왔다는 소리를 들은 후에 물려받는 옷은 그 의미가 남달랐다. 물론 형은 심성이 고운 편이라 나를 위해 일부러 옷을 깨끗하게 입기도 하고 때로는 마음에 들지 않는다며 아예 안 입고 한참을 두었다가 체격이 작은 나를 위해 나중에 꺼내주기도 했다. 하지만 꼬일 대로 꼬인 내가 그것이라고 곱게 볼 턱이 없었다.

'동생이니까'가 아니라 '난 주워온 아이니까 형이 입던 옷을 입는 게 당연해'라는 생각을 했던 것이다. 이제야 말하지만 난 "주워 왔다"는 말이 꽤 오랫동안 가슴에 응어리로 박혔었다. 어린 마음에 얼마나 한이 맺혔으면 다섯 살 때였던가? 그 어린아이가 진짜 엄마를 찾겠다고 집을 나가기도 했다. 그렇지만 꼬맹이가 집을 나선들 갈 곳이 어디 있었겠는가? 코를 찔찔 흘리면서 울며불며 일단 나가긴 했는데 갈 곳은 없고, 그래서 들어간 곳이 마당에서 키으던 강아지 집이었다. 그때 강아지를 안고 얼마나 서럽게 울었던지……. 그 어린 마음에는 나를 버린 친부모를 찾아갈 삼만 리부터 당장 오늘 저녁 끼니까지 걱정이 아주 태산이었을 것이다.

다섯 살 때 이미 가출 아닌 가출을 감행한 내 간 크기로 봐서 어쩌면 개구쟁이의 삶은 예약해 놓은 것이 아니었나 싶기도 하다. 수업 시간에 폭음탄을 터뜨리질 않나, 교과서 밑에 만화책을 숨겨 보는 것은 개중에 점잖은 행동이었다. 자습 시간에 하라는 공부는 하지 않고 옆에 앉은 짝꿍과 책상 위에서 지우개 따먹기 놀이를 하기 일쑤였다. 생각해 보면 어쩜 그렇게 하지 말라는 짓만 골라서 했는지 모르겠다. 그리고 그 시절을 생각할 때면 이름보다 골칫덩어리, 개구쟁이로 불렸던 나와 맞먹는 적수가 나타나 놀랐던 추억의 책, 《홍당무》가 있다.

그래도 나름 애지중지 나를 키웠던 어머니가 홍당무에 나오는 주인공과 나를 비교해 내가 감정이입이 됐다고 하면 꽤 서운하실 것이다. 하지만 어렸을 때는 부잣집 도련님에 버르장머리 없는 녀석도 '나를 주워 온 건가? 왜 나만 이렇게 구박하는 걸까'라고 한 번쯤 생각할 것이다.

이 책은 작가인 쥘 르나르의 어린 시절을 바탕으로 한 책이다. 우리의 홍당무는 머리가 매우 빨갛고 얼굴에 주근깨가 범벅이 되어 있어 친구들은 물론이고 가족들까지 본래 이름을 기억하지 못하고 그저 홍당무라고 불린다.

근데 이 소년의 불쌍함은 가히 올리버 트위스트를 능가한다. 그것은 가족들이 소년을 놀리는 가장 큰 주축이기 때문이다.

홍당무가 언제나 하는 말은 "아무도 나를 사랑하지 않아"이다. 이것을 그냥 아이의 푸념이라고 넘기기엔 너무하다 싶은 일들도 있다. 위험한 일이나 무서운 일, 자신들이 하기 싫은 일들은 모두 홍당무 차지다. 늙은 고양이에게 마지막 우유를 주고 죽이는 일, 닭을 잡는 일 등을 홍당무가 하는 게 가족들은 당연하다고 생각한다. 그나마 아버지는 홍당무를 귀여워하지만 무서운 아내의 등쌀에 티도 못내는 형편이다. 홍당무의 어머니는 사악하다고 해도 과언이 아니다. 홍당무가 대소변을 가릴 줄 모르는 데도 요강을 넣어주지 않았으면서 이불에 실례를 하면 몰래 침대 아래 요강을 넣어두고는 왜 요강에 볼일을 보지 않았냐며 구박한다. 가장 경악을 금치 못했던 것은 이불에 실수로 큰 볼일을 봤을 때 그걸 수프에 풀어서 먹이는 장면이었다. 이쯤 되면 누구나 '이 엄마, 계모 아냐?' 그런 생각을 하기 마련이다. 하지만 이런 기대와는 달리 그녀는 분명 친엄마다. 그래서 더 입이 떡 벌어질 수밖에 없다. 그러나 더욱 마음 아픈 것은 그런 엄마지만 사랑받고 싶어 하는 홍당무의 마음이다. 하지만 이 책은 이러한 서글픔을 사실 그대로 풀어내면서 그 슬픔을 똑바로 바라보게 만드는 힘이 있다.

홍당무라는 끔찍한 별명이 이름처럼 딱 붙어 있는데 오줌싸개라는 별명까지 덧붙이고 싶지는 않았는지 스스로 '오줌을 절대로 싸지 않겠다'고 다짐하는 문구가 있는데 이 부분을 보면서 역시 아이답다는 생각이 들었다.

이게 무슨 꼴이람!

홍당무는 꿈을 꾸면서 담장 모서리에 쉬를 했는데,

사실은 그게 담장이 아니라 깨끗이 빤 침대 시트였던 것입니다.

르픽 부인은 화가 치밀어 오르는 것을 참고, 말없이 오줌을 닦아 냈습니다.

그 다음부터 홍당무는 매일 밤 무척 조심했습니다.

밤마다 홍당무는 자신에게 물었습니다.

'마려우냐, 마렵지 않으냐?'

햄릿의 명대사 '사느냐 죽느냐, 이것이 문제로다'에 견줄 만한 문장이 아닌가?

가족뿐만 아니라 그 누구에게도 사랑을 받지 못하는 홍당무는 그런 구박에 점점 무뎌져간다. 하지만 우리의 홍당무에게 완전한 절망이란 없다. 우울하고 내성적이고 염세적이기까지 한 홍당무지만 자기 나름의 방식으로 생을 극복해 나가는 모습을 보여준다. 나도 홍당무와 비슷한 나이에 이 책을 읽었지만, 어린 마음에도 얼마나 그 처지가 불쌍하고 말도 안 되게 공감이 되었던지 모른다.

'붉은 뺨'이라는 장에서 홍당무는 기숙학교에서 마르소와 한 방을 쓰게 된다. 마르소는 뺨이 발그레하게 달아오르곤 해서 여자아이 같아 친구들에게 인기가 좋았다. 마르소는 그야말로 사랑받는 아이, 홍당무는 그렇지 못한 아이였던 것이다.

어느 날, 소등 시간에 감독 선생님이 마르소에 침대에 기대어 앉아 이마에 뽀뽀를 하는 것을 본 홍당무는 그 뒤로 마르소를 변태라고 놀리곤 했다. 그리고 결국 사감에게 두 사람이 이상한 짓을 하고 있다며 고자질하기에 이른다. 결국 그 선생님은 학교를 떠나면서 홍당무에게 소리친다.

"바보 꼬마 자식! 이제 네 속이 후련하냐?"

그러자 홍당무는 흥분해서 주먹으로 유리창을 깨면서 왜 마르소에게는 뽀뽀를 하면서 나에게는 뽀뽀를 안 했냐며, 손에서 철철 흐르는 피를 볼에 바르며 말한다.

"나도 말이야, 이렇게 하면 뺨에 붉은 기가 돌 수 있단 말이야!"

단지 한 번의 뽀뽀, 한 번의 관심…… 이것이 필요했던 홍당무의 외침이 내 가슴에도 어찌나 크게 울렸던지……. 책장을 덮고 나서도 한참이나 책을 가슴에 안고 있었던 기억이 난다.

아무리 어린아이라고 하지만 그들도 우리처럼 상처받을 수 있는 가슴이 있다는 것을 우리는 너무 쉽게 간과하고, 애들이니까 몰라도 된다는 말로 가책 없이 상처를 주고 있지는 않을까?

아이들이 말하는 언어를 어른들이 알아듣기란 참 어려운 일이긴 하다. 사실 입장을 바꿔놓고 생각해 보면 홍당무가 거의 유일하게 믿고 의지하는 가족인 아버지조차도 홍당무가 하는 생각이나 말을 제대로 이해하지 못하는 부분이 많다.

홍당무가 아버지께 쓴 편지에 보면,

아빠. 기쁜 소식을 알려드리겠습니다. 어금니 한 개가 또 났습니다.

하지만 아빠의 답장은,

홍당무야, 너의 이가 나오고 있을 바르 그 무렵에 나의 이가 한 개 흔들리기 시작하더니 어제 아침, 결국은 빠지고 말았구나.

혹은

홍당무야, 오늘 아침에 받은 너의 편지를 읽고 깜짝 놀랐다.
몇 번이나 연거푸 읽어보았으나, 뭐가 뭔지 도무지 알 수가 없구나.
너의 여느 때의 문장과도 다르고 말하고 있는 내용도 괴상망측해서 너에
게나 나에게도 전혀 딴판이라고 여겨지는 것뿐이다…… 대체 어째서 이
한겨울에 봄 이야기를 하는 거니? 무슨 뜻이냐? 목도리가 필요하다는 말
이냐?

답답한 아빠에게 보내는 홍당무의 답장이 또 가관이다.

아빠, 지난번 편지에 대해서 먼저 한 말씀 드리겠습니다.
이해를 못하신 것 같은데, 그것은 시입니다.

사랑하는 아빠에게, 이 세상에서 나를 그나마 조금이라도 사랑하고
이해하고 있다고 믿는 사람에게 보낸 시에 대한 답장이 저렇게 왔으니
우리의 홍당무가 시니컬해지지 않는 것이 오히려 이상할 정도였다.
삶이 고되다고 느낄 때, 나를 이해해 주는 사람 하나 없이 사막 한
가운데 떨어져 있다고 느낄 때, 즐거운 일을 찾는 것도 좋지만 나는 누
군가의 불행을 함께 느끼는 것도 좋은 극복 방법이라고 생각한다.
나보다 더 불행한 경우를 보며 만족하라는 것이 아니라 슬픔이나
불행, 고난을 겪는 주인공의 담담함을 지켜보는 것이 때로는 무언의 위

로가 되기도 하더라, 이 말이다. 홍당무는 마치 블랙코미디처럼 무덤덤하게 한 불행한 아이의 일상을 써내려가고 있다. 그 담담함으로 우리가 바라봐야 할 슬픔이 무엇인지, 또 우리가 아이들에게서 지켜줘야 할 것이 무엇인지도 함께 말하고 있는 훌륭한 소설이다.

더불어 아이에게 주어야 할 무조건적인 사랑이 얼마나 중요한지도 알게 된다. 아이는 무조건 아무 이유 없이 사랑하고 베풀고 보호해야 할 존재들이다. 내가 그런 사랑을 받고 자랐든 그렇지 못했든 그것은 이유가 되지 않는다.

아이들은 어른인 우리가 살고 있는 세상을 둘러싸고 있는 새하얀 벽이다. 그 벽이 나에게 아무런 영향도 주지 않는다고 생각할 수도 있지만 그 하얗고 여린 벽이 상처가 나고 더럽혀진다면 그 안에서 살아가는 우리가 어떻게 될지 늘 잊지 말아야 한다. 흔히들 왕상한이 소개하는 책은 어딘가 인문학적이고, 시쳇말로 젠체하는 책일 것이라고 기대하는가 보다. 하지만 나는 어린 시절, 또 훌쩍 자란 이후에도 정말 나를 흔든 책들의 감동을 전하고 싶다. 기라성 같은 작가와 학자들의 책에서도 감동과 여운을 느낄 수 있지만 분기별로 나를 이끌지는 못한다. 추억과 회한과 웃음이 있지도 않다. 물론 감정이입도 되지 않는다.

하지만 홍당무는 어린 나다. 내가 그 안에 있다. 사랑받지 못한다고 외톨이라고 울며 가방을 싸들고 나와 개집에 웅크리고 자던 내가 홍당무다. 당신에겐 그런 책 속의 주인공이 있는가? 당신의 홍당무는 누구인지 궁금해진다.

작가는 이 세상에 없지만 오래도록 우리의 가슴에 남아 있는 책이 있다. 무덤 속에서 '우물쭈물하다 내 이럴 줄 알았지'를 연발하는 대문호들의 책들이 따지고 보면 이렇게 복잡해진 세상을 살아가는 숨겨진 열쇠일지도 모른다. 지나고 보면 알게 되는 일, 꼭 지나 봐야만 알게 되는 일들이 있지 않은가?

나는 어린아이였을 때 감동을 받았던 소설을 나의 연대기 별로 차근차근 다시 읽는 것을 추천한다. 초등학교 시절 읽고 감동을 받았던 책을 중학교에 가서 다시 읽고, 고등학교, 대학교, 더 나아가 성인이 되어서도 십 년이나 오 년마다 한 번씩 다시 꺼내 읽으면 그 작품은 전혀 다른 새로운 의미가 더해져 가슴에 더 오래 남을 수 있다. 그리고 그렇게 하기에 이 책만큼 좋은 책이 어디 있을까 싶다. 우리 모두의 별에 사는 어린 왕자 말이다.

너무나도 잘 알려져 있다시피《어린 왕자》는 이 세상에 남아 있는 마지막 순수와 아름다움을 간직한 어린 왕자의 이야기를 담고 있다. 작가가 가진 인간애와 섬세한 관찰력이 돋보이는 이 작품은 내 마음이 얼마만큼 예전의 순수함을 찾을 수 있는지에 대한 가능성을 보여주고 있기도 하다.

이야기는 소행성 B-612에서 온 '어린 왕자'와 사막에 불시착한 비행기 조종사인 '나'의 만남으로부터 시작된다. 어린 왕자가 들려주는 일곱 행성에 사는 독특한 사람들의 이야기를 통해 삶에 있어 진정으로 중요하고 소중한 것이 무엇인지 알려주고 있기도 하다. 책을 읽는 동안 어느 사이엔가 나 또한 어린 왕자의 눈으로 세상의 단면을 바라보고 있음을 느낄 수 있었다.

어린 왕자는 여러 군상들이 살고 있는 별을 탐방하면서 이해하기 힘든 삶의 모습을 접하게 된다.

"아저씨 별은 아주 작으니까 세 발짝만 옮겨 놓으면 한 바퀴 돌 수 있잖아. 언제나 햇빛 속에 있으려면 천천히 걸어가기만 하면 되는 거야. 쉬고 싶을 때면 걸어가도록 해. 그럼 하루 해가 원하는 만큼 길어질 수 있을 거야."

일 분마다 '명령'이라는 이유로 가로등을 껐다 켜는 남자에게 어린 왕자가 한 이 말은 쳇바퀴 돌듯 일상을 살아내야 하는 우리에게 하는 말이고,

"머플러를 소유하고 있을 때는 그것을 목에 두르고 다닐 수가 있어. 또 꽃을 소유하고 있을 때는 그 꽃을 꺾어 가지고 다닐 수가 있고. 하지만 아저씨는 별들을 꺾을 수가 없잖아!"

오십억 개가 넘는 별들을 세고 또 세고, 적고 또 적으며 은행에 넣어두려는 실업가에게 한 이 말은 돈은 머플러나 꽃보다 우리에게 해줄 수 있는 것이 적다는 말이며,

"아저씨를 찬양해. 그런데 그게 아저씨에게 무슨 상관이 있지?"

아무도 없이 혼자 사는 별에서조차 누군가에게 찬양받기 위해 모자를 쓰고 꼿꼿이 서 있는 사람. 그것은 타인이 던지는 시선의 덧없음을 말해주고 있다. 그리고 내 인생을 뒤흔든 여우와의 대화.

"사람들은 이제 아무것도 알 시간이 없어졌어. 그들은 상점에서 이미 만들어져 있는 것들을 사거든. 그런데 친구를 파는 상점은 없으니까 사람들은 이제 친구가 없는 거지. 친구를 가지고 싶다면 나를 길들여줘."
"그럼 어떻게 해야 하는 거지?"
"참을성이 있어야 해. 우선 내게서 좀 떨어져서 이렇게 풀숲에 앉아 있어. 난 너를 곁눈질해 볼 거야. 넌 아무 말도 하지 마. 말은 오해의 근원이지. 날마다 넌 조금씩 더 가까이 다가앉을 수 있게 될 거야."
"언제나 같은 시각에 오는 게 더 좋을 거야. 이를테면, 네가 오후 네 시에 온다면 난 세 시부터 행복해지기 시작할 거야. 시간이 갈수록 난 점점 더 행복해지겠지. 네 시에는 흥분해서 안절부절 못할 거야. 그래서 행복이 얼마나 값진 것인가 알게 되겠지!"

관계를 맺고 서로에게 길들여지고, 그 익숙함으로 너를 기다리는 시간이 기꺼이 즐거울 수 있는 상태가 되는 것. 그것의 아름다움. 길들인 것에 대한 책임을 알아야만 감정이란 장미는 오래도록 나의 것이 될 수 있다는 것. 여우가 어린 왕자에게 알려준 빛나는 감정의 완성을 나는 아직도 기억하고 있다.

사실 우리가 읽었던 《어린 왕자》보다 우리의 이목을 끄는 것이 바로 작가인 생텍쥐페리의 인생이다. 그는 세계적으로 인기를 끈 책들을 냈지만 의문의 죽음을 맞게 된다. 작가로서의 삶보다 비행기 조종사로서의 삶을 더욱 열망했던 생텍쥐페리. 나는 그의 죽음으로 그의 삶과 작품을 더 잘 이해할 수 있었다고 생각한다.

단순하게 생각해 봐도 생텍쥐페리는 책상에 앉아 작품 구상만 해도 그 이름이 만방에 알려져 편한 삶을 살 수 있었다. 그럼에도 불구하고 자신의 열정이 부르는 일을 한다는 것은 정말 용기가 없이는 할 수 없는 일이다. 그렇게 생텍쥐페리는 정찰비행만 한다는 조건으로 비행중대에 복귀해 자신이 잘 아는 사부아 정찰이라는 이유를 들어 출동 순번이 아님에도 출동을 자원하기도 했고, 엔진 고장으로 격추 위기에 몰린 경험이 있으면서도 다시 비행에 나섰다. 그리고 어느 푸르고 맑던 날, 지중해에서 그는 정찰 임무를 띠고 비행을 나섰다가 독일 전투기에 의해 격추되고 만다.

그는 죽음 전에도 지시받은 항로를 벗어나 자신의 어린 시절 추억을 떠올릴 수 있는 안시 호수를 비행했다고 한다. 마지막 비행에서도 자신이 좋아하는 프로방스 지방으로 들어서자 정상적인 귀환 항로에서 서쪽으로 벗어났던 것 같다.

마흔네 살의 생텍쥐페리는 어디로 가고 싶었던 것일까? 그리고 무엇을 보고 싶었던 것일까? 자신을 위해 장미에 물을 주고 특정한 시간을 기다리는 여우를 찾아갔던 것일까? 창공을 가르며 오롯이 혼자만의 시간을 가지며 어린 시절을 그려 봤던 그는 마지막 순간에 어떤 생각을 했을까? 문득 그것이 궁금해진다.

《어린 왕자》는 단순히 어린 시절의 순수를 느끼게 해주는 책이 아니다. 지극히 깨끗하고 순수한 것에 나를 비추어 내가 사는 오늘을 읽게 해주는 책이다. 나는 해외에 나가면 늘 서점에 가서 각 나라의《어린 왕자》를 사 모으는 이상한 버릇이 있다. 알 수 없는 언어로 쓰인 익숙한 왕자의 그림을 보면서 공상의 나래를 펴는 시간이 너무나 좋다. 그리고 언제 펼쳐도 쑥! 하고 튀어나올 것 같은 여우와 그 이야기를 머릿속에 떠올려 보는 것도.

당신은 왕자의 어떤 이야기를 가장 좋아하는가? 체스의 말을 옮기듯 이 이야기가 더 좋다고, 저 이야기가 더 좋다고 이야기하고 싶지 않은가? 책장 속 오래된 왕자를 펼쳐 보고 싶지 않은가?

꽃들에게 희망을

대학에 들어가는 시기는 보통 특별한 경우가 아니면 성인이 되는 때와 맞물리게 된다. 요즘은 물론 고등학교도 목적이나 방향에 따라서 선택하는 경우도 많지만 아마도 대부분의 사람들은 대학을 본인의 생각과 부모님의 의견을 조율해서 선택하게 될 것이다. 이렇게 자연스럽게 십대로서의 생활이 막을 내리고 이십 대로 발을 내딛는 순간 마치 블랙홀에서 빠져나와 갑자기 대기권으로 던져지는 듯한 느낌을 받는다. 여기서 말하는 대기권의 공기란 갑자기 주어지는 자유를 말한다.

그렇게 매일 매일을 전쟁처럼 책과 시간과 친구와 싸우며 전쟁터에 나간 병사처럼 살던 내가 서울대라는 고지에 도착하자 내 주변의 모든 것들은 언제 그랬냐는 듯 고요해진 것만 같았다.

내 입장에서는 상황이 그렇게 쉽게 진정될 수 있다는 사실 자체가 약이 오르고 못마땅했다. 이렇게 시들-게 모든 것을 내 손에 쥐여줄 것이었다면 나는 무엇을 위해서 그렇게 기를 쓰고 공부를 했었나 하는 회의가 들기 시작했던 것이었다. 이런 마음이었으니 대학에 대한 기대도 신입생의 설렘 같은 것도 없었다. 공허함이 모든 것을 채웠다. 그렇게 시작한 대학 생활은 그래서일까, 돌이켜보면 별로 기억에 남은 것이 없다. 그래도 쥐어짜내자면 병원에 다니면서 알레르기를 치료한 정도랄까. 급격히 나빠진 몸은 입학을 하자마자 기다렸다는 듯이 즉시 신호를 보내왔다. 나는 완치도 없는 면역과의 싸움에 짜증이 나기 시작했다. 이건 아닌데, 이렇게 이십 대가 시작되는 것은 아닌데 하는 생각이 머릿속에서 떠나지를 않았다.

죽어라 공부해서 들어간 일류대학에서 공부를 열심히 하지도 않았고, 그렇다고 갑작스럽게 찾아온 해방감으로 미친 듯이 놀지도 않았다. 그냥 하루하루 무의미하게 보냈던 것 같다. 뒤돌아 생각해 보니 학력고사가 끝나던 날도 대학 입학식을 하던 날도 모두 뛸 것처럼 기쁘고 신이 날 법도 한데 난 그렇지 않았다. 그 모든 세레모니가 그저 '이거였나? 이것을 위해 그 많은 낮과 밤을 다람쥐 쳇바퀴 돌 듯 돌았었나?'라고 생각하니 허탈감만 더해질 뿐이었다. 막상 그토록 원하던 것을 얻었을 때의 느낌은 성취감이 아니라 허무함과 허탈감이었다. 구체적인 목표가 있어서가 아니라 그저 밑도 끝도 없이 해야만 했던 공부가 불러온 당연한 귀결이었는지도 모르겠다.

대입 학력고사가 끝나고 며칠 뒤 롯데백화점이 있는 소공동에 간 일이 있다. 그때 지하도에 들어가 출구를 찾지 못해 한 시간여를 헤맸다. 길 가는 사람한테 출구를 물어봤어도 됐는데 그때의 나는 그 정도의 숫기조차 없었다. 붐비는 지하도 안에서 어쩔 줄 몰라 이리 두리번, 저리 두리번거리는 나에게 밀려오는 사람들의 인파는 거대한 파도와 같아서 잠시 현기증까지 느껴졌다. 영화 〈트루먼 쇼〉의 주인공처럼 갑자기 무대 밖으로 끌려나온 기분이었다. 모두가 나를 스쳐가고 나는 길을 잃었다.

내가 학력고사를 치른 해엔 특히 수학이 어렵게 나왔다. 당시에는 300점 이상이면 고득점자라고 불렀는데 그런 고득점자가 전국에서 300명이 채 되지 않았다. 서울대 법대의 입학 정원이 364명이었고, 커트라인이 298점이었으므로 점수 순서대로 서울대 법대에 진학했다고 해도 과언이 아니다. 그리고 이 가운데 84명을 2학년에 올라갈 때 석차 순으로 탈락시키겠다고 했다.

그러니 대학 1학년 때 분위기가 어떠했을까. 대학 생활의 낭만, 캠퍼스의 추억은 그야말로 그림에 떡이었다. 그동안 마음을 나눌 친구 하나 만들지 못했던 못난 성정을 스스로 탓했던 나는 대학에 가면 마음껏 마음을 줄 수 있는 친구를 하나 만들어 보리라 다짐했다. 하지만 그 다짐은 보기 좋게 무너졌다.

입학 초 강의실에 가니 그동안 소문으로만 듣던 아이들을 눈으로 직접 확인할 수 있었다. "쟤가 수학의 천재라는 개야?", "저 녀석이 영어의 귀재라는 아무개구나", "저 아이가 제주도에서 항상 일등했던 아이라지" 등등. 그리고 이 제주도 아이가 바로 한나라당 원희룡 의원이다. 그는 그때 전국 수석을 차지했고 당연히 서울대 입학 수석과 법대 수석을 나란히 거머쥐었다. 그런 아이들을 한 자리에 모아놓고 서로 경쟁을 시켜 30%를 기계적으로 탈락시킨다고 하니 대학 생활은 고3 수험생 시절보다 더하면 더했지, 덜하지 않았다. 대학에 와서까지 옆에 앉은 친구가 행여 노트를 훔쳐볼까 가려가며 필기하는 그 모습에서 성적 벌레들을 한 자리에 모아놓고 또 다시 그런 벌레 짓을 하게 만든 전두환 정권의 허울 좋은 정책에 분노하지 않을 수 없었다. 기를 쓰고 들어온 대학이니만큼 상대평가제로 탈락되지 않도록 더 심한 성적 벌레가 되어야 했으니까.

그렇게 작고 편협한 세상 속에서 무엇을 향해 가는지, 내가 어디에 있는지도 모르던 나에게 희망을 전해준 노랗디노란 희망의 책이 바로 《꽃들에게 희망을》이다.

책값을 아끼기 위해 전공서적을 사러 헌책방에 갔다가 거무죽죽한 전공 서적들 속에서 발견하게 된 이 책의 맨 첫 번째 장에 쓰여 있던 글씨.

'OOO것, 버리지 말 것.'

그림책도 아니요, 동화책도 아닌 것에 뭐 하러 이름까지 써가며 버리지 말라고 당부를 했나 싶어 헌책방 사다리 위에 기대 앉아 읽었던 기억이 아직도 생생하다. 그리고 당시 800원을 주고 그 책을 사왔음은 두말할 필요가 없었다. 그리고 나는 아직도 서점에 가면 하릴없이 이 책을 일부러 찾아보곤 한다. 깨끗한《꽃들에게 희망을》을 마주 대하면서 나에게 있었던 오래되고 낡은, 그렇지만 변하지 않는 희망의 힘을 나에게 전해 주던, 그 시절 그 책이 오버랩되는 것을 바라보는 즐거움을 기꺼이 느끼기 위해서다. 그리고 이 책을 읽는 당신도 그것을 느껴 보길 바란다.

《꽃들에게 희망을》은 26년이라는 세월 동안 자그마치 200만 부가 팔린 베스트셀러 중에 베스트셀러이다. 작가 트리나 폴러스는 국제 여성운동단체인 '그레일'의 회원으로 14년 동안 공동농장에서 일하면서 우유를 짜고, 채소를 재배하고, 성경 구절을 쓰고, 성가를 부르고, 공동체 생활을 유지하기 위해 조각품을 만들어 팔았다고 한다. 그래서일까? 그런 욕심 없고 목가적인 삶을 사는 작가가 그려낸 이 아름다운 이야기가 왜 이토록 오랜 시간 사람들에게 사랑받는지 나는 읽는 내내 알 수 있었다.

보다 충만한 삶을. 진정한 혁명을 위하여

책 머리말에 적힌 글이다. 소유와 욕망으로 가득 찬 현대인들에게 손에 잡히는 것만이 진정한 소유가 아니고 몸이 데워지는 욕망만이 열정이 아니라는 것을 가만가만 말해 주는 부분이다.

세상을 향해 "안녕"이라고 말하며 태어난 줄무늬 애벌레. 태어나자마자 배가 고픈 애벌레는 보이는 대로 잎을 먹기 시작한다. 마치 우리가 태어나자마자 삶의 연속선상에 놓인 경쟁으로 돌입하는 것과 마찬가지로. 애벌레는 태어났으니 살아가지만 그것 외에 그 이상의 무엇인가가 있지 않을까하는 회의를 가지게 된다.

급기야 줄무늬 애벌레는 나무에서 내려오기 되고 수많은 애벌레들이 쌓아올린 기둥을 보게 된다. 거대한 수가 쌓아올린 거대한 기둥을 바라보는 애벌레는 먹고 살아가는 단순한 것 외에 다른 무언가가 저 기둥 위에 있을지도 모른다고 생각한다. 그렇게 기둥을 오르면서 애벌레는 다른 애벌레의 머리와 어깨를 밟으며 연신 기안하다는 말을 연발하지만 그래도 위로, 위로 올라간다. 일단 달리면 멈출 수 없는 우리의 인생과 너무도 닮은 모습으로 말이다.

그러다 자기처럼 기둥을 오르는 노란 애벌레를 만나게 되고, 그에게 꼭대기에는 무엇이 있는지, 또 우리는 어디로 가고 있는 것인지 불안한 목소리로 묻게 된다.

어둡고 험한 길을 걸을 때만 공포가 밀려오는 것이 아니다. 누구나 아는 길, 모두가 걷는 길을 걸어도 사람은 알 수 없는 어떤 미래로 인해 막연히 두려운 것이다. 애벌레도 마찬가지로 누군가 자신이 모르는 답을 말해 주기를 간절히 바랐을 것이다. 하지만 노란 애벌레도 기둥 맨 위에 무엇이 있는지 모르기는 매한가지였다. 다만 우리가 어디로 가고 있는지 아무도 걱정하지 않는 걸 보면 틀림없이 좋은 곳일 것이란 기대와 바람뿐이었다. 그래서 친구들을 밟고 올라가는 것이 탐탁지 않아도 그저 지금보다 나을 것이란 생각으로 으르고 또 오르며 가끔 밀려오는 회의에도 고개 저었다. 회의가 크게 밀려올 때는 노란 애벌레 친구와 함께 기둥타기를 멈추고 내려와 평온한 날들을 보냈지만 이내 꼭대기에 대한 궁금증은 다시 기둥을 타게 만들었다. 갖지 못한, 보지 못한, 가보지 못한 미래에 대한 갈증은 그렇게 우리를 움직일 수밖에 없게 만드는 것처럼 말이다.

그러던 중 노란 애벌레는 낙담하며 무거운 발걸음을 걷다가 나뭇가지에 거꾸로 매달려 나비가 되기 위해 고치를 만들고 있는 늙은 애벌레를 발견하게 된다. 거기서 노란 애벌레는 '나비'라는 이상향을 처음 접한다. 나비가 나고, 내가 곧 나비지만 그렇게 되기 위해서는 고치의 형태를 거쳐야 한다고 늙은 애벌레는 말해 준다. 세상의 꽃들에게 희망을 전해 주는 나비가 되기 위해 외롭고 어둡고 고독한 고치의 계절을 거쳐야 한다는 것을, 그 소중한 가르침을 노란 애벌레는 깨닫고 받아들인다.

하지만 줄무늬 애벌레는 기둥 위에 올라가는 것을 포기할 수 없었다. 그래서 다른 애벌레들의 비명소리를 못 들은 척하며 위로, 위로 올라가 결국 그 기둥 위에 서게 된다. 하지만 보이는 것은 또 다른 수많은 기둥들이었다. 셀 수도 없이 많은 애벌레들이 정상을 확인하기 위해 만들어 가고 있는 기둥들로 이뤄진 세상이 펼쳐질 뿐이었다. 이 기둥의 정상을 봤지만 내려간다고 해서 모든 기둥의 정상을 봤다고 할 수도 없었고, 이미 올라간 기둥을 다시 올라갈 필요도 느끼지 못하게 된 것이다.

줄무늬 애벌레는 기둥을 내려가며 기를 쓰고 올라오는 애벌레들에게 위에는 아무것도 없다고 소리치지만 누구도 그의 말에 귀 기울이지 않는다. 귀를 닫고, 눈을 닫고, 그저 자신들에게 펼쳐질 미래에 대한 환상으로 애벌레들은 누군가의 어깨와 머리를 밟고 위로, 위로 올라가는 것이었다. 줄무늬 애벌레가 그랬듯이.

축 처진 어깨로 바닥으로 내려온 줄무늬 애벌레에게 다가온 것은 바로 고치의 삶을 선택했던 노란 애벌레였다. 물론 노란 애벌레는 나비가 된 후였다. 애벌레 상태를 기꺼이 포기하고 절실히 날기를 원했기에 노란 애벌레는 나비가 될 수 있었던 것이다.

함께 기둥을 오르던 노란 애벌레가 노란 나비가 되어 나타났을 때, 나의 가슴은 이 노란 만화를 보고 어찌할 바를 모르고 두방망이질 쳤다. 너무나도 자명한 진실이, 진리가 나에게 위로가 되어주는 동시에 힘을 주었다.

'그래, 나도 언젠가는 그 기둥 위에서 바라본 어떤 것에 실망하게 되겠지. 그래서 결국 허탈한 걸음으로 그 기둥을 내려오겠지.'

하지만 기둥을 오르기 전의 나와 기둥을 오르고 난 후의 나는 분명 달라져 있을 터였다. 그 후 스스로 고치의 순간을 선택하고 꽃들에게 희망을 줄 수 있는 나비로 다시 태어난다면 그보다 더 멋진 환생은 없을 테니까 말이다.

외부로 인한 충격이든 스스로를 향한 환멸이든 나 자신이 싫어지는 순간이 올 때가 있다. 소심한 성격도 너무 싫고, 이렇다 할 장기나 취미가 없어 주말이면 소파에 앉아 텔레비전만 보다 월요일을 맞는 내가 한심하게 느껴지기도 한다. 또 때로는 죽도록 오르고 싶은 고지가 생기기도 하고, 꼭 한 번 꺾어 보고 싶은 라이벌이 생기기도 한다.

나도 그랬다. 그럴 때면 내가 가지고 있는 이 탈을 벗고 새로운 나로 태어나고 싶은 생각이 들기도 하는데 나는 그것이 고치에서 탈피를 겪기 전의 일종의 간지러움이라고 생각한다. 그것이 욕심이든, 경쟁심이든 고치로 있는 나 자신을 간지럽고 불편하고 약이 오르게 만드는 것이다. 이런 감정은 강한 동기부여가 된다. 나 또한 그런 동기부여로 인해, 참을 수 없는 간지러움으로 고치를 벗기 위해 악을 쓰며 살았다. 하지만 껍질을 벗은 후에 나를 바라볼 수 있는 진정성은 부족했다고 고백한다. 그래서 올라간 그곳에서 허탈하게 무릎이 꺾였던 적도 많았다. 오늘을 사는 젊은 당신은 그러지 않기를 바란다. 오르지 말라는 것이 아니라, 그곳에 오른 이후를 생각하라. 오르되 고치를 벗고 나비가 된 이후의 자신의 삶에 대한 정확한 시각을 갖추면서 올라야 한다. 그리고 더 나아가 나비가 되어 자신의 아름다움에 대한 기쁨만을 만끽하는 것이 아니라 꽃들이 좀 더 많은 곳에서 필 수 있게끔 하는 역할에서도 기꺼이 기쁨을 느낄 수 있게 되길 바란다. 이 작고 얇은 책이 가져올 큰 변화를 당신도 알게 되길.

에밀 그리고 서머힐

돌이켜보면 서울대 법대를 택한 건 내 일생에 있어 가장 큰 실수였다. 지금도 불철주야 서울대에 들어가기 위해, 또는 자녀를 서울대에 보내기 위해 밤잠을 설치는 사람들에게는 이건 또 무슨 재수 없는 소리인가 싶을 테지만 이것은 나의 솔직한 고백이고, 또 사실이다.

고집과 오만, 편견과 경직된 사고방식……. 대학교에 들어간 직후 어느 선배가 서울대 법대를 다니는 사람들의 공통점이라고 들려준 말이다. 나 스스로는 부인하지만 남이 보기에 내게도 그런 면이 있었을지 모른다. 그 속에 서 있던 나는 그 사람들 안에서 하루하루를 보낸다는 것이 숨이 막힐 지경이었다.

사람들은 흔히 서울대학교라고 하면 최고의 대학이라는 것을 의심하지 않는다. 최고의 수재들이 최고의 석학 밑에서 공부하는 곳이라는 것을 말이다. 밖에서 안을 들여다볼 때 그 정확함이 떨어지는 것은 어떤 경우나 마찬가지겠지만 그래도 대한민국의 모든 사람들이 인정하고 있는 일반적인 사실에서 오는 반증은 실로 큰 충격이었다. 좀 심하게 표현하자면 내가 서울대학교에서 들은 과목은 거의 모두가 쓰레기였다. 지나친 표현이라고 나무랄 사람이 있을 수도 있겠지만 그게 바로 정직하게 내가 느낀 바였다. 수강한 과목 중 한 학기 내내 휴강인 교수가 있는가 하면, 마지못해 수업을 하긴 하지만 자기 책을 줄줄 읽어나가는 게 전부인 교수도 있다. 거기다가 책이나 읽으면 도움이라도 되겠건만 듣고 싶지도 않고 객관적인 도움도 되지 못하는 자기 유학 시절 무용담만 늘어놓는 교수도 있었다. 실제로 서울대학교에서 받은 수업 중 그것을 '수업'이라 말할 수 있는 과목은 세 개를 넘지 않는다. 나머지 과목을 가르치는 교수들은 제자들에게 무언가를 가르쳐주려고 하는 의지 자체가 없었다.

노벨상 수상자 중 일본 국적을 가진 사람들이 많다. 일본인 노벨수상자가 나올 때마다 우리나라 각종 언론들은 왜 우리는 일본처럼 노벨상 수상자를 낼 수 없냐며 개탄했다. 꼭 남의 집 아이가 어느 대회에 나가서 어떤 상을 받아오자 극성 엄마가 당장 아이에게 특정 과목에 더욱 매진하라고 닦달하는 것처럼.

일본인 노벨상 수상자들 중 대다수가 지방대 출신이라는 것이 우리들 기준으로 보면 더욱 놀라운 사실일지도 모르겠다. 우리나라에선 일단 지방대를 가면 죄인이 된다. 첫 번째, 입학하면서 부모에게 죄인이 되고, 두 번째, 입사 시험을 치르면서 스스로에게 죄인이 된다. 지방대 출신이라는 것을 핸디캡으로 알고 시작하는 대학 생활과 노벨상 수상자가 될 수 있다는 포부를 가지고 시작하는 대학 생활은 절대로 같을 수가 없을 것이다.

인식의 문제는 늘 입이 닳도록 말해도 세대가 바뀌지 않는 이상 크게 달라지지 않는 것을 나도 기성세대이기 전에 이미 충분히 느꼈다. 하지만 세상이 바뀌지 않는다는 변명만 늘어놓는다고 해서 청춘이, 젊음이 시간을 멈추고 나를 기다려주지는 않는다. 모든 선택에 강한 의지가 필요하듯이 지방대를 선택했다면 거기서 자신을 옥석으로 만들 수 있도록 노력해야 한다. 오히려 지방대 교수가 당신에게 더 많은 것을 가르쳐주려고 노력할지도 모른다. 그러니 학교가 별 볼 일 없다는 변명은 이제 그만하길 바란다. 다시 말하지만 내가 서울대학교에서 배운 것은 아무것도 아니었다. 그곳은 마치 이렇게 말하고 있는 것 같았다.

"너희들은 전국 최고의 수재들이다. 그런 너희들을 여기 이 서울대학교라는 곳에 끌어다 모아놨으니 지금까지 그랬던 것처럼 너희 알아서들 공부해라!"

아집의 철옹성 같은 곳이었다, 그곳은. 그 안의 구성원 모두의 생각을 알 수는 없겠지만 그 당시 친구들도 그러한 분위기에 크게 놀라거나 동요하지 않는 것 같았다, 나 외에는.

그저 늘 그래 왔듯이 시대가 요구하는 편리를 향해서 굴러가는 것
이 너무도 당연한 분위기가 만들어졌다. 모두가 경쟁 상대고 모두가 적
이었다.

하지만 그런 가운데에도 실로 감동 깊었던 과목이 있었다. 법대 과
목이 아니라 사범대학에서 개설한 바로 '교육학 개론'으로 김종서 교수
님이 담당하신 과목이었다. 나는 그때의 노트를 아직까지 간직하고 있
다. 보물 1호라고나 할까⋯⋯. 교수님의 열강에 흠뻑 빠져 그 과목은 하
나의 종교처럼 내게 다가왔다. 특히 루소의 《에밀》과 A. S. Neil의 《서머
힐》에 관한 내용을 알고 그때 받은 충격과 감동을 말로 어떻게 설명할
수 있을까⋯⋯.

루소의 《에밀》 그리고 《서머힐》은 굳이 교육학을 전공하지 않았더
라도 고전에 관심이 있는 사람이라면 한 번쯤 읽어 보았을 책들이다.
루소는 '에밀'이라는 아이를 주인공으로 신생아기에서부터 청년기까지
를 다섯 단계로 나누고 각 단계의 성장 과정과 이에 적합한 교육이 과
연 무엇인지를 제시하고 있다. 세월이 아무리 흐르고 세상이 아무리 바
뀐다고 해도 선현의 지혜는 언제나 그대로 적용되듯이, 교육은 출생과
동시에 진행된다는 기본 개념을 시작으로 한 루소의 《에밀》은 두 딸아
이를 낳고 기르는 지금까지도 지침서가 되어주고 있다. 이 책은 아이가
태어날 때부터 부모와의 관계를 단순히 생물학적인 혈연관계로 보는
것이 아니라 교사와의 학생의 관계로 보고 부모와 아이 모두가 인생 전
반에 걸쳐 함께 성장할 수 있다고 말하고 있다.

불행하게도 십오 년이 넘게 학교라는 공간에서 학생이라는 신분으

로 지냈지만 나는 그 안에서 감흥을 느낀 적이 없었다. 나를 이끌어줄 스승의 부재였다고 하기에는 너무 이기적이고 수동적이라는 비난을 면치 못하겠지만 나는 그래도 언제나 나에게도 루소의《에밀》을 정독한 가까운 어른이 있었으면 하고 바랐다.

사람은 살면서 수십 번을 변하고, 생의 주기를 따라 변해가는 것에는 타당한 이유가 있기 때문에 시기에 따른 가이드라인이 매우 중요하다. 하지만 우리 사회는 어떠한가? 조금 과장을 하자면 단 하나의 목표를 향해 온 집안과 가족이 합심해 자녀를 몰아가는 경우가 허다하지 않은가. 하지만 사랑이 바탕이 되고, 그 바탕 위에서 내가 누군가를 따뜻한 유기체로 만들 수 있다는 가능성, 사람이 사람에게 어떤 가르침을 주고, 누군가는 그 영향을 받아 인생의 항로를 수정한다는 것. 얼마나 멋진 일인가?

> 에밀, 현명하고 행복하게 살기를 원한다면 사라지지 않을 아름다움 외에는 집착하지 마라.
>
> 네게 주어진 조건 안으로 네 욕망을 국한시켜라.
>
> 하고 싶은 일보다는 해야 할 일을 먼저 하라.
>
> 필연의 법칙을 도덕률로 삼아 집착하지 않도록 하라.
>
> 잃는 법을 배워라. 삶을 관조함으로써 초월하는 법을 배워라.
>
> 역경 속에서도 견디는 법과 의무에 충실히 하는 법을 배워라.
>
> 그러면 너는 운명에 지배당하지 않을 것이며 행복할 것이다.
>
> 욕망의 파도에 아랑곳없이 평화로울 것이다.

부서지기 쉬운 것을 갖고 있을지언정 깨지지 않을 것이며 아무 것도 소유하고 있지 않음에도 풍족할 것이다.

세론에 지배받지 않는 너는 언제까지나 자유로울 것이다.

얼마나 많은 사람들이 두려움에 잡혀 전전긍긍하는지, 삶이 끝나는 순간 존재하기를 그친다고 생각하는지, 집착의 굴레로부터 빠져나오지 못하는지! 하지만 삶의 덧없음을 아는 너는, 죽는 순간 다시 존재가 시작된다는 것을 알 것이다.

죽음은 악인에게 있어서는 삶의 끝인지 모르지만, 올바른 사람에게 있어서는 시작인 셈이지.

－루소의 《에밀》 중에서

《에밀》이 내 마음을 흔든 것은 깨달음이 아니라 좋은 어른이 되어야겠다는 다짐이었을 것이다. 그리고 이 동요를 다시 한 번 느끼게 구체적으로 느끼게 해줬던 책이 바로 《서머힐》이다.

오늘날 세계 대안학교의 모델이 되고 있는 영국의 서머힐 학교는 1921년 '아이들을 학교에 맞추는 대신 아이들에게 맞추는 학교를 한번 만들어 보자!'는 생각으로 닐(A. S. Neill)이 세운 국제기숙학교이다.

그는 권위주의적 교사였던 아버지와는 반대로 자유주의적 교육을 주장하면서 '서머힐'을 짓고 혁신적인 교육을 실천하게 된다. 이 학교는 런던에서 약 150km 떨어진 서포크 백작령의 레이스턴 마을에 위치하고 있었다. 아이라면 응당 놀고 싶은 것이 당연한 것인데 그런 아이를 책상 앞에 붙들어놓고 대개는 아무런 소용도 없는 것들을 가르치는 학교가 태반이다. 그저 자녀가 항상 다소곳하고 비창조적으로 머물러 있어야만 하는 사회, 그러므로 성공 여부가 돈으로 평가되는 그런 사회에 적응해야만 하는 비창조적인 시민들은 서머힐을 옳지 않은 곳이라고 단정했다. 그것은 꽤 큰 충격이었다.

> "나는 당신이 다른 학교 출신들과 함께 있는 지금, 당신이 받은 학교 교육을 어떻게 생각하고 있는지 알고 싶소. 당신이 한 번 더 선택을 할 수 있다고 가정한다면 이튼으로 가겠소, 서머힐로 가겠소?"
> "물론 서머힐로 가지요."
> "그럼 서머힐이 다른 학교보다 나은 게 무엇이오?"
> "나는 서머힐에서는 사람들이 완전한 자신감을 갖게 된다고 생각합니다."
> "사실 나는 당신이 여기에 들어올 때부터 이미 그것을 눈치 챘소."

어린이들에게 학교나 선생님이 두려워해야 하는 권위자가 아님을 느끼게 해준다는 것이 나로서는 놀라울 따름이었다. 사랑의 매라는 허울 좋은 명목으로 자신의 분풀이나 일삼는 교사를 경험했던 어린 시절의 나에게 《서머힐》이 아련함으로 다가온 것은 너무나도 당연한 일일지도 몰랐다.

어디에서도 소속감을 느끼지 못하고 속한 사회 자체에서 환멸감을 느끼던 내게 대학에서 교수님께서 전해 주신 《서머힐》, 그보다 더 가슴을 울리는 가르침은 없었다. 획일적인 교육으로 아이들을 훈련시키고 억압하는 것이 아니라 오전에 수업을 받고 오후에는 각자 하고 싶은 것을 하게 하고, 아이들이 학교생활에 필요한 최소한의 규칙은 교사와 학생이 동일한 한 표를 행사하는 학교 총회에서 결정되는 학교. 오늘날 우리나라에서도 어렵지 않게 볼 수 있게 된 대안학교의 원형이 바로 서머힐이라고 할 수 있을 것이다.

"어린이는 본래 현명하고 현실적이어서 자유를 허용하고 자신의 생활을 할 수 있도록 지켜 보아준다면 자신의 능력을 최대로 발휘하며 성장할 것"이라는 닐의 주장 아래 숙제보다는 놀이가 중심이 되었고, 그의 이러한 경험으로 쓴 책의 추천사의 독일의 철학자 에리히 프롬은 "저자가 말하는 것처럼 '문제아'란 없다. 문제부모, 문제인류가 있을 뿐"이라고 지적하기도 했다.

우리 교육 현실에서 대안학교가 이름처럼 100% 대안이 될 수 없듯이 닐과 서머힐의 교육 방식은 오늘날까지 논란의 가운데 서 있는 것이 사실이다. 현실을 모르는 이상주의자라는 비난 역시 아직도 존재한다. 하지만 끝없이 자유를 원했지만 결국 그 어디에서도 자유를 찾지 못했던 나, 고뇌를 반복했던 나는 이 책을 통해 큰 위로를 받았다.

어른들의 방법론적인 싸움에서 한 발 물러나 교사와 어린이들이 같은 위치에 있으며 "내가 감자 때문에 야단법석을 떨었을 때 어떤 학생이 자전거의 튜브가 펑크 났다고 흥분하는 것 이상의 느낌을 받지는 못했을 것이다"라며 아이들의 눈높이를 맞추는 것이 우리에게 무엇보다 필요한 것이 아닐까?

결국 우리가 어떤 길을 택해, 어떻게 걸어가더라도 어린아이의 마음을 읽고 그 안의 원하는 목소리를 제대로 들을 준비를 해야 한다는 것에는 누구도 이견이 없을 테니까 말이다.

나는 공부를 열심히 했지만 좋은 교육을 받은 세대라고는 생각하지 않는다. 그것에 있어서 전적으로 나는 기성세대들의 문제라고 몰아붙이겠다. 그리고 그 말은 역으로 내가 지금 학생인 아이들의 교육을 책임지고 있는 기성세대로서의 책임을 느낀다는 말과 같을 것이다. 현재 대한민국의 위기는 경제도 아니고, 불안한 정치 상황도 아닌 교육이라는 지적을 들은 적이 있다. 사정이 이렇다보니 무조건적인 교육 정책을 펼치는 교육 당국만 탓할 수만은 없는 지경에 이르렀다.

아이들과 젊은이들에게는 어차피 고리타분한 어른일 뿐이지만 그래도 우리가 교육에 있어서 좌표로 삼아야 하는 것이 무엇인지, 그 중심에 있어야 할 것이 무엇인지 《서머힐》의 감동을 가슴에 넣은 나부터 똑바로 새겨야 할 것 같다.

나의 라임오렌지나무 J.M.데 바스콘셀로스, 최정은 역, 동서문화사, 1988년

홍당무 쥘 르나르

어린왕자 생텍쥐페리

꽃들에게 희망을 트리나 폴러스

에밀 장 자크 루소

서머힐 A.S. 닐

누구나 어린 시절을 떠올리면 생각나는 어떤 이미지가 있을 것이다. 어느 날, 본가에 갔다가 부엌에서 어머니와 누나가 나누는 대화를 주워들었던 적이 있다. 대화의 요지인즉슨 "어떻게 우리 상한이가 텔레비전에 나오는 사람이 되었을까? 그 주변머리로 어떻게 방송 진행을 할까? 참 신기하다"는 것이었다.

피식 웃었지만 나 역시 스스로 가장 의아하게 생각하는 게 바로 텔레비전에 나오는 내 모습이다. '텔레비전에 너가 나왔으면 정말 좋겠네'로 시작하는 노래조차 부른 기억이 없는 내가 라디오에 이어 텔레비전까지 방송 매체란 매체는 전부 손을 댔다.

이렇게 모두가 예상하지 않은 길을 가는 것. 나는 이것이 모험의 정확한 정의라고 생각한다. 텔레비전 속으로의 모험, 그것을 시작하던 첫날이 생각난다.

그 전화를 받은 날은 정확히 2000년 2월 26일이었다. EBS 시사토론

프로그램 〈난상토론〉 PD로부터 걸려온 전화였다. 그날은 내가 오스트리아 비엔나에서 열린 UN국제상거래법위원회 전자상거래 분야 전문가 회의에 한국 대표로 참석하고 돌아온 날이기도 했다. 반나절 가까이 비행기에서 시달리고 새벽에 귀국하였으니 몸은 아주 천근만근이었다. 집에 도착하자마자 짐도 풀지 못하고 잠이 들었다.

얼마나 피곤했던지 꿈속에서 울리는 전화를 받는 것처럼 비몽사몽 중에 전화를 받았다. PD의 용건은 간단했다. 으레 그렇듯이 "출연을 부탁한다"는 말이었다.

나는 잠결에 그러겠다고 하고 다시 잠이 들었다. 잠 속으로 빠져들면서도 나는 '이미 섭외된 사람이 무슨 이유에서인지 몰라도 펑크를 냈나 보다'하고 '그래서 이 밤중에 나한테 전화를 했구나'라고만 생각했다.

그런데 전화를 끊고 다시 잠을 청하려다 좀 이상하다는 느낌이 들었다. 귓가에 그 PD의 말이 자꾸만 맴도는 것이다. 가만히 생각해 보니 그가 진행을 맡아달라고 한 것 같다는 생각이 들었다. 그렇게 계속 생각을 가다듬어 보니 점점 그 뜻이 분명해졌다. 잠결에 제대로 듣지 못한 PD의 말이 토론자로 나와 달라는 것이 아니라 진행자가 돼 달라는 말이었음을 나는 그제야 확실히 깨닫고는 잠이 확 달아났다. 그래서 바로 다시 PD에게 전화를 했다. 일단 도대체 무슨 일이냐고 물었다. 그리고 이번 한 번만 진행을 맡아달라는 것인지 아니면 앞으로 계속 진행을 맡아달라는 것인지를 다시 물었다.

내가 토론 프로그램, 뉴스 인터뷰 등을 통해 텔레비전에 얼굴이 나오기 시작한 건 한미간 통상현안으로 스크린쿼터제가 부각되던 시점이었다. 그때 나는 외교통상부 통상교섭본부 통상전문관으로 활동하고 있었고 미국은 상호 투자에 장애가 되는 제반 법규를 제거하자며 우리나라의 스크린쿼터제도의 폐지 내지 축소를 요구했었다. 미국이 한국에 돈을 투자해서 영화관을 설립하고자 하는데, 관객이 외면하는 영화를 단지 한국 영화라는 것 때문에 그 영화관에서 상영하도록 의무화하는 것은 부당하다는 것이 이유였다.

사실 논리적으로는 미국의 요구가 맞았다. 외국 투자가 한 푼이라도 아쉬운 상황에서 쌀 시장도 개방하는 마당이 유독 영화만 보호해야 한다는 것은 그 명분이 약했다. 하지만 반대 논리도 만만치 않았다. 배우들이 거리로 나오고 수많은 팬들을 갖고 있는 남녀배우들이 머리를 삭발하고 목청을 높이는데 대중들의 호응은 대단할 수밖에 없다.

이런 상황에서 스크린쿼터의 축소 내지 폐지를 공공연하게 주장한다는 건 대단한 각오가 없으면 불가능한 일이었다. 그러고 보면 내게까지 방송사에서 연락이 오고 신문사에서 기고 요청이 온 것은 스크린쿼터를 폐지해야 한다는 입장을 공개적으로 주장할 수 있는 사람의 수가 극히 제한돼 있기 때문일지도 모르겠다. 아무튼 그래서 웬만한 주요 일간지와 방송사 토론 프로, 또 방송사 다큐멘터리에서 스크린쿼터제도를 다룰 때는 내가 단골손님으로 나갔다.

하지만 그것은 어디까지나 일회성어 불과한 출연이었고, 한 프로를 맡아서 진행하는 것은 차원이 다른 문제였다. 내가 그 프로그램의 얼굴이 되는 것이었고, 내 이름을 걸고 한 프로그램을 책임지는 것을 말하는 것이었다. 온갖 생각과 걱정이 머릿속에 가득했지만 그 와중에도 가장 크게 와 닿은 것은 '기회'라는 단어였다.

사실 그때까지만 하더라도 지금 서울시장인 오세훈 변호사 정도가 아니면 비전문 방송인이 텔레비전 프로그램을 진행하는 경우는 매우 드물었다. 게다가 나는 대학교수였고 교수에게 그런 제안이 온 것도 사실 매우 낯설었다.

말하는 것에 대한 두려움은 없었지만 말이 가지는 거대한 위력은 누구보다도 잘 알고 있던 나였다. 하지만 또 한편으로는 재미있을 것 같다는 생각도 들었다. 희열 같은 것이 느껴지기도 했었다. 나는 오랜 시간 고민하지 않고 "YES"라는 답을 주었다.

하지만 시간이 지나면서 나는 나 자신이 꽤나 순진했다는 것을 깨닫게 되었다. 방송을 호락호락하게 봤던 것은 아니지만 내 심장을 강하게 평가했던 것이다. 급박하게 돌아가는 생방송 환경 속에서 나는 그저 일반인일 뿐이었다.

나는 아직도 나의 첫 방송, 그 대단한 모험의 시작을 잊을 수 없다. 시쳇말로 책상물림이었던 내가 방송, 그것도 생방송에 겁도 없이 뛰어들었다는 것은 뒤돌아보면 무모하기 짝이 없었던 것이었다. 그렇게 나는 큰 바다에 뛰어들었고, 신드바드처럼, 파이처럼 살아남아 언젠가 누군가에게 내 모험담을 말해야만 했다. 그러나 하나도 쉬운 것이 없었다. 솔직히 생방송의 긴장감이 어떤 것인지 방송에 출연해 보지 않은 사람들은 잘 모를 것이다. 무언가를 말하고 있으면서도 내가 무슨 말을 하고 있는지 자각조차 할 수 없을 정도였다.

솔직히 돌이켜 보면 도대체 시간이 어떻게 갔는지 모르겠다. 더욱 히트인 것은 그날 첫 방송을 끝내고 엔딩음악이 나오면서 크레디트가 올라갈 때 머리를 감싸고 의자에 털썩 주저앉는 내 모습이 그대로 방송에 나갔다는 것이다. 전 국민이 새내기 MC의 좌절하는 모습을 지켜보았던 것이다. 물론 첫 방송이니 얼마나 떨렸으면 그랬겠는가 하는 위로와 격려도 많이 받았고 그 실수가 인간적이었다는 평가도 받았다. 하지만 나는 입술이 파랗게 질려서 고개를 떨어뜨리고 주저앉은 내 모습을 본 사람이 그렇게 많았다는 것에 다시 한 번 놀라고 말았다. 내 무대는 결코 작은 것이 아니었다. 내가 생각할 수 없을 정도로 많은 숫자의 사람들로부터 지적과 칭찬을 받는다는 것이 굉장한 책임감과 중압감으로 다가왔다.

하지만 나는 그 무게감이 주는 쾌감을 마음 깊은 곳에서부터 느끼고 있었다. 모든 모험의 시작이 그러하듯이 말이다. 그리고 어린 시절 가 보지 않은 세계를 향해 긴 여행을 떠나고 싶던 마음의 일렁이는 물결을 느낄 수 있었다.

끊어질 듯 팽팽하던 긴장 뒤에서 오는 모험에의 향수, 그리고 오래된 책 냄새처럼 번져오던 기억. 오늘을 살아가며 하루하루 새로움을 향해 나아가는 나는 큰 신드바드가 되어 있었던 것이다. 거대한 물고기 위에 홀로 남아 표류하던, 괴물에게서 다이아몬드를 빼앗아 오던 신드바드처럼 말이다. 내 안의 또 다른 나를 깨우는 동요, 그 길동무이자 추억 속으로 다시 한 번 걸어 들어가고 싶다.

아라비안나이트

흔히들 어린 시절에 너무 까부는 꿈을 꾸면 이불에 실례를 한다는 말을 듣곤 한다. 잠도 곱게 자라고. 하지만 나는 그런 유형의 아이가 아니었다. 궁금한 것은 배고픈 것보다 못 참고, 일단 뚜껑을 열고, 뚜껑이 안 열리는 궁금증은 그릇을 깨서라도 안을 봐야만 직성이 풀리는 아이였다.

그런 내가 바라본 우리 동네는 참 작았다. 누구는 나중에 초등학교 운동장을 다시 가봤더니 그렇게 작을 수가 없더라며 소회하더라만 나로서는 동네도 운동장도 동네 뒷산도 그때부터 그렇게 좁아터질 수가 없었다. 간혹 텔레비전에서 보는 외국의 이국적인 장면을 턱이 빠지고 침이 나올 정도로 바라보고 있노라면 과연 저런 이름의 나라가 있기는 한 것일까 의구심이 들기도 했다.

그러던 내 손에 급기야 들어온 한 권의 책이 있었으니 그 이름도 유명한 《아라비안나이트》이다. 나는 이 마법의 양탄자를 타고, 천 일을 함께 꿈꾸고, 천 일을 함께 설레었다.

사실 그때만 해도 어렸지만 《아라비안나이트》는 워낙 유명한 이야기라 출처를 알 수 없는 조잡한 그림이 움직이는 만화로 이미 대충은 접한 다음이었다.

하지만 아이들에게 대충의 그림만 보여주는 만화와 책은 달랐다. 읽다가 책을 덮고 가슴에 안은 채 상상으로 밤을 지새우던 때도 많았다. 이 책을 읽는 당신은 어느 나라, 어떤 모험에 책을 덮고 눈을 감았는지 궁금해진다.

'천일야화'로 잘 알려진 《아라비안나이트》(The Arabian Nights' Entertainment)는 주요 이야기만도 180편에 달하고 거기에 100여 편의 짧은 이야기까지 곁들여져 방대한 분량을 자랑한다. 사실에 기초한 것도 있기야 하겠지만 어쨌든 이 긴 이야기를 만들어내려면 지은이가 한 명으로는 턱도 없을 것이란 생각이 든다.

이 책은 기원부터가 재밌다. 6세기경 사산왕조 때 페르시아에서 모은 《천의 이야기》가 8세기 말까지 아랍어로 번역되었고 여기에 바그다드를 중심으로 다시 많은 이야기가 추가되었다. 그 후 이집트의 카이로를 중심으로 계속 발전해서, 15세기경 현존의 것으로 완성된 것이라고 한다. 더욱 재밌는 것은 작가는 한 사람도 밝혀진 바가 없다. 정확한 작가가 없는 이 많은 이야기를 경험한다는 것도 어떻게 보면 멋진 일이다.

예로부터 우리나라와 마찬가지로 페르시아에는 인도로부터 많은 설화가 들어왔고 그 이야기에는 인도와 이란·이라크·시리아·아라비아·이집트 등의 갖가지 설화가 포함되어 있었다. 지리적으로 따져 보자면 그리스인과 유대인의 영향도 있는 듯하지만 무엇보다도 아랍어와 이슬람 사상으로 통일되어 있는 점이 특징이기도 하다. 용감하고 의협심 많은 이슬람교 아랍인들의 생활 감정과 미에 대한 관능적인 기쁨이 자연스럽게 표출되어 있는 《아라비안나이트》는 남녀 간의 사랑 묘사가 너무 외설적이라고 하여 한때 유럽에서는 금서 취급을 당하기도 했다. 하지만 인간 본성의 원초적 정념을 유머러스하면서도 천진난만하게 표현했다고 해 현대에 와서는 '세계 설화문학의 최고봉'이라는 찬사까지 받고 있다.

《아라비안나이트》는 여러 지방에서 발생한 수많은 이야기가 수백 년 동안 모여 만들어졌음에도 불구하고 전체가 하나의 커다란 틀 속에 들어 있다. 인도와 중국까지를 통치한 사산왕조의 샤푸리 야르왕이 아내에게 배신당하면서 세상의 모든 여성을 증오하게 되었다. 그래서 신붓감 후보자를 찾을 수 없을 때까지 신부를 맞이하여 결혼한 다음날 아침에 신부를 죽인다는 이야기가 전체적인 줄기에 해당한다고 할 수 있다. 치정으로 시작하는 긴장감, 더 말해 무엇 하겠는가?

이렇게 독이 오를 대로 오른 왕에게 세헤라자데가 찾아온다. 한 대신의 딸인 세헤라자데라는 어질고 착하기로 소문이 자자했다. 그녀는 모두가 두 손 두 발 든 왕의 수발을 들겠다고 자진해서 나서게 된다. 그렇게 그녀는 왕을 섬기며 매일 밤 재미있는 이야기를 들려주었고, 왕은 그 이야기가 너무 흥미진진했던 나머지 이야기를 더 듣고 싶은 마음에 그녀를 죽이지 않게 된다. 궁금한 건 참 못 참는 왕이었던 모양이다. 그렇게 이야기는 일천 일 밤 동안 계속되었으며 드디어 왕은 종래의 생각을 버리고 자신을 꿈과 환상의 이야기 속으로 데려다준 세헤라자데와 함께 행복한 여생을 보내게 되었다고 한다.

세헤라자데가 들려준 수많은 이야기 중에는 신드바드라는 자가 일곱 번씩이나 인도양에 나아가 갖가지 위난을 극복한 끝에 바그다드의 부호가 되는 〈바다의 신드바드 이야기〉도 들어 있다.

나에게 상상의 나래를 펼치게 해주었던 《아라비안나이트》를 분류해 보면 크게 연애·범죄·여행·신선담·역사·교훈담·우화 등으로 나눌 수 있다. 그중 〈오말 부느 안 누만왕과 그 아들들의 이야기〉는 전체 이야기의 8분의 1을 차지하는 가장 긴 장편이다. 우마이야왕조의 사라센 제국과 비잔틴 제국과의 싸움을 주제로 하고 여기에 많은 연애담과 모험담 등을 곁들인 것인데 단순한 이야기를 넘어 12, 13세기경 그 무렵 진행 중이던 십자군(十字軍)과 이슬람교도와의 격돌 일화, 그 시대의 분위기가 고스란히 담겨 있어 상상을 구체화하고 더욱 실감나게 만들어 주었다.

우리에게 너무나도 잘 알려진 〈신드바드의 모험〉, 〈알리바바와 40인의 도적〉 등의 이야기는 어린 시절의 기억과 지금의 기억을 퍼즐 맞추듯이 맞춰가는 재미도 쏠쏠하다. 아버지가 남겨준 유산을 모두 탕진한 신드바드는 돈을 벌기 위해 바다로 나가게 된다. 그러다 섬으로 보이는 해안에 상륙하게 되는데 사실 이 섬은 거대한 물고기였다. 신드바드 일행의 인기척이 느껴지자 이 물고기는 깊은 심해로 잠수를 하게 되고 일행은 신드바드를 두고 황급히 도망을 치게 된다. 홀로 물고기의 등에 남아 있던 신드바드는 구사일생으로 나무통을 붙잡고 해안으로 떠밀려오게 되는데, 여기서부터 본격적인 모험이 시작된다.

이 쪼그맣고 영리한 녀석은 나를 투영하기에 딱 알맞은 인물이었다. 한 번의 모험이 끝나고 고향으로 돌아와 무료한 날들을 보내던 신드바드는 가슴 뛰는 그때의 기억을 떠올리면 몸이 근질근질해진다. 그리고 다시 길을 떠나 무시무시한 로크새에게서 다이아몬드를 빼내오기도 하고, 거인의 눈을 불 꼬챙이로 멀게 하는 등 갈수록 더 대담하고 신나는 모험을 하게 된다.

흔히 사람들은 허구, 만들어낸 이야기를 우습게 여기고 가볍게 치부하곤 한다. 하지만 역사는 셀 수 없이 많은 사람들이 만들어낸 거대한 거짓말로 구성되어 있는 것이 아니던가? 우물 안의 개구리처럼 우리 주변을 둘러싼 흥미로운 거짓말들을 알아가다가 어느 날 우물 위 하늘 위로 날아가는 새의 꼬리를 본 것처럼 새로운 세계에 대한 대책 없는 호기심이 들 때, 그때 꺼내들어야 할 책이 바로 《아라비안나이트》이다. 그리고 나도 가끔 이러한 이야기를 담은 인생을 살고 싶다고 생각한다.

단조롭고 단조로워서 어제를 산 인생의 테이프를 오늘 그대로 틀어도 별로 달라질 것이 없는 삶을 살고 있다는 생각이 들 때, 책 속으로 숨어 보자. 그 안에서 허구라는 평온한 벽 아래서 내가 경험해 보지 못한 삶을 읽어 보는 거다. 어린 시절 《아라비안나이트》를 읽고 모험의 세계로 빠져드는 꿈을 꾼 아침 이불에 지도를 그리듯이 잊고 있었던 모험으로의 열정을 기억해 보자. 추억의 가이드로 이보다 더 좋은 책은 없을 것이다.

표류

당신의 '깡지수'는 몇인가? 어떤 상황에 닥쳤을 때 깡으로 버티는 지수라는 의미로 한 번 이름 붙여 본 것인데, 만약 깡지수라는 게 있다면 나 역시도 뭐 그리 낮은 점수는 아닐 것 같다. 두세 배는 많은 인원과 싸워 코뼈가 부어 시야를 가릴 정도로 얻어 터지기도 했고, 지는 것이 싫어 꼴찌에서 단숨에 일등까지 오르는 기염도 토해 봤지만 여기

《표류》라는 표류기를 지은 스티븐 캘러핸 앞에서는 이런 나조차도 쉽사리 명함을 내밀 수 없을 것 같다.

사실 나이가 들면서 멀어지게 되는 단어 중 하나가 바로 모험이다. 멀어지는 정도가 아니라 기피해야 할 단어 중 탑3에 포함될지도 모르겠다. 검증되지 않은 펀드는 들어서는 안 되고 쉽사리 누군가를 사랑하는 것도 일종의 모험이니 몸을 사려야 한다. 나이가 든다는 것은 그런 것이다. 조심하는 것, 조심하게 되는 것. 하지만 젊음은 그렇지가 않다. 조심조심하는 것 같지만 이미 물에 빠져 있고, 바지는 허벅지까지 젖어 낭패감을 느낄 때가 한두 번이 아닌 것. 그게 젊음이다.

역으로 생각해 보면 젊어지기 위해서는 모험을 해야 한다는 등식도 성립이 된다. 몇 년 전 일간지를 읽다가 책 소개를 하는 섹션에서 이 책을 소개했는데 푸른 바다를 배경으로 한 시원한 표지와 함께 '표류기'라는 단어와 '실화'라는 단어가 눈에 들어왔다.

사실 우리는 쉽게 소설책에 손이 간다. 그러나 가끔은 현실세계에 너무나도 정확하게 발을 담그고 있는 자기개발서나 정보 서적이 내 의식을 좀 더 명징하게 만들어준다는 느낌을 받을 때가 있다. 소설은 그 안에서 꿈꾸고, 함께 상상하고, 주인공들에게 감정을 이입하며 공중에 약간 발이 떠 있는 듯한 쾌감을 느낄 수 있다면 현실을 적은 글은 비록 경험자가 내가 아니라 해도 그 현실감으로 느끼는 간접적인 쾌감이 소설과 비할 바가 못 되는 경우도 많다.

이렇게 현실에 발을 담그고 나에게 공감을 이끌어낸 책 중 단연 으뜸은 해양 모험가인 스티븐 캘러핸의 《표류》이다. 자그마치 76일이라는 시간을 고무구명보트에 의지해 대서양 망망대해에서 살아남은 그를 나는 언젠가 꼭 한 번 만나고 싶었다. 하지만 이 책에서 말하고자 하는 것은 영웅담으로 '너희들은 하루면 물고기 밥이 되겠지만 나는 이 시간을 버텨낸 초인이다'와 같은 자랑 늘어놓기가 아니다. 어떻게 보면 인생에서 역경을 겪어 보고 또 그것을 극복해 본 사람이라면 누구나 공감할 수 있는 이야기인지도 모르겠다. 부제만 봐도 알 수 있다. 《표류》의 부제는 '바다가 나에게 가르쳐준 것들'이다. 거대하다는 말로는 부족할 바다. 언제 구조될지 모르는 생과 사의 길목에서 작가는 바다로부터 무엇을 배웠을까?

구름 덕분에 살이 타들어갈 것 같은 오후의 햇살은 피할 수 있지만, 나의 생명수는 그 양이 줄어들 것이다. 삶은 모순투성이다.

삶에 대한 근본적이고도 생생한 반응이라고 할 수 있는 본능을 교육에 의해 얻은 이성이 어느 정도까지 통제할 수 있을지 궁금할 따름이다.

무엇이 진실이 아니고 무엇이 가당찮은 것인지 누가 감히 단언할 수 있겠는가?

그런 상황에서 이 정도의 관조를 할 수 있다는 것도 대단하지만 소설도 아닌 것이 사실만 가지고 이렇게 긴장감 있게 글을 읽게 만든 것도 대단하다. 거기다 읽는 내내 웃음이 '풋풋!'하고 나오는데 그도 그럴 것이 망망대해에 홀로 남은 그가 호기로움과 좌절을 연거푸 반복해서 겪는 내면 묘사를 어찌나 재밌게 그렸는지 모른다. 생활 속에서 작지만 절박한 일이 잘 안 풀렸을 경우 짜증이 손끝부터 발끝까지 전율하듯 퍼지는 것을 자주 느끼는 우리로서는 충분히 공감할 만한 주인공의 반응이다. 그러면서 나도 모르게 포크를 고치고, 빗물을 받아 식수를 만들며, 크고 작은 적들의 침범을 받는 주인공을 응원하게 된다. '어차피 살아 돌아왔으니 이 책을 썼을 테고, 그러니 조금만! 조금만! 더 버티세요!'하고 말이다.

스티븐 캘러핸은 1974년부터 선박건조 경력을 쌓기 시작해서 1977년엔 직접 배를 설계했고 1980년에는 전 재산을 처분하여 자신이 직접 설계하고 만든 솔로호를 탄생시킨다. 그리고 고집 세고 바다와 배와 항해밖에는 모르는 이 남자는 인생의 숙원이었던 바다로의 모험을 시작하게 된다. 그러던 중 밤새도록 엄청난 비바람이 몰아치는 밤을 보내고 결국에는 러버 더키호라고 이름을 붙인 고무구명보트를 탄 채 기나긴 표류를 시작한다.

그 상황에서 그에게 남은 것이라고는 물에 덤벙 젖어 불은 건포도와 몇 리터의 생수가 전부였다. 예기치 못했고 원하지도 않았던 경로로 원시바다에 합류하게 된 그는 살기 위해, 단지 살아서 돌아가기 위해 뜨거운 바다 위에서 마지막 근육까지 불태워버릴 정도로 안간힘을 쓰며 버티고, 탈수와 탈진으로 기절하기를 몇 번이나 반복한다. 하지만 그는 바다에서의 모험을 사랑했던 터라 일반적인 우리와는 지식수준이 달랐다. 포기보다는 살아남아야 한다는 생각으로 급기야 구명보트 안에 있는 물건들을 조립해 작살을 만들어 만새기를 잡기에 이른다.

이 만새기라는 놈은 주인공의 원톱 구성을 방해하는 이 책 최대의 조연이라고 할 수 있다. 만새기는 일반 물고기의 수준을 넘는 크기로 그 길이가 최대 2.1m나 되는데, 아마 제대로 작동도 되지 않는 작살로 이놈을 잡기란 여간 힘들지 않았을 것이다. 거기다가 이놈은 떼로 휘휘 몰려다니며 러버 더키호를 다각도로 쿡쿡 처박고 위협한다. 책에선 그림까지 그려서 설명하고 있지만 오히려 극한에 몰린 상황에서 초인의 기질을 발휘할 수 있는 것이 인간이라는 생각이 훨씬 더 먼저 든다. 하지만 그는 이 만새기를 잡아 눈알의 수분까지 빨아먹고, 어포를 말려 먹는다. 이렇게 내장 속에서 삭혀지고 있던 다른 물고기까지 먹어가며 적응 아닌 적응을 해가던 그에게 만새기는 생명을 유지하게끔 만들어 준 식량이면서도 친구였다.

하지만 이렇게 그가 작살을 이용해 만새기를 잡기 시작하고, 그 작살이 몇 번을 망가질 때까지도 구조선은 보이지 않는다. 희망이 그를 고문하기 시작하고, 버티는 자신이 구차하게 느껴진다. 거기다가 죽일 듯이 덤비는 파도와 비바람, 소금기는 온몸을 부스럼으로 병들게 하고 몸 안에서 축적되어 차라리 죽고 싶은 극한의 상태까지 몰린다.

나는 작가와 함께 대서양을 표류하면서 나에게 이런 순간이 언제였는지 되돌아보았다. 아마 대학교 3학년 때일 것이다. 한 방에 150명씩 자는 고시원에 들어가 본격적으로 사법시험 준비를 했던 때였다. 나열하는 데도 몇 줄이 필요할 만큼 사법고시 공부의 분량은 실로 방대한 것이었다. 충분한 계획과 목표를 가지고 공부할 분량을 조직화하지 않으면 단순히 암기한다고 해도 그 방대한 분량에 밀리고 밀려서 처음 공부한 것들이 또 다시 새로워지는 악순환을 되풀이할 뿐이었다. 하지만 나는 이러한 과정을 시작하면서도 구체적으로 어떤 계획이나 목표를 세우고 그것을 향해 한 발 한 발 다가가는 심정이 아니었다. 해야 한다니까, 다들 하니까, 해야 하는가 보다 하며 시작했던 것이었다. 그것은 《표류》의 작가가 바다에 대한 지식과 애정을 뺀 상태로 대서양에 던져진 상태라고 봐도 무방하지 않을까?

그렇게 이유도 목적도 방어기전도 없이 기계처럼 공부를 하던 시절. 그 시기를 보낸 후 나는 몸무게가 46kg까지 줄었고, 허리둘레는 24인치밖에 되지 않았다. 신체 사이즈가 내 심리 상태를 가장 정확하게 말해주는 때였다. 하지만 나와 몰골이 비슷했을지언정 작가는 바다를 향한 이유 있는 열정이 있었다. 나는 사람이 좋아하는 일을 향해 자발적으로 모험을 할 때의 에너지 차이를 이 책을 통해 절실히 느끼게 되었다.

《표류》에서 작가는 염분으로 인해 고무보트에 구멍이 나고, 증류기가 제 역할을 못해 짠 바닷물을 먹어야 할 때마다 이를 악물고 동여매고 고치고 덧대었다. 그러면서 그는 두 번의 이혼과 모험을 한답시고 주변의 걱정을 당연한 듯 여기고 살았던 그의 삶을 돌아보게 된다. 산악등반가나 격한 운동을 하는 운동선수를 배우자나 가족으로 둔 사람들의 이야기를 우리는 심심찮게 봐왔다. 그러면서 겪는 사람보다 때로는 그것을 지켜보는 이의 고통이 더욱 심하다는 것을 알게 되었다. 캘러핸은 그렇게 바다의 한가운데서 자유로이 떠나온 자신의 삶이 극한의 속박에 묶인 그 순간에 비로소 타인을 돌아보게 된다. 아무도 없는 바다의 사막 한가운데서 존재하지 않는 유령 같은 타인을 생각하게 되는 순간……. 그것은 모질게 헤어지고, 상처 주고, 외면했던 일들에 대한 뻔한 반성과는 차원이 다른 그리움이 아닐까?

다시 한 번 나를 죽일 것 같은 폭풍우가 몰아치고, 또 언제 그랬냐는 듯 고요한 어둠이 찾아올 때 초라한 구명보트 위로 쏟아지던 별, 별빛. 작가에게 그런 그리움의 시간이 찾아오지 않는다는 것이 더 이상할 것이다.

《표류》는 '나는 이렇게 살아남았다'라는 식의 뻐김이나 선택받은 사람이라는 으스댐이 없다. 오히려 그저 치열하게 살아남아 가족이 있는 육지를 밟아야겠다는 일념 하나가 인간을 어떻게 생존시키는지를 담은 담백한 수기라고 할 수 있겠다.

그리고 그보다 강도만 조금 약할 뿐이지 일과라는 풍랑을 헤치고 집에 돌아와 발을 닦고 앉아 이 책을 보는 당신에게도 오늘을 기록한 수기가 있지 않겠는가? 우리는 그래서 더 자주 서로의 어깨를 다독여 주어야 하는 것인지도 모르겠다. 잘해 왔다, 오늘도 참 잘 이겨내 왔다. 너도, 나도.

아라비안 나이트

표류 스티븐 캘러핸, 남문희 역, 황금부엉이, 2008

"뿌리 깊은 나무는 바람에 아니 뮐세."

〈용비어천가〉의 한 구절로 뿌리가 흙 아래의 땅에 굳건하게 그 바탕을 잘 내리고 있으면 아무리 세찬 바람이 불어도 흔들리지 않는다는 뜻이다. 하지만 세상사는 하도 모를 일투성이라서 쓰나미 같은 강풍이 불면 나무가 뿌리째 뽑히기도 한다. 내가 원하는 방향으로만 인생이라는 배가 나가준다면 얼마나 좋겠냐마는 인생은 꼭 딴죽을 걸고 역풍을 불어댄다.

그럴 때마다 가장 중요하고, 그 순간마다 곱씹어 봐야 할 것이 또이 문장이다. 결국에 인간인 우리가 할 수 있는 일은 인생에서 쓰나미 같은 강풍이 많이 불지 않기를 기도하는 일과 굳건히 뿌리를 내리고 신념을 지키는 일, 이 두 가지뿐이기 때문이다. 우리가 부딪히고 봉착하게 되는 난관의 근원은 어떻게 보면 다 신념에서 비롯된 일이라고 해도 과언이 아닐 것이다. 더군다나 우리나라같이 인정에 이끌리는 것이 묵인되는 사회에서는 그 신념을 지키기가 매우 어렵고, 그 신념이라는 것의 정도와 경계도 매우 모호한 것이 사실이다. 신념을 지키는 일이 때로는 상대방에게 잘못된 평가로 돌아오기도 하고 가까운 사람과의 관계를 끊어버리게 되는 극단적인 결과를 낳기도 한다. 그럴 때면 우리는 늘 딜레마에 빠지게 된다. 내가 이렇게까지 하면서 무슨 부귀영화를 누리겠다고 이 마음을 유지해야 하는 것일까와 같은 생각 말이다.

솔직히 나는 생계의 어려움으로 검은 유혹에 흔들릴 만큼의 가난을 경험해 보지는 않았다. 병든 부모 혹은 병약한 형제, 자매가 있거나 아픈 아이가 있어 신념과 물질적인 것 사이에서 죽도록 고민하는 절박한 인생의 순간을 겪어 보지 않았다는 말이다. 하지만 늘 극한의 고통만이 아프다고 할 수는 없는 만큼 우리는 살면서 "에잇~!"하고 외치고 싶은 순간들이 자주 겪는다. 그러나 단호하게는 아니더라도 "NO!"라고 말하면서 집으로 돌아오는 순간 당신을 찾아오는 알 수 없는 기쁨이나 당찬 뿌듯함을 느낀 적이 있을 것이다. 독립운동이나 계몽활동과 같은 대단한 업적까지는 아니더라도 '내가 그래도 참 괜찮고 똑바른 사람이구나' 하고 나 자신으로부터 뿜어져 나오는 당당함에 뿌듯했던 기억 말이다.

현대사회에는 쾌락을 느낄 수 있는 여러 가지 일들이 많이 있겠지만 나는 신념이 주는 쾌감을 꼭 한 번 느껴보기를 권한다. 내 마음속에 어떤 것을 지켰다는 것이 주는 쾌감은 내가 하고 있는 일, 그것은 더 나아가 나 자신을 바로 설 수 있게 하는 원동력이 된다.

영화 〈밀리언 달러 베이비〉를 보면서 가슴 깊은 곳에서 뜨거운 것이 올라와 엔딩 크레디트가 올라갈 때까지 영화관에 앉아서 화면을 바라보았던 기억이 난다. 그중 가장 기억에 남는 것은 아이언 듀프리스 역을 맡은 명배우 모건 프리먼이 한 말이었다.

"자신만 볼 수 있는 꿈 때문에 모든 걸 거는 거야."

"인생을 살다 보면 질 때도 있는 거야. 거기에 굴하지 않고 일어나야, 진정한 챔피언이 되지."

부자든 천재든 가난한 자든 구분 없이 어떤 식으로든 위기는 찾아온다. 하지만 정전 속에서 손을 더듬어 손전등이나 짧은 양초를 찾듯 우리는 늘 내 마음속에 신념과 뿌리를 내가 가장 잘 찾을 수 있는 곳에 두어야 한다. 그래야 불이 꺼지고 한 줄기 빛도 없을 때 익숙한 손길로 그것을 찾아 다시 내 길을 비출 수 있게 되기 때문이다. 때로는 그것이 짐처럼 느껴지고 가볍게 걸어 나가고 싶을 때도 올 것이다. 하지만 영화에서처럼 우리는 나이를 거꾸로 먹을 수 없다. 결국에는 수명이 다해 세상에서 떠날 날이 올 것이다. 그 마지막 순간에 내 긴 인생을 정리해 보면서 자신의 가슴을 두드리며 "그래도 참 잘, 열심히 살아줬구나"라고 말할 수 있으려면 지금의 그 무게 정도는 기쁘게 감당해야 하지 않을까?

나는 인생의 여러 국면에서 신념의 가치에 대해 생각해 보았다. 내게도 나름의 힘든 시간이 여러 번 찾아왔었다. 그때마다 나를 붙들어준 책. 그것은 바로 클리드 브리스톨의 《신념의 마력》이다.

자기개발서의 고전이라고 할 수 있는 이 책은 요즘 젊은이들에게는 인기가 없을지도 모르겠다. 워낙 눈과 귀를 사로잡는 획기적인 자기개발서들이 봇물을 이루고 있는 요즘, 신념을 지키라느니, 내가 이루고자 하는 것에 대한 믿음을 가지라느니 하는 것은 고리타분한 잔소리쯤으로 치부될 수도 있을 것이다. 그러나 머리맡이나 책꽂이 제일 잘 보이는 곳에 한 권 정도는 꽂혀 있어야 할 책이 바로 이 책이 아닌가 싶다.

인생의 시작은 기름을 가득 채운 자동차나 오토바이 같은 것이다. 누군가는 태어날 때부터 기름의 질과 양을 달리하고 태어난다는 말을 하지만 나는 생각이 다르다. 사람은 누구나 같은 질과 양의 기름이 채워진 자동차 혹은 오토바이이다. 시동을 언제 거느냐에 따라 대기를 향해 연소될 운명의 순간이 시작되는 것이다.

그 시동을 걸게 하는 힘도, 앞으로 계속 달려 나가게 하는 힘도 따지고 보면 신념이다. 내가 얼마나 앞으로 나아가고 싶은가에 대한 스스로를 향한 물음. 그것이 지속되어야 한다는 것을 알려주는 책이라고 할 수 있을 것이다. 그리고 내가 정한 삶의 목표와 그것을 달성하기 위해 집중하는 나의 잠재의식이 나를 굳건한 신념의 세계로 끌어당김과 동시에 어떤 것을 성취할 수 있게 만든다.

이 책은 총 아홉 장으로 구성되어 있는데 첫 번째 장부터 신념을 운명에 결부해 강한 어조를 띤다. 우리가 인생 전반에 걸쳐 만나게 되는 모든 가르침 속에는 황금빛 선이 꿰뚫고 지나가고 있다. 그것을 진실하게 받아들이고 삶에 적용하게 될 때 비로소 인생은 빛을 발하는데, 그것이 바로 신념이라고 이 책은 말한다.

또한 우리의 가슴 안에 존재하는 또 하나의 나, 마음이라는 개념을 정의하고 있는데 두 번째 장에서는 이것이 모든 힘의 근원이라고 말하고 있다. 우리 안에 어떤 동력을 일으키고 이로 인해 우리 인생에 소위 '여분의 가치'를 생겨나게 한다는 것이다. 두언가를 갖고 싶거나 이루고자 한다면, 지금보다 더 많은 것을 얻고 싶다면 설사 그것이 욕망이라 할지라도 마음에 품어야 한다는 것이다. 마음에 갈망을 담는다는 것. 거기엔 욕망이라는 이름의 전차에 올라타 기꺼이 경적을 울리며 앞으로 나아가라는 독려가 담겨 있다.

자, 이렇게 출발한 열차가 매번 정확한 시간에 정해진 역에 선다면 얼마나 좋겠는가? 하지만 인생에는 너무도 많은 변수, 즉 문제들이 존재하고 있다. 이 책에서는 그 문제를 잠재의식으로 해결하라는 팁을 주고 있는데, 이것이 암시에 의한 자기 긍정의 힘으로 이어진다. 죽도록 노력하면서 마음속으로는 '난 안 돼'라고 생각하지 마라.

나는 늘 이 책을 읽으며 진리는 언제나 당연하고 쉬운 곳에 있다는 것을 다시 한 번 믿게 된다. 그렇게 이뤄낼 수 있다는 긍정적인 마음을 다진 후에는 구체적인 그림을 그려 본다. 강렬하게 원함, 즉 욕망이라는 밑그림을 상세하게 그린 후 구체적으로 원하는 바를 붓질하라. 이렇게 정확히 초점이 맞춰진 신념은 마음을 흐트러뜨리는 생각이나 부정적인 사고, 두려움이나 의심을 차단할 수 있다고 한다. 흔히 말해 '이 산이 아닌가벼'하는 일은 없게 만들어준다는 말이다. 그리고 이렇게 그려

본 것들을 매일 아침 거울을 보듯이 자주 들여다보며 초반에 말했던 내 잠재의식을 늘 일깨워야 한다. 또한 내가 이러한 꿈을 향해 성실히 걸어가는 사람이듯 상대도 그렇다고 믿는 것이 중요하다.

나는 이 대목에서 이 책이 일반 자기개발서와 다르다는 점을 더욱 확실히 깨달은 것 같다. 상대를 좋은 사람이라고 생각하며 그렇게 믿는 것, 그러한 나의 생각이 상대방을 반드시 좋은 사람이라고 만든다는 것, 우리가 돌려받는 것은 우리 마음을 투사한 것에 대한 반사라는 것. 얼마나 멋진 말인가?

이 책의 마지막에 바로 그 무지개가 있다는 것을 믿는 것이 얼마나 중요한지가 나온다. 어떻게 보면 이것은 이룰 수 있다는 것과는 맥락이 다른 것이다. 이룰 수 있다는 것과 내가 이루고 싶은 것이 실존하느냐의 차이는 큰 것이기 때문이다. 따라서 내가 원하는 꿈이 실존한다고 믿고 노력하는 것과 그렇지 않은 것의 차이는 크다. 그것은 곧 내가 이뤄낼 가치들의 평가를 사전에 업그레이드시키는 것일지도 모른다. 이룰 수 있다고 믿고, 잠재의식 속에 강하게 각인시키며, 남의 꿈을 존중하면서, 결국에 손 안에 쥐고 흔들어 보일 수 있는 실체를 가진 꿈이라고 생각한다는 것. 이 과정이 아득하고 멀게 느껴지지 않게 만드는 것이 바로 '신념'이 가진 진정한 마력이다.

팔십 년대에 이 책을 처음 접했을 때 지하철에서 나는 이 책을 읽었고, 십 년이 지난 후에 또 다시 지하철에서 다른 출판사에서 출간된 다른 번역자의 책을 읽는 젊은이를 보았다. 나는 이 책에 한참 빠져 있는 젊은이의 정수리와 어깨, 손을 보면서 그가 가진 신념이 아름답다고 느졌다. 그것은 좀 더 나이가 든 남자가 자신보다 어린 남자를 보며 짓는 단순한 풋웃음이 아니었다. 어딘가 분명히 존재하는 무지개를 좇아가는, 같은 인생을 살아가는 한 계단 아래의 친구를 보는 눈웃음과 미소였다. 당당하고 짜임새 있게 지켜가는 신념, 또 그 신념과 꿈이 영그는 소리를 들을 수 있는 젊은이들이 좀 더 많아졌으면 하고 바라는 것은 너무 영감 같은 생각일까?

오래도록 곁에 두고 볼 수 있는 책은 좋은 친구이자 스승이 될 수 있다는 것을《신념의 마력》을 통해 느낄 수 있게 될 것이다.

열하일기

사람들이 의아해하고 궁금해하는 나의 이력 중 하나가 바로 공직생활에 관한 것이다. 나를 아는 많은 분들은 공직이 나와 어울리지 않을 것 같다는 의견이 지배적이고, 나도 어느 정도는 동의하는 바이다. 그런 내가 대통령 임명직인 무역위원회 무역위원, 역시 대통령 임명직인 규제개혁위원회 규제개혁위원을 비롯해서 외교통상부 통상교섭본부 통상전문관, 교육과학기술부 대학설립심사위원회 위원장 등 지금까지 꽤 다양한 공직을 경험했다.

이 모든 경험들이 내겐 참 소중하다. 특히 무역위원회 무역위원은 통상법을 전공하는 사람이라면 누구나 한 번쯤 해 보길 바라는 공직이다. 무역위원회는 외국의 불공정 무역행위로부터 우리나라의 산업을 보호하는 곳이고, 그 수단으로 수입품에 대한 반덤핑, 상계관세, 긴급수입

제한 등의 조치를 취하는 기관이다. 그런 곳에서 내가 내 전공을 살려 가진 역량을 발휘할 수 있게 된다는 것은 흥분 그 자체였다. 무역위원회로부터 무역위원 제의가 들어왔을 때, 그토록 기쁘고 반가웠던 마음은 지금도 새롭다. 무역위원회 무역위원으로 임명된 이후 나름 최선을 다해 소임을 다했다. 애정이 많은 자리였던 만큼 열정적으로 업무에 임했다. 그리고 2010년 4월 무역위원에 연임되어 '장수' 무역위원이 됐다.

내가 우리나라 정부 대표가 되어 국제회의에 참석한 것 또한 값진 경험이 아닐 수 없다. 정부대표로 처음 국제회의장에 나선 건 1997년 2월의 일로 UN국제상거래법위원회 전자상거래분야 전문가회의에 정부대표로 참가했다. 1996년 전자상거래 모델법을 타결 지은 UN국제상거래법위원회는 당시 전자서명 모델법 제정을 위한 회의가 한창이었고 우리나라는 1997년 2월부터 정부 대표를 회의에 파견했다. 이후 나는 일 년에 두 번 뉴욕과 오스트리아 비엔나에 위치한 UN을 오가면서 정부대표로 이 회의에 참여해 왔다. 1998년 외교통상부 통상교섭본부 통상전문관으로 임용되면서 UN국제상거래법위원회를 비롯해서 APEC, WTO, OECD 등에서의 회의에도 정부대표로 참여했다.

이렇게 세계 여러 나라 사람들을 대하고 함께 토론하는 자리에 갈 때마다 나는 과거에 읽었던 한 권의 책을 내 여행 트렁크에 다시 넣고 다니기 시작했다. 그것은 바로 연암 박지원의 《열하일기》였다.

물론 지금으로부터 이백 년 전의 책이지만 그 시대 정부의 명을 받은 관리가 열하의 나라를 다니며 명사들과 교류하며 지혜를 얻었다는 점에서 나와 다를 것이 없었다. 그리고 연암의 열린 사고를 통해 지식이나 문물을 받아들이는 글로벌적 시각은 나에게 많은 깨달음을 주었다. 그래서 가끔 머리로 가슴으로 받아들여지지 않는 타인의 생각이 나 스스로도 답답하게 느껴질 때, 억지로라도 내 가슴과 마음의 문을 열고 싶을 때 나는 열하로 떠나는 연암을 그려 보곤 한다. 이 시대를 살아가는 당신은 연암에게 어떤 이야기를 듣고 싶은가?

《열하일기》는 교과서에서 한 번쯤은 접한 적이 있을 것이다. 열하는 중국 북경에서 북쪽으로 210km 떨어진 승덕(勝德)의 옛 이름으로, 1780년에 이곳에서 청나라 건륭제의 칠순 잔치가 열렸다. 박지원은 이 생일을 축하하는 조선사절단 정사 박명원의 개인 수행원으로 따라가게 되었는데, 의주에서 북경을 거쳐 왕이 있는 열하에 도착하기까지 사십여 일 간의 여행기가 《열하일기》 안에 담겨 있다.

하지만 우리는 먼저 연암 박지원이라는 사람에 대해 알 필요가 있다. 그렇지 않고서 《열하일기》의 여정을 떠난다는 것은 무의미하다고 해도 과언이 아니기 때문이다. 박지원이라는 사람은 과거 시험 날, 답안지에 정답을 안 쓰고 버젓이 그림을 그리고 나올 만큼 배짱과 장난기가 다분한 사람이었다. 엄숙함과 고루함을 버리고 재치발랄하고 아주 섬세한 묘사를 즐기는 감수성이 뛰어난 인물이기도 했다. 거기다가 권위로 똘똘 뭉친 양반사회에서 지체 높은 신분임에도 불구하고 시장과 저잣거리에 누구와도 친구가 될 수 있고, 진실한 우정을 나눌 수 있는 사람이었다.

연암이 실학자로서 자신의 사상을 제대로 정립할 수 있었던 기저에는 그의 이러한 '열림'이 있었다. 저자의 백정이라고 해서 지혜가 없을

리가 만무했고, 아무리 지체 높은 집 자제라고 해도 논어 왈 맹자 왈만 되풀이할 뿐 해가 뜨고 지는 원리에 대해서도 모르는 사람이 있을 수 있다는 것이 연암의 논리였다.

하지만 연암이 살던 시대는 단순히 신분에 귀함과 천함으로만 나뉘던 반상의 구별이 있었던 것과 더불어 반 중에서도 노론과 소론으로 분열되어 치열한 암투를 벌이고 있었다. 지금의 우리로 치자면 좌, 우 논리로 접근할 수 있을까?

거기에다 서양 문물은 급속히 시대의 조류를 타고 서학이라는 이름으로 조선의 문을 두드렸다. 1792년 정조는 동지정사 박종악과 대사성 김방행을 궁으로 불러 중국 서적 금지령을 강화하는 정책을 공포하기 위한 논의를 하게 된다. 패관잡기는 물론 경전과 역사서까지 모두 수입 금지 조치가 내려지고 문체반정의 서곡이 울리게 된다. 패관잡기란 '시중에 떠도는 까끄라기 같은 글'이란 뜻으로 소설이나 기타 잡다한 에세이 류가 이에 해당된다. 하지만 이렇게 비교적 가벼운 글인 패관잡기는 그렇다고 치지만 경전이나 역사서까지 죄다 읽을 수 없게 한 것은 무슨 까닭일까?

참으로 어불성설인 것이 중국판은 종이가 얇고 글씨가 작아 누워 보기에 편했다. 하지만 '성인의 말씀과 역사에 대한 기록을 감히 누워서 봐서야 되겠는가?'라는 이유로 수입을 금지했던 것이다. 이것은 정조의 시각을 한눈에 알아볼 수 있는 일례이다. 정조는 관습과 개념에 얽매인 채 학문을 바라보는 사람이었고, 이를 조정은 물론 사대부가에게도 강요하기에 이르렀던 것이다. 근엄한 것이 상위개념이고 좋은 것이라는 생각을 가진 임금의 밑에서 가볍고 싸고 하찮은 것에서도 의미를 찾을 수 있다고 믿는 현실주의자 연암은 당연히 견제 대상이 될 수밖에 없었을 것이다.

문예 부흥기였던 정조 시대에 박지원에게 벼슬을 하라는 주변의 권유도 있었지만 그는 애초부터 과거 보기를 거부했고 때로는 경박한 글이라 폄하될지언정 문체적인 실험을 하며 새로운 담론의 장을 열어가길 좋아했다. 자연인으로의 삶을 즐겼던, 벼슬보다도 세상 유람을 하며 벗과 담소 나누기를 즐겼던 그는 권력에서 멀어져 그렇게 주변인으로서의 삶에 만족했다. 그리고 연암이 지은 〈증좌소산인〉이라는 시의 한 대목에서도 연암의 자유로움이 묻어나는 것을 볼 수 있다.

> 나는 보았네 세상 사람들
> 남의 문장을 기리는 것을
> 문은 꼭 양한을 모의하고
> 시에는 언제나 성당을 일컫지
> 비슷하다 함은 이미 참이 아닌데
> 한당이 어이하여 다시 있으리
>
> 나도 이런 칭찬 들은 적 있지
> 처음 듣곤 낯이 따갑더니
> 재차 듣고 포복절도
> 며칠씩이나 허리 아팠고

널리 소문나니 더욱 무미해

도리어 밀랍을 씹는 듯했네

　1780년. 정조 4년, 연암의 나이 44세에 삼종형 진하사 박명원을 따라 북경으로 향한다. 이때 건륭제가 열하에서 피서를 즐기고 있었기 때문에 박지원과 그 일행은 청나라 황제의 여름 별궁이 있는 열하까지 가게 되었다. 연암의 사절단은 비공식 수행으로 중요한 결정이나 공식적인 수행은 할 수 없었다. 북경에서 열하로 가게 되었을 때 그들의 직함과 성명을 적어 미리 황제에게 알리는 절차가 있었으나 연암은 자신의 이름을 기재하지 않았다. 그저 자신은 그 수행단에 끼어 두루 살피고 싶었던 것이다. 자유롭게 자신의 눈에 모든 것을 담고 싶었던 욕심이었던 듯싶다. 이렇게 그는 공식적인 업무도 없이 그곳 사람들과 격의 없이 친해져 다양한 이야기를 나누며 지리적 경계를 넘어 중원의 땅에 진정한 걸음을 내딛었다.

　이러한 박지원의 여행에 대해《열하일기, 웃음과 역설의 유쾌한 시공간》에서 고미숙 작가는 이렇게 표현하고 있다.

　　마치 돈키호테가 시종 산초 판사와 애마 로시난테만을 데리고 천하를 주유하듯, 그 또한 '두 귀가 쫑긋'하고 '정강이가 날씬한' 말과 우직한 하인 창대 장복이만을 동반한다. 돈키호테는 머릿속에 온갖 '기사담'을 다 집어넣고서 길을 나서지만, 연암은 이제 마주치게 될 미지의 세계를 낱낱이 담기 위해 붓과 먹, 공책 등을 들고서 여행을 떠난다. 전자는 텍스트를 구현하기 위해 떠나지만, 후자는 텍스트를 채우기 위해 떠난다. 전자의 여행이 이미 완결된 세계를 현실에서 확인하고 구현하기 위한 것이라면, 후자의 여행은 예정도, 목적도 없이 낯설고 이질적인 모험 속으로 무작정 몸을 날리는 것이다. 그러고 보면 연암이 더 '돈키호테적'인 게 아닐까.

여기에서, 내가 외교통상부 통상전문관으로 근무했을 때의 일을 잠깐 언급할까 한다. 그때 힘든 일들이 참 많았지만 가장 힘들었던 건 결재를 받는 일이었다. 정조의 문체반정에 비길 정도로 간단한 사항도 국장과 조정관, 그리고 통상교섭본부장까지 결재에 결재를 받아야 했다. 정부라는 조직 자체가 유연하지 못하리라는 것은 짐작했지만 결재를 받다 하루해가 다 질 줄은 몰랐다. 그때는 정말이지 연암의 헛헛한 웃음소리가 귓전을 맴돌았다. 게다가 본부장의 입에서 항상 나온 똑같은 질문.

"언론은 이 문제를 어떻게 보도할까요?"

본부장은 결재를 받으러 갈 때마다 예외 없이 같은 질문을 던졌다. 그리고 난 그럴 때마다 항상 반문했다. "왜 그토록 언론을 신경 쓰시느냐"고. 그로부터 돌아오는 대답은 한결 같았다. "청와대가 신문과 방송을 철저히 모니터하기 때문"이라고. "여론을 정책에 반영해야 하기 때문"이라고 해도 언론을 지나치다 싶을 정도로 의식하는 모습을 납득하기 어려울 터에 청와대가 언론을 신경 쓰기 때문이라는 대답은 할 말을 잃게 했다.

어떤 일을 하기도 전에 언론에서 뭐라고 할까 봐, 혹여라도 청와대로부터 한 소리 들을까 봐 몸을 사리고 눈치를 본다면 그것은 선후가 잘못되어도 한참 잘못된 것이다. 이런 본부장의 모습은 마치 그저 조정에 보고될 일이 걱정이 되어 중국인들 꽁무니만 따라다니던 연암의 다른 일행들과 다를 바가 전혀 없다.

다시 《열하일기》로 돌아가 보면, 중국 황제를 찾아 열하로 떠나는 길은 험준한 산과 강을 넘는 길이었다. 그 와중에 연암은 새로운 문물을 접하고 또 새로운 민족과도 접하게 된다. 전통적으로 상업을 배척하는 유교적 사상에서 벗어나 이용후생학 사상을 바탕으로 상공업, 물자와 화폐 유통에도 관심을 가졌던 연암은 중국의 수레가 규격이 똑같고 너비가 일정한 길로 그 넓은 중국 곳곳을 다님을 보고, 우리나라 수레의 문제점을 깨닫고 비판하기도 한다. 수레는 단순히 물건을 떠나 경제유통의 수단인데 수레가 제대로 발달하지 못해 지역 간의 물자유통이 이뤄지지 않고 따라서 가격 조절도 되지 않는다는 결론에 도달하게 된 것이다. 《열하일기》에서 조선의 경제에 대한 현실 직시와 비판은 정말이지 탁월하다고 볼 수 있다.

이밖에 처음 코끼리라는 동물을 본 묘사를 비롯해 새로운 것을 받아들이는 연암은 어린아이가 처음 눈을 뜨듯 감동에 몸서리쳤다. 그는 새로운 문물을 접할 때마다 조선의 것과 비교하였고 조선에서 어떤 것이 필요한지, 어떤 점이 우리 것보다 나은지, 그래서 어떤 것을 수용해야 하는지를 생각했다. 만리장성 벽돌의 유용성, 청나라 온돌과 조선의 온돌, 굴뚝 높이 등 범국가적인 것부터 서민생활에 이르기까지 연암은 그 어떤 것도 놓치지 않고 열하로 향하는 내내 흡수하려고 했다.

《열하일기》를 읽는 재미 중 또 하나는 소소함이라고 할 수 있다. 연암이 워낙 재밌는 사람이라 그의 일기를 읽는 너내 남의 일기라는 생각이 들지 않고 마치 내가 예전에 써놓은 일기를 읽는 것같이 가깝게 느껴졌다. 말 위에서 잠깐 조느라, 또 일행보다 더 빨리 어떤 지역을 벗어나느라 낙타 구경을 하지 못한 것을 아쉬워하는 부분이 나오는데 읽는 나까지도 아쉬움을 느끼게 만들었다. 또 길에서 만난 귀여운 아이의 이름을 물어 일기에 그 꼬마와의 정다운 일화를 기록할 정도로 여행에서의 사소한 기쁨도 놓치지 않는 연암이었다.

사람들과 문화를 바라보는 그의 시선 어디에도 사대부 양반이라는 아집과 왜곡이 없었고, 있는 그대로 바타보고 인정할 줄 알았던 연암을 보며 나는 나를 다잡곤 했다. 또한 책두를 가지고 떠난 여행이라고 해서 그것에 연연하지 않고 그 너머에 새로운 것을 받아들이고 이해하려는 노력을 계속했던 연암을 닮고 싶었다.

연암 박지원의 《열하일기》는 통과의례처럼 당연해지고 있는 해외여행을 앞두거나 출장을 떠나는 길 비헝기에서 내 손에 들고 있기 가장 적당한 책이 아닐까 싶다.

자신만의 열하로 떠나는 나와 당신에게 기인과도 같은 행동과 기지로 문물을 접하고자 했던 연암의 열린 마음이 빙의되기를…….

신념의 마력 C.M. 브리스톨

열하일기 박지원, 리상호 역, 보리, 2004

사립초등학교를 다닌 탓에 내 동기들의 아버지는 돈 많은 사장이거나 고위 공무원, 또는 장교 등이 많았다. 운전수까지 딸린 자가용 뒷좌석에 앉아 학교 정문 바로 앞에서 차에 오르내리던 아이들을 보면서 나는 기분이 별로 좋지 않았다. 어린 마음에도 몸이 불편하다거나, 급한 상황이라면 이해할 수 있겠지만, 내가 본 그네들의 모습은 '과시하기 위해서'였기 때문이었다.

하지만 어린 내 눈에 더 이해가 되지 않았던 것은 바로 선생님들의 태도였다. 일단 누구누구 어머니가 학교에만 오시면 허리가 90도로 구부러지는 선생님. 그들은 학생들이 아직 어리다고 생각한 것일까? 지금이야 상상도 할 수 없지만 버젓이 교실에 들어와 학생들이 있는 앞에서 봉투를 내놓고 가는 일도 비일비재했다. 또 그 봉투를 받고 만연에 미소를 띠는 선생님을 본 나는 그 웃음이 아직도 뇌리에 박혀 한없이 따르고 존경해야 할 스승의 이미지가 검은 칠로 각인되어 있다. 그 어머니가 가기 무섭게 수업시간에 그 아이를 노골적으로 칭찬하시는 모습은 일종의 배신감으로 다가왔다.

그렇게 세월이 지나 중학교에 올라가서는 전세가 바뀌어 도시락을 싸오지 못하는 친구가 있을 정도로 궁핍한 환경의 친구들도 보게 되었다. 점심시간마다 도시락을 먹는 대신 운동장에서 공을 차는 아이들을 보았을 때, 처음엔 그저 공 차는 것이 좋아서 나가는 것으로 알았다. 하지만 알고 보니 그게 아니라 점심을 싸오지 못해 그런 것이었다. 주린 배는 운동장 한편의 수돗물로 채우는 아이들이었다. 인생의 화살표가 오로지 나 자신만을 향해 있던 그 시절에 나는 그 아이들을 보며 큰 충격을 받았다. 끼니를 거를 만큼의 가난을 지고 있는 아이가 나와 같은 나이구나, 나와 같은 반에서 공부하고 있구나. 저들을 둘러싼 고뇌는 또 어떤 것일까. 막연한 미안함에 괜스레 고개가 떨어지기도 했다. 중간자의 슬픔이라고 할까? 가난하지도 부유하지도 않은, 행복하지도 불행하지도 않은, 배고프지도 배부르지도 않은 중간에서 타인의 불행을 바라보는 최초의 경험이었을 것이다.

그렇게 관념이 서서히 생겨나던 중학교 시절은 초등학교와 달리 반에서 몇 등인지, 그리고 전교 석차는 몇 번째인지가 그대로 적시되는 본격적인 경쟁의 시기이기도 했다. 성적이 좋으면 모범생으로 모든 사람들로부터 부러움을 사는 대상이 되었다. 반면 석차가 낮으면 마치 인생의 낙오자처럼 인식이 됐다. 그러나 성적 일등이 과연 성격도 일등이었을까? 적어도 내가 본 친구들은 성적과 성품은 반비례했다. 아니, 아이들이 성적과 인성을 함께 키울 수 있는 환경 자체를 어른들이 만들어

주지 못했다. 경쟁을 부추기기만 했다. 지금 살아남지 않으면 남은 인생이 얼마나 고달플지에 대한 경고도 잊지 않았다. 하지만 이 세상에는 학자나 판사만 살아가는 것이 아니다. 지식수준과 상관없이 자기 인생에서 충만함을 느끼는 사람이 있다는 것을 그때의 우리들은 알 수 없었다. 그리고 이런 무한 경쟁 속에서 나의 집념은 더욱 불타올랐다.

그렇게 공부에 집념을 불태우던 나는 중학교 2학년 때부터 장학금을 받았다. 처음 장학금을 받아 왔을 때, 그렇게 좋아하시던 어머니와 아버지의 모습을 나는 지금도 잊을 수가 없다. 아버지와 어머니는 장학생이라는 사실 자체만으로 충분히 기쁘다고 말씀하시면서 그 돈을 어려운 사람들을 위해 사용하셨다. 난 그런 부모님이 존경스러웠다. 물론 학비를 낼 수 없었을 만큼 궁핍하지는 않았지만 그래도 남을 돌아볼 줄 아는 마음을 가진 이가 내 부모님이라는 사실에 나는 힘든 순간도 뿌듯함으로 바꿀 수 있었다.

그렇게 고집 센 천하의 개구쟁이가 장학금을 받는 우등생으로 변하게 되었다. 시작은 어머니였다. 동기부여부터 힘의 원천까지, 어머니는 그렇게 내 중심에서 정확하게 기둥이 되어주셨다. 어머니는 교육은 무릇 인간의 의무에서 그치는 것이 아니라 더 나은 인간으로서의 발전을 위해 필수 불가결한 것이라는 생각을 가지고 계신 분이었다. 어렸을 때 내게 늘 하시던 말씀도 그것이었다.

"공부를 해야만 사람이 아니라 사람이면 누구나 공부를 해야 하는 거란다."

그 당시 서울은 과외천국이었다. 쌀독에 쌀만 비지 않으면 누구나 과외를 했다고 해도 과언이 아니던 시절이었다. 그 시절 중 고등학교에서도 지금과 마찬가지로 과외가 차지하는 비중이 너무나도 컸다. 새벽 5시에 일어나 6시부터 시작하는 새벽 과외에 가고, 7시 30분에 수업이 끝나면 학교로 갔다가 다시 오후 5시쯤 학교 수업이 끝나면 7시부터 8시 30분까지 저녁 과외를 갔다. 새벽 1시에 집에 와서 다시 그날 배운 것을 정리하고 자야 했다.

어머니는 새벽에 끼니를 거르고 그냥 눈을 붙이겠다는 나를 기어코 일으켜 식사를 챙겨주시고 과외하는 곳까지 직접 운전을 해서 데려다 주셨다. 그리고 내가 나올 때까지 그 앞에서 기다리다 다시 나를 태워 학교까지 데려다 주셨다. 학교가 끝나 집에 돌아오면 몸에 좋은 간식을 만들어주시고, 저녁 과외를 다녀와 새벽에 잠자리에 들기까지 한 번도 먼저 주무신 적이 없었다. 나는 그런 어머니에게 참 미안했다. 그렇게까지 자신을 희생하실 필요가 없는데, 나 혼자 힘으로 충분히 할 수 있는데, 왜 그렇게까지 하시는 걸까……. 어린 가슴에 그런 어머니가 답답하고 부담스럽게 느껴지기도 했었다.

하지만 어머니는 단순히 나에게도 그 과외가 필요하다고 여기셨을 뿐이었다. 좋은 선생님 밑에서 학교 공부로 따라가지 못하는 부분을 보충해 주면 내가 더 나아지리라고 믿으셨다. 그런 면에서 어머니는 순수하셨던 것 같다. 하지만 과외 그룹은 그렇게 녹록한 것이 아니었다.

과외는 학교보다 경쟁이 더욱 치열했다. 매 시간마다 시험을 봤고 그 성적을 전체 아이들 앞에서 공표했다. 매달 어머니 모임에서 그 내용을 있는 그대로 공개까지 했으니 성적이 떨어진 어머니들의 마음은 어땠을까 짐작이 가고도 남는다.

더욱이 과외 선생님은 이 반에서 서울대를 갈 수 있는 학생은 몇 명뿐이라고 선까지 그었으니, 그 등수에 들기 위해 죽기 살기로 매달리지 않을 재간이 없었다. 모두가 똑같은 말들만 되풀이했다. 석차에서 밀리지 마라, 밀리는 즉시 서울대에서 밀리는 것이다, 서울대에서 밀리면 인생에서도 밀리는 것이다……. 이런 등식이 우리 뇌리에서 떠나지 않았다. 나는 태어나 처음으로 고립이라는 단어를 경험하게 되었다.

어머니의 성화에 못 이겨 들어간 곳이긴 했지만 나름 새로운 환경이라 관심도 가고 잘해 볼 요량도 있었다. 하지만 그 나이 소년이 관심을 표현할 수 있는 수단이 무엇이겠는가? 장난이다. 그러나 내가 친 장난은 그들에겐 면학 분위기를 흐리는 장애물로 보였던 것이다. 그들은 돈을 들여 공부를 하러 과외에 왔지 나랑 장난치며 친해지고 싶은 마음은 눈곱만큼도 없었다. 반면 나는 그야말로 오기가 났다. 어린 나로서는 그들의 목적의식을 단박에 알아차릴 수 없었기에 나는 내 방식대로 그 그룹에서 행동했다. 문제는 거기서 그치지 않았고 급기야 어머니께 과외 그룹에서 나를 빼겠다는 통보를 하기에 이르렀다. 희미해질 법도 한 기억인데 나는 아직도 그날의 일을 똑똑히 기억하고 있다. 나는 태어나 처음으로 내가 속한 사회에서 '방출'된 것이었다.

잠깐 동안이었지만 방출된 덕에 시간이 있었던 나는 누나의 책꽂이에 꽂혀 있던 한 권의 책을 발견하게 된다. 마르고 신경질적인 남자 아이가 우거진 풀숲에서 헌팅캡을 쓰고 나를 노려보고 있었다. 호밀밭의 파수꾼, 콜필드였다. 나는 이 책이 무슨 종교서적인 줄 알았다. 새벽을 알리는 파수꾼이 계몽의 의지를 펼치는 책이라고 생각했던 것이다. 그래서 책을 펼쳐 보지도 않은 채 그 어설프고 조잡한 표지에 그려진 콜필드의 눈빛에 매료되었다. 마치 나에게 "왜? 너도 어디서 쫓겨났냐?" 하고 실실 비웃는 것 같았다. 나는 그 자리에 앉아 책 한 권을 다 읽어버렸다. 일렁이는 호밀밭과 같이 요동치던 문제를 알 수 없는 문제를 지닌 채 나처럼 벽에 부딪히고 있던 콜필드를 만나고야 말았던 것이다.

호밀밭의 파수꾼

사춘기 반항의 푸른 물결을 반추하게 해주는 소설을 꼽으라고 한다면 단언컨대 열에 아홉은 이 책을 꼽지 않을까?

윌리엄 포크너에게서 현대문학의 최고봉이라는 조금은 낯부끄러운 칭송을 받은 이 작품은 '콜필드 신드롬'이라는 말을 낳기도 했다. 이 책은 1951년 출판된 이후 지금까지 가정과 사회에 대해 느끼는 사춘기 청소년의 심리를 가장 잘 표현하고 있다는 찬사를 받고 있기도 하다.

뉴욕 맨해튼에 사는 부유한 가정 출신의 16세 소년, 홀든 콜필드가 사립학교에서 쫓겨나면서 이틀 동안 경험하고 생각한 것들을 담고 있지만 시간적으로 짧은 이야기라 할지라도 그 응집력은 어지간한 장편소설을 능가한다.

우리의 주인공 홀든은 잘 사는 부모도 그 밑에서 죽은 듯이 얌전히 살아가지 못하는 자신도 싫다. 우리가 십대 초반에 이래도 싫고, 저래도 싫었던, 마치 '부정'이 역병처럼 돌던 시기를 관통했듯이 말이다. 그러던 와중에 세 번째 사립학교에서 쫓겨난 홀든은 더 이상 어른들의 공허함 가득한 허위와 가식의 세계에 동참할 수 없다는 생각을 하게 된다. 어린 나이에 학교라는 자신의 사회, 그 경계 밖으로 쫓겨난 것이다. 하지만 그렇게 뛰쳐나온 홀든 앞에 펼쳐진 뉴욕의 거리는 그곳이라고 해서 새로운 희망을 주는 것은 아니었다. 이틀간 뉴욕의 거리를 헤매던 중 홀든의 마음 한 구석을 데우는 사람이 있으니 그것은 바로 홀든의 여동생 피비였다.

피비는 우리가 마지막으로 마음 한 구석에 남겨두는 쑥스러운 순수함 같은 존재로서, 홀든에게도 그러한 온기를 전해주는 유일한 사람이다. 그런 피비를 보고 뉴욕과 집과 부모님을 떠나겠다는 다짐을 하지만 오빠를 따라나서는 피비와 함께 향한 곳은 고작 공원. 이미 홀든은 세상의 이치에 너무 깊이 발을 담근 것일까? 마음과는 달리 떠날 수 없는 자신을 발견하며 홀든은 담담히 꿈에 대해 이야기 한다.

"그건 그렇다치고, 나는 늘 넓은 호밀밭에서 꼬마들이 재미있게 놀고 있는 모습을 상상하곤 했어. 어린애들만 수천 명이 있을 뿐 어른이라고는 나밖에 없는 거야. 그리고 난 아득한 절벽 옆에 서 있어. 내가 할 일은 아이들이 절벽으로 떨어질 것 같으면 재빨리 붙잡아주는 거야. 애들이란 앞뒤 생각 없이 마구 달리는 법이니까 말이야. 그럴 때 어딘가에서 내가 나타나서는 꼬마가 떨어지지 않도록 붙잡아주는 거지. 온종일 그 일만 하는 거야. 말하자면 호밀밭의 파수꾼이 되고 싶다고나 할까. 바보 같은 얘기라는 건 알고 있어. 하지만 내가 정말 되고 싶은 건 그거야. 바보 같겠지만 말이야."

홀든의 속마음이 그대로 드러나는 이 구절을 읽으며 나는 괜스레 눈물이 났다. 그가 얼마나 아이이고 싶은지, 또 동시에 얼마나 어른이고 싶은지가 간절하게 느껴졌다. 또 절벽에서 나를 붙잡아줄 어른을 얼마나 기다리고 있는지 나는 알 수 있었기 때문이었다. 그것은 곧 자신이 절벽 위에 서서 온갖 바람을 맞고 언젠가는 낭떠러지로 떨어질지 모른다고, 누군가 붙잡아달라는 소리 없는 외침이 아니었을까? 그리고 이러한 외침이 어른들의 세계에서 메아리도 없이 공허한 울림만으로 돌아오는 것을 깨달았을 때 홀든은 공허감을 느꼈을 것이다.

몇 번이고 도망치듯 학교를 떠나는 홀든이 바라는 것은 '나중에 캐딜락을 살 수 있을 정도의 위치에 오르는' 것도 아니고, '더럽기 짝이 없는 온갖 파벌을 만들어' 똑똑하다는 것을 과시하려는 것도 아닌 그저 아이들이 안전하게 놀 수 있도록 '호밀밭'을 지키는 것뿐이었는데, 세상은 그 단순하고 강렬한 꿈을 꾸기에 너무 뜨거운 용광로였던 것이다.

"자신이 원하는 것을 자신이 속한 환경에서 찾을 수 없다고 그냥 생각해 버리는 거야. 그러고는 단념하지. 실제로 찾으려는 노력도 해보지 않고, 그냥 단념해 버리는 거야."

말썽은 부렸지만 소심한 구석도 있고, 겨울이 오면 호수의 오리들은 다 어디로 가는지, 물고기는 어떻게 사는지 궁금해할 만큼 순수함도 있었던 홀든의 마음을 이해해 줄 수 있는 대상이 아무도 없었다는 것에 대한 쓸쓸함이 전해지는 부분이다. 일탈하고 싶어서가 아니라, 뛰쳐나가고 싶어서가 아니라 그저 "나 여기 있어요!"라는 말을 그렇게 할 수밖에 없는 시기. 우리 인생에서 한 번쯤 오는 시기를 그 당시엔 감정에 젖어 모르고, 후에 어른이 되면 겪지 않은 일처럼 모조리 잊게 되는 것이 참 안타깝다.

> '누구에게든 아무 말도 하지 마라. 말을 하게 되면, 모든 사람들이 그리워지기 시작하니까.'

어른도 아이도 아닌 사춘기의 터널 안에서 우리는 모두 이러한 일렁임을 지나 어른의 세계로 걸어온 것일 테다. 하지만 그럼에도 불구하고 홀든의 성장이 마음 아프게 느껴지는 것은 바로 이 책에 적힌 저 마지막 문장 때문이 아닐까?

나는 누구도 나를 이해할 수 없는 순간을 경험하는 것이 꼭 필요하다고 생각한다. 왜냐하면 아무도 나를 이해해 주지 않기 때문에 절실하게 내가 나를 이해하려 들기 때문이다. 그 과정을 통해 진정한 자기애가 생긴다고 믿는다. 반항이나 방황이 필요한 이유도 바로 그것이다. 하지만 우리 사회는 그것을 돌이킬 수 없는 강이라고 인식하는 커다란 오류를 범하고 있다. 반항과 방황은 돌이킬 수 없는 강이 아니라 인생이라는 강에서 불어오는 편서풍 같은 것이다. 콜필드에게도 동화처럼 '그리하여 오랫동안 행복하게 잘 살았답니다'라는 결론이 존재한다면 나는 그가 멋진 어른으로 살아갈 수 있을 것이라고 굳게 믿는다. 왜냐하면 그는 자기 자신을 이해하는 값비싼 대가를 치렀기 때문이다. 나는 이 책을 평생 놓을 수 없는 것이다. 절대로 이해할 수 없는 나를 이해하기 위해, 절대로 이해할 수 없는 너를 이해하기 위해.

우리들의 일그러진 영웅

당신에게도 재미있을 이야기가 있다. 나는 중학교 삼 학년 때, 지금 생각해 보면 참 황당한 경험을 했다. 나와 전고 일등을 다투는 아이가 있었는데 지금은 어떤지 모르지만, 그대는 시험만 끝나면 교실 밖에 나와 아이들끼리 문제의 정답을 맞춰 보곤 했다. 특히 공부를 잘하는 아이들끼리는 헷갈리는 문제는 물론 시험지 전체를 놓고 쭉 답을 맞춰 본다. 그러니 그 아이가 몇 점이고 내가 몇 점인지는 금방 알 수밖에 없었다. 따라서 공식 발표가 나기 전에 누가 전교 일등인지도 금세 알게 된다.

그런데, 어느 날 참으로 이상한 일이 생겼다. 그 아이의 성적은 채점 결과 분명히 나보다 아래였는데, 선생님이 발표한 성적은 그 아이가 위였던 것이다. 도대체 어찌 된 영문인지 몰라 의아해하고 있는 내게 다른 아이가 와서 충격적인 말을 전했다. 그 아이가 선생님이 출근하시기 전 교무실로 몰래 들어가서 자기 답안을 고치고 나왔다는 것이다. 나는 그 말을 듣고 나서 심장이 몸 밖으로 튀어나와서 뛰는 것 같았다. 그 말을 전해 준 친구는 자기가 그 모습을 똑똑히 보았다고 호언장담했다. 그래서 내가 그럼 왜 보고도 가만히 있었냐고 물었더니 돌아오는 대답은 이랬다. "네가 전교회장이니 선생님한테는 네가 문제를 제기하는 게 적절하지 않겠냐"는 것이었다. 듣고 보니 그랬다. 그리고 그렇게 부당한 방법으로 일등을 했다면 반드시 조치가 취해져야 한다고 생각했던 나는 그 과목 선생님에게 가서 자초지종을 말씀드리고 그 아이가 성적을 고치는 것을 목격한 학생이 있으니 사실을 확인해 달라고 했다. 결국 그 아이는 해당 과목 성적이 0점 처리 되는 것으로 종결됐는데, 문제는 거기에서 그친 게 아니었다. 몰래 들어가서 성적을 고친 그 아이보다 그 사실을 공론화한 나에게 더 큰 비난이 쏟아졌다. 뭐 그런 사소한 문제를 가지고 선생님한테까지 가서 이르냐는 것이었다. 심지어는 장난삼아 그럴 수도 있는 것 아니냐는 말도 들었다. 더 기가 막힌 건 부정행위를 똑똑히 봤다고, 전교회장인 내가 공론화하는 것이 맞다고 말한 그 친구의 태도가 돌변한 것이다. 내게 선생님께 가서 말을 하라고 한 적이 없다고 발뺌을 하며, 자기는 그저 장난처럼 한 말인데, 내가 일등을 놓치니까 그게 분해서 기다렸다는 듯이 득달같이 선생님에게 가서 고자질을 했다는 것이었다.

영화를 보면 주인공을 가운데 두고 카메라가 빠른 속도로 돌아가는 장면이 있지 않은가? 그때의 내가 그랬다. 누구도 내 말, 내 마음을 믿어주지 않고 모두들 짜기라도 한 듯이 나를 몰아세우기 시작했다. 세상은 나를 어린 나이에 제 밥그릇에만 눈이 멀어 친구를 코너로 몰아붙인 파렴치한을 만들어놓았다.

문제를 만든 사람보다 문제를 제기하는 사람이 더 문제가 되는 세상이 바로 내가 살고 있는 곳이라는 깨우침은 어린 나로서는 너무나도 큰 충격이었다. 누군가를 충동질해서 문제를 일으키고는 자기는 발을 빼고 그 뒤에서 뒷짐을 진 채 사태가 해결되는 것을 유유히 지켜보는 세상. 내가 느꼈던 그때의 감정은 바로 비정함, 그 자체였다. 선생님들은 일이 커진다는 이유로, 시끄러운 상황이 싫다는 이유로 회피하려고만 들었고 어른들의 방관 속에 아이들은 개구리를 돌로 치듯, 잔인하게 개미를 죽이듯 친구인 나를 몰아세웠다.

결국 나는 또래 친구나 선생님들과의 소통보다는 책 속으로 파고들었다. 모르는 문제는 외웠고 아는 문제는 다른 문제와 결부시켜 집요하게 묶어놓았다. 처음에는 변한 내 모습을 반가워하시던 어머니도 걱정을 하기 시작했다. 먹지도 자지도 않고 공부했던 나는 면역력이 떨어져 각종 알레르기를 일으켰고, 장시간 책상에서 떨어지지 않았던 내 엉덩이는 종기가 나을 날이 없었다. 하지만 고름이 터진 상처를 가지고도 의자에서 일어나지 않았다.

이렇게 거의 중독에 가깝게 공부하던 나는 아이들과 더욱 더 멀어질 수밖에 없었고, 같이 뛰어놀던 아이들에게는 배신자로 비쳐졌으며, 공부를 잘 하는 아이들은 나를 더욱 더 철저히 고립시켰다. 나는 학교에서 필요한 말 외에는 그 누구와도 이야기를 하지 않는 아이가 되어가고 있었다. 당시 어린 마음에 그런 것은 아무 상관없다고, 나를 밟고 앞서가는 사람만 없으면 된다고 생각했지만 인생은 그런 것이 아니지 않는가.

나는 무언가 크게 놓치면서, 많이 떨어뜨리면서 앞으로 달려가고 있었다. 그중 가장 크게 문제된 것이 앞서 말한 건강이었다.

우리 동네에는 '경기의원'이라는 개인병원이 있었다. 학교와 집만 반복하던 나에게 새로운 코스가 하나 생겼으니 그것이 바로 이 병원이었다. 각종 비염과 알레르기, 어지러움을 호소하던 나는 이 병원의 최대 단골이었다. 담당 의사였던 황훈 선생님은 나에게 진찰과 약만 처방해 주시는 의사가 아니었다. 병원 의자에 앉아서도 단어장을 놓지 않는 나를 보며 늘 걱정하셨다. 몸이 약해지는 것은 몸에 면역력이 떨어지는 것 때문이라고, 이런 속도로 공부를 하다 보면 같은 속도로 몸도 망가지게 될 거라고. 진심으로 걱정하는 황훈 선생님의 눈빛에 나도 조금씩 내 속내를 털어놓기 시작했다. 부모님도, 선생님도, 친구도 아닌 동네 병원 의사 선생님에게 말이다.

인간이 동물과 다른 점은 감정을 공유하고 서로 위로해 줄 수 있다는 것에 있다고 믿는다. 하지만 우리는 그 특성을 얼마나 영위하고 있는가? 외롭고 힘들다는 것은 상대에게 내가 약해져 있다는 것을 알리는 것과 같은 정글의 감정을 우리는 늘 느끼며 살아가고 있다. 힘들다고, 외롭다고 말하는 순간 상대는 날카로운 이빨을 드러내며 내 목에서 뛰는 동맥을 향해 돌진해 올 거라는 불안을 지니게끔 사회는 수천 년 동안 경쟁을 조장해 왔다. 그런 사회 속에서 아이들을 기르면서 자신의 감정을 표현하고 솔직하게 말하는 것은 모순이다. 어떠한 시스템도 없이 그저 아이들에게 강요하는 것은 옳지 않다.

나는 늘 생각한다. 지옥과도 같은 수렁에 빠져들고 있을 때 내게 이 의사 선생님이나 법정 스님 같은 분들이 없었다면 나는 어떤 사람으로 오늘을 살아가고 있을까 하는 생각 말이다.

그리고 반성하게 된다. 학생들을 가르치는 교수인 나는 젊은이들에게 얼마나 좋은 거울 역할을 하는 어른인가 하는 반성 말이다. 나도 똑같이 그 시절을 지나왔고 겪어냈음에도 불구하고 우리는 나이가 들면서 점점 더 자기가 서 있는 위치의 입장만을 고수하게 되는 것 같다. 그래도 지금 이 정도의 심성이라도 유지하고 있는 것은 경기의원의 황 선생님 같은 '어른'들 때문일 거라고 나는 믿는다.

아이들이 더 일그러지기 전에, 이런 영웅들이 빨리 나타났어야 했는데. 영화로도 잘 알려진 이문열의 소설《우리들의 일그러진 영웅》. 격동의 1987년 이상 문학상을 수상한 이 소설은 자유당 정권 시절의 초등학교를 배경으로 아이들의 세계에서 권력의 구조가 어떻게 구성되고 그것이 또 어떻게 변해가는지를 그려가고 있다.

이야기의 시작은 서울에서 한 작은 소읍 시골 초등학교로 전학 오게 된 한병태 등장이다. 한병태의 시점에서 이 작은 시골 초등학교의 아이들만의 세계가 펼쳐진다. 하지만 주인공의 전학에서부터 권력의 지배가 개입되어 있다는 것을 알 수 있다. 서울에서는 나름 잘 나가는 공무원이었던 한병태의 아버지가 지방으로 좌천된 것은 그보다 더 강한 권력 때문이었다. 작가는 자유당 정권 말기, 철저히 권력 중심으로 이뤄지고 돌아가던 사회를 바탕으로 소설을 쌓아올리기 시작했던 것이다.

그렇게 내려간 시골 학교 교실엔 5학년 반장인 엄석대가 실질적으로 아이들을 통솔하고 관리하고 있었다. 담임선생님보다 훨씬 더 강한 권력을 가진 아이였다. 명목상으로는 담임선생님의 권력을 위임받았다지만 엄석대의 절대 권력에 선생님조차 이미 한 발 물러선 방관자일 뿐이었다. 동급생 친구라면 상상할 수도 없는 숙제 검사를 비롯해서 신체적인 체벌까지 모두 엄석대의 몫이었으니까. 엄석대는 반 아이들에게 두려움의 대상이었다. 서울에서 전학 온 눈치 빠른 서울내기 한병태는 전학 첫날부터 돌아가는 판세를 알게 되고, 처음에는 물색없이 저항한다. 그러나 계란으로 바위를 깨는 것보다 무모하다고 느낄 만큼 그 사회 속에서 엄석대는 거대한 인물로 자리 잡고 있었다.

우리가 인생을 살면서 어쩔 수 없는 것으로 여기고 저항하기를 종종 포기하게 만드는 것 중 가장 큰 것이 바로 권력이 아닐까? 이 권력구조는 모양과 색깔만 약간 다를 뿐 아이들 사이에도 분명히 존재하고, 어른들은 알게 모르게 그 구조를 이용하기도 한다. 그리고 그 구조 속에서 아이들은 어린 시절의 나처럼 부대낌을 느끼면서 혹독한 한계만 경험하기도 한다.

> "아무리 아이들의 정신 속이라 해도 (……) 자유에 대한 열망에 상응하는 부분은 있었을 것이다. 그런데 나는 내 개인적인 감정과 조급으로 그들을 대의로 깨우치거나 설득하는 대신 눈앞의 이익으로 매수하려고 들었을 뿐이다."

대의로 깨우치거나 설득하는 것, 즉 권력과 대응하기에 나는 작은 다윗과도 같은 존재라고 스스로 생각하게 되는 것이다. 내가 아이들과 선생님들에게 오해받고 책 속으로 숨어들었던 것과 마찬가지로 말이다.

《우리들의 일그러진 영웅》은 비단 나의 어린 시절뿐 아니라 우리의 인생과도 닮아 있다. 경제, 정치, 사회 전반 모든 분야에서 우리는 권력 또는 성장이라는 미명 아래 기꺼이 복종하고 외면하면서 살아왔다. 새로운 환경에서 전학 온 한병태의 실패한 저항처럼 몇 번 퍼덕거리긴 하지만 결국 스스로에게 변명하며 현실에 적응하지 않았던가. 그렇지만 엄석대라는 절대 권력 앞에서의 저항은 비록 실패했지만 의미가 아주 없는 것은 아니었다. 짧지 않은 기간 동안의 저항이 엄석대의 특별대우로 돌아왔기 때문이다. 엄석대는 마치 울지 않는 아이에게는 젖을 주지 않는다는 속담과 마찬가지로 저항할 수 있는 여지가 있는 싹인 한병태에게 특별한 특권을 주면서 당근과 채찍을 함께 쓰는 어른들의 모습까지도 지니고 있었던 것이다. 그리고 한병태 역시 자신의 저항으로 얻게 된 권력의 한 귀퉁이에 서서히 물들어가게 된다.

그렇지만 자유당 정권이 4·19로 종말을 맞이한 것처럼 엄석대의 절대 권력도 새로 온 담임선생님에 의해 무너지게 된다. 영웅처럼 한 사회를 군림했던 엄석대의 초라한 말로. 거기에 기생하며 권력의 달콤함을 맛봤던 한병태의 부끄러움. 이 소설이 말하고 있는 것은 이것이 전부가 아니다. 일그러진 영웅의 권력 붕괴가 아이들의 봉기, 즉 민중의 봉기였더라면 이 등식은 우리에게 간단하게 다가왔을지도 모른다. 하지만 이 권력의 붕괴는 새로운 담임선생님이라는 외부의 권력에 의해 정리가 되었다. 스스로 이뤄낸 붕괴, 우리가 만들어내지 못한 균형이었다.

이것은 또 어디에선가 불균형과 균열을 만들게 된다. 그리고 어쩌면 절대 권력을 휘두르는 폭군과 같은 엄석대보다 이러한 불균형과 균열을 만드는 힘없는 지식인, 한병태와 같은 인물이 되지 않기 위해 애써야 한다는 교훈에 다다르게 된다. 절대 권력이라는 것은 결국 존재하지 않는다는 것과 아무리 오래 걸리더라도 묵묵히 신념을 지켜가는 것의 중요성, 작가는 그것을 말하고 싶었던 것 아닐까?

리버보이

이 책은 죽음을 받아들이는 과정과 자세를 기준으로 어른과 아이를 나누고 있다. 그 방식이 나는 매우 합리적이라고 생각한다. 이것은 UFO와 같이 우리와 다른 지적 생명체가 있다는 것을 믿는 것과 그렇지 않은 것의 차이와도 비슷하다. 어떤 사물이나 현상에 대한 관념이나 정의를 내리는 방식은 아이와 어른이 다르기 때문이다. 아이와 같이 생각하고, 말하면서 살고 싶어도 어른이 되어갈수록 그것은 불가능한 일이 되게 마련이다.

내가 처음 죽음에 대해 자각한 것은 대학교 3학년 때였다. 어느 날 아침 집으로 전화가 한 통 걸려왔다.

"누구 아드님 댁이냐. 여기 병원 영안실이다. 사고로 돌아가셨으니 와서 확인해라."

할아버지의 부음. 내가 알고 있는 누군가가 숨을 쉬다가 어느 순간 공기처럼 사라진다는 것, 그럴 수 있다는 것을 받아들인 기억을 나는 잊을 수 없다. 누군가의 부재, 또 그것이 자연의 당연한 순리임을 깨닫고, 아프고 슬프지만 결국에는 받아들일 수밖에 없다는 것을 깨닫는 순간부터 나는 어른이 되어가는 계단을 오르기 시작했던 것 같다.

후에 나는 《리버보이》를 읽으며 주인공 소녀 제스가 할아버지의 죽음 대하는 방식을 보며 과거의 나를 떠올려 보았다. 우리는 누구나 거대한 자연에서 거스를 수 없는 섭리를 배운다. 이와 마찬가지로 갑자기 찾아온 누군가의 죽음과 소멸 역시 거부할 수 없다.

제스는 15세 소녀이다. 고향을 등지고 살아가는 고집쟁이 할아버지를 둔 이 소녀는 생애 처음으로 사랑하는 사람을 잃을지도 모른다는 두려움에 휩싸이게 된다. 그녀의 든든한 버팀목이 되었던 할아버지가 심장발작으로 쓰러진 후 그 불길한 예감은 점점 현실로 다가오는 듯했다. 가까스로 기력을 되찾은 할아버지는 예전부터 준비해 놓았다는 듯 제스와 함께 여행을 떠날 채비에 바쁘다. 언제라도 자신을 떠날 수 있는 상태인 할아버지와 그의 고향으로 여행을 떠나야 하는 제스가 얼마나 불안했을지 충분히 짐작이 된다.

하지만 결국 이 여행이 제스를 어른이라는 계단으로 안전하게 올라갈 수 있게 하기 위한 할아버지의 마지막 배려라는 것을 그녀는 알지 못한다. 할아버지는 언제나 습관처럼 "좋아, 모든 게 좋아!"이렇게 소리치곤 하는데 특히 괜찮지 않을 때 더욱 그 말을 자주했다. 할아버지는 그날도 제스에게 괜찮다고는 말하고 수영장에서 가슴을 움켜쥐며 쓰러졌던 것이다. 이제 제스의 인생은 괜찮지 않을 날만 남았다고 말하는 것처럼……. 형체가 없는 슬픔은 제스에서 명확하게 다가오지 않는다. 그래서 아빠나 엄마가 할아버지의 죽음을 대비하면서 느끼는 슬픔을 그저 멍하니 바라보게 된다. 작가는 이 시선을 단 하나의 군더더기도 없이 그려냈는데, 그 표현력에 찬사를 보내고 싶을 정도이다.

영원한 것은 아무것도 없다고, 저항해 봐야 소용없으니 우린 그걸 받아들여야 한다고. 잠들지 못하는 밤 할아버지가 제스의 손을 잡고 말할 때 제스는 그 말들의 의미를 알았지만 듣고 싶지 않았다. 아직은 변화를 생각하고 싶지 않았고, 만일 무엇인가가 꼭 변해야 한다면 지금은 아니길 바랐다. 우리가 어른이 되길 그렇게도 열망했지만 어느 순간 더 이상 어른이 되고 싶지 않다고 바라는 것처럼 말이다. 제스는 여전히 삶과 죽음의 경계, 또는 어쩔 수 없이 살면서 죽음을 준비해야 하는 과정을 받아들일 수 없는 어린아이였던 것이다.

할아버지는 죽음을 목전에 두고 고향으로 돌아가 마지막 그림을 그리길 바랐다. 할아버지의 고향은 우리가 방학이 되면 놀러가는 여느 시골과 다를 바가 없지만 무거운 마음으로 그곳에 간 제스는 숲의 정령처럼 홀연히 나타났다 사라지기를 반복하는 '리버보이'를 만나게 된다.

어린 시절 혹시 특정한 사물, 그러니까 어른들의 눈으로는 절대로 교감할 수 없는 사물과 대화를 나누면서 편안함을 느꼈던 경험이 있는가? 나는 제스에게 리버보이가 그런 대상이 아니었나 싶다. 수영을 좋아하는 제스가 가슴 속에 아픔을 감추고 수영에 몰두할 때 홀연히 나타나는 리버보이는 어쩌면 아픔을 밖으로 토해내라고, 울어버리라고 말하려는 것이 아니었을까 싶기도 하다.

"삶이 항상 아름다운 건 아냐. 강은 바다로 가는 중에 많은 일을 겪어. 돌부리에 채이고 강한 햇살을 만나 도중에 잠깐 마르기도 하고, 하지만 스스로 멈추는 법은 없어. 어쨌든 계속 흘러가는 거야. 그래야만 하니까. 그리고 바다에 도달하면 다시 새로운 모습으로 태어날 준비를 하지. 그들에겐 끝이 시작이야. 난 그 모습을 볼 때 마음이 편안해지는 것을 느껴."

아무런 손도 쓸 수 없게 할아버지가 죽음으로 다가가는 것을 바라만 봐야 하는 제스에게 리버보이가 하는 말이다. 그리고 그것은 단순한 위로를 넘어 앞으로 긴 강과 같은 인생을 살아가게 될 제스의 인생에도 들어맞는다.

우리는 스스로의 인생을 멈출 수 없고, 멈출 수 있다고 생각해서도 안 된다. 열심히 살아야 한다는 훈계가 아니라 그것이 인생이라는 것을 말하고 있는 것이다. 그것이 인생이기에 슬퍼도 가슴이 아파도 받아들일 것은 받아들여야 하는 것. 아프더라도 힘겹게 다리를 들어 한 계단 위에 올라서서 어른이 되어야 한다는 것. 할아버지가 그린 그림의 주인공이 정령처럼 나타나 자신에게 그런 말을 해주고 있다는 것을 제스는 나중에 깨닫게 된다. 그것을 알게 된 후 리버보이를 쫓으면서 그를 놓친다면 영영 할아버지와도 이별할 것 같아 있는 힘을 다해 헤엄쳐 강을 오른다. 할아버지가 어린 시절 강의 시작점에서 바다까지 헤엄쳐 갈 거라고 말했던 것처럼. 정신을 차린 제스가 리버보이가 완전히 사라졌다는 것을 깨달은 그 순간, 할아버지가 돌아가셨다는 소식을 듣는다.

우리는 사랑하는 사람이 무엇을 원하는지 가장 잘 알고 있다. 다만 너무 사랑해서 서로가 원하는 것을 해줄 수 없다는 변명을 너무 자주 하는 것뿐이다. 하지만 제스는 일련의 과정들을 통해 사랑하는 멋진 방법을 알게 된다. 그리고 할아버지의 유골을 그가 그렇게도 사랑했던 고향의 강에 뿌린다.

"강은 여기에서 태어나서, 자신에게 주어진 거리만큼 흘러가지. 때로는 빠르게 때로는 느리게, 때로는 곧게 때로는 구불구불 돌아서, 때로는 조용하게 때로는 격렬하게 바다에 닿을 때까지 계속해서 흐르는 거야. 아름답지 않은 건 죽음이 아니라 죽어가는 과정이겠지.”

이 책을 읽는 내내 가쁜 숨을 내쉬며 잡생각을 떨쳐버리려는 듯 수영에만 몰두하는 제스의 맥박이 느껴졌다. 그리고 어린 시절, 어느 곳에도 마음 둘 곳이 없어 이유 없는 가슴앓이를 하던 내가 떠올랐다. 세상에는 육십억 개의 고독이 있어서 인간은 모두 누구나 그렇게, 그렇게 외로울 수밖에 없다는 것 또한 알게 될 때 나는 제스에서 왕상한이 된 것 같다. 일렁일렁거리는 동요가 생활이던 내 한 시대, 강처럼 흘러가버린 시절. 나의 리버보이는 어디에서 또 누군가에게 강의 흐름을 설명하고 있을까…….

삶과 죽음, 성장과 소멸, 그것의 경계를 성장이라는 매개체를 통해 따뜻하게 설명하고 있는 《리버보이》. 저문 강에 서서 ‘어른 되기 참 쉽지 않다’는 자조를 씁쓸하지만은 않게 만들어줄 어른들의 동화이다.

호밀밭의 파수꾼 제롬 데이비드 샐린저

우리들의 일그러진 영웅 이문열

리버 보이 팀 보울러, 정해역 역, 다산책방, 2007

02
사랑, 지구에서 나를 서 있게 하는 힘

나는 참 못되고, 못나고, 모자란 아들이다.

나이가 들어 가정도 아이도 없이 혼자인 것도 아니고, 사회적으로 직업이나 자리를 못 잡아 허송세월을 보내는 것도 아니지만, 속을 썩여서라기보다 나는 참 표현이란 게 없는 아들 녀석이기 때문이다. 다행히도 이렇게 원죄처럼 무뚝뚝하게 살아온 내 인생에는 사랑과 애교가 많은 딸만 둘이 있어, 아무래도 내세에는 나같이 멋없는 아들을 만나 나의 어머니처럼 속을 끓이지 않을까 싶기도 하다.

나는 사람이 달에 있는 것처럼 둥둥 떠다니지 않고 땅에 발을 '딱!' 붙이고 굳건히 서 있을 수 있는 것은 중력 때문이 아니라고 생각한다. 그것은 바로 사랑 때문이다. 내가 누구를 사랑하기 때문이고, 누가 나를 사랑하기 때문이다. 그래서 우리는 이렇게 힘든 삶 속에서도 굳건히 오늘을 살아내고, 내일을 살아갈 수 있는 것이다. 그리고 그 사랑의 중심에 끓이지 않고 에너지를 내며 죽는 순간까지 나에게 자양분을 나누어주는 존재. 그것이 바로 어머니이다.

어린 시절 온 동네를 들쑤시고 다니다 해가 뉘엿뉘엿 질 때가 돼서야 집으로 돌아가면 나를 찾아 곳곳을 헤매고 다니시던 어머니를 만날 때가 생각난다. 어머니는 나를 발견하시고는 '이놈!'하는 눈빛을 삼 초 정도 보내시다가 이내 아무 말 없이 손을 잡으셨고, 우리는 별 대화 없이 집으로 함께 돌아갔다. 그리고 집에 들어가 마루에서 나를 옆에 앉히고 내 두 손을 꼭 맞잡으셨다. 언제나 차분한 목소리로 나에게 어머니가 묻는 한마디, "재미있었니?"

그랬다. 어머니는 매일 하루가 재미있었는지 물어보셨다. 지금 돌이켜 생각해 보면 그 시절에야 오늘을 판단할 수 있는 기준이 재미가 있고 없고가 아니었겠는가? 어머니는 나와 소통하는 방법을 아셨던 것 같다.

그 말은 실로 많은 의미를 지니고 있었다. 그렇게 돌아다니면서 정말 그저 재미있기만 했느냐, 얼마나 더 그렇게 천둥벌거숭이처럼 돌아다니면 그 재미가 다 떨어져 공부를 하겠느라는 물음이기도 했을 것이다. 어찌 됐건 어머니는 늘 그 질문을 하셨고, 나는 늘 "재미있었다"고 대답함과 동시에 어머니가 묻지 않은 다른 일들까지 주절주절 말하곤 했다. 꽤 영악했던 나였지만 자리에 바르게 앉혀 두 눈을 똑바로 들여다보며 물어보시는 어머니 앞에서 감추거나 거짓말을 할 만큼 간이 크지는 못했던 모양이었다.

그렇게 조용히 내 손을 잡고 있는 어머니 앞에서 매일 뜻하지 않은 고해성사를 했던 나는 나이가 들고 어려운 일이 생길 때마다 옛날 그 집,

그 마루에 앉아 어머니께 내가 겪은 일들을 모조리 털어놓고 싶다는 충동을 자주 느끼곤 했다. 하지만 그런 못난 아들도 이제 크고 철이 들어 부모님께 한 짐 더 안겨 드리는 것이 죄송해 마음으로 삭이고 삭이다가 그것이 결국 얼굴에 드러나 더욱 큰 걱정을 안겨드리곤 하는 것 같다.

어머니는 예전부터 책 읽는 것을 좋아하셨는데, 학교에서 돌아오면 언제나 마루에서 우리를 기다리시면서 책을 읽고 계셨다. 그리고 읽은 책의 줄거리나 에피소드에 대해 도란도란 이야기해 주는 것을 좋아하셨다. 고집 센 성격 탓에 나는 책 편식도 심했다. 특정한 시기에 읽어야 하는 책으로 지정해 놓은 필독도서, 예를 들어 중학교에 읽어야 할 책 OO권, 고등학교에 읽어야 할 책 OO권, 이런 식으로 된 책은 죽어도 읽기 싫어하는 정말이지 골치 아픈 아이였다. 그런 아들을 둔 어머니는 책은 무조건 내가 선택해서 골라 읽을 수 있도록 내버려 두셨다. 그러면서 본인도 함께 꼭 옆에 앉아 책을 읽으셨다. 그리고 늘 본인이 읽으시는 책 심부름을 나에게 시키셨다. 읽으면 분명히 좋을 책인데도 거부감에 안 읽는 내 성격과 동시에 내가 지닌 호기심을 어머니는 꿰뚫어 보셨던 것이다. 본인의 책 심부름을 시키면 내가 그 책을 사러 가다가 주변의 그와 같은 책들에 관심이 갈 것을 미리 알고 있었던 것 같다. 그래서 늘 슬쩍 넌지시 말을 건네시면서 "이런, 이런 책이 재밌다고 하던데 서점에 가서 사 오너라" "엄마가 이런 책을 보고 싶은데 사다 주면 좋겠구나" 항상 이런 식의 화법으로 내 책 읽기를 도와주셨다. 그러면 나는 호기심에 슬쩍슬쩍 그 책들을 보았고, 물론 어머니가 심사숙고한 끝에 선택된 책이었음으로 바로 흥미를 느끼면서 나는 그 책을 읽기 시작했다.

언젠가 어머니가 지나가듯 하셨던 말씀이 생각난다.

"내 속으로 낳았는데 내가 모르면 누가 아니……."

그렇게 어머니는 나를 아셨고, 이해하려고 노력하셨다. 어머니는 서른에 나를 낳으셨다. 위로는 다섯 살이 많은 누나와 두 살 터울의 형이 있었다. 지금이야 여자 나이 서른에 아이를 낳는 것이 큰 문제가 되지 않지만 그때만 해도 서른이면 노산에 속했다. 거기다 어머니는 그다지 건강한 체력이 아니어서 나를 가졌을 때 아버지를 비롯한 집안 어른들의 걱정이 컸다고 한다.

출산 당시 나는 머리가 너무 커서 겸자분만을 해야 했는데 집게로 머리를 잡아 빼는 분만 과정에서 나는 왼쪽 시력에 큰 손상을 입었다. 이것을 모르고 시력이 안경으로도 교정이 잘 안 되자 대학병원에 가서 검사를 받았다. 내 왼쪽 각막에 난 큰 상처가 분만 과정에서 생긴 것이라는 사실을 알았을 때 어머니는 그만 눈물을 보이셨다. 나는 어린 마음에 내 머리가 커서 빼느라 그랬다는데 어머니가 나에게 왜 미안할까 이해가 되지 않았지만 어머니는 연신 나를 가슴에 끌어안고는 미안하다고 하셨다. 놀라움과 당혹스러움 속에 나에 대한 무한한 죄스러움으로 그저 물끄러미 내 눈을 바라보시던 어머니, 당신의 눈.

하지만 자식은 자라면서 부모에게 그것보다 백만 배는 더 많고, 깊은 상처를 주는 존재가 아니던가. 수백 번 가슴 철렁이게 하고, 하루를 마음 편히 잠들지 못하게 하는 죽을 때까지 풀어야 할 숙제인 자식. 이제와 나도 부모가 되고 보니 그 숙제를 대하는 마음을 어느 정도는 알 것 같다.

신은 모든 곳에 있을 수 없기에 어머니를 만들었다

1998년 나는 어머니와 서점 나들이를 했다. 그때도 이 핑계 저 핑계로 어머니와 대화도 잘 하지 않고, 오 분을 가만히 앉아 어머니 말씀을 들어주기도 바쁠 때였는데 어느 날 어머니께 전화가 왔다. 어머니께서 서점에 같이 가자며 목적지도 시간도 워낙 정확히 말씀하셔서 나는 핑계를 댈 수가 없었다.

그날 어머니와 내가 고른 책이 바로《신은 모든 곳에 있을 수 없기에 어머니를 만들었다》이다. 사실 내가 이 책을 골랐을 때 어머니는 쑥쓰러워 하시면서 다른 쪽으로 가셨다. 그리고 내가 계산대에 그 책을 올려놓았을 때 내 얼굴을 얼마간 바라보셨던 것 같다. '아들이 언제 이렇게 자라 이런 진리를 깨달았나'하는 마음이셨을까? '아이고, 이놈 자식아, 그걸 이제 알았니?'하는 핀잔이셨을까?

이 책은 김수환 추기경, 법정 스님, 이해인 수녀 등 각계 인사 50명의 어머니, 그 추억에 대한 단상을 동화 작가 정채봉 씨와 시인 류시화 씨가 엮어낸 책이다. 어머니라는 단어를 말하던서 감흥이 없는 사람은 없을 것이다. 불행한 어린 시절로 인해 어머니에 대한 추억이 없다고 해도 '어머니'라는 단어는 근원적인 그리움을 내포하고 있지 않던가? 그리고 이 땅에 생명으로 태어나 그러한 그리움을 느낄 수 있게 만들어 준 사실에 대해서도 나는 감사해야 한다고 생각한다. 이렇게 어머니에 대한 감사와 그리움을 애절하게 담아낸 내용들을 읽으면서 어머니라는 단어가 식상한 모성애로 다가오는 것이 아니라 거대한 의미로 다가와 내 어머니가 나에게 그랬듯 많은 어머니들이 특별한 사랑으로 자식들을 길러내는구나. 그래서 위대한 것이구나, 새삼 깨닫게 되었다.

그리고 각각 명사들의 에피소드도 재밌지만 각 단락마다 어머니를 정의하는 글이 참 무릎을 치게 하여 소개해 본다.

인간으로 탄생하기까지의 여러 달 동안 어머니의 아름다움이
나의 하찮은 흙을 가꾸셨다. -맨스필드

천칭의 한쪽 편에 세계를 실어놓고 다른 한쪽 편에 어머니를 실어놓는다
면 세계의 편이 훨씬 가벼울 것이다. -랑 구랄

어머니의 품이야 말로 언제까지나 사람이 동경하는 최초의 주거이다. 그
속에서 인간은 안전했으며 최고의 위안을 받는다. -S. 프로이트

자신의 운명은 늘 그 어머니가 만든다. -나폴레옹

나는 세계에서 가장 좋은 신학교에서 공부하였다. 그곳은 바로 어머니의
품이다. -선다 싱

우리의 출발이 어디인지를 알려주는 문구들이다.

다른 연사들도 마찬가지지만 특히 정채봉 작가가 쓴 글은 우리도 언젠가 한 번은 다른 형태, 다른 에피소드로 겪어 봤을 어머니의 사랑

을 더하지도 빼지도 않은 담백한 문체로 써내려가고 있다.

> 어머니께서 비를 흠뻑 맞고 집에 오셨다. 깜짝 놀라 맞으니 손에 우산이 들려 있지 않은가. 어머니는 빙그레 웃으시며 접어진 우산 속에서 종이에 싼 것을 먹어 보라며 내미신다.
> 떡이었다. 비에 젖지 않게 그것을 우산으로 가리고 당신은 흠뻑 비를 맞고 오신 것이다.

오늘을 사는 우리는 무조건적이고, 답답한 희생이 오히려 부모와 자식 간의 소통을 막는다는 말을 하곤 한다. 본인들의 인생을 살라고, 그것이 자식들을 더 자유롭게 해주는 것이라고. 그런데 그것이 참 말은 쉽다. 하지만 부모라는 사람은 가진 사랑을 덜 주면서 자유로울 수 없는 존재다. 우리는 그것을 깨닫기까지 너무 긴 시간이 걸리는 것 같다. 주고 싶어 주는 것이 아니라, 비를 맞고 싶어 맞는 것이 아니라 그럴 수밖에 없어서 또는 기꺼이 그렇게 하고 싶어서 하는 것인데 말이다.

예전에 어느 세미나에 갔다가 어머니와 이름이 똑같은 교수를 만났다. 참 우연이라고 생각하며 학교로 돌아가던 길에 불현듯 그 교수와 똑같은 이름을 가진 우리 어머니는 지금 무엇을 하실까 궁금했던 적이 있었다. 그래서 집에 전화를 걸었더니 아무도 없는지 받지를 않았다. 게다가 아버지까지 전화를 받지 않자 언뜻 불안한 생각이 들었다. 연구실에서도 계속 기분이 이상해 연신 전화를 했는데, 달려와 받으셨는지 숨을 헐떡거리는 어머니의 목소리에 그만 눈물이 왈칵 난 적이 있었다.

어린아이같이 구는 나 자신이 창피하기도 하고, 갑자기 밀려드는 안도
감에 왜 이렇게 전화를 안 받으시냐며 어머니께 역정을 냈었다. 오랜만
에 아버지와 함께 재래시장 나들이를 가셨다는 말을 듣고서야 나는 내
가 얼마나 어머니의 부재를 두려워하는지 알고 인정하게 되었다.

배금자 변호사는 이 책에서 어머니에 대한 사랑, 어머니의 부재에
대한 슬픔을 이렇게 적고 있다.

> 엄마, 용서하세요. 철이 없었던 탓에 어머니가 저보다 먼저 가신다는 걸
> 두 눈 뻔히 뜨고도 몰랐습니다. 제가 생심을 낼 때까지 그저 기다려주실
> 줄로만 알았습니다. 오늘의 내 삶이 의미가 있다면, 그것은 모두 '남을 도
> 와 덕을 쌓으라'고 일러주셨던 어머니의 가르침 덕입니다. 제 몸을 당신
> 몸이라고 생각하시고 펴 보지 못했던 큰 뜻을 펴 보세요. 그리고 이젠 등
> 에 진 그 무거운 짐을 내려놓으세요.

또 《인연》이라는 수필로 잘 알려진 피천득 작가는 어머니에 대한
사랑을 보석같이 표현하고 있었다.

> 엄마가 나의 엄마였다는 것은 내가 타고난 영광이었다. 내 기억으로는 엄
> 마는 나에게나 남에게나 거짓말한 일이 없고, 거만하거나 비겁하거나 몰
> 인정한 적이 없었다. 내게 좋은 점이 있다면 엄마한테서 받은 것이요, 내
> 가 많은 결점을 지닌 것은 엄마를 일찍 잃어버려 그 사랑 속에서 자라나지
> 못한 때문이다.

내가 가진 모든 것의 근원이 어머니라는 가장 쉬운 진리를 우리는
아예 처음부터 제대로 깨닫지 못한 채 살아가고 있는 것 같다. 당연히
주는 존재, 나에게 제일 만만한 존재, 하지만 언제나 툴툴거리며 짜증
을 내도 결국 돌아갈 어머니의 품이 있어 힘겨운 오늘이 팍팍하지만은
않은 것 아닐까?

　　엄마는 그래도 되는 줄 알았다

　　하루 종일 밭에서 죽어라 일해도

　　엄마는 그래도 되는 줄 알았다

　　찬밥 한 덩이로 대충 부뚜막에 앉아 점심을 때워도

　　엄마는 그래도 되는 줄 알았다

　　배부르다, 생각 없다, 식구들 다 먹이고 굶어도

　　엄마는 그래도 되는 줄 알았다

　　발뒤꿈치 다 헤져 이불이 소리를 내도

　　엄마는 그래도 되는 줄 알았다

　　손톱을 깎을 수조차 없이 앓고 문드러져도

　　엄마는 그래도 되는 줄 알았다

　　아버지가 화내고, 자식들이 속을 썩여도

엄마는 그래도 되는 줄 알았다

외할머니 보고 싶다

외할머니 보고 싶다

그것이 그냥 넋두리인 줄로만

한밤중에 깨어 방구석에서

한없이 소리 죽여 울던 엄마를 본 후론……

아아

엄마는 그러면 안 되는 것이었습니다

-심순덕, 〈엄마는 그래도 되는 줄 알았습니다〉 중에서

예전 TV동화에서 나온 이 구절을 들으며 그대로 시선을 TV에 둘 수 없이 눈시울이 젖어와 괜히 딴청을 피웠던 기억이 난다.

어머니의 존재가 얼마나 중요한지 이미 알고 있고, 두말할 나위가 없고 그래서 이런 낯간지러운 수기는 읽지 않아도 된다고 철없이 생각할 일은 아니다. 가장 소중한 것을 덧없이 놓치고 만 이후에 허탈감은 어떤 무엇과도 비교할 수 없는 상실감일 것이다. 하다못해 갑자기 뜨거운 것에 닿아도, 깜짝 놀라도, 감탄할 때에도 우리 입에 붙어 있는 것이 '엄마'이다. 자주 써먹는 만큼 자주 사용료를 내자. 오래된 이 책이 훌륭한 청구서가 될 것이다.

네가 어떤 삶을 살든 나는 너를 응원할 것이다

어느 날 아내가 나에게 와서 이렇게 말했다.

"민이 아빠. 나 이 여자처럼 쿨한 엄마가 되고 싶어."

무슨 영문인지 몰라 아내가 들고 있던 책을 봤더니 공지영 작가의 《네가 어떤 삶을 살든 나는 너를 응원할 것이다》가 들려 있었다. "얼마나 쿨하기에 그래?"하며 책을 받아 들었다가 앉은 자리에서 다 읽어버렸고, 나도 이내 아내에게 이런 말을 하게 되었다.

"나도 이런 쿨한 아빠가 되고 싶은데?"

나는 사실 최근에 《딸에게 보내는 편지》라는 이름으로 두 딸에게 보내는 편지를 모아 책을 낸 적이 있다. 2년 6개월이라는 시간 동안 아이들이 자랄 미래의 모습까지 그려가며 꼼꼼히 하고 싶은 말들을 적으면서 책을 쓴다는 것의 어려움보다, 아이들에게 어떤 말을 해야 그야말로 '씨가 먹힐까' 고민하는 데 골머리를 썩었다는 게 솔직한 고백일 것이다.

나는 공지영 작가와 같이 대단한 작가도 아니고 문장력도 수려하지 못하다. 그래서 《왕상한 교수의 딸에게 쓰는 편지》를 쓸 때 그저 아빠의 애잔한 마음으로만 덤볐다면 이 책에서 작가는 죽을 때까지 딸과 함께 여자로서의 인생을 함께 살아가는 엄마가 딸에게 보내는 위로의 메시지가 너무도 잘 녹아 있다. 또 작가는 딸과의 사소한 말다툼이나 의견 충돌까지도 정직하게 적으며 아이와 소통하는 것이 얼마나 어려운 것인가를 직접적으로 느끼게 해주는데, 이것을 풀어가는 해법이 역시 어머니답다.

첫 페이지부터 아빠는 말할 수 없는 문장이 등장한다. 바로 '잘 헤어질 남자를 만나라'이다. 작가는 알려져 있다시피 성이 다른 세 아이를 키우는 싱글 맘이다. 사람들이 통속적인 잣대로 작가에게 심심찮게 상처를 줬을 테고 작가 또한 그것에 대한 방어막이 두꺼울 텐데 그럼에도 불구하고 엄마이기 때문에 가장 정직한 충고를 제일 처음 해주고 싶었던 모양이다. 그리고 그것이 오히려 더 가슴을 울렸다.

사랑이라는 것이 영원하면 얼마나 좋겠는가마는 대부분의 사랑은 유한하고, 또 그 끝에 서로의 인생에 씻을 수 없는 상처를 주는 경우도 많다. 그렇게 되면 다음 사랑을 시작하는 것은 물론 사랑 자체를 다시 믿게 되는 것이 참 힘들게 된다. 더군다나 의식적으로 사랑에 기대지 않게 되고 자기방어가 심해지면서 정말 사랑하는 사람, 즉 다시 만난 진정한 사랑을 놓쳐버리는 실수를 범할 수도 있게 된다. 그래서 우리는 서로가 잘 헤어질 수 있는 사람을 만나고, 그런 사람이 되어야 하는 것이다.

또 이 책에서는 여자이기 때문에 포기할 수 없는 한 가지, 바로 미에 대한 충고가 돋보인다. 딸이 자신의 코가 마음에 들지 않는다고 푸념을 했던 모양이다. 하지만 부모 눈에 예쁘지 않은 자식이 어디 있겠는가. 작가는 딸의 얼굴이 얼마나 아름다운지 그리고 그 코가 딸의 얼굴을 결정짓는 중요한 부분이라는 것을 말하면서 이런 비유를 한다.

위녕, 네 코에 대해 불만이라고 했지?

하지만 엄마가 아무리 생각해도 네 코는 너의 입술과 세트를 이루는 아름다운 코야. 네 코가 엄마 코를 닮았다면 너의 입술은 부자연스러웠을 거야.

엄마는 너를 사랑한다. 세상에 하나뿐인 위녕 너를 말이야.

만일 네가 없어지면 우주는 균형을 찾기 위해 얼마나 몸부림치겠니?

어느 시인이 그런 말을 했다.

'한 송이 수선화를 피우기 위해 온 우주가 협력했으니 지구는 수선화의 화분이다'라고.

존재 하나만으로도 자신이 충분히 특별하다는 것을 일깨워주는 일, 그것이 부모가 해야 하는 가장 중요하고 값진 일이 아닐까? 또 우리가 항상 부모가 정해 주는 길만 가지 않았듯이 남들과는 다른 특별한 길을 갈 수도 있다는 여지를 열어두는 대목도 나온다. 공지영 작가는 영국의 문제 작가 오스카 와일드의 인생과 접목시켜 이 난해한 문제를 풀어가고 있다. 지독하게 위선적인 빅토리아 시대를 살아가면서 동성애자이며 종교를 냉철하게 비판한다는 이유로 철저하게 배척당한 고집쟁이 예술가의 인생을 살았던 오스카 와일드. 동성애 파트너의 아버지로부터 고소를 당해 언론에서 대서특필할 정도로 큰 이슈를 만들며 옥에 갇힌 그는 후에 이 감옥 생활이 자신의 인생을 바꿔놓은 일생일대의 경험이라고 말했다. 이렇게 망나니였던 으스카 와일드도 사회적으로 내로라하는 집안의 아들이었고, 그 말은 결국 자식이 내 마음대로 되지 않는 것은 동양이나 서양이나 마찬가지란 사실이다. 하지만 공지영 작가의 말처럼 때론 삶이 우리보다 더 많은 것을 알고 있기에 자녀가 이러한 인생을 살게 되더라도 부모가 할 일은 그저 행복해지라고 응원하는 일밖에는 없는 것이 아닐까 싶다.

예술가 엄마는 "죽어 심판을 받더라도 예술가의 방은 분명히 있어서 도덕만 지키고서는 도저히 나올 수 없는 작품을 생산하기 위해 그들이 저질렀던 소위 '부도덕'을 면제해 주는 특별법이 있을 거야"라고 우스갯소리를 한다. 이처럼 자식의 특별한 삶을 자신만의 특별법으로 이해해 주는 노력 또한 부모가 할 몫인 것이다.

또 무엇보다 자식은 언제나 우리보다 청춘일 수밖에 없다. 그렇기 때문에 어른인 우리보다 저 자주 상처받고 아파한다는 사실을 받아들이는 것이 중요하다는 것을 작가는 알려주고 있다.

> 너는 어제 어처구니없이 당한 오해와 공격에 대해 엄마에게 오래도록 이야기했었다. 그래, 생각 같아서는 너에게 그런 짓을 한 사람에게 쫓아가서 두 팔을 걷어붙이고 항의하고 싶었단다. 하지만 일단 엄마는 여기서 한 박자 쉬기로 했어. 대신 너에게 이런 편지를 쓰고 싶었단다. 그 순간, 네가 하지도 않은 일로 그가 너를 오해하고 사람들 앞에서 너를 망신당하게 했을 때, 그때 네 마음이 피 흘리며 아팠을 때, '정말, 정말, 너를 상처 입힌 것은 과연 누구였을까?'하는 편지 말이야.

> '네 자신에게 상처를 입힐 수 있는 사람은 오직 네 자신뿐이다.'

작가는 안셀름 그륀이라는 신부가 쓴 《너 자신을 아프게 하지 말라》라는 책의 구절로 자신이 딸에게 한 말의 의미를 설명하고 있다.

고통을 당하는 사람은 자신의 고통을 자신과 동일시하기 때문에 고통과 작별하는 것을 두려워한다. 왜냐하면 고통은 그가 알고 있는 것이지만, 그 고통을 놓아버린 후에 그를 기다리고 있는 것은 그가 모르는 것이기 때문이다.

죽을 만큼 힘든 상황에서 자신을 지탱해 주는 것은 힘들 기운이라도 낼 수 있게 만들었던 고통이라는 점에서 나는 나의 딸들이 그런 고통으로 인생을 배우길 절대로 원치 않는다. 하지만 인생은 그렇게 호락호락한 것이 아니지 않던가? 그래서 고통으로부터 나 자신을 잘 분리하고, 또 그러는 과정에서 나 자신이 나에게 큰 상처를 주지 않고 고통과 이별할 수 있는 방법을 찾을 수 있도록 해야 한다.

작가는 딸에게 무조건적인 위로와 격려를 주는 것이 아니라 스스로 자신에게 고통과 상처를 안겨주는 근원이 무엇인지 고개를 들고 눈물 젖은 눈으로 똑바로 보라고 말하고 있다. 나는 알고 있다. 부모이기 때문에, 부모라서 이런 말을 더욱 할 수 없는 것이라고 말이다. 선배라면, 선생님이라면 이렇게 말할 수 있을지도 모른다. 하지만 내 살에서 분리되어 내 세포가 쪼개져 세상에 나온 또 다른 내가 흘리는 피를 보며 스스로 닦으라고, 너는 이겨낼 수 있다고 강인하게 말할 자신이 없다는 것을 말이다. 하지만 나는 부모이기 때문에 더욱 더 그 말을 해야 한다는 것을 이내 깨닫게 되었다. 담금질을 통해 더욱 더 단련되어지는 대장간의 쇠붙이처럼 인생도 더 많이 맞고 내쳐짐을 당해야 더 뜨겁고 강한 가슴을 갖게 되는 것이니 말이다.

이 책에서 내가 마지막으로 좋아하는 글귀는 "인생에는 유치한 일이 없다는 것을 알았다"인데 이 부분은 황석영의 소설《몰개월의 새》를 인용하고 있다.

월남전 파병을 앞둔 한 젊디젊은 이 병사는 사랑에도, 인생에도 서툰 남자다. 파병을 앞두고 부대 옆 창녀촌의 미자를 만나게 되는데 이 어리고 철없는 남자에게 그녀는 한낱 욕정이었지만 미자에게는 순정이었다. 남자는 그녀를 한없이 비웃었다. 그리고 월남으로 떠나던 날 보여준 그녀의 순정에도 코웃음을 치게 된다. 하지만 결국 남자는 깨닫게 된다.

> 나는 승선해서 손수건에 싼 것을 풀어 보았다. 플라스틱으로 만든 오뚝이 한 쌍이었다. 그 무렵에는 아직 어렸던 모양이라 나는 그것을 남지나해 속에 던져버렸다. 그리고 작전에 나가서 비로소 인생에는 유치한 것이 없다는 것을 알았다.

작가는 이 구절을 읽고 나서 모든 유치한 것들을 경멸하지 않는 법을 배웠다고 한다. 또한 가끔은 모든 유치함에 깃든 순진성에 경의를 표하기까지 했다고. 나는 이 대목에 감동해 황석영의《몰개월의 새》를 구해 읽어 보았다. 그리고 책을 덮으면서 인생에서 유치한 것이 없다는 것에 공감하며 고개를 끄덕였다.

젊은 날의 나는 내가 하는 일 외에 세상 돌아가는 모든 것이 유치하기만 했다. 그래서 나는 제대로 정의롭지도 못하고, 제대로 깨어 있지도 못했다. 이것은 곧 행동하지 않고 가만히 앉아 투덜거리기만 하면 이 세상 모든 만물은 그저 유치한 것으로밖에 남지 않는다는 것을 의미했다. 아마 작가는 현대사회를 살아가는 딸에게 이것을 말하고 싶었던 게 아닐까? 비슷한 시대에 태어나 학교를 다니고, 비슷한 사회를 경험한 작가가 딸에게 전하는 메시지가 무엇일까 참 궁금했었는데, 나는 마치 또 다른 어머니상을 만난 것만 같았다.

언젠가 어두운 모퉁이를 돌며 앞날이 캄캄하다고 느낄 때, 세상의 모든 문들이 네 앞에서만 셔터를 내리고 있다고 느껴질 때, 모두 지정된 좌석 표를 들고 있는데 너 혼자 임시 대기자 줄에 서 있다고 느껴질 때, 언뜻 네가 보았던 모든 희망과 믿음이 실은 환영이 아니었나 의심될 때, 너의 어린 시절의 운동회 날을 생각해. 그때 목이 터져라 너를 부르고 있었던 엄마의 목소리를. 네 귀에 들리지 않는다고 해서, 네 눈에 보이지 않는다고 해서 존재하지 않는 것은 아니야. 엄마가 아니라면, 신 혹은 우주 혹은 절대자라고 이름을 바꾸어 부른다고 해서 달라질 것은 없겠지.

너는 아직 젊고 많은 날들이 남아 있단다. 그것을 믿어라. 거기에 스며 있는 천사들의 속삭임과 세상 모든 엄마 아빠의 응원 소리와 절대자의 따뜻한 시선을 잊지 말아라. 네가 달리고 있을 때에도 설사, 네가 멈추어 울고 서 있을 때에도 나는 너를 응원할 거야.

살아가는 오늘이 힘들고 다가오는 내일이 두려울 때, 가슴으로부터 우러나는 깊은 위로가 받고 싶을 때, 꺼내 들어 가슴에 안으면 마치 어머니가 나에게 위로와 응원을 전해 주는 듯한 느낌을 받을 수 있을 것이다. 그리고 누군가에게 사소한 응원의 메시지를 전하고 싶어질 책이다.

신은 모든 곳에 있을 수 없기에 어머니를 만들었다 정채봉 외, 샘터사, 1998

네가 어떤 삶을 살든 나는 너를 응원할 것이다 공지영, 오픈하우스, 2008

나는 요즘도 형의 어린 시절 목소리가 기억이 난다. 세월이 많이 지나서 사진을 보면 형이 어릴 때 어떻게 생겼는지 되새길 수 있지만 그 사람의 그때 그 시절 목소리를 기억하는 일은 어려운 일 아닌가. 하지만 나는 형이 열 살 정도일 때의 목소리를 기억할 수 있다.

나는 참 내가 생각해도 감당이 안 됐던 아이라 어머니는 심심치 않게 매를 드셨다. 하지만 내가 그렇게 온 동네를 휘젓고 온갖 장난과 말썽을 부릴 때 누나와 형은 있는 듯 없는 듯 모범생으로 자라났다. 동네에서 내가 누나와 형의 동생이라고 하면 의아한 눈길로 쳐다보는 사람이 있었을 정도였는데 솔직히 이제와 하는 말이지만 나는 사람들의 그런 눈빛이 싫었었다. 그래서 저녁 먹을 때쯤 나를 찾아 놀이터나 공터, 동네를 돌아다니며 나를 찾던 누나나 형을 피해 숨어 있었던 적도 많았다. 특히 형은 나를 찾아내는 전담반이었다. 그리고 그날은 내가 형의 목소리를 기억하게 된 특별한 날이었다.

그날도 나는 동네 아이들과 시비가 한창이었다. 아마 구슬치기 같은 것을 하고 놀았던 것 같은데 게임 방식에 이견이 생겼다. 처음에는 말로 실랑이를 하다 점차 감정이 격해져 급기야 치고받는 싸움으로 이어졌다. 그런데 이 자식으로 말할 것 같으면 본인은 힘도 없는 꼬맹이면서 몇 살 위 제 형만 믿고 까부는, 당시의 나로서는 참으로 봐 넘기기 어려운 캐릭터였다.

공터에서 그렇게 엉겨 붙어 있는데 그 녀석 형이란 놈이 와서 내 머리를 콩! 하고 쥐어박는 것이 아닌가? 어린 마음에 주먹이나 발로 나에게 정식으로 싸움을 걸어왔다면 얻어터지는 한이 있더라도 한 번 싸워 보겠지만 어린아이 타이르듯 머리를 쥐어박는 그 형의 태도에 나는 순간 할 말을 잃었다. 그렇게 그의 형이 공터를 십 초 안에 평정하고 돌아가자 나는 갑자기 어찌나 심술이 나는지 애꿎은 땅만 차댔다. 그러다 우리 형이 공터로 다가오며 나를 부르는 소리를 들었다.

문뜩 책상머리 앉아 책만 읽고, 놀이터에도 잘 안 나오는 형이 정말 밥맛없다고 느껴지기 시작했다. 얼른 폐자재 더미 같은 것 뒤에 숨어 골탕을 먹여야지 하고 벼르고 있는데 형이 공터로 들어오는 것이 보였다. 아마도 형은 놀이터도 가 보고, 동네 다른 곳도 다 가 본 모양인지 빈 공터에 그냥 주저앉았다. 원래 시나리오라면 공터에도 없는 나를 찾아 형이 동네를 헤매면 나는 유유히 집으로 들어가 어머니가 해놓은 간식을 선점하는 것이었는데 일이 꼬인 것이다. 그 바람에 나는 더욱 신경질이 났다.

그때 흥얼거리는 노랫소리가 들렸다. 공터에는 나와 형, 둘뿐이었

다. 나중에 안 사실이지만 형은 음악 시험 과제로 내준 노래를 흥얼거
린 것이었다. 하지만 나에게 그 장면은 참 이상한 기억으로 남아 있다.
아무도 없는 빈 공터에서 나를 찾다가 주저앉아 노래를 부르는 형, 나
처럼 어린아이인 형.

나는 언제나 내가 원하는 방식과 방향으로만 문을 여는 따지고 보
면 아주 폐쇄적인 아이였다. 그것이 장난기나 말썽으로 비쳐지면서 단
순한 악동으로 보였겠지만 나는 남을 이해하고 받아들이는 것이 서툴
렀다고 할 수 있었다. 사실 그것은 형이니까 가족이니까 친구니까 이해
하라는 가르침으로는 해결 가능한 것이 아니었다. 우리는 누구나 인생
의 어떤 언덕을 넘어 조금씩 자라게 되지 않는가? 어려운 이별을 하거
나, 힘든 실패를 겪거나, 세상의 또 다른 면을 보거나 할 때 말이다.

그날 그 공터에서의 일은 내 인생의 덧문을 다른 방향으로 열게 하
는 첫 번째 시도가 되었다. 그리고 그 문이 가족을 향해 제일 처음 열린
것에 늘 언제나 감사한다.

하지만 아쉬움도 남는다. 형과 같은 피가 흐르는 형제인지라 그런
면에서 참 닮아 있었는데도 서로 선뜻 다가가질 못했던 것 같다. 공부
를 잘했던 형은 그렇게 언제나 목표를 향해 달려가느라 바빴고, 나 역
시 어느 순간엔가 지독한 아이가 되어 그저 앞만 보며 달려 나갔다. 그
랬기에 서로를 이해하고 알아가는 노력이 부족했던 것도 사실이었다.
하지만 또 한편으로는 그날 공터에서 형이 부르던 노래와 목소리를 기
억하는 지금의 이 추억만으로도 충분히 나는 다시 형과 소통할 수 있을
것이라고 믿는다. 가끔 무뚝뚝하게 전화를 걸어 근황만 묻고는 후다닥

끊는 형의 전화에도 그 마음이 묻어 있을 것이라고 믿고 싶다.

그리고 그런 형에게 내가 읽은 처연하도록 슬픈 천재 화가 반 고흐가 동생에게 보낸 편지로 엮은 《영혼의 편지》를 선물하고 싶다.

영혼의 편지

뉴욕의 메트로폴리탄 미술관. 난생 처음 본 고흐에 그림 앞에서 나는 나도 모르게 가슴에 손을 얹었다.

부드러운 곡선 위로 흐르는 완강한 색감, 고집스러운 외로움으로 바라본 사물에 대한 그의 시선. 좀 더 오래 이 세상에 남아 반짝이는 밤과 낮, 꽃과 사람들을 더 그려주었더라면 하는 마음이 절로 들게 만드는 화가, 반 고흐.

어딘지 모르게 사람 마음을 짠하게 만들고, 무조건 편을 들어주고 싶은 아티스트가 있지 않은가? 나에게 반 고흐는 그런 사람이다. 그가 오랜 세월이 지나도 많은 사람들에게 사랑 받는 그림을 남길 수 있었던 것은 그가 겪은 고통들 때문이었을 것이다. 스스로 귀를 자르고 정신병원을 들락거릴 정도로 영혼의 고뇌가 컸지만 그의 생전엔 그 부산물로 모든 것을 보상받지는 못했다.

그런 고흐의 인생에 늘 변함없는 지지자와 버팀목이 되어주었던 사람이 바로 그의 동생, 테오이다. 고흐는 동생도 넉넉하지 못한 삶을 살면서 계속 그림에 대한 열정만으로 동생에게 손을 벌리는 것에 대해 늘 미안해했다고 한다. 이 편지에서도 돈은 꼭 갚겠다, 미안하다는 말이

자주 등장한다. 고흐는 동생에게 받은 돈을 모델과 미술재료를 사는 데만 전부 투자하고 자신을 위해서는 쓰지 않았다. 이 부분은 당시 예술한답시고 방탕하고 사치스러운 생활을 하는 다른 미술가들을 힐난하는 대목에서도 알 수 있다. 이렇듯 고흐는 매우 절제된 생활을 했다.

이렇게 작품 활동에만 매진하면서 고흐는 자신의 작품이 발전하고 있다는 것을 느꼈고, 그림을 동생에게 보내주며 자신을 뒷바라지해 온 동생에게 작은 보답이라도 하기 위해 노력한다.

사실 반 고흐의 인생을 다룬 책은 넘쳐난다. 그의 일대기를 다룬 것부터 그의 작품을 해설하는 책까지 그 종류는 한 장르를 이룰 정도 많은데 그중에서 이《영혼의 편지》를 좋아하는 이유는 딱 하나! 고흐가 쓴 글을 옮겼다는 것. 그래서 우리가 누구의 필터도 거치치 않은 상태에서 고흐 그 자체를 바라볼 수 있다는 것이다.

이 책은 간단하게 그의 삶의 과정과 함께 테오에게 보낸 편지를 시간의 흐름에 따라 공개한다. 그리고 그가 이 편지를 보낼 때 어떤 상황이었는지를 이해하고 짐작하게 만들어주는 배려도 잊지 않았다.

우리에게 잘 알려져 있다시피 고흐는 네덜란드의 작은 마을에서 목사의 장남으로 태어났다. 그러니 가정환경이 경직되어 있었을 테고 목사인 아버지가 아들에게 거는 기대는 대단했을 것이다. 하지만 고흐는 동시대를 살고 있는 자유분방한 다른 예술가와도 차별이 될 정도로 신앙심과 종교에 대해서는 색깔이 달랐다. 그런 그가 가정 내에서 주변인으로 맴돌았을 것은 자명한 사실. 그가 자신의 상황을 테오에게 보낸 편지에서 그 점은 여실히 드러난다.

부모님은 덩치만 크고, 털투성이의 지저분한 개를 집 안에 두기를 싫어하는 것처럼 나를 집에 들이는 걸 꺼려한다. 그들이 계속 개를 집에 두는 이유는 그 개가 좋아서가 아니라 억지로 참고 있을 뿐임을 개도 알고 있다. 나는 내가 개라는 사실을 인정하기로 했다. 나는 개로 남아 있을 것이고, 가난할 것이고, 화가가 될 것이다. -1883년 12월

고흐는 가족 가운데 자신을 가장 이해한다고 믿는 테오에게 이렇게 말하고 있다. 하지만 이 말을 한 꺼풀 들어 보면 테오, 너만은 나를 억지로 눈 감은 채 안에 들여놓은 개 취급하지 말아 달라는 당부의 말이 아니었을까?

우리가 가족이라는 이름으로 묶이는 결속 외에 어떤 연대감도 느끼지 못하고 있다고 느낄 때 오는 불안함과 공포는 매우 크다. 나의 근원에 내가 완전히 속하지 못한다는 것은 내 인생 전반을 부표 위에 두는 것과 크게 다를 바가 없는 것이기 때문이다. 그런 상황에서 고흐는 동생을 붙잡았다. 동생과의 끈을 놓지 않으며 현실세계에서 분리되지 않기 위해 안간힘을 썼다. 또 그런 고흐를 테오는 절대 놓지 않았다. 삶의 마지막 순간까지 가족으로 동생으로 친구로 후원자로 굳건히 자리를 지킨 테오의 듬직한 어깨가 이 불행한 예술가의 마지막을 지켜줬을 것이라 생각하면 마음 한 구석이 젖어온다.

작품 활동 외에 이렇다 할 사람들과의 교류나 직업이 없었던 고흐에게 테오와의 편지는 좋은 대화와 소통의 수단이었다. 고흐는 자신이 작품을 구상하는 방식이나 소소한 일상의 이야기도 테오에게 자세히

적어 보냈는데, 이러한 일상이 고흐 그림의 따뜻함과 함께 전해 오는 것이 이 책의 장점이기도 하다.

이번에 네가 다녀간 것이 얼마나 기쁜 일이었는지 말해 주고 싶어서 급히 편지를 쓴다. 꽤 오랫동안 만나지도, 예전처럼 편지를 띄우지도 못했지. 죽은 듯 무심하게 지내는 것보다 이렇게 가깝게 지내는 게 얼마나 좋으냐. 정말 죽게 될 때까지는 말이다. 우리가 살아가야 할 이유를 알게 되고, 자신이 무의미하고 소모적인 존재가 아니라 무언가 도움이 될 수도 있는 존재임을 깨닫게 되는 것은, 다른 사람들과 더불어 살아가면서 사랑을 느낄 때인 것 같다.

사실 테오에게도 삶은 있었다. 아버지의 형제들 중 삼촌 3명이 모두 그림을 사고파는 화상이었고 테오도 그 뒤를 이어 화상이 되었다. 아마 고흐가 안간힘을 쓰고 그림을 그려 테오에게 보내려고 했던 것도 화상인 아우에게 어떤 식으로든 보답을 하고 싶었던 것일 것이다.

후대에 집에 앉아 편안하게 고흐의 작품을 감상하고 있는 우리는 고흐가 그 순간 어떤 고뇌로 그 그림을 그렸는지에 대해 알기가 어렵다. 이 책에서는 고흐가 작업을 하던 당시 어떤 방식으로 작품 활동을 했는지에 대한 일기 형식의 기록도 눈에 띈다. 단순히 보고 느끼는 것을 넘어 공감을 통해 더 큰 감동을 느낄 수 있게 되는 부분이다. 이 책을 읽기 전에는 몰랐던 사실이 있는데 고흐는 한 명의 사람을 유화에 넣기 위해 최소한 30번 이상을 그려보았다고 한다. 그렇다면 3명 이상 들어가는 유화 한 점을 위해서 최소한 90장의 습작을 그렸다는 말인데, 그의 끈기와 작품에 대한 열정이 고스란히 드러나는 대목이 아닐 수 없다.

열심히 노력하다가 갑자기 나태해지고 잘 참다가 조급해지고 희망에 부풀었다가 절망에 빠지는 일을 또다시 반복하고 있다. 그래도 계속해서 노력하면 수채화를 더 잘 이해할 수 있겠지. 그게 쉬운 일이었다면 그 속에서 아무런 즐거움도 얻을 수 없었을 거다. 그러니 계속해서 그림을 그려야겠다.

아마도 테오는 형의 이런 면 때문에 계속해서 그를 응원하고 사랑할 수 있었던 것은 아닐까? 형은 단순히 열정만을 가진 치기 어린 게으름뱅이가 아니라 자신이 하고자 하는 것을 위해 자기의 영혼까지도 불태워가며 노력하는 사람이라는 것을 테오가 알았기 때문이 아니었을까?

어쩌면 고흐가 동생이고 테오가 형이었다고 한다면 고흐는 형제에게 돈을 받아 생활하는 자신의 삶에 대한 환멸이 좀 덜했을 수도 있을 것이다. 단 한 번도 경제적인 부담으로 인한 푸념을 형에게 하지 않았지만 테오에게는 매번 돈 이야기를 꺼내야 하는 고흐의 번뇌가 묻어나는 편지도 있다.

압생트에 취한 밤, 네가 보내준 돈으로 압생트를 마신다. 농부 블뢰르 씨는 내 구질구질한 작업복을 탓하지만 나는 미친놈이 아니다. 새벽부터 별이나 바라보고 있다고 농부 블뢰르 씨 부인은 내가 죽을 생각이나 하고 있다고 중얼거린다. 나는 미친놈이 아니다, 라고 쓰면서 별빛의 파닥거림을 듣는다. 별빛을 바라보는 자에게 미친놈이라니…….

돈 한 푼 없는 화가 빈센트 반 고흐에게 테오도루스 반 고흐, 네가, 송금을 중단한다면 나는 붓을 잃고 팔레트를 잃고 굴감을 잃고 목숨이나 지키면서 부랑자로 떠돌 것이다. 떨어진 물감, 떨어진 돈, 내 목숨의 숨결은 몇 편의 그림에나 더 닿을 수 있을지, 돈이 필요하다, 라고 썼다가 지우는 백지 위에서 언제까지 기어 다닐래, 나의 테오야…….

독주를 마시면서 동생에게 손을 벌릴 수밖에 없는 자신, 그리고 자신을 이미 삼켜버린 예술적 열정. 그러나 테오는 마지막 순간까지 그런 형을 감싸고 이해한다. 그림을 그리며 자신과의 싸움에 힘겨웠을 고흐도 고흐지만 그런 형을 비난하거나 원망하지 않고 언제나 묵묵히 그 자리를 지킨 테오를 보면서 나는 감히 형제애를 생각한다. 요즘은 한 가정에 아이가 하나, 많아야 둘이어서 형제나 자매, 동생과 누나, 언니의 개념이 피로 엮이기가 참 어려운 구조로 들어서고 있다고 해도 과언이 아니다. 아무리 가족이라고 해도 자신을 희생하면서까지 상대방을 보살피는 것은 결코 쉬운 일이 아닐 것이다. 나는 이것을 가능하게 한 원동력이 고흐의 열정을 향한 솔직한 고백이었다고 생각한다. '나는 화가다, 그림을 그릴 것이다, 예술을 사랑한다'는 고흐의 고백이 테오의 마음을 움직이고 공감케 했기 때문에 가능한 것이 아니었을까?

우리는 가족에게 자신의 열정을 드러내 보이는 것을 매우 쑥스러워하는 세대를 살았다. 그래서 오히려 친구나 바깥사람들이 아는 것의 반의반도 가족이 모르는 모습으로 살아가는 경우도 많다. 하지만 가족은 나를 가장 잘 이해해 줄 수 있는 베이스를 타고 난 사람들이라는 것을 잊어서는 안 될 것 같다. 단순히 매일 마주치는, 그래서 지겹기도 하고 낯간지럽게 오늘의 고백을 했다가 내일 사소한 문제로 다투어 껄끄러워지고 싶지 않다고 해서 나를, 나의 열정을 가족에게 알리는 일을 소홀히 해서는 안 된다고 생각한다. 또한 내가 겪고 있는 어려움, 고통 같은 것들을 혼자만의 것으로 감당하려고 해서도 안 된다. 나는 그런 경험을 하고 싶지 않기 때문이다.

'내가 좀 더 일찍 가족에 아픔이나 어려움을 알았더라면 상처가 그렇게 커지는 것을 막을 수 있었을 텐데, 일이 이 지경이 되는 것을 막을 수 있었을 텐데'하며 스스로 망연해지는 순간을 경험하고 싶지 않다. 그렇기에 고흐처럼 테오에게 아프다고, 힘들다고, 고통스럽다고 소리쳐야 한다.

의욕적으로 일하려면 실수를 두려워해서는 안 된다. 사람들은 흔히 잘못을 저지르지 않으면 훌륭하게 될 거라고 하지. 그건 착각이다. 너도 그런 생각은 착각이라고 말했잖아. 그들은 그런 식으로 자신의 침체와 평범함을 숨기려고 한다. 사람을 바보처럼 노려보는 텅 빈 캔버스를 마주할 때면, 그 위에 아무 것이든 그려야 한다. 너는 텅 빈 캔버스가 사람을 얼마나 무력하게 만드는지 모를 것이다.

나의 형제는 고흐와 같이 한 끼의 소박한 식사 앞에서 기도하는 사람과 감자를 나눠먹는 가족의 경건함을 바라봐줄 줄 아는 사람이고, 나의 형제는 그런 시선을 오해 없이 받아들여 줄 수 있는 사람이라는 믿음을 가졌으면 좋겠다. 나도 당신도 우리의 고흐스러움을 이해해 줄 당신의 테오스러운 형제가 늦은 밤 당신의 전화를, 포장마차에서 기울이는 한 잔의 소주를 얼마나 그리워했는지 너무 늦게 깨닫지 않기를 바라며…….

마미야 형제

사실 내가 결혼에 대한 별 감각이나 의무감이 없었던 이유는 아무래도 누나와 형이 '제때' 결혼을 해서 아이를 낳고 정상적인 궤도를 밟았기 때문일 것이다. 막내들은 은연중에 나 하나 정도는 좀 유별나게 살아도 되지 않을까 하는 번외심리 같은 것이 있기 마련이고 나 또한 어느 정도는 그런 안일함이 내면에 존재했다. 만약 나와 형이 마흔이 넘도록 장가도 안 가고 집에 장승같이 버티고 앉아 세월 가는 것만 바라보고 앉아 있었다면 어머니는 아무래도 화병으로 몸져누우셨을 것이다. 그리고 여기 우리 모두가 경계해 마지않는 형태의 형제, 마미야 형제가 있다.

우리가 '여자 무라카미 하루키'로 알고 있는 섬세하고도 감성적인 표현력을 지닌 에쿠니 가오리의 소설인데, 사실 나는 서점에서 이 책을 잡았을 때 비슷한 이름의 다른 작가인 줄로만 알았었다. 이 소설엔 어떤 운명의 장난도 서글픈 이별도, 안타까운 사랑도 존재하지 않는다. 그저 사실적이고도 사실적인 옆집 아저씨와 같은 두 남자가 나올 뿐이다.

35세인 형 아키노부, 32세의 동생 테츠노브 마미야 형제가 이 소설의 주인공이다. 실연을 당하면 조용히 혼자서 신칸센을 보러가는 동생

테츠노부, 그와는 달리 겉으로는 잘 표현을 하지 않는 형 아키노부. 사실 실연이라고 해 봐야 혼자 품은 연정이 어느 날 상대방의 거절로 인해 풍선 터지듯이 빵 터지는 것에 불과할 뿐이다.

마미야 형제에게는 지금껏 연인이 있었던 적이 없다. 그렇게 때문에 실연이라고 해도 그것은 어디까지나 저 혼자 꾸준히 쌓아 올린 호의—대개 부드럽고 따스한 감정, 때로는 좀 성급하고 격렬하게 고조된 감정—를 짓밟히는 데 지나지 않는다. 팍삭 혹은 와지끈.

이렇게 팍삭, 와지끈 자신들이 베푼 호의가 짓밟혀도 마미야 형제는 결코 낙담하거나 사랑을 포기하는 법이 없다. 좋아하는 마음, 사랑이 시작되는 마음에 대한 표현도 이렇게나 똑똑하다. 순수하게 상대를 알고 싶고, 좋아하기 때문에 좋아할 수밖에 없다는 마미야 형제식의 사랑.

정말 그럴까? 아키노부는 자문해 보았다. 딱 한 번 만난 여자에게 반하는 게 정말로 이상한 일일까? 비디오 대여점의 나오미만 해도, 아무 것도 모를 때 좋아하게 되었다. 맞선 상대가 대번에 마음에 들어버린 적도 있었다. 아무것도 모르면서 좋아하는 게 아니라, 아무것도 모르기 때문에 좋아하게 되는 건 아닐까. 아무것도 모르는데 마음이 끌리기 때문에, 좀 더 알고 싶어져서 다가가려는 게 아닐까.

그러나 마미야 형제가 이렇게 사랑에 대한 어쩔 수 없음을 인지하는 훌륭한 인품을 갖추었음에도 불구하고 여자들의 반응은 한결같다.

실제로 그들과 면식이 있는 여자들의 의견을 종합하면 '볼품없는, 어쩐지 기분 나쁜, 집 안에만 틀어박혀 사는, 너저분한, 도대체 그 나이에 형제 둘이서만 사는 것도 이상하고, 몇 푼 아끼자고 매번 슈퍼마켓 저녁 할인을 기다렸다가 장을 보는, 애당초 범주 밖의, 있을 수 없는, 좋은 사람인지는 모르지만 절대 연애 관계로는 발전할 수 없는……' 남자들이었다.

겉모습은 연애를 시작함에 있어 아주 좋은 무기가 된다. 일단 상대방의 시야를 불분명하게 만들 수 있기 때문에 허를 찌르는 데 매우 주효하다. 하지만 불행히도 우리의 마미야 형제에게는 이런 치명적인 매력이 없었다. 그러나 이성에게 외모로서 만나자마자 치명적 일격을 가할 수 있는 상위 0.1%를 두고 우리가 조절할 필요는 없는 일이다.

이렇게 여자들과 인연이 닿지 않는 형제들이지만 이들의 삶이 절망적이거나 불행한 것은 절대로 아니다. 그러나 마음 한 편이 쓸쓸해 오는 것은 어쩔 수 없다.

"내 주변 여자들은 모두 널 보고 싶어 해."

작은 소리로 말하면서 미소 지었다. 박하 비슷한 향이 났다.

'해로울 게 없으니까요.'

목구멍까지 올라온 말을 삼켰다.

"오오카키 씨처럼 매력적인 남자는, 아마도 여자들에게 해가 될 겁니다."

하지만 여자들은 이렇게 자신에게 해로울 게 없는 착한 남자 대신 무자비한 상처와 기억을 남기는 나쁜 남자에게 늘 관심을 보인다. 인류의 숙제가 아닐 수 없다. 하지만 마미야 형제는 기죽지 않는다. 직장에서는 동료의 아픔을 모른 척하지 않는 따뜻한 동료이고, 열렬히 응원하는 야구팀도 있으며, 책과 영화 그리고 퍼즐을 즐기는 훌륭한 취미도 가졌다. 무엇보다 그들은 남들에겐 삽질로 보일 수 있지만 사랑이 끝나 아픔을 느낄 때 조용히 서로를 위로해 주고 곁에 있어주었다.

성인 남녀라고 해서 무조건 연인과 함께 취미를 즐겨야 하고, 그래야만 취미의 질이 향상된다고 믿는 것은 어불성설이다. 혼자서도, 혹은 동성의 형제와 보내는 취미도 충분히 즐거울 수 있다. 물론 이러한 궐기마저도 찌질이들의 항변이라고 매도하는 사람들이 있겠지만, 그렇다면 그런 사람이야 말로 정말 이《마미야 형제》를 읽어야 한다. 이 책을 읽고 나면 아마 당장이라도 시간을 되돌려 엄마에게 동생을 낳아달라고 더 졸라대지 않았던 것을 원망하게 될 것이다.

내가 특히나 부러웠던 대목은 형제가 나란히 산책을 한 후에 외식을 즐기고, 매년 어머니의 생일날 함께 모여 즐거운 식사를 나누는 장면이다. 그들에게 어색함이란 없다. 각자의 단점을 알기에 존중하고 장점을 알기에 칭찬한다. 이 짧은 문장이 얼마나 어려운 일인지 우리는 경험을 통해 잘 알고 있을 것이다.

이렇게 평화로운 삶을 지속하던 마미야 형제는 아무래도 안 되겠으니 서로 애인을 만드는 게 좋겠다며 최근에 가깝게 지내게 된 사람들 몇몇을 집으로 초대해 파티를 열 계획을 짠다. 사람들이 집에 와서 식사도 하고 술도 마시고 이런저런 이야기를 나누다 보면 밖에선 찾을 수 없는 마미야 형제의 매력을 발견할 수 있으리라. 나 또한 읽으면서 앞으로 펼쳐질 로맨스에 대한 기대로 부풀었다.

드디어 파티 날, 여러 사람들이 마미야 형제의 집에 모여 즐거운 시간을 보낸다. 그들은 마미야 형제가 마련한 파티의 따뜻함과 배려를 통해 형제의 진정한 마음의 단면을 바라볼 수 있게 된다. 그리고 형제와 다시 이런 시간을 만들고 싶다는 생각에까지 이르게 된다. 하지만 다들 거기서 끝이다. 이성적인 감정, 그러니까 이렇게 가정적이고 다정다감한 남자와 사귀고 싶다는 결론에 이르는 여성은 단 한 명도 없었던 것이다. 파티는 실패 아닌 실패로 끝나고 마미야 형제는 또 조용히 파티와 자신들의 인생과 사랑에 대한 결론을 내린다.

"앞으로도 둘이서 살자. 조용히. 지금처럼."

귀엽고 순진하고 미워할 수 없는 좋은 사람이지만 사랑할 수는 없다는 것 역시 충분히 이해가 간다. 앞에서도 말했듯이 별로 주목받지 못하는 외모로 초반에 상대의 시선을 모두 분산시키는 것도 엄연히 본인 탓이다.

그래도 내 안의 나를 봐줄 수 있는 마미야 형제는 서로가 있어서 참 좋겠다는 생각이 읽는 내내 머리에서 떠나지 않았다. 그리고 내가 좀 더 살가운 동생이었더라면 하는 후회도 들었다. 형도 신칸센을 바라보고 싶을 때가 있었을 테고, 형도 퍼즐의 조각을 맞출 때 내 도움이 필요한 순간이 있었을 텐데 말이다.

　대단한 도인이나 기인이 아닌 다음에야 우리는 독심술을 부릴 수가 없다. 상대의 마음을 알 도리가 없단 말이다. 그래서 말해야 한다. 형제니까 이런 낯간지러운 얘기들이 밥상머리 앞에서 떠오르면 창피할까 봐 피하기만 한다면 우리는 마미야 형제와 같은 평생 친구를 흘려보내게 될 것이다. 형제가 있다는 것은 외동이 갖지 못한 기회를 하늘이 내린 것이다. 우리는 그것을 너무나 제대로 이용하지 못했던 것은 아닐지……. 그저 방 문 앞에서 노크 한 번으로 얻어질 수 있는 것을 말이다.

영혼의 편지 빈센트 반 고흐, 신성림 역, 예담, 2008

마미야 형제 에쿠니 가오리, 신유희 역, 소담출판사, 2007

누나야,
강변 살자

엄마야 누나야 강변 살자
뜰에는 반짝이는 금모래 빛
뒷문 밖에는 갈잎의 노래
엄마야 누나야 강변 살자

어른들은 참 이상하고도 짓궂은 취미가 있어서 두 가족만 모이고,
술 몇 잔만 돌면 아이들에게 노래를 시키곤 한다. 언제나 막내인 나에
게 예의 그 눈길이 쏠렸지만 나는 예나 지금이나 사람들 앞에서 노래를
부르는 것을 죽기보다 싫어해서 언제나 불에 덴 것처럼 펄펄뛰며 소란
을 피웠고, 언제나 마지못해 누나가 흑기사를 자청해 부르던 노래가 바
로 〈엄마야 누나야〉였다.

나보다 다섯 살이 많은 누나는 현재 산부인과 의사이다. 누나가 의
대에 간다고 했을 때도 산부인과를 선택한다고 했을 때도 나는 전혀 놀

라지 않았다. 누나가 어린 시절부터 나에게 보여줬던 모습이라면 산부인과 의사가 되는 것이 너무도 자연스러웠기 때문이다.

누나에게 나는 언제나 손끝에서 시작해 팔꿈치까지의 길이로 통한다. 누나는 언제나 나를 보면 자신의 왼손을 오른팔이 접히는 정중앙에 대고는 "너 진짜 요만했는데……"라고 한다. 아마도 내가 태어날 때 다섯 살이었던 누나는 어머니의 팔에 안겨 있는 내 모습과 크기를 그렇게 오랫동안 머릿속에 각인시켰던 모양이다. 그렇게 누나에게 나는 언제나 어린아이였고, 아가였고, 막내였다.

그렇게 무조건 어리고 약한 존재인줄로만 알았던 내가 사춘기를 겪고, 진로에 대한 고민으로 앙상하게 말라갈 때 부모님과 마찬가지로 나를 아프게 바라보던 사람이 바로 누나였다. 누나는 성정이 곱고 부드러운 성격이라 내가 힘들어할 때나 스스로 위로하고 다독이는 걸 곁에서 지켜보며 언제나 본인의 눈에 먼저 눈물이 고이는 사람이었다.

내가 중학교에 들어가던 해, 그러니까 누나가 대학을 다니고 있었던 때로 기억한다. 자세히 기억은 나지 않지만 학교에서 문제가 있어 크게 혼이 날 뻔했는데 누나가 어머니께 말하지 않고 나를 타일러 해결되었던 일이 있었다. 어린 마음에도 일단 내 편에서 내 이야기를 다 듣고 난 후에 일을 처리하는 누나가 고맙고 한편으론 위대해 보였는데, 그 일이 있고 난 며칠 후 누나의 생일이 돌아와 나는 뭔가 선물을 하고 싶었다.

하지만 용돈이 생기면 쓰기 바빴고, 누구에게 그것도 여자에게 선물을 해 본 적도 거의 없었던 터라 도무지 누나에게 뭘 해줘야 하는지 감도 잡히질 않았다. 쭈뼛거리며 누나의 방 앞을 서성이고 있는데 다행히 누나가 말을 걸어왔다. 누나의 생일 선물을 고민하고 있노라고, 뭘 해주면 좋겠느냐고 나름대로 단도직입적으로 물었더니 누나는 또 왼손을 오른팔 오금에 올리고서는 "요만했는데, 네가"를 연발했다.

어쨌든 누나가 원한 선물은 시집이었다. 라이너 마리아 릴케의 시집. 그때 서점에서는 시집을 사면 꽃무늬 같은 종이로 시집을 싸주는 것이 유행이었다. 낯간지러워 죽기보다 싫었지만 커버를 씌워달라는 주문까지 하며 벌게진 얼굴로 시집을 안고 나왔던 기억이 아직도 난다. 그리고 그 시집을 받아들고 소녀처럼 좋아하던 누나의 고운 얼굴도.

릴케 전집

내 또래라면, 그리고 예전에 영시 좀 외웠다고 하는 사람들이라면 릴케의 영시 원문 한 번 외우지 않은 사람이 없을 것이다. 그렇지만 세월이 하도 유수히 흘러서 요즘엔 어디 가서 영시를 외웠다간 퇴물 취급에 분위기 망친다는 소리 듣기 딱이다. 그런데 영시가 좋은 건, 릴케가 좋은 건 단순히 향수에서 비롯되는 것은 아니다. 그것은 릴케가 천재라는 찬사가 부끄럽지 않은 시인이기 때문이다.

오스트리아가 체코를 지배하던 1875년 프라하. 릴케는 군인 집안에서 태어났다. 당시 릴케의 아버지는 말단 하사관이었는데 장교로서 입신하고자 하는 뜻을 품은 야심가였고, 이런 아버지와는 달리 어머니는 유복한 집안의 출신으로 소녀 같은 취향을 갖고 있는 여자였다. 그리고 어머니의 영향으로 릴케는 만 일곱 살이 될 때까지 여자아이로 길러진다. 릴케의 어머니가 낳자마자 죽은 딸을 결코 잊지 못하여 자신의 상실감을 채워줄 대용물로 릴케를 키운 것이다. 겉모습은 물론이고, 여자아이들이 하는 놀이를 시키고 남자아이들과 노는 것조차 금지시키는데 후에 릴케는 이런 어머니에 대한 분노를 여과 없이 드러내는 시를 쓰기도 했다. 하지만 원하든 원하지 않든 후천적으로 여린 감성을 가지게 된 릴케를 아버지는 육군학교에 강제로 입학시킨다. 릴케는 후에 이 시기를 참담한 시련의 시기라고 표현하고 있다.

주로 초기에는 감상적이고 미숙한 연애시를 썼던 릴케는 1896년 살로메와의 만남을 통해 큰 변화를 겪는다. 릴케보다 열네 살이나 많은 이 연상의 여인을 향한 릴케의 감정은 그야말로 뜨거운 것이어서 초기 릴케의 시에는 살로메를 향한 사랑을 담은 연서가 자주 등장한다.

쌍꺼풀, 깊은 눈동자, 강력한 의지가 담긴 입술. '니체, 릴케, 프로이트에게 영감을 끼친 여성', '하인베르크의 마녀' 로 불리는 신비에 싸인 루 안드레아스 살로메.

지금 이 시를 읽는 젊은이들은 별 감동을 느끼지 못할지도 모른다. 하지만 릴케의 시를 한 번이라도 진지하게 접해 본다면 릴케의 시가 시공간을 초월하는 것이라고 인정하게 될 것이다.

내 눈을 감기세요.

그래도 나는 당신을 볼 수 있습니다.

내 귀를 막으세요.

그래도 나는 당신의 음성을 들을 수 있습니다.

발이 없어도 당신에게 갈 수 있고,
입이 없어도 당신의 이름을 부를 수 있습니다.

내 팔을 꺾으세요.
나는 당신을 가슴으로 잡을 것입니다.

심장을 멎게 하세요.
그럼 나의 뇌가 심장으로 고동칠 것입니다.

당신이 나의 뇌에 불을 지르면
그때는 당신을 핏속에 실어 나르렵니다.

-〈살로메에게 바치는 시〉 중에서

하지만 이렇게 열렬한 릴케의 구애에도 살로메는 쉽사리 잡히지 않았는지 릴케는 사랑의 덧없음과 그 안에서 숫구치는 좌절의 마음도 시의 편린으로 담아낸다.

사랑에 빠진 사람은
혼자 지내는 데 익숙해야 하네.

사랑이라고 불리는 그것

두 사람의 것이라고 보이는 그것은 사실

홀로 따로따로 있어야만 비로소 충분히 전개되어

마침내는 완성될 수 있는 것이기에.

사랑이 오직 자기 감정 속에 들어 있는 사람은

사랑이 자기를 연마하는 일과가 되네.

서로에게 부담스런 짐이 되지 않으며

그 거리에서 끊임없이 자유로울 수 있는 것,

사랑에 빠질수록 혼자가 되라.

두 사람이 겪으려 하지 말고

오로지 혼자가 되라.

-〈사랑에 빠질수록 혼자가 되라〉 중에서

나와 비슷한 시기에 사춘기를 보낸 남자들에게 시란 학창시절 어줍지 않은 고백을 위해 사용되던 유치한 도구, 약해빠진 감성의 상징이라고 치부되기도 했었다. 나 또한 그런 면이 없지 않아서 감동을 주거나 어딘가 적어 놓고 외워두고 싶은 시가 있어도 속으로만 되뇌이기만 했다.

릴케의 시를 나는 누군가의 거실에서 다시 보게 되었다. 무협지를 사랑하고, 과격한 격투기로 몸을 단련하는 경상도 사나이의 집 거실에 삽화와 함께 액자에 들어 있던 릴케의 〈가을날〉이었다. 그 지인은 구수

한 말로 언제 들어도, 언제 봐도 늘 공감이 되고 좋은 시라며, 영시 그대
로 외우려면 많이 어렵냐고 우스갯소리처럼 물어봤던 일이 기억난다.

주여, 때가 되었습니다.
여름은 아주 위대했습니다.

당신의 그림자를 해시계 위에 놓으시고
벌판에 바람을 놓아주소서.

마지막 과일들을 결실토록 명하시고,
열매 위에 이틀만 더 남국의 햇빛을 주시어

그들을 완성시켜 주시고, 마지막 단맛이
짙은 포도주 속에 스미게 하십시오.

지금 집이 없는 사람은 이제 집을 짓지 않습니다.

지금 외로운 자는, 오랫동안 외롭게 지낼 것입니다.
잠 못 이루어, 독서하고 긴 편지를 쓸 것입니다.
그리고 낙엽 뒹구는 가로수 길을
불안스레 이리저리 헤맬 것입니다.

-〈가을날〉 중에서

종교를 떠나, 절대자에 대한 믿음을 떠나 나는 이 시를 좋아한다. 이 시의 한 구절, 마음에 담아보지 않은 사람이 없을 줄로 안다. 사실 소설은 아무리 감동을 주고 마음에 깊이 새겨진 대목이 있다고 해도 가끔 꺼내 다시 읽기가 그다지 쉽지가 않다. 하지만 시집은 가볍고 또 제목만 찾아 다시 읽으면 되니 되새김질하기가 이보다 쉬운 장르가 없다. 그리고 외우는 시의 수가 늘어날수록 감성이 충전됨은 두말할 나위가 없다.

백 년 전, 아니 이백 년 전에 살았던 사람들의 함축된 인생의 의미, 감정의 해석, 삶의 역정을 풀어낸 시를 시대가 변한 지금에 와 읽는다는 것을 무의미하고 지루한 일이라 생각한다면 우리는 그저 밥 먹고 일하는 것 외에는 달리 할 일이 없다. 아무리 긴 시간이 지나도 인류가 영원히 풀려고 노력하는 인생 그리고 사랑과 이별의 단단하고도 완고한 어려움에 대해 과거의 시인이 얘기하는 바를 우리는 귀담아 들을 필요가 있다. 단어와 단어, 행과 행 사이에 숨어 있는 보석과도 같은 비밀을 찾는 재미를 놓치지 않길, 죽어서 자신의 비문에까지 멋진 시를 남긴 릴케 또한 잊지 말기를 바라며…….

장미여,
오, 순수한 모순이여.
이리도 많은 눈꺼풀 아래
그 누구의 잠도 아닌 기꺼움이여.

릴케 전집 라이너 마리아 릴케

아버지,
그 테두리와
굴레 사이

돌이켜 생각해 보면 우리 집은 포스터에 나올 법한 가족이었다. 작은 사업을 하시는 아버지, 집에서 열심히 가족을 돌보는 전업주부 어머니, 착한 누나와 형, 그리고 말썽쟁이 막내. 이렇게 다섯 가족을 그려 넣은 포스터는 그 시절 동네 어디를 가도 쉽게 볼 수가 있었다. 아니, 이 세상에 존재하는 모든 가족이 그림으로만 그려진다면 별반 다르지 않는 모습을 연출할 것이다. 그러나 그들 하나하나가 인생을 살며 겪는 갖갖이 역경과 희로애락들이 합쳐지면 어느 가족 하나, 비슷한 모양을 가진 가족이 없을 것이다.

내가 철모를 때는 몰랐던, 아버지 당신이 겪으셨던 어려움을 나도 이제 알 수 있는 나이가 되었다. 또 내가 직접 겪은 어려움을 통해 당신의 상태를 투영할 수 있게 되기도 했다. 가장이라는 이름으로 사회에 나가 잡아먹히지 않고 집으로 돌아오는 하루의 무게를 어린 내가 전부 이해할 수 없었듯이, 아버지도 사춘기를 겪고 격동의 사회를 겪고 지난한 사랑을 정리하는 나를 완전히 이해할 수 없었을 것이다. 그리고 솔직히 말해 우리가 영화나 드라마, 책 속에 나오는 아버지의 사랑을 실감할 수 있게 하는 거대한 시련이 일어나지 않게 하기 위해, 아버지와 나는 살면서 얼마나 노력했던가? 어쩌면 무탈한 삶 속에서는 부모, 아버지를 이해하는 것이 오히려 어려운 것은 당연한 일인지도 모르겠다. 그래서 책이 존재하고 책에 공감함으로써 우리는 한 뼘 더 자라는 것이 아니겠는가?

가시고기

절대로 면역이 생기지 않는 것은 바로 불행에 대처하는 우리의 자세일 것이다. 나는 불행을 준비하기보다는 아예 생각을 안 하는 유형에 속한다. 머리로는 대비하고, 어떤 대책이라도 마련해야 한다고 생각하지만, 구체적으로 불행에 대해 생각할 때면 언제나 머리를 세차게 흔들며 그런 일은 일어나지 말아야 한다고 소리치거나, 그런 생각을 하는 순간 당장 그 일이 일어날 것처럼 구는 어린아이 같은 면도 있다.

딸아이가 태어나고 얼마 되지 않아 아내는 몸을 좀 추슬렀는지, 아이의 미래에 대한 이런 저런 얘기를 하다가 건강보험 얘기를 꺼냈다. 말 중간에 아내가 "아이가 백혈병이나 소아암 같은 큰 병에 걸릴 경우를 대비해……"까지 말하는데 나는 버럭 화를 내고는 자리를 박차고 나와 버렸다. 아내는 그저 약관이나 보험 조건에 대한 내용을 읽어줬을 뿐인데, 지금 생각하면 꼼꼼하게 미래를 준비하는 아내에게 그 무슨 만행을 저질렀나 싶기도 하다. 하지만 나는 금방 태어나 꼬물거리는 내 아이에게 불행이 있을 수 있다는 걸 생각하는 것조차 견디기 어려운 초보 아빠였던 것이다.

이런 나의 성격 때문인지 나는 아이가 아픈 것은 영화든, 소설이든, 드라마든 잘 보지를 못한다. 하지만 이 《가시고기》란 책이 베스트셀러가 되고, 아내가 한참을 울면서 이 책을 다 읽던 밤 나는 기어이 바통을 이어받고 말았다.

정다움, 아홉 살, 백혈병. 마지막 단어는 앞의 두 단어에 절대로 붙어선 안 될 단어처럼 낯설고 무섭기만 하다. 하지만 이것은 다움이에게서 떨어질 줄 모른다. 다움이 아빠는 어린 시절 지독한 가난 때문에 자신에게 쥐약을 먹이려던 아버지, 자신을 파출소에다 두고 절룩거리는 의족을 이끌고 사라지던 무기력한 아버지와, 어린 아들이 병마와 싸울 때 아무 것도 해줄 수 없는 무기력한 자신의 모습을 어쩔 수 없이 비교하게 된다. 끊었던 담배를 다시 피고, 끊고를 반복하는 사이 다움이도 입원과 퇴원을 반복하며 생과 사를 넘나든다.

집 안에 아픈 사람이 있는 가족은 아무리 미소를 지어도 그 미소에 병원 냄새가 배어 있는 것 같다. 막연한 불안감과 한 번 닥친 불행이 또 올까 봐, 그것이 더 강한 태풍으로 우리의 이 불행한 현재마저 가져가버릴까 봐 언제나 초조한 것이다. 그렇게 아이의 불행과 자신의 불행을 함께 떠안은 이 남자는 아이에게 희망이 보이자 간암에 덜컥 걸려버린다.

그 와중에 아이의 엄마는 참 보기도 드문 못 말리는 캐릭터로, 아이와 남자에게 상처란 상처는 죄다 주고 다시 떠나버린다. 아이의 아빠는 누구도 사랑하지 않았던 자신을 사랑해 주었던 여자와 그 여자가 낳은 아이로 만들어진 가정을 지키기 위해 시를 쓰는 일도 포기하고 가장으로만 살아가지만, 여자는 자신의 열정만을 좇아 남편과 아이를 버렸었다. 그럼에도 불구하고 남자는 자신을 사랑해 주었던 아내에게 아직도 가족이라는 범주를 허용한다.

아이와 골수가 맞는 기증자가 나타날 즈음 아빠의 간암은 급속도로 나빠지고, 결국 프랑스에 있는 아이 엄마에게 아이를 맡아달라는 부탁을 하게 된다.

아이는 아빠를 가시고기에 비유하곤 한다. 암컷 물고기가 산란만 하고 떠나면 수컷 물고기가 혼자 남아서 알들을 보살피고, 그런 다음 어느 정도 자란 새끼 물고기들이 다시 떠나면 수컷 물고기는 인생이 끝났다는 듯 바위틈에 머리를 처박고 죽는다는 가시고기.

그렇게 아이에게 모든 사랑을 쏟은 아빠는 시한부 인생을 살면서도 각막을 팔아 아이의 병원비를 댄다. 완치 판정을 받은 아이가 그동안 친구처럼 지내던 자신을 아무리 찾아도 이제 엄마와 정을 붙여 프랑스에서 살아갈 아이의 인생을 위해 매몰차게 아이에게 정을 뗀다. 그리고는 혼자 쓸쓸히 죽어간다.

혹자는 눈물은 나지만 짜증도 난다고 할 것이다. 이런 사랑이 사람을 숨 막히게 하는 것이라고, 혼자서 모든 것을 감당한 채 희생했노라고 말하는 것이 모든 사람의 인생을 얼마나 답답하게 만드는 것인 줄 아느냐며.

하지만 우리는 알아야 한다. 세대마다, 사람마다 자신의 사랑을 풀어내는 방식은 다를 수밖에 없다는 것을 말이다. 누군가는 아무리 사랑해도 미약하게라도 표현할 수 없고, 누군가는 조금 덜 사랑해도 많이 표현할 수 있음을. 나는 가시고기를 통해 우리가 위대한 아버지의 사랑을 알아야 한다고 생각하지는 않는다. 굳이 무언가를 느껴야 할 필요도 없다. 그저 이만큼까지 아들을 사랑할 수 있는 부정이 존재한다는 것만으로도 세상은 어느 정도 더 따뜻해지지 않겠는가? 그리고 두 딸의 아버지인 나도 그 아버지의 마음을 비슷하게라도 가질 수 있도록 노력해야겠다는 착한 다짐을 하는 정도면, 나는 충분하다고 생각한다.

요즘은 아이를 낳아도, 아이의 인생은 아이의 인생이고 내 인생은 또 내 인생이라며 철저하게 선을 긋는 사람도 많은 것 같다. 하지만 세상이 아무리 변하고, 우리가 놀랍도록 발전한 과학을 보고 놀라 죽는 한이 있더라도 절대 변하지 않을 가치가 존재한다. 이것은 어쩌면 우리를 보호해주는 거대한 방패가 아닐까? 어떤 때에는 지겹고, 어떤 때에는 떨치고 싶은 가족이라는 관계라 할지라도, 우리는 공기와 태양처럼 이것들 없이는 살 수 없기에 좀 더 나은 구성원으로서의 역할을 해야 한다.

가시고기를 읽은 사람들이라면 누구나 그런 생각을 했겠지만 병마로 고통 받는 아이의 묘사를 보며 세상의 모든 아이들이 아프지 않았으면 하고 바라고, 또 철없는 부모 때문에 속 썩이지 않게 되길 다시 한번 빌게 되는 계기가 되었다. 우리 모두가 합심해서 혹시라도 있을지도 모를 절대자에게 빌어야 할 소원이 있다면, 첫 번째가 바로 이것 아닐까 싶다.

로드

나는 아버지와 단 둘이 여행을 떠나 본 적이 한 번도 없다. 아니 단 둘이 밖에 나가 어떤 것을 해본 경험 자체가 없는 것 같기도 하다.

아버지와 나에게 둘만 함께 보낼 수 있는 시간이 주어진다면 무슨 이야기를 할까 생각해 본 적이 있었는데 딱히 해야 할 말들이 떠오르지 않았다. 우리는 도대체 서로에 대해서 얼마나 알고, 또 얼마나 모르고 있는 것일까? 갑자기 아버지와 나 사이에 있는 거리가 한심하게 느껴지기 시작했다. 왜냐하면 나는 이제 가족의 소중함이라는, 진부하지만 매달릴 수밖에 없는 숙제의 중요성을 깨달아가는 참이었기 때문이다. 나를 바라보는 네 개의 눈이 매일 그렇게 말해주고 있었지만 나는 여전히 집에 전화를 걸어도 어머니께 안부만 대충 묻고 끊어버리는 못난 자식, 그 이상도 그 이하도 아니었다.

코맥 매카시의 소설 《로드》처럼 지구 종말이 다가오기 전에, 아버지에게 할 말들을 생각날 때마다 잘 챙겨두어야겠다. 소설에 등장하는 소년처럼 나는 생각보다 할 얘기가 많을지도 모르니.

2007년 퓰리처상을 수상한 미국 작가, 코맥 매카시는 미국 현대 문학을 대표하는 작가이다. 언론의 관심도 여러 차례 받았을 뿐 아니라 군더더기 없는 문체와 현재와 과거, 실제와 가상을 넘나드는 플롯으로 정평이 났다. 나는 매카시의 작품 중 처음으로 《로드》를 읽었다.

전 세계의 하늘과 땅이 모두 폐허가 된 공간에서 아버지와 아들이 떠나는 여정을 그린 이 소설은 출간 당시 성서에 견줄 만한 책이라며 꽤나 떠들썩하게 홍보를 했었다. 불친절한 작가는 작품 내내 그 기조를 유지하며 어떤 상황적 설명도, 인물 간의 개연성도 말해주지 않는다. 생각해 보면 지구의 종말이 어떤 이유로 일어났다고 한들 모두가 폐허가 되는 마당에 그게 다 무슨 소용일까 싶기도 하다. 아버지는 자신과 아들을 보호하기 위해 끊임없이 걷고, 살피고, 무언가를 의심한다. 그리고 그런 아버지의 보호를 받아서인지 아니면 아직 어린아이라서 그런지 아들은 아이답게 어떤 상황이 닥칠 때마다 인간미를 풍긴다. 하지만 아들을 바라보는 아버지는 폐허 더미에선 오히려 희망이 더 고통이라는 사실을 떠올리고 순수한 아들을 더욱 불안한 얼굴로 바라본다.

우아하고 아름다운 모든 것들, 마음에 꼭 간직하고 있는 것들은 고통에서 나온 것이기도 하다. 슬픔과 재 속에서의 탄생.

때로는 인생의 쓴맛을 가르쳐야 할 때가 올 거라 예상은 하고 있었지만 이 책은 처음부터 끝까지 이런 식이다. 그러니 아들에게 우아하고 아름다운 모든 것들이 어디에서 왔는지 솔직하게 말할 수밖에 없지 않은가?

《로드》를 소개하는 서평 중에는 이 책이 지옥으로 가는 여정을 담은 또 하나의 단테의 신곡이라는 평이 있는데, 내 생각에도 이 한 줄이 《로드》를 정의하는 가장 정확한 문장이 아닐까 싶다. 내가 이 책을 읽고 굳이 가족 구조나 아버지와 나 사이를 떠올리게 된 것도, 어쩌면 죽음으로써 다른 세계로 걸어가는 것은 나를 생성한 곳으로의 회귀이고 남자는 배낭을 등 위로 추켜올리며 황폐한 땅을 건너다보았다. 길은 텅 비어 있었다. 밑의 작은 골짜기에는 움직이지 않는 잿빛 뱀 같은 강이 있었다. 어김없이 꼼짝도 하지 않았다. 강변에는 죽은 갈대들이 짐짝처럼 쓰러져 있었다. 괜찮니? 남자가 물었다. 소년은 고개를 끄덕였다. 이윽고 그들은 암회색 빛 속에서 아스팔트를 따라 걷기 시작했다. 발을 질질 끌며 재를 헤치고 나아갔다. 서로가 세상의 전부였다.

사실 이 소설은 매카시가 일흔이 넘은 나이에 얻게 된 아들을 바라보며 쓴 소설이라고 한다. 어느 날 한 호텔에 아들과 함께 묵고 있는데 자기의 옆에서 세상모르고 잠든 아들의 얼굴을 바라보다 보니, 자신이 이 아이의 옆에 오래 있어줄 수 없다는 사실이 새삼스럽게 느껴졌던 모양이다. 이미 폐허가 된 세상에, 아니 물리적으로 망가진 것 이상으로 엉망진창이 될 세상 속에서 아들이 혼자 살아가야 할지도 모른다는 불안감 때문이었는지 매카시는 이 소설을 구상하게 된다.

'그 자체로 섭리가 되는 날. 시간. 나중은 없다. 지금이 나중이다. 우아하고 아름다운 모든 것들, 너무 우아하고 아름다워 마음에 꼭 간직하고 있는 것들'이라는 작가의 표현은 황폐한 삶의 환경과 어울리지 않는 것이란 생각이 들기도 한다. 작가는 그렇게 모든 것이 파괴된 그곳에서 인류와 문명의 솔직한 시작을 암시하고 있는게 아닌가 싶다.

그는 회색 빛 속으로 걸어나가 우뚝 서서 순간적으로 세상의 절대적 진실을 보았다. 유언 없는 지구의 차갑고 무자비한 회전. 사정없는 어둠. 눈먼 개들처럼 달려가는 태양. 모든 것을 빨아들여 소멸시키는 시커먼 우주. 그리고 쫓겨 다니며 몸을 숨긴 여우들처럼 어딘가에서 떨고 있는 두 짐승. 빌려온 시간과 빌려온 세계 그리고 그것을 애달파하는 빌려온 눈.

곳곳에 시체가 널려 있고, 신체 부분이 떨어진 사람들이 거리를 방황하는 곳. 주인공 아버지(남자라고 표현되는)와 아들과 같이 살아 있는 사람들을 향한 알 수 없는 존재의 계속적인 우협 앞에 남자는, 어디까지 가야 하는지 대답할 수 없는 질문을 하는 아들에게 우리는 '불을 옮기는 사람들'이라고 말한다.

목표가 있는 여정이 아들과 자신을 좀 더 강인하게 만들어 줄 것이라는 기대 때문이었겠지만 남자는 한계에 다다르고 있다는 것을 느끼게 되고, 어쩌면 더 이상 물러날 곳이 없을지도 모른다는 생각에 권총의 마지막 한 발을 남겨둔다.

물론 그것은 아들을 위한 것이다. 아들에게 닥치는 어떤 불행이나 위협을 막기 위한 것이 아니라, 이런 말도 안 되는 세상과 아들을 완전히 이별하게 만들어 줄 한 방이었다. 이렇듯 아버지란 존재는 죽을 만큼 힘들어도 강하게 서 있어야 하는 숙명을 안고 있는 것이다. 단순히 내가 낳은 아이가 겪을 불행에서 끝나지 않는 그 무엇을 생각하는, 책임감이라고 부를 수도 있고, 때로는 사랑이라 부를 수도 있는 그것의 무게를 생각해 본다.

아팠죠, 그죠?

그래. 아팠어.

아빠는 정말로 용감해요?

중간 정도.

지금까지 해 본 가장 용감한 일이 뭐예요?

남자는 피가 섞인 가래를 길에 뱉어냈다.

오늘 아침에 일어난 거.

정말요?

아니. 귀담아 듣지 마라. 자, 가자.

아들에게 아버지는 작은 세계이다. 그가 살아가는 인생에 따라 나의 세계관은 지배받을 수밖에 없고 아버지의 삶에 따라 내 인생의 궤도는 오른쪽으로 돌거나 때론 뒤로 돌아가기도 한다. 아들이 나를 닮아갈 것을 알기에 아버지는 필사적으로 살면서 아들을 보호하려고 한다. 이 책에서 아들이 검게 탄 아이의 시체를 보며 고개를 돌린 채 자신에게 안겼을 때 그저 미안하다는 말밖에는 할 수 없는 아버지였지만 그는 헛헛한 가슴으로 아이의 눈을 가리고서라도 그 순간 아이에게 평온을 주고 싶어 했다. 그리고 자신은 또다시 눈을 시퍼렇게 뜨고 세상을 살펴야 했다. 그게 아버지라는 존재가 죽기 전까지 해야 할 일이라고 아무도 가르쳐준 적은 없었다. 그러나 우리 아버지가 그랬고, 또 내가 앞으로 그럴 것이다. 무척 경이롭지 않은가?

세상의 끝이 오건 말건 오늘 아침에 일어나 피 섞인 가래를 뱉으면서도 아이를 안전한 곳으로 데려가야 한다는 지령만이 입력된 기계처럼 걸어가는 남자의 발걸음.《노인을 위한 나라는 없다》라는 작품에서도 마찬가지로 잔인할 만큼 사실적인 현실을 그려냈던 작가의 이 소설에서 부성애는 차후의 문제라고 서평하는 사람들도 많지만 나는 그렇게 생각하지 않는다. 인류와 문명의 출발이 그렇듯 세상이 끝나고 완전히 다른 페이지가 시작된다고 해도 그것을 가능케 하는 것은 모두 누군가를 향한 사랑인 것이다. 매카시의 건조하고 솔직한 문체 속에서 이것을 발견해 나가는 즐거움 또한 크다.

결국 아이의 손에 권총이 쥐어지고, 상황은 나아지는 것 없이 시간은 지나간다. 남자는 더욱 건강이 나빠지고 급기야 화살에 맞은 상처가 덧나 어느 아침 아들에 품에서 뻣뻣하게 굳어 간다. 그렇게 죽어가면서도 남자는 소년에게 말한다. 불을 운반해야 한다고, 앞으로 걸어가야 한다고, 권총을 손에서 놓지 말라고……. 아들은 다시 폐허가 된 세상 속에서 살아남기 위해 남자의 주검과 안녕을 고하며 길을 떠나면서 이 책은 끝난다.

소년은 목적지에 불을 잘 가지고 갔을까? 남자는 소년의 불을 지켜주었지만 마지막에 불을 전달하는 사람은 아니었다. 우리 아버지 세대는 젊은 우리를 보며 우리가 우리 안의 불을 잘 돋우고 어딘가로 가져가 더 큰 불로 만들어내기를 바라는 것이다. 하지만 우리는 아버지의 가르침이나 도움을 너무 하찮고 부질없다고 치부하는 경우가 많다. 나도 다 아는 이야기, 매일 똑같은 이야기를 반복한다고 말한다. 그러나 인생 전체를 걸고 운반해야 할 불이 얼마나 쉽게 꺼지는지를 아는 아버지로서는 전전긍긍할 수밖에 없을 것이다. 그래서 권총을 쥐어 주고, 불행 앞에서 눈 돌리지 못하게 하며, 강하게 우리를 키워내려고 했던 것인데 우리는 언제나 그것을 너무 늦게 깨닫는다.

아버지가 나에게 너무나도 객관적이고 냉정한 조언을 했을 때 나는 나중에 절대로 저런 교과서에나 나올 말 따위로 애써 고민을 말한 내 자식의 얼굴을 뜨겁게 만들지 않으리라, 하고 못된 다짐을 했던 적이 있었다. 하지만 고통이 별것 아니라고 미화할수록 세상은 더욱 칼날을 세워 우리에게 돌진해 온다. 때론 약효가 좀 떨어지더라도 딸기향이 나는 단맛의 약을 주기보다, 머리를 몇 대 쥐어박더라도 쓴맛의 약을 꿀꺽 삼키라고 윽박지를 줄도 아는 부모가 되어야 한다는 것을 알았다.

언젠가 폐허가 된 가슴을 경험할 날이 올 것이고, 마지막 남은 권총의 한 발을 생각하게 하는 절박한 순간도 올 것이다. 아이가 무섭다고 나에게 다가오면 그때마다 현실은 왜곡하지 않되, 아이를 안아주며 말할 것이다.

알아. 하지만 얼마 안 떨어져 있을 거야. 네 목소리를 들을 수 있으니까 무서우면 나를 불러. 금방 올게.

가시고기 조창인, 밝은세상, 2000

로드 코맥 매카시, 정영목 역, 문학동네, 2008

우스갯소리로 사람들은 말하곤 한다. '가족은 가끔 봐야 좋다'고.

솔직히 말해 맞는 말이다. 한국사회에서 가족 구성원이 서로를 독립된 캐릭터로 인정하며 마찰 없이 잘 지낸다는 것은 거의 불가능하다고 해도 과언이 아닐 테니 말이다. 그래서 자식들은 어떤 핑계를 대서라도 부모에게 독립해 보고자 갖은 애를 쓴다. 쟁취해 낸 독립 이후에는 부모가 나에게 보내는 사랑과 관심의 추파는 안타깝게도 간섭이 되어 버리고 말이다. 그래서 어쩌다 같이 간 휴가지에서, 함께 먹는 외식 자리에서 언성이 높아져 결국 집은 가능하면 다시 들리고 싶지 않은 곳이란 인식을 더욱 굳히는 것이다.

사랑의 작대기가 잘 안 맞는 사랑을 우리는 언제나 뒤늦게 깨닫는다. 나는 뒤늦은 후회를 하지 않기 위해 우리가 활용해야 할 가족의 특성이 있다는 것을 최근에 알게 되었는데 그것은 '지지의 역할'이다. 북돋아주고, 용기를 주는 바로 그 '지지' 달이다.

우리의 자아가 자라서 가족이란 이름으로 함께 버무려지기 어렵고, 물리적인 시간에 쫓기기까지 한다면 굳이 자주 얼굴을 보기 위해 애쓰지 말고 가족 본연의 특성을 이용하는 것이다. 유치하더라도 내 편 네 편을 가를 때 가족은 언제나 내 편일 수밖에 없듯이 가족이 나에게 보내는 격려와 지지는 다른 사람들의 것과 비교할 수가 없다. 구태여 서로를 닦아대기 보다는 어떻게 보면 모호할 수도 있을 무조건적인 믿음과 신뢰, 기도를 퍼부어주는 것이 가족이 해야 할 일이 아닐까 싶다. 끈끈함을 과감하게 버리는 것, 이것이 현대 사회에서 가족을 유지하기 위한 덕목이 되었다는 것에 어쩐지 쓸쓸해지기도 하지만 기저에 깔린 사랑만 변하지 않는다면 세월에 따라 변해가는 것도 지혜이다.

이런 지혜가 최근 읽는 데 재미가 붙은 영미 문학에 쏠쏠치 않게 들어가 있다. 우연찮은 기회로 이 책들을 접한 이후 한동안 꾸준히 읽었다. 이 소설들은 현대 사회 가족 구성원들의 이야기를 매우 재밌게 풀어내고 있는데 신파조로 가족이니까, 가족이어서, 가족이기 때문에 이해하고 사랑해라, 안 그러면 너는 나쁜 사람이다, 이런 식의 쥐어짜기를 강요하지는 않는다.

그뿐 아니라 그저 아침에 일어나서 밥 먹는 것만 봐도 한 대 쥐어박고 싶은, 세상에서 제일 이해하기 힘든 꼴들을 서로에게 보이는 가족에 대한 묘사도 있고, 철저히 타인에 의해 가족을 희생당한 사람들의 담담한 극복 과정과 남은 삶을 그리기도 한다. 그러나 그 담담함 속에 아픔, 그래서 현재 내가 가족에게 어떤 의미인가를 되새기는 일이 얼마나 중요한지 조용히 말해준다.

엄청나게 시끄럽고 믿을 수 없게 가까운

　뉴욕 문학계의 신성, 조너선 사프란 포어. 그의 명성은 익히 들어 알고 있었다. 누군가 이제 미국 문학, 브루클린과 뉴욕을 대변하는 소설가는 폴 오스터에서 조너선 사프란 포어르 넘어가고 있다고 목소리를 높였던 것이 기억난다. 심지어 이 작가는 1977년생이다. 노인네 같은 생각이라고 핀잔을 들을지도 모르겠지만 어딘지 나는 나보다 늦게 태어난 작가의 소설은 선뜻 손이 가지 않았다. 고전에 대한 맹목적인 믿음이 있었거니와 세월이나 인생 역정이 주는 무한한 이야깃거리의 힘을 믿어왔다고 변명하겠다. 폴 오스터의 바통을 넘겨받은, 아니 바통을 뺏은 이 맹랑한 소설가의《엄청나게 시끄럽고 믿을 수 없게 가까운》은 제목에서 풍겨나듯이 복잡한 마음에 대한 솔직한 해설이다. 이 소설에서 우리는 사랑하는 아버지를 잃은 복잡한 마음의 소유자, 슬프기도 하고 외롭기도 하고 막막하기도 하지만 화도 나는 오스카를 만나게 된다.

　아마추어 발명가이자 탬버린 연주자이며, 셰익스피어의 연극배우, 보석세공사이면서 평화주의자. 이것이 바로 아홉 살 난 오스카가 붙인 자신의 직함이다. 화려하기 그지없다. 고작 아홉 살 난 꼬마가 이렇게 많은 일을 할 수 있는 소중한 존재라고 깨닫게 만들어준 사람은 바로 오스카의 아빠다. 하지만 오스카의 아빠는 9·11 테러로 세상을 떠났다. 오스카는 그 날을 책 안에서 담담하게 '최악의 날'이라고 표현한다. 이보다 더 정확한 표현은 물론 없겠지만 말이다. 사람들은 세계가 9·11 이전의 세계와 9·11 이후의 세계로 나뉜다고들 하지만 이 책은 테러와의 전쟁을 선포한 미국과 세계 도처의 분노에 대해서는 말하지 않는다. 단지 갑자기 사랑하는 아빠를 잃은 소년의 아픔과 충격을 극복하기 위한 여정을 지켜볼 뿐이다. 정말로 슬퍼하는 사람에게 어떤 위로도 할 수 없고, 어떤 위로도 할 필요가 없듯이.

사람은 감정을 감당하는 능력에 개인차가 있기 마련이어서 어떤 사람은 사랑을 잘 감당하고, 또 어떤 사람은 슬픔을 잘 감당하고, 또 어떤 사람은 불행을 잘 감당한다. 하지만 아이들이란 감정을 감당하는 능력이 부족한 편이지 않은가. 그러나 오스카는 나름의 방법으로 그 수치를 올려보려고 안간힘을 쓴다.

> 건물을 들이박는 비행기들.
> 떨어지는 사람들.
> 높은 창문 밖으로 셔츠를 흔드는 사람들.
> 건물을 들이박는 비행기들.
> 떨어지는 사람들.
> 회색 연기에 덮인 사람들.
> 떨어지는 사람들.
> 무너지는 건물.
> 건물을 들이박는 비행기들.

이렇게 몇 줄의 문장으로 그날의 기억을 설명하는 아이의 건조한 눈이 그려지면서 나는 더욱 마음이 아팠다. 아이는 울거나 아빠가 보고 싶다고 떼쓰지 않는다. 오스카답게 아빠를 잃은 슬픔을 표현하고, 마치 그것이 슬픔이나 눈물이 아닌 양 행동한다. 그래서 더 아프다.

> 아빠가 어떻게 돌아가셨는지 알고 싶어질 때마다 번역기 프로그램을 써서 다른 나라 말로 단어들을 찾아내요. (……) 그 다음에는 구글에 이 단어들을 넣고 검색하죠. 나는 알 수 없는 것을 전 세계 사람들이 다 알 수 있다니 믿을 수 없을 만큼 화가 나요. 여기서, 나한테 일어난 일인데 왜 내 것이면 안 되는 거죠?

사실 질병으로 생을 마감하는 것이 아니라 외부의 힘, 이를테면 전쟁이나 테러와 같은 이유로 인생이 뒤틀릴 수 있다는 것에 대해 우리는 대비하지 못했다. 세계는 그런대로 잘 화합하는 것 같았고, 어디선가 터질 고름이 내 앞에서만은 터지지 않기를 막연히 바랐다. 하지만 따지고 보면 역사는 언제 어디서건 그런 일을 자행할 수 있는 폭탄이었다. 개인의 의지와 무관하게 되풀이되는 폭력의 역사성은 이 소설에서 오스카의 아빠뿐 아니라 오스카의 할아버지도 함께 등장하면서 더욱 강하게 드러난다. 오스카의 할아버지는 제2차 세계대전 당시 드레스덴 폭격으로 사랑하는 가족과 연인, 태어나지도 않은 아이를 잃고, 평생을 그때의 기억과 함께 늘 외롭게 살아왔다.

하지만 그렇게 안으로 숨어버린 할아버지를 기다리는 할머니의 삶은 어땠을까? 슬기롭게 고독과 싸우며 살아가는 할머니 또한 할아버지 못지않게 괴롭고 절망적이지만, 그런 삶에 적응하기 위해 고군분투했을 것이다.

가족이기 때문에 모든 상처를 함께 안고 치유해 나갈 수 있다고 선불리 믿는 것이 얼마나 위험한 것인가, 라고 작가는 냉정하게 말하고 있다. 가족이지만 어쩔 수 없이 감당해야 할 나만의 아픔은 언제나 존재하기 때문이다.

네 어머니가 브로드웨이의 빵집에서 나를 발견했을 때, 나는 모든 얘기를 다 하고 싶었단다. 그렇게 할 수 있었다면 우리는 다르게 살았을지도 모르지, 내가 지금 여기가 아니라 거기 너와 함께 있을지도 모르지. "난 아기를 잃었다오." 이 말을 했더라면, "사랑하는 것을 잃을까 봐 너무 두려운 나머지 아무것도 사랑하지 않기로 했소"라고 말했더라면, 그랬더라면 불가능이 가능으로 바뀌었을지도 모르지 어쩌면. 하지만 난 그렇게 할 수가 없었단다, 내 안에 너무 많은 것을 너무 깊이 묻어두었기에. 난 거기가 아니라 여기에 있어.

변명밖에 남은 것이 없다고 해도 우리는 결국 모두가 모두를 잃을 수밖에 없다. 그것을 막을 수 있는 방법 역시 없기에 네가 있는 곳에 왜 나는 없는지를 아무리 생각해 봐도 결국엔 스스로 현재의 상태를 이겨내는 것밖엔 도리가 없다.

우리의 오스카는 아빠를 극복하기 위해 아빠의 꽃병 속에서 발견된 열쇠의 주인을 찾아 뉴욕 곳곳을 돌아다닌다. 아빠를 더 이상 그리워하지 않기 위해 '블랙'이라는 이름의 사람을 찾아다니지만 가짜 실체를 찾는 것에 불과하다. 이런 아이의 절박함 때문에 이 소설은 어떻게 해도 가벼워질 수가 없는 것 같았다. 관 속에 편안하게 누워 묘지의 한 자리를 차지할 수도 없게 죽어버린 아빠의 흔적을 찾는 오스카의 여정은 차라리 어린 손으로 아빠의 눈을 덮어즈는 게 낫겠다 싶을 정도로 처연하다.

이런 오스카와 고립된 할아버지의 삶, 기다리는 것도 기다리지 않는 것도 아닌 할머니의 삶이 과거와 현재를 오가며 매우 복잡하게 구성되어 읽다 보면 이것이 누구의 에피소드인지, 누구의 마음 상태인지 헷갈릴 때가 많다.

하지만 이 책이 말하고자 하는 것은 사랑을 잃은 사람들이 스스로 어떻게 회복하는가에 있지 않다. 그것보다 중요한 것은 지금 우리, 마음으로는 이미 헤어져 있는 우리 사이의 소통이다. 언제든지 사랑한다고 말할 수 있기 때문에 지금 말하지 않는 우리의 어리석음과 언제나 상처받았다고 생각하는 이기심이 더욱 가족에게서 분리시키고 외롭게 만든다는 것을 우리는 언제쯤에나 제대로 깨달을 수 있을까?

"그래서 이 말은 언제든지 해야 한단다. 사랑한다, 오스카."

할머니가 오스카에게 했던 이 말처럼 진부하고 또 진부해지더라도 결국 도달하고 마는 것이 사랑이다. 아무리 세상이 악의로 가득차고, 위선으로 잔이 넘치며, 미움으로 새벽을 맞더라도 말이다.

이렇게 나에게 9·11은 《엄청나게 시끄럽고 믿을 수 없이 가까운》이라는 책으로 다른 의미를 갖게 되었다. 쌍둥이 빌딩에서 떨어지는 어떤 사람의 사진을 한 장씩 뽑아 거꾸로 붙여서 사람이 떨어지는 것이 아니라 공중으로 날아오르게 만들어 붙인 오스카. 아빠와 함께 보물찾기를 하던 센트럴 파크를 한밤중에 쓸쓸히 걷던 오스카. 사랑한다고 말하는 것만큼이나 슬프다고, 견디기 어렵다고, 보고 싶다고 말하는 것이 어려운 일임을 어린 오스카가 알아간다는 것이 나 또한 참 아팠다.

더불어 오스카가 기억하는 아빠의 모습처럼 나도 우리 아이들에게 남을 수 있다면 참 좋겠다는 생각이 들었다. 힐끗 힐끗 답을 보며 삶의 힌트를 주는, 아이들에게 농담이 먹히는 아빠. 참 어렵지만 그것이 가족 안에서 내가 갖추어야 할 모습인 것이다. 당신도 이 책을 읽는다면 사랑하는 내 가족 안에서 내가 어떤 모습이어야 하는지, 어떤 모습이고 싶은지, 또 이러한 성찰이 우리 가족의 온도를 얼마나 더 높일 수 있는지 깨닫게 되리라 믿는다.

하얀 이빨

이제는 나도 내 밑의 세대가 이해하지 못할 세대가 되어간다는 사실에 대한 두려움이 생긴다. 내가 아버지 세대에 대해 정말 답답해하면서 도대체 왜 저렇게밖에 살지 못하냐고 퍼부었던 말들을 이제 나도 들을 때가 왔다는 것은, 거의 공포에 가깝다.

제이디 스미스의 《하얀 이빨》이 가장 돋보이는 이유는 단연 세대를 말하는 솔직함에 있다고 하겠다. 전쟁에 나가서 고생하고, 그 고생에

버금가게 죽도록 아이들을 키우면서 또 죽도록 옛날 얘기만 하는 세대와 그런 윗세대를 골탕 먹이려고 태어난 것 같은, 언제나 상상을 초월하는 문제를 일으키는 세대가 있다.

시간이라는 것은 잔인해서 이렇게 다를 수밖에 없는 두 세대를 한 솥밥을 먹게 만든다. 그것으로 인생의 복잡함이 끝나면 좋겠지만 세계가 원하지도 않게 글로벌화되어 세대 차이에 인종 차이까지 보태지게 된다. 다른 세대와 다른 인종이 하루에도 몇 번씩 서로를 이해 못 하고 불같은 짜증이 이는 삶의 샐러드 볼. 작가는 그것의 무대를 영국의 런던으로 잡는다.

먼저 기성세대의 주인공을 소개하자면 전쟁을 경험하고 나름 열심히 살았지만 자살도 뜻대로 되지 않는 아치, 자신은 투사라고 주장하지만 사실 과거를 조금만 거슬러 올라가면 어처구니없는 행동으로 민족을 곤경에 빠뜨린 조상을 가진 사마드가 있다. 이 영국인 남자와 영국에 사는 파키스탄 남자, 그 가족이 어떻게 부대끼고 어떻게 서로를 이해하지 못하며 얽히는지, '포스트 모던 찰스 디킨스'의 탄생이라는 워싱턴 포스트의 칭찬을 받은 작가답게 제이디 스미스는 이야기를 짜임새 있게 풀어낸다. 먼저 영국 남자, 아치를 살펴보면,

> 아치의 결혼은 신발 한 켤레를 사서 집에 가져온 후에야 맞지 않는다는 것을 발견한 것과 같았다. 이것이 이혼이었다. 더 이상 사랑하지 않는 사람으로부터 원하지 않는 것을 가져가는 것.

이렇게 한 번의 결혼을 엉망진창으로 끝낸 아치. 결국 아치는, 여호와의 증인인 어머니에게서 달아나기 위해 집을 나온 앞니가 없는 클라라와 재혼하고 아이리를 낳는다. 흑인 어머니와 백인 아버지 사이에서 태어난 아이리는 두 인종의 모든 결점을 총망라하겠다는 다짐이라도 하고 태어났는지 온몸이 콤플렉스 덩어리다. 따지고 보면 이 가족 구성원 중 어느 누구도 자신을 사랑하지 않고, 그렇기 때문에 이들은 그저 같이 사는 사람으로 묶인다. 첫 번째 불행이 이것이다.

다음은 영국에 사는 파키스탄 남자, 사마드와 그의 가족. 영웅이 되고 싶은 허영심으로 집안의 역사를 조작하고 심지어 그렇다고 믿는 이 남자는 한쪽 발을 여전히 파키스탄에 담그고 있다. 민족에게 어떤 일이 일어난다면 그는 쌍둥이 아들 중 하나를 보낼 작정이다. 무슨 일을 시킬지도 뭘 할지도 구체적으로 계획된 바 없지만 그는 가장이기 때문에 내가 낳은 아들 하나쯤은 마음대로 본국에 보낼 수 있다고 생각하는 남자다. 하지만 이미 반은 영국 여자가 된 아내는 이러한 남편의 생각에 동조하지 않는다. 긍정도 부정도 하지 않는 대답으로 고문하기를 즐기는 아내 알사나는 경제적인 지위를 이용해 어느 정도 남편의 작전을 방해하는 것처럼 보이지만, 일은 아내의 마음대로 풀리지 않는다. 그리고 사마드의 쌍둥이 아들들, 영국인도 파키스탄인도 아니게 제대로 어정쩡하게 자라는 마기드와 밀라트가 있다. 이들이 가진 문제는 단순히 이들이 이민자라서 혹은 이민자랑 결혼해서, 가난해서 벌어지는 일들이라고 치부할 수는 없다. 왜냐하면 이들과 반대로 이민자도 아니고 가난하지도 않은 성골 런더너인 샬펜 집안의 꼴도 만만치 않기 때문이다.

유전공학자인 마커스와 무언가를 돌보지 않으면 안달이 나는 마커스의 부인 조이스, 이들 부부 사이의 그림 같은 옵션이지만 어딘가 부족한 아들 조슈아. 정원을 가꾸고 고급 티를 마시는 이들에게 사마드의 아들과 아치의 딸이 찾아오게 된다. 양상추와 오이 몇 개 들어 있던 샐러드 볼에 드레싱이 쳐지는 순간이다. 이상한 만남으로 시작된 이 세 가족의 섞임은 이들의 인생을 바꿔놓는다.

1, 2권으로 나눠진 책에서 2권은 주로 이 샬펜 가족과 2세대들이 얽히는 사건들로 진행된다. 이것은 마치 자리에 앉아 1세대들을 비난할 줄만 알았던 그들을 세상으로 내쫓아 너희들은 얼마나 잘 사는지 보자라고 얘기하는 것 같기도 하다.

샬펜 집안과 교류하던 말썽쟁이 밀라트는 우두머리가 되고 싶어 무늬만 민족주의자 노릇을 한다. 그리고 아버지인 사마드에게 선택을 받고 본국으로 보내져서 조국과 민족을 위해 큰일을 해야 했던 마기드는 신과 민족에게 기대는 것 대신 과학의 힘을 꺼닫고 신봉한다. 백날 앉아서 기도해 봤자 홍수와 범람은 멈추지 않는다는 것을 마기드는 깨닫고 기꺼이 유전공학을 연구하는 샬펜 가족의 연구 동조자가 된다. 부모가 뭐라든 조국이 뭐라든 2세대는 자신의 욕망대로 생을 그려나간다. 이들은 형제이지만 서로의 다른 욕망으로 대립할 수밖에 없다. 작가는 굳이 한 세대가 다른 세대를 이해하려는 노력을 하라고 하지 않듯이 같은 세대라 할지라도 이해를 강요하지 않는다.

작가는 이 책에서 오히려 서로 더 엉뚱한 짓을 하고, 실수를 더 많이 하고, 더욱 더 서로를 열 받게 하는 일을 컬임으로써 우리는 각자

'원하는 대로 살아갈 뿐'이라는 변명을 할 수 있게 해준다. 우리는 가족 안에서 불행해지지 않기 위해 이런 쿨함을 조금은 배울 필요가 있다.

인간의 몸에서 유일하게 인간이 맞춰서 자라야 하는 부분이 어금니라고 한다. 그래서 사람은 마치 세 번째 어금니를 가질 정도로 커져야 한다는 숙명을 지닌 것처럼 살아내기 위해 버둥댄다. 그러니 우리는 생을 사는 서로의 방법을 인정해야 한다. 또한 인생은 그저 하얀 이빨을 드러내놓고 실실거리며 "0이 8에게 뭐라고 했게? 벨트 좋은데……"라는 시답잖은 농담을 하며 산다 하더라도 말이다.

사실 알고 있다. 우리의 전 세대가 얼마나 고달픈 삶을 살았는지 말이다. 다만 우리에게 필요한 것은 아주 조금의 시간일지도 모른다. 시간은 모두에게 공평히 흘러 언젠가는 아버지를, 어머니를 이해할 시간이 반드시 오게 되어 있다.

나는 이 책을 읽으면서 우리보다 좀 더 미래의 삶을 살게 될 세대를 이해하는 마음을 미리 갖추어야겠다고 결심했다. 또 이해하지 못하면서 이해하는 척 하는 것이 얼마나 위험한지도 알았다. 사랑하기 때문에, 사랑하는 가족을 이해할 수 없어서 아프기는 정말이지 싫기에 우리는 지금 마음 한구석을 치우고 이해의 자리를 마련해야 할 것 같다.

엄청나게 시끄럽고 믿을 수 없게 가까운 조너선 사프란 포어, 송은주 역, 민음사, 2006

하얀 이빨 제이디 스미스, 김은정 역, 민음사, 2009

지기 싫어하는 내 성격은 학교에서도 절대 굴하지 않아서 사소한 말싸움은 물론 몸싸움도 끊일 날이 없었다. 아무리 아이들 싸움이라고 해도 바닥에 눕혀놓고 흠씬 두들겨 패는 꼴이니 얼굴이고 팔다리에 상처가 가실 날이 없는 건 물론이고, 나는 자꾸만 누군가에게 시비를 걸고 싸우는 아이가 되어 갔다. 이렇게 불에 겐 듯 펄펄 뛰며 행동하는 나에게 친구가 많았을 리 만무했다. 어울려 놀긴 했어도 아이들은 나에게 언제나 거리를 두었고 나는 또 그것이 못마땅해 정을 주지 않았던 듯싶다.

이런 나에게도 죽이 딱 들어맞는 친구 한 놈이 있다. 아직도 친구라는 단어를 떠올릴 때마다 제일 먼저 생각나는 녀석. 내가 유일하게 만나는 초등학교 친구인 이 녀석은 누구보다도 나를 이해해 줬다. 다시 말해 내가 왜 이런 행동을 하는지에 대한 공감이 이 친구에겐 있었다. 그리고 우리는 동시에 함께 행동했다. 우리의 사고가 점점 더 스케일이 커졌음은 불을 보듯 뻔한 일이었다.

함께 야산에 올라가 장난을 치다가 큰 불을 낼 뻔한 일로 내 어린 시절을 통틀어 집에서 가장 크게 혼이 났으며, 덩치가 두 배가 넘는 상급생들과 싸움이 나서 코뼈가 내려앉을 정도로 매를 맞은 일도 있었다. 그래도 좋다고 응급실에서 낄낄대며 누워 있던 우리, 코를 찡끗거리며 누가 더 웃긴 표정을 짓는지 내기 하다가 깁스가 채 굳기도 전에 침대에서 떨어졌던 일, 그러고도 뭐가 그렇게 웃긴지 눈물이 나도록 병원 바닥을 굴렀던 일. 추억이 너무나도 많다.

그런데 그렇게 죽이 잘 맞았던 친구 녀석은 사는 모습이 나와는 다르게 풀리게 되었다. 삶의 고비도 여러 번 만나고, 한동안 연락이 되지 않아 생사를 걱정해야 했던 적도 적지 않았다. 그럴 때면 받지 않는 전화를 걸어 나는 늘 이렇게 음성메시지를 남겨놓곤 했다.

"친구라고는 하나뿐인데 없어지면 죽는다!"

언제나 불쑥 나타나서는 "친구도 없는 놈이……"하면서 나를 놀리는 녀석. "너도 친구라고는 하나밖에 없으면서……"라고 받아치는 나. 늙어서도 절대로 유치함을 벗어날 수 없는 우리 둘의 이 철딱서니가 난 참 좋다.

삼총사

어느 날 어머니는 나에게 제일 친한 친구를 집에 초대하라고 했다. 그리고 음식과 간식을 준비해야 하니 몇 명이 올 것인지 말해달라고도 하셨다. 나는 주저 없이 말씀 드렸다. 한 놈이 올 거예요, 떡볶이 해주세요.

　어머니의 그런 초대에 응할 수 있는 놈은 그 녀석 하나밖에 없었다. 우리는 그날, 어머니가 그래도 서넛은 으겠지 생각하시고 차려주신 음식을 단 둘이서 배터지게 먹었다. 그리고 '저렇게 둘만 어울려서 될까' 하는 어머니의 걱정 어린 시선을 뒤로 하고 배를 깔고 방바닥에 누워 이 책을 읽었다. 둘이서 읽은 최초의 책 《삼총사》였다. TV나 영화, 만화책을 통해 우리에게 너무나도 친숙한 《삼총사》. 어린 시절 이 책에 대한 향수가 없는 소년들은 거의 없을 것이다.

　달타냥이라는 시골 청년이 청운의 푸른 꿈을 안고 파리로 온다. 국왕을 모시는 총대장인 트레빌 대장에게 보내는 소개장 한 장만을 들고 길을 나선 달타냥은 사실 별 실력도 없고 눈에 띄지도 않는 촌뜨기에 불과했다. 트레빌 대장을 만나 기사로서, 사나이로서 기개와 충정을 드높이고 싶었지만 달타냥은 파리에서 전문적으로 무술을 연마한 사람들을 이기기에는 실력이 턱없이 부족했다. 테스트처럼 치러진 싸움에서 흠씬 두들겨 맞고 기절까지 하게 된 달타냥. 이 지경에 이르자 달타냥은 오기가 생겨 훗날을 기약하며 돌아선다. 그러다 사소한 말싸움을 벌이고 아토스와 포르토스, 아라미스라는 청년들과 모두 결투를 약속하게 된다. 이 세 사람은 트레빌 대장에게 총애를 받고 있던 삼총사였다. 이렇게 인연을 맺은 친구들이 온갖 불의에 맞서 싸우며 진정한 우정을 찾아간다.

　이것이 어린 시절 내가 읽은 《삼총사》의 전부였고 나는 그것을 신화처럼 기억하며 함께 읽은 친구와 아무도 안 보는 곳에선 기사처럼 인사하고 기사처럼 맹세하곤 했었다. 그리고 2002년인가 삼총사의 작가이자 프랑스의 대문호로 칭송받는 알렉상드르 뒤마의 탄생 200주년 기념으로 새롭게 번역된《삼총사》를 다시 읽었다.

정의와 모험, 우정은 그대로이되 이제 나이가 들어서 이해할 수 있는 사나이들의 사랑, 마초이즘, 암투, 정치적인 시대적 상황과의 관계 등 이 모든 것들이 녹아들어 있는 제대로 된 고전이라는 것을 다시 깨닫게 되었다. 어린 시절, 순수하고 왕자님 같은 삼총사를 기대한다면 오히려 읽지 않는 편이 더 나을지도 모르지만 젊음과 우정이 반드시 고결하고 순수할 수만은 없지 않은가?

달타냥이 결코 순수한 의도로 삼총사와 친구가 된 것이 아니라고 실망하는 사람들도 많다. 서로를 질투하기도 하고, 적당히 이용하기도 하고, 가끔은 비웃거나 놀리는 일도 있었다. 하지만 우정이라는 것은 사랑만큼이나 복잡하고 모호한 것이 아니겠는가? 그 과정 속에서 서로를 인정하고 나와 다른 차이를 알아가는 것, 그게 바로 우정이라 생각한다. 그것이 쌓여 결국에는 서로를 위해 목숨까지 거는 진정한 우정을 만들 수 있게 되는 것이다.

예전에 동화책으로 본《삼총사》와 완역본으로 다시 만난《삼총사》는 사실 다를 바가 없었다. 달타냥의 돈키호테스러움은 여전히 우리를 유쾌하게 만든다. 대책 없는 자신을 모두가 비웃는데 자기만 그것을 모르는 객기와 호기로 가득 찬 젊음. 하지만 우리의 젊음 또한 돌이켜보면 그런 색을 띠지 않았던 사람이 몇이나 되겠는가? 안 될 것을 알면서도 돌진하고, 피가 철철 나도 허허 웃으며 안 아프다고 다시 도전하겠다고 말하는 것이 지나 보니 젊음이더라.

《삼총사》의 배경은 중세 프랑스이다. 당시엔 왕비를 중심으로 한 세력과 총리대신 카르디날을 중심으로 한 세력이 대립을 하고 있었다. 달타냥과 삼총사가 단짝이 된 이후, 이야기는 다양한 사건과 맞물려 급물살을 타게 되는데 그 이름도 유명한 '다이아몬드 장식끈' 사건이 가장 재미있는 부분이다. 달타냥과 삼총사는 왕비의 사람이었다.

어느 날 왕비는 영국 총리인 버킹엄 공작에게 12개의 다이아몬드가 박힌 목걸이를 선물로 주게 된다. 프랑스와 영국의 평화를 위해 왕비가 준 목걸이를 받고 공작은 이것을 볼 때마다 왕비를 생각하겠다고 말해 훈훈하게 마무리 되는 듯했다. 하지만 호시탐탐 왕비를 모함할 궁리만 했던 카르디날이 그 목걸이가 국왕이 왕비에게 준 것인데 왕비가 그것을 공작에게 주어 내통했다고 몰았던 것이다.

이 부분에 대한 묘사가 참 뻔하면서도 손에 땀을 쥐게 한다. 당시 거의 모든 권력을 쥐고 있던 추기경이 왕에게 며칠 후 열리게 될 무도회에 왕비가 반드시 목걸이를 하고 오라고 종용한다. 분부를 받고 쪼르르 왕비에게 달려간 왕은 쭈뼛쭈뼛 목걸이 얘기를 꺼낸다. 왕비는 사색이 되고, 결국 네가 원하는 것이냐 추기경이 원하는 것이냐 따지면서 왕을 몰아가는 듯하지만 왕은 누가 원하든 무슨 상관이냐, 나도 보고 싶으니 예의를 갖춰 목걸이를 하고 나오면 좋겠다고 말하고는 쌩하니 가버린다. 실의에 빠진 왕비와 그 대화를 들었던 보나시외 부인(이 부인은 달타냥의 하숙집 주인이었다).

달타냥과 삼총사는 곤경에 빠진 왕비를 돕고 입신양명할 수 있는 기회를 얻게 된다. 이에 그들은 함께 영국으로 달려가고 버킹엄 공작에

게서 목걸이를 돌려받지만 이미 카르디날이 도둑을 시켜 2개의 다이아
몬드를 훔쳐낸 후였다. 왕비는 카르디날 일당의 책략에 의해 완벽히 구
석으로 몰렸고, 마침내 프랑스와 영국 간에 전쟁이 벌어졌다.

이렇게 격동적인 사회 상황, 정치적 암투가 벌어지는 파노라마 속
에서 작가는 이를 헤쳐 나가는 젊은이들의 용기와 재치를 긴장감 넘치
게 이끌어낸다.

훗날 삼총사를 읽은 사람치고 한번 따라해 보지 않은 사람이 없을
정도로 역사에 길이 남을 우정의 맹세 장면은 아직도 만화에서의 모습
과 오버랩되어 피식 웃음이 나온다.

"손을 잡고 맹세하자."

아토스와 아라미스가 동시에 외쳤다. 포르토스는 작은 목소리로 투덜거리

면서도 다른 친구들처럼 손을 뻗었다. 이 자세로 네 친구는 달타냥이 말한

모토를 입을 모아 되풀이했다.

"하나를 위한 모두, 모두를 위한 하나."

"됐어요. 이제 각자 집으로 돌아가세요."

달타냥이 마치 여태까지 줄곧 지휘해 온 사람처럼 말했다.

"그리고 조심해야 해요. 이제부터 우리는 추기경과 직접 맞서 싸우는 것이

니까."

하나를 위한 모두, 모두를 위한 하나.

이 한 문장이 이 책을 말하고, 내 어린 시절의 우정을 말하고, 내 앞

으로 남은 친구로서의 삶을 말해준다고 감히 말할 수 있겠다. 어설픈 남성우월주의라고 삼총사를 폄하하는 사람들도 있지만 어디까지나 이 것은 문화의 한 부분이다. 우르르 몰려다니며 싸움박질이나 하고, 말썽 이나 부리는 것 같아도 그 시간들은 결국 우리 가슴에 언젠가 한 번은 다시 지펴질 열정을 간직하는 과정이다.

달타냥이 마지막을 맞으면서 외치는 장면이 아직도 생생하게 그려 진다.

"Adieu, Porthos, Athos, Aramis(안녕, 포르토스, 아토스, 아라미스)."

거친 인생을 살며 그야말로 마음이 시키는 대로 몸을 움직이며 살 았던 젊은이들, 그 사이엔 끈끈하다고밖에 표현할 수 없는 우정이 모두 담겨 있다. 그리고 우리는 아직도 이런 우정을 꿈꾼다.

나르치스와 골드문트

우리에게 《지와 사랑》이란 제목으로 더 널리 알려진 헤르만 헤세의 작품, 《나르치스와 골드문트》. 나는 중학교 때 《데미안》을 읽고 난 후 헤르만 헤세라는 작가에게 빠져들었다. 같이 과외를 하던 여자 친구 하 나가 헤르만 헤세의 책을 읽고 있다고 선생님에게 말하는 것을 주워듣 고 무슨 그런 이름을 가진 소설가가 다 있냐고 생각하며 이름을 기억하 게 되었고, 나중에 서점에 가서 그 소설을 처음 손에 쥐게 되었다. 괜히 잘난 척하면서 선생님께 그런 책을 읽는다고 말했을 거라고 굳게 믿었 던 나는 관념과 의식, 무의식과 이성 사이의 심리 묘사에 탁월한 이 독일 작가의 매력에 흠뻑 빠지고 말았다.

그리고 나는 헤르만 헤세의 소설 중에 《나르치스와 골드문트》가 감히 최고라고 말하고 싶다. 가령 어떤 소설이 빨간 표지로 된 강렬한 인상을 남겼다고 해도 사람마다 읽고 난 후 감흥의 색깔은 천차만별일 수밖에 없듯이 이 책의 주제나 메시지에 대한 해석도 나름 분분하다. 하지만 나는 지성과 감성, 종교와 예술이라는 상반된 두 세계를 대변하는 나르치스와 골드문트, 이 두 젊은이의 우정과 이상 그리고 삶에서의 갈등을 따라가는 성장 소설이라고 해석하고 싶다.

이 책을 읽기 전에 자문해 보았으면 하는 질문이 있다. 나의 가장 친한 친구는 나와 성향이 비슷한 사람인가, 아니면 나와 전혀 다른 성향을 가진 사람인가? 물론 각자의 성향과 무관하게 서로 절친한 사이가 될 수 있다. 서로의 세계를 인정하고 받아들이려는 노력이 중요한 것이기 때문이다. 그리고 각자 서 있는 출발선상에서의 모습도 우정에 있어 별로 중요한 것이 아니라는 생각도 든다.

책의 내용은 이렇다. 마리아브론 수도원에 장래가 촉망되는 청년 나르치스가 있었다. 그는 오만해 보일 만큼 냉철한 사고를 가진 인물이다. 하지만 아버지의 성화에 못 이겨 수도원으로 떠밀려온 골드문트가 나타난다. 골드문트는 이내 당당한 나르치스에게 호감을 느끼고 둘은 친구가 된다. 도입부에서도 느낄 수 있듯이 나르치스가 지성과 이성을 상징하는 인물이라면 골드문트는 감성과 사랑을 상징하는 인물이라 할 수 있겠다. 보색이 함께 있을 때 더욱 명징하게 각자의 색깔을 드러내 보이듯이 두 사람은 서로 절대 다른 모습과 사고로 빛나고 있었다.

군계일학처럼 외로운 존재였던 나르치스는 골드문트가 모든 면에서 자기와 상반된 존재인 듯하면서도 닮은 데가 있다는 것을 직관으로 알았다. 나르치스가 어두운 성격에 깡마른 체격이었다면 골드문트는 눈부시게 화사한 존재였다. 또 나르치스가 사변가요 분석가였다면 골드문트는 몽상가로서 어린아이처럼 순진한 영혼의 소유자로 보였다. 그렇지만 두 사람 사이의 그러한 대립적 측면보다는 공통점이 더 컸다.

하지만 상대방을 흡수하는 능력은 나르치스가 한 수 위였던 것 같다. 다분히 감상적이었던 골드문트는 나르치스의 냉철함을 동경한다. 하지만 골드문트는 종교와 학문에 대한 연구 안에서 자신을 찾을 수 있는 인물이 아니었다. 그는 세상 밖으로 나가 살아 있다는 것을 느끼고, 그 안에서 자신의 회로를 알아가야만 했다. 하지만 수도원에서 그런 모험을 할 정도의 용기가 없었다. 그런데 가장 가까이에서 가장 다른 친구인 나르치스가 그런 골드문트를 도발한다.

네가 어머니의 품에 잠들어 있다면 나는 황야에서 깨어 있는 셈이지. 네가 소녀를 그리워한다면 나는 소년을 그리워해.

가장 가까이에 있는 누군가의 한마디에 인생이 바뀌는 경우를 나는 종종 보았다. 그들은 나를 누구보다 잘 아는 이들이기에 그들 앞에서는 가끔 발가벗고 거리에 서 있는 느낌이 들기도 한다. 가장 친한 벗의 도발로 골드문트는 각성하고 세상에 나가 방황하게 된다. 그 안에서 골드문트는 예술에 눈을 뜸과 동시에 여성, 즉 성에도 눈 뜨게 된다. 청년 골드문트는 수도원을 나와 처음 집시 여인 리제와 밤을 보내고 농부의 아내가 보내는 유혹을 받아들이는 등 그야말로 본능에 충실한 삶을 살아간다. 그러다 한 시골 기사의 집에서 그의 딸인 뤼디에를 만나 진정한 사랑에 눈뜨는가 싶더니 그녀의 동생 율리에와 다시 엮이게 되면서 다시 정처 없는 방황을 하게 된다.

> 골드문트의 마음속에서는 그 무엇도 삶 자체만큼 생생한 현실성을 갖지 못했다. 그에게는 심장의 불안한 고동, 가슴 아픈 그리움, 꿈속의 기쁨과 불안들이 곧 삶이었다.

이렇게 골드문트는 세상에 나가 살이 까이고 피를 흘리며 인생을 알아간다. 다시 시작된 방황, 살인, 무분별한 여성 편력…….

골드문트는 자신의 예술적 재능을 가져다준 열정의 다른 이름으로 칙사 하인리히 백작의 애인 아그네스의 침소에 들어가 일을 벌이다가 백작에게 잡힌다. 철저하게 감정만을 앞세운, 세인들이 망나니라 부르는 삶을 살아가는 골드문트에게 남은 것은 이제 죽음뿐이다. 하지만 이때 마리아브론 수도원의 수도원장 요한이 나타나 골드문트를 사면시킨다. 그는 다름 아닌 나르치스였다. 골드문트가 길에서 살아가는 동안 나르치스는 세상의 존경과 신망을 받는 수도원장이 되어 있었던 것이다. 그리고 나르치스는 골드문트를 데리고 수도원으로 간다.

나는 자네가 사상가로는 쓸모가 없다고 늘 말했었지. 그때 자네가 세속의 세계로 달아나지 않고 학자가 되었더라면 아마 불행해졌을 수도 있어. 그랬더라면 상상의 세계로부터 벗어나지 못하는 신비주의자 혹은 실천에 옮기지 못한 불행한 예술가가 되었을 거야. 천만다행으로 자네는 예술가가 되어 형상의 세계를 터득한 것이지.

사실상 골드문트를 세상 속으로 떠민 것은 나르치스였다. 하지만 그 당시만 해도 함께 어렸던 나르치스가 무슨 선견지명이 있어 골드문트를 세상으로 보냈겠는가? 어쩌면 내가 가지지 못한, 내가 갈 수 없는 곳에 대한 동경이 골드문트를 도발하게 만든 게 아닐까?

우리 대부분은 한쪽으로 치우친 성향을 가지고 있고 그것을 인정하면서도 죽을 때까지 그 반대쪽을 동경하며 살아간다. 나르치스는 그래서인지 다시 돌아온 골드문트를 비난하지 않고, 오히려 그의 예술적 재능을 꽃 피워주기 위해 물심양면으로 애쓴다. 세상에서 성장한 골드문트와 그의 삶의 의미를, 이 책을 읽는 우리와 마찬가지로 나르치스도 어느 정도 느낄 수 있지 않았을까 생각한다. 지성을 통해 정신적 세계를 추구하는 것이 아니라 잃어버린 어머니의 형상을 쫓아 여자들의 육체를 탐닉하면서 그는 감각적인 자신만의 세계를 인식하는 방법을 깨달았던 것이다. 그것이 예술로 승화될 수 있는 것은 골드문트에게 내린 가장 큰 축복일 것이다.

어린 시절 시인이 되고자 수도원을 뛰쳐나와 정신병원을 들락날락했던 헤르만 헤세는 인생이란 단지 종교를 바탕으로 한 금욕적이고 지성에의 추구에 의해서만 완전해지는 것이 아니라고 믿었던 듯싶다. 그러니까 따지고 보면 그는 나르치스보다는 골드문트에 가까웠다고 할 수 있을 것이다.

우리는 언제나 냉철한 이성과 지성이 우리의 분별없는 쾌락을 제어한다고 믿지만 가슴으로 느낀 경험이 빠진 정신적 지성의 추구보다 허무한 것은 없지 않을까? 나는 두 사람이 될 수 없기에 나와 다른 분신에게서 얻을 수 있는 인생의 가르침이 매우 크다는 것이다. 우리는 나르치스와 같은 골드문트와 같은 친구가 있기에 인생을 균형 있게 배우고 살아갈 수 있다.

그렇게 나르치스의 배려로 수도원에 돌아온 골드문트는 대장장이의 아들 에리히를 제자로 받아들이고 작품 활동에 매진한다. 그러는 동안 나르치스에게 두 차례의 고해성사를 하면서 마음의 평화도 얻고 행복감도 느낀다. 나르치스가 절제된 인생을 살며 얻지 못했던 예술 속에서의 자유를 골드문트는 보여주고, 골드문트가 그 열정에 솔직하기 위해 살면서 지은 수많은 죄를 사제가 된 나르치스 앞에서 고백하는 것. 어쩐지 이 관계는 완벽한 균형이라는 말을 떠올리게 한다.

서로에게 가장 두려운 평가자가 된 노년의 두 친구. 골드문트는 자신이 만든 작품을 나르치스에게 보여주면서 이렇게 말한다.

나의 작품이 썩 좋지 못하거나 이 친구가 이 작품을 이해하지 못한다면 나의 모든 작업은 아무런 가치도 없는 것이다.

골드문트는 그 누구도 아닌 나르치스의 인정을 받고 싶었다. 발전이라는 단어는 어울리지 않지만 그들은 평생에 걸쳐 서로를 발전하게 만드는 원동력이었다. 골드문트의 마지막 작품을 보며 나르치스는 경탄을 금치 못하고 그 아름다움에 할 말을 잃는다. 그러나 골드문트는 다시 세상 속으로 떠나고 나르치스는 그가 자신에게 남긴 말을 되뇐다.

나르치스, 자네는 나중에 어떻게 죽음을 맞이할 작정인가? 자네한테는 어머니도 없잖아? 어머니가 없이는 사랑을 할 수 없는 법일세. 어머니가 안 계시면 죽을 수도 없어.

열정, 희생이 기꺼운 진정한 사랑을 발견하지 못한 나르치스의 인생을 골드문트는 눈치 챘던 것일까? 어쩌면 어린 시절 골드문트를 도발하며 세상 속으로 떠나게 만들었던 것처럼 죽음을 앞둔 노년의 골드문트가 나르치스에게 부드러운 도발을 한 것은 아니었을까? 생의 마지막 순간에 다시 나르치스 앞으로 돌아오는 골드문트를 보며 고백하던 나르치스의 말이 가슴을 울린다.

내가 사랑이 무엇인지 알게 되었다면 그건 자네 덕분일세. 자네만은 사랑할 수 있었으니까.

그렇지만 골드문트 역시 나르치스를 사랑했다. 그렇게 사랑한 친구 나르치스가 보는 앞에서 죽음을 맞으며 골드문트는 말한다.

어릴 적이나 학생시절에는 자네처럼 지성적인 사람이 되고 싶었다네. 그런데 내 소명은 그게 아니라는 것을 자네가 깨우쳐 주었지.

헤세는 친구라는 이름으로 내 곁에 머무는 그들의 특성을 얼마나 이해하고 받아들이고 있는지에 대한 성찰하게 만든다.

혹여 이해하는 척하면서 이해 못하지는 않는지, 그런 나의 옹졸함으로 내 분신이 나로부터 멀어지는 것을 느끼지 못하는 건 아닌지 자주 자주 돌아볼 일이다. 그리고 친구의 눈에 비친 내 모습을 바라보는 일도 절대로 소홀히 해서는 안 된다. 나를 이해하고 사랑하는 친구의 눈동자에 비친 내 모습처럼 정직한 것도 없을 것이기 때문이다. 나는 사람마다 저마다의 역사를 가지고 있다고 생각한다. 그것이 누구처럼 화려하지 않아도 누구에게나 소중한 것이듯 나는 그 속에서 나와 함께 성장통을 겪으며 자라난 친구에 대한 애잔함이 있다. 각자의 아름다움을 발견해 주고, 긍정적인 결과를 가져올 수 있는 도발을 해주는 관계. 내가 친구로서 이 관계의 한 축을 얼마나 잘 감당하고 있는지 생각해 볼 필요가 있다. 갑자기 친구에게서 인생 중간 성적표를 받아 보고 싶다는 생각이 들지 않는가?

삼총사 알렉상드르 뒤마, 이규현 역, 민음사, 2002

나르치스와 골드문트(와 사랑) 헤르만 헤세

우리에게 잘 알려진 영국의 소설가 서머싯 몸은 이런 말을 했다.
"가장 오래 지속되는 사랑은 다시는 돌아오지 않는 사랑이다."

이 말을 달리 말하면 추억할 수 있는 사랑은 모두 다 아름답다는 말
도 되질 않겠는가? 버스나 기차를 타면 차창 너머로 풍경이 어쩔 수 없
이 지나가고 새로운 풍경이 다가오는 것. 아스라하게 멀어지는 추억을
웃으며 가슴에 담을 수 있는 것이 나이를 먹는다는 것의 몇 안 되는 장
점 중 하나인 것 같다. 돌이켜보면 세상은 사랑하는 일 외엔 다 시시한
일뿐이다.

사랑의 기술

대학 시절 교양과목을 들으며 읽었던 에리히 프롬의 《사랑의 기술》
을 내가 가르치는 세대의 학생들도 읽는다는 사실에 새삼 고전의 위력

을 느끼게 된다. 읽으라니까 읽지만 도대체 이게 뭔 소린가 싶어 어떤 구절은 읽고, 읽고 또 읽었던 책을 이제는 이런 구절이 참 와 닿는다며 소개하게 되다니.

대부분의 사람들은 에리히 프롬의 《사랑의 기술》을 처음엔 강요에 의해서 읽고, 두 번째는 이해하기 위해 읽고, 세 번째는 되짚기 위해서 읽는다고 한다. 그도 그럴 것이 사회철학자이자 정신분석학자인 저자는 정신분석학적 입장에서 사랑의 본질을 분석하고 사랑에 기술에 대해 논하고 있기 때문이다. 처음엔 '그래서 사랑을 잘하려면 어떤 기술이 필요한데?'라는 질문이 계속 머리에서 떠나지 않는다. 그렇지만 인류의 풀리지 않는 숙제, 영원한 화두가 그렇게 쉽게 풀릴 거라고 생각하는 건 무리가 있다.

에리히 프롬은 사랑을 신이 인간에게 부여한 어떤 감정, 즉 자연적인 현상으로 보지 않고 기술로 접근한다. 그러니까 사랑은 우리가 흔히 표현하듯이 어쩔 수 없이 빠져 드는 것이 아니라 행동이며 판단이고 약속이라는 것이다.

> 사랑은 기술인가? 사랑이 기술이라면 사랑에는 지식과 노력이 요구된다. 아니면 사랑은 어쩌다가 우연히 경험하게 되는, 즉 운만 좋으면 '빠져들게' 되는 즐거운 감정인가? 오늘날 많은 사람들은 의심할 여지없이 사랑을 즐거운 감정이라고 생각하고 있지만, 이 작은 책은 사랑은 기술이라는 가정에 바탕을 두고 있다.

사랑은 훈련을 필요로 하는 기술이며, 이론과 실천을 아우르는 성숙한 인간만이 누릴 수 있는 것이다. 단순히 누군가를 사랑한다는 감정을 운명에만 결부시키고 억지를 쓰는 것보다는 내 감정을 정확하게 돌아보고 기술을 익히는 것이 영리한 행동이라고 저자는 말한다.

하지만 이렇게 이성적으로 머리에 얼음을 가득 넣고 냉정하게 생각해 보려고 해도 사랑은 뜻대로 안 되기 마련이다. 사랑하면 사랑할수록 머리의 회로는 점점 더 꼬이고 상대방 앞에서 나는 이 말과 저 말 사이를 오간다. 에리히 프롬은 사랑이 인간을 능동적이게 하는 힘이라고 했지만, 이 능동적인 힘이 언제나 좋은 결과를 가져오는 것이 아니기 때문이다. 또 성숙한 사랑은 나의 개성을 유지하는 상태에서의 일치라고도 했지만 우리는 사랑하는 사람을 만나면 그 사람에게 내 모든 것을 맞추지 못해 안달이 나게 된다. 정말 사랑하는데, 사랑해 죽겠는 상대방이 하얀색을 좋아한다면 사랑이 시작된 순간부터 이미 까만색보다 하얀색이 좋아지는 병이 진전된다.

그렇지만 저자가 역설하고 있는 사랑의 능동성에 대해서는 충분히 공감할 수 있다.

가장 일반적인 방법으로 사랑의 능동적인 특징을 나타낸다면, "사랑은 기본적으로 '받는 것'이 아니라 '주는 것 이다"라는 말로 표현할 수 있다. 주는 것이란 무엇을 뜻하는가? ……가장 널리 퍼져 있는 잘못된 생각은 주는 것이란 무엇인가를 포기하는 것과 빼앗기는 것, 희생하는 것이라고 생각하는 것이다. …… 준다는 것은 잠재력의 최고의 표현이다. 준다는 바로 그 행위를 통해서 나는 나의 힘과 부와 능력을 경험한다. 고양된 생명력과 잠재력을 경험하는 것은 나를 희열로 가득 채워준다. 나는 자신을, 충만되어 있고 소비하고 살아 있는, 따라서 즐거워하는 자로 경험한다.

사랑을 줌으로써 마음의 즐거움을 느껴보지 않은 사람이 과연 자신이 사랑했다는 것을 알 수 있을까? 우리는 사랑과 준다는 개념의 동일화를 어느 정도 인정하고 있다.

나는 아내를 처음 만난 후 데면데면한 우리 사이를 진전시켜 보고자 아내에게 시쳇말로 공을 쏟았다. 에리히 프롬적으로 말하자면 '내 사랑이 능동적이 되려고 마구 두 방망이질 치던' 때였다. 그 당시 새벽 방송을 하던 아내를 위해 나는 매일 같이 그녀를 집 앞에서 방송국까지 차로 데려다 주었다. 아침도 제대로 먹지 못하고 방송을 하러 가는 것이 안타까워 집에서 직접 구운 빵과 핫초코를 가지고 가서 차에서 먹게 했다. 제대로 눈도 뜨지 못한 채 차를 몰아 그녀의 집 앞에서 그녀의 얼굴이 시야에 들어오길 기다리며 있는 십여 분. 그 순간만큼은 지구가 두 조각으로 갈라진다고 해도 그 얼굴을 꼭 봐야만 했다. 누군가를 위해서 무엇을 준비하는 것이 그렇게 하나도 수고스럽지도, 시간이 아깝다고 느껴지지 않았던 적이 없었다. 그저 제대로 요기도 하지 못하고 힘들게 방송을 할 그녀가 걱정될 뿐이었다. 사랑은 참 신기한 것이어서 나처럼 멋대가리 없는 남자에게도 그렇게 기꺼이 능동적으로 움직이게 하는 마음이 생기게 만들어 주었다.

사랑한다는 것은 아무런 보증 없이 자기 자신을 맡기고 우리의 사랑이 우리의 사랑을 받는 사람에게서 사랑을 불러일으키리라는 희망에 완전히 몸을 맡기는 것을 뜻한다.

내가 이 책을 처음 읽었을 당시에 거의 유일무이하게 이해가 됐던 구절이었다. 내가 사랑하는 사람이 나를 사랑하게 될 것이라는 희망 없이 시작하는 사랑이 있을까? 있다고 해도 그 사랑이 얼마나 맥이 빠지고 아플지 나는 상상도 하기 싫을 정도이다.

이 책을 처음 읽은 대학생 시절, 나타가 어수선하고 사회는 불행했지만 젊은이들은 사랑을 했다. 캠퍼스 여기저기서 사랑이 피어오르는 것을 보고 나는 이런 시기에도 사랑을 하는구나, 사랑이 되는구나, 감탄했던 기억이 난다. 나는 그 당시 학교생활에 극심한 염증을 느끼고 있었고 왜 사는지 왜 배우는지 가장 근본적인 문제조차 답을 얻지 못하고 있는 상황이었다. 내 메마른 가슴은 지금의 나보다 더 중요하고 에너지를 쏟을 대상이 있다는 것 자체를 인정하기 어려웠다. 하지만 이 문제에 있어서도 에리히 프롬은 적당한 답을 제시하고 있다.

사랑에 대해서 배울 필요가 없다는 태드의 배경이 되는 두 번째 전제는 사랑의 문제는 '능력'의 문제가 아니라 '대상'의 문제라는 가정이다. '사랑한다'는 것은 쉬운 일이고, 사랑할 또는 사랑받을 올바른 대상을 발견하기가 어려울 뿐이라고 사람들은 생각한다.

이렇게 '사랑한다'는 것이 쉬운 일이라고 생각하기 때문에 쉽게 사람을 만나고 또 쉽게 헤어지게 되는 것은 아닐까? 물론 세상에 쉬운 사랑과 쉬운 이별은 없다고 하지만 사랑한다는 행위 자체가 쉽다고 생각하고 출발한 것이 과연 진정한 사랑일 수 있으며 그렇게 만난 관계의 끝이 이별이라고 할 수 있을까 나는 의심스럽다. 그렇다고 해서 모두가 머리를 싸매고 어렵고 힘든 사랑을 해야 한다는 것은 절대로 아니다. 흔히 우리는 단순함에 대한 두려움을 가지고 있다. 일이 제대로 술술 풀려서 내가 너를 사랑하고 너도 나를 사랑해 비로소 함께 사랑하게 되면 너무 쉽게 얻은 것 같아 싱겁다느니, 또 뭔가 대단한 장해가 있을 것 같아 불안하다느니 하면서 또 다른 페이소스를 생각하게 된다.

하지만 쉽게 생각해 보면 우리가 영원한 사랑을 그저 이상향처럼 꿈만 꾸고 이뤄내기 어렵듯이 사랑한다는 행위 자체를 지속한다는 것은 정말이지 어려운 것이다. 마르지 않는 샘물처럼 계속 감정이 솟아나기도 해야 하고, 그것이 마르지 않도록 노력도 해야 한다. 누구와 마시느냐는 본질적으로 중요한 문제가 아닌 것이다.

사실 이 책을 읽으며 사랑에 대해 모호하지만 긍정적인 이미지를 많이 잃게 된다고 혹평을 하는 사람들도 있다. 그것 역시 어느 정도 사실이다. 사실 제목만 해도 그렇지 않은가? 사랑과 기술이라는 단어의 조합은 너무나도 부자연스럽지 않은가. 심지어 사랑이라는 고결하고 순수한 단어에 기술이라는 말이 붙어 그 의미가 퇴색된다고 느껴지기도 할 것이니 말이다.

하지만 에리히 프롬이 말하고 있는 《사랑의 기술》은 현대인의 미성숙한 사랑에 대한 경고이자 그것을 분석하고 진정한 사랑에 대한 방향을 제시해 주는 지침서 같은 역할을 하고 있다.

자, 그렇다면 우리가 하는 이 사랑은 왜 이다지도 미성숙한 것일까? 저자는 모든 것이 교환가치로 환원되는 사회, 즉 생산과 소비의 사이클로 이뤄질 수밖에 없는 자본주의 속에 살아가고 있기 때문이라고 말하고 있다. 부의 축적을 위해 끊임없이 달려가는 거대한 톱니바퀴와 같은 자본주의사회에서 개인은 단지 그것을 이루는 하나의 구성물이며 개인이 가진 가치 또한 당연히 평가절하될 수밖에 없다는 것이다. 그것이 인격이든 지식이든 말이다. 심지어 사랑까지도.

따라서 사랑은 결코 개인과 개인의 문제가 아니라 우리가 두 발을 딛고 서 있는 이 세계, 이 사회와 떼려야 뗄 수 없는 관계에 있다는 것을 강조하고 있다. 아니 어쩌면 서로를 갈망하는 우리의 감정과 기계적으로 자본을 축척하도록 만들어진 우리의 시스템이 상충되고 있다고도 볼 수 있을 것이다.

> 어린아이의 사랑은 '나는 사랑받기 때문에 사랑한다'는 원칙에 따르고, 성숙한 사랑은 '나는 사랑하기 때문에 사랑받는다'는 원칙에 따른다. 성숙하지 못한 사랑은 '그대가 필요하기 때문에 나는 그대를 사랑한다'는 것이지만 성숙한 사랑은 '그대를 사랑하기 때문에 나에게는 그대가 필요하다'는 것이다.

사랑이 데칼코마니와 같지 않다는 것에 대해 개탄한 글을 읽은 적이 있다. 내가 사랑한 만큼 그 사람도 나를 똑같이 사랑해서, 더 사랑하고 덜 사랑하는 것에 대한 미칠 것 같은 고뇌와 아픔이 생기지 않았으면 또 그는 마음이 떠나 작아져만 가는 옆 페이지의 그림을 바라만 봐야 하는 일이 없었으면 좋겠다고. 우리 모두 한 번쯤은 사랑이 데칼코마니와 같았으면 하고 바란 적이 있었을 것이다.

하지만 그것은 내가 너를 사랑하기 때문에 너도 이만큼 나를 사랑해야 한다는 어린아이의 사랑이라고 저자는 정색하며 말하고 있다. 어렵지 않은가? 어린아이처럼 하지 않고 성숙하게 사랑하기, 참 어렵지 않은가 말이다. 하지만 의외로 답은 간단할지도 모른다.

> 만일 내가 참으로 한 사람을 사랑한다면 나는 모든 사람을 사랑하고 세계를 사랑하고 삶을 사랑하게 된다. 만일 내가 어떤 사람에게 '나는 당신을 사랑한다'고 말할 수 있다면 '나는 당신을 통해 모든 사람을 사랑하고 당신을 통해 세계를 사랑하고 당신을 통해 나 자신도 사랑한다'고 말할 수 있어야 한다.

에리히 프롬은 딱딱한 이론이나 분석 속에 갇혀 있는 학자처럼 보이기 쉽지만 결국에 그는 모든 것의 해결은 모든 것을 사랑하는 것이란 말을 저렇게 풀어냈다.

사랑이 가슴에서 피어날 때의 느낌을 기억할 것이다. 이상한 호르몬이 주체할 수 없이 혈관을 타고 흘러 이상하게 실실 웃음만 나고, '다시 태어난 것 같다'는 고백으로 시작하는 유행가를 부르고 있는 자신을 말이다. '내가 너를 사랑하게 됨으로써 나는 모든 사람을 사랑하고 너를 통해 세계를 사랑하고 너를 통해 나 자신까지도 사랑하게 되었다' 이것만큼 사랑이 가진 위력을 표현하는 문장이 또 있겠는가? 이것만큼 사랑이 지향해야 할 방향이 또 있겠는가?

에리히 프롬의 《사랑의 기술》을 강요에 못 이겨 읽고 난 후 책장 맨 끝자리에 방치해 둔 젊은 당신에게 말한다. 퍽! 하고 터지는 사랑의 슬픔에 무릎이 꺾이는 것을 경험해 봤다면, 세계가 나와 그 사람 중심으로 돌아가고 있다는 비정상적인 체험을 해 본 적이 있다면, 누군가를 사랑하기에 세계 전체를 사랑하게 될 만큼 나 자신이 변하고 싶은 마음이 있다면 다시 한 번 이 책을 펼쳐들기를.

완전한 해답은 대인간적 결합, 다른 사람과의 듣합의 달성, 곧, '사랑'에서 찾아볼 수 있다.

콜레라 시대의 사랑

로맨틱 영화의 교과서라 불리는 영화 〈세렌디피티〉에서 사랑의 전령으로 등장하는 책으로 유명한 《콜레라 시대의 사랑》.

각자 피앙세가 있는 두 남녀, 세라와 조너선은 운명적으로 만나 사랑을 느끼지만 결국 각자의 인생으로 돌아가야만 한다. 그러자 세라는 우리의 우연한 만남이 운명이라면 언젠가 다시 만날 거라며 헌책을 파는 곳에서 이 책에 메모를 남기고 운명의 장난을 시작한다. 아마 세라가 믿었던 것은 어떤 상황에 처해 있다 해도 자석처럼 마음과 몸이 상 대방에게 향하게 만드는 사랑의 마력이 아니었을까?

이렇게 우리에게 〈세렌디피티〉의 사랑의 전령으로 알려져 있는 그 책《콜레라 시대의 사랑》은 남미 문학의 아버지이자 마술적 사실주의 묘미를 우리에게 알려준 작가 가르시아 마르케스의 작품이다. 사실 나 는 마르케스의 작품 중《백년의 고독》을 먼저 읽었지만 더 큰 감동으로 남은 것은 이 작품이었다. 단언하건대 사랑의 아름다움을 묘사함에 있 어서는 더 뛰어난 소설이다.

우리는 때로 사랑에 목숨을 거는 사람들을 너무 쉽게 비웃곤 한다. 사랑의 질량을 따질 수 있는 권리는 신에게도 없음이 분명하지만 우리 는 섣불리 그것에 저울을 들이대곤 하는 것이다. 우리의 어리석은 행동 앞에 마르케스는 다음과 같은 명문장을 남겼다.

아직도 사랑이 아닌 다른 이유로 자살하는 사람이 있다니 유감이군요.
내가 죽는 것이 가슴 아픈 유일한 까닭은 그것이 사랑 때문이 아니라는 것 이다.

세대를 넘어, 세계를 넘어 우리 옆에 남은 이 명문장을 보고도 이 소설이 그저 사랑 이야기를 다룬 통속적인 소설일 것이라고 생각하는 사람이 있을까?

사랑이 아니라면 자살할 이유가 없고, 다시 말해 자신을 살게 하는 이유는 오로지 사랑이며 사랑 때문에 죽지 못하는 것이 가장 아플 것이

라는 남자, 플로렌티노. 그 남자의 사랑을 받는 여자 페르미나 다사. 그
리고 페르미나 남편의 후배닐 우르비노 박사.

이야기는 콜레라가 한 세기를 휩쓸고 지나가는 과정에 있다. 주인
공들의 부모는 진행기을 살아냈고 주인공들은 회복기와 잠복기를 살아
간다.

흔히 흑사병이나 콜레라가 인류에게 신이 내린 재앙처럼 느껴지곤
하지만 정작 신이 인류에게 내린 재앙은 사랑이 아닐까 한다. 그 사랑
때문에 누구는 일생을 기다리며 보내기도 하고, 누구는 일생을 외면하
며 보내기도 한다.

운명적인 사랑의 시작은 언제나 그렇듯 평범한 어떤 하루였다. 이
하루가 한 남자의 인생을 송두리째 흔들어 놓는다. 아버지와 함께 낯선
도시에 정착하게 되는 페르미나, 광장에서 그녀를 보고 첫눈에 반한 플
로렌티노는 지켜보기에도 안타까운 오랜 구애 끝에 페르미나의 마음을
얻게 되고 둘은 사랑하는 사이가 된다. 페르미나는 자기주장이 강하고,
운명을 스스로 결정하려는 당찬 아가씨였다. 플로렌티노가 구애를 하
는 동안에도, 연애를 하는 동안에도 플로렌티노를 들었다 놨다하며 그
를 하루에도 몇 번씩 천국으로 보냈다가 지옥으로 보내는 여자다.

하지만 야망이 있고 뜻하는 바가 있어 낯선 도시를 찾아왔던 페르
미나의 아버지는 무전기술자 나부랭이인 플로렌티노에게 페르미나를
주고 싶은 생각이 추호도 없었다. 더군다나 해를 거듭할수록 관능적인
매력으로 아름다워지는 페르미나는 그에게 또 다른 재산이나 다름없었
던 것이다.

그러나 부모들은 언제나 그것을 모르지 않는가? 반대하면 할수록 더욱 불이 붙는 것이 남녀 간의 사랑이라는 것을 말이다. 급기야 페르미나의 아버지는 페르미나를 먼 친척집으로 보내 둘 사이의 물리적인 거리를 벌려 놓았지만 무전기술자였던 플로렌티노는 전신을 통해 그녀와의 사랑에 더욱 불을 지폈고, 벌어진 거리가 도화선이 되어 둘의 사랑은 단단해지고 애절해져만 간다.

여기까지 읽었을 때는 뭔가 이들의 운명을 갈라놓을 제3의 방해꾼이 나타나겠구나, 우리로 치면 다이아몬드를 가진 김중배라든지, 권력을 가진 변학도라든지, 하는 인물의 출현을 기다렸던 나는 페르미나 다사에게 다시 한 번 경탄하게 된다. 이 여자는 정말 쉬운 여자가 아니로구나!

> 사실 그녀에게 있어 그 편지들은 심심풀이용으로, 자기 손은 불에 넣지 않으면서 뜨거운 불길을 유지하려는 것이 목적이었다. 반면에 플로렌티노 아리사는 한 줄 한 줄마다 자신을 불태우고 있었다.

이미 저울은 이렇게 기울어진 채 시작되었던 것이다. 페르미나는 그가 있는 도시로 돌아와 눈물의 재회를 나누는 대신 예정되지 않은 장소에서 우연히 플로렌티노의 모습을 보고, 그녀는 플로렌티노를 사랑한 것이 아니라 그를 사랑하는 감정을 사랑한 것이었다고 느낀다. 그리고 그것이 상당히 위험하고 위장된 것이었다고 느끼고 일방적으로 그에게 이별을 통보한다.

'지구가 태양 주위를 계속 돌게 만드는 여성 특유의 매정함'이라는 책 속의 표현이 딱 들어맞는다. 그녀의 칼 같은 이별 선고를 시작으로 플로렌티노의 오십 년이 넘는 기다림이 시작된다.

페르미나와 플로렌티노의 이별에서 석연치 않은 구석을 느낀다는 사람이 많다. 사랑을 하다 보면 어느 순간 시쳇말로 '깨는' 순간이 있을 수 있다. 하지만 플로렌티노는 페르미나가 돌아서는 그 순간에 왜 더 매달리지 않았을까? 왜 자신의 인생이 그렇게 흘러가도록 내버려 두었을까?

페르미나는 플로렌티노에게 사형선고와도 같은 이별을 말하고 그 도시의 저명한 의사인 우르비노 박사의 구애를 받고 결혼한다. 이 과정에서도 페르미나는 고도의 밀고 당기기를 선보이며 우르비노의 구애를 받는다. 그렇지만 이렇게 자유분방하고 고집 센 아가씨였던 페르미나도 한 남자의 아내가 되면서 결혼한 여자로서의 제 2의 삶을 살아간다. 두 사람은 아이를 낳고 열대야의 밤에 서로의 더위를 걱정하며 사람들 모두가 부러워하는 부부로 해로한다.

그들이 결혼의 대재앙을 피하는 것이 사소한 일상의 불행을 피하는 것보다 쉽다는 것을 제때에 배웠더라면, 아마도 두 사람의 삶은 사뭇 달라졌을 것이다. 그러나 두 사람이 함께 배운 것이 있다면 그것은 지혜란 아무짝에도 쓸모없을 때 온다는 것이었다.

그렇다고 이들 부부의 사랑이 제때 발휘되지 못한 지혜 때문에 불행했다는 것은 절대로 아니다. 다만 결혼이 어려운 일이란 것을 알아야 한다는 것이다.

이처럼 이 책에서 우르비노 박사 부부의 삶을 따라가 보면 여자와 남자가 만나 평생을 사는 것이 얼마나 어려운 일인가를 여실히 알 수 있다. 흔히들 이 책에서 플로렌티노와 페르미나의 사랑에만 초점을 맞추지만 이들 부부가 부부로서 살아온 건강하고 담백한 사랑도 절대 간과해서는 안 된다. 순간순간 터지는 생의 사건들, 질병, 외도, 출산, 애증…… 이 모든 것들을 사회적 굴레 속에서 헤쳐 나가는 두 사람의 모습을 보면 감히 이 책을 결혼 교과서라 불러도 무방할 듯하다.

> 공적인 생활의 과제는 두려움을 지배하는 법을 배우는 것이고,
> 부부 생활의 과제는 지겨움을 극복하는 법을 배우는 것이다.

어쩌면 사랑은 이런 것이 될 수도 있지 않을까? 늙어가는 것을 보는 것. 그 과정 속에서 용서할 수 없는 실수도 반복하지만 그래도 결국은 서로의 눈감는 순간을 지켜줄 수 있는 전우애 같은 것 말이다.

> 두 사람은 마치 부부 생활의 지난한 고통의 언덕을 뛰어넘은 듯했고, 더 이상의 머뭇거림 없이 직접 사랑의 심장부로 들어간 것 같았다. 열정의 함정과 환상의 잔인한 조롱, 그리고 환멸의 신기루를 극복하고, 인생을 달관한 것 같은 늙은 부부처럼 조용히 시간을 보냈던 것이다. 사랑은 시간과 장소를 막론하고 사랑이지만, 죽음이 가까워올수록 그 사랑의 농도는 진

해진다는 것을 충분히 깨달을 수 있을 정도토 함께 충분한 시간을 보냈기 때문이다.

시간의 더딤과 지루함 앞에서도 무너지지 않을 수 있는, 사랑을 뛰어넘는 감정이 있어야만 결혼은 건강하게 지속될 수 있다는 것을 이 두 사람은 보여준다. 우르비노 박사가 앵무새를 잡기 위해 올라간 사다리에서 떨어져 죽기 전까지 말이다.

페르미나의 남편 우르비노 박사가 죽는 장면은 아주 단순하게 그려지는데, 앞서 페르미나와 플로렌티노의 이별이 담담했다는 불만이 여기서 해소가 되는 듯하다. 작가는 우리 인생에서 만남과 헤어짐, 삶과 죽음을 삶 그 자체로서의 일상적인 것으로 받아들이고 있는 것이다. 물론 그것들이 터닝 포인트가 되어 인생은 큰 변화를 맞게 되지만 우리는 그것을 일상적인 것으로 담담히 받아들이기도 한다. 마치 사랑을 잃어도 밥만 잘 먹는 것처럼 말이다.

하지만 우리비노의 죽음이 플로렌티노에게는 일생을 기다려온 절호의 기회가 아니었겠는가? 물론 그가 오십 년을 독수공방하며 폐인처럼 페르미나만 기다린 것은 아니다. 사업 수단을 발휘해 부를 축적하기도 하고, 여러 여자를 만나며 본능을 해결하기도 했다. 그렇다고 해도 그는 그녀를 기다린 것이다. 왜냐하면 그는 고통스러웠기 때문이다. 그녀가 없는 삶이, 그녀에게서 분리된 삶이 죽도록 견디기가 어려웠기 때문이다. 하지만 페르미나는 쉽게 다시 플로렌티노어게 돌아오지 않는다.

이쯤 되니 읽는 나도 페르미나에게 화가 나기 시작했다. 차라리 플로렌티노가 잔인하게 죽어버려 페르미나에게 씻을 수 없는 죄책감이라도 남기라고 내 속에서 아우성이 일었다. 이 여자, 정말 너무 하지 않는가? 나중에 이 기분을 누군가 이렇게 빗대어 말해 할 말을 잃은 적이 있었다.

"아, 그럼 번호표만 뽑고 기다렸다고 잔고에도 없는 돈을 내줘요?"

냉정하다. 참 냉정한 사랑이다.

미망인이 되었지만 그에게 잡히지 않는 그녀를 보며 플로렌티노의 가슴은 더 이상 타들어갈 것도 없이 바스러졌을 것이다. 그리고 그의 생이 얼마 남지 않은 순간에 결국 그녀를 다시 가지게 된다. 하지만 그는 시간이 이렇게 지난 후라고 해서 억울해하거나 막막해하지 않았다. 다시 잃지 않으면 되는 것이었다.

> 플로렌티노 아리사는 숨을 죽인 채 그녀를 마음껏 바라보았다. 그녀가 먹는 모습, 포도주에 입만 대는 모습, 가문에서 대대로 운영해 온 돈 산초 호텔의 사 대째 주인과 농담하는 모습을 지켜보았다. 그러고는 자신의 외로운 식탁에서 그녀와 삶의 한순간을 살았다. 그렇게 그는 그녀와 사랑을 나눌 수 없는 장소에서 눈에 띄지 않게 한 시간 이상을 보냈다. 그런 다음 그녀가 일행과 뒤섞여 나가는 모습을 볼 때까지 시간을 보내기 위해 커피를 네 잔이나 더 마셨다. 그들이 너무나 그의 옆 가까이로 지나갔기에 그는 다른 사람들의 향수 냄새 속에서 그녀의 향내를 맡을 수 있었다.

혹자는 플로렌티노의 이러한 삶이 허무하다고 생각할 것이다. 그러나 우리는 잘 알고 있지 않은가? 사랑은 이루어지든 이루어지지 않든 똑같은 결론을 내리게 만든다는 것을 말이다.

사랑은 어쩔 수 없는 것이다. 마르케스는 무겁지 않게, 또 너무 불행하지 않게 이 허무를 그리는 몇 안 되는 작가이다. 과거 페르미나를 비춘 호텔의 거울을 구하기 위해 1년 동안 그 호텔의 주인을 설득했던 플로렌티스는 마지막까지 사랑의 불꽃을 터뜨린다.

> 선장은 페르미나 다사를 쳐다보았고, 그녀의 속눈썹에서 겨울의 서리가 처음으로 반짝이는 것을 보았다. 그런 다음 플로렌티노 아리사와 그의 꺾을 수 없는 힘, 그리고 용감무쌍한 사랑을 보면서 한계가 없는 것은 죽음이 아니라 삶일지도 모른다는 때늦은 의구심에 압도되었다. 선장이 다시 물었다.
> "언제까지 이 빌어먹을 왕복 여행을 계속할 수 있다고 믿으십니까?"
> 플로렌티노 아리사에게는 53년 7개월 11일의 낮과 밤 동안 준비해온 대답이 있었다. 그는 말했다.
> "우리 목숨이 다할 때까지."

사랑 없이 사랑하는 비밀이라고 했던가. 플로렌티노는 오십 년이란 세월을 한 여자만 사랑할 수 있는 거대한 행운을 잡았다. 콜레라가 창궐하는 생과 사를 넘나드는 상황 속에서도 사랑하는 여자를 지척에 두고도 그가 기다려온 세월을 우리는 감히 가늠해 볼 수도 없을 것이다.

"가슴의 기억은 나쁜 기억을 지우고 좋은 기억만 과장하는 법이며,

이런 책략 덕택에 우리가 과거의 짐을 견디고 살아갈 수 있다는 것"이라는 글귀처럼 그는 저 대답을 할 수 있는 순간을 믿고 살아갔을 것이다.

선장이 플로렌티노와 페르미나를 보고 한계가 없는 것은 죽음이 아니라 삶이라고 느꼈듯이 우리도 이 사랑, 이 지긋지긋한 사랑을 보고 그것을 느껴야 하는 것은 아닐까? 사랑 때문에 고통 받을 수 있다는 가능성 그 자체가 이미 우리가 살아 있다는 반증이라면 너무 잔인하다고 할지 모르겠다. 하지만 어쩌면 우리의 가슴을 가장 뛰게 하고 우리의 피를 가장 끓게 만드는 것이 무엇인가를 돌이켜보면 그렇게 무리도 아닐 것 같다. 단지 최선을 다해 매 순간을 사랑했던 플로렌티노의 맹목적인 사랑이 참 부러운 오늘이다.

상실의 시대

얼마 전 무라카미 하루키의 신작 1Q84의 세 번째 권이 나온다는 소식이 신문과 잡지에서 들끓고 온, 오프라인 할 것 없이 선주문 문의 전화가 폭주하고 있다는 기사도 읽었다. 무라카미 하루키의 열풍은 근 이십 년이 가까이 여전하다.

사실 하루키만큼 평가가 극명하게 다른 작가도 드물 것이다. 그를 좋아하는 사람들은 그가 말하는 사랑과 표현방식, 그가 세계를 이해하는 눈이 다분히 독특하고 누구도 흉내 낼 수 없는 것이라 말한다. 그를 좋아하지 않거나 혹은 싫어하는 사람들은 그가 변태적이고, 말장난뿐인 가벼운 글을 시대의 조류에 편승해 팔아먹고 있다며 비하하기도 한다.

나로 말하자면 《상실의 시대》라는 작품에 있어서만은 완전히 전자라고 규정할 수 있겠다.

하루키가 젊은 시절을 보냈던 시기도 사회적으로 정치적으로 매우 혼란스러웠던 내 젊은 날과 비슷했다. 하루키는 이 불안정한 시대를 지나오면서 젊기 때문에 잃어야 했던 것들에 대해 생각했던 것 같다. 하지만 하루키는 사회적인 해석이나 시대를 설명하는 따위의 장치는 철저히 배제한 채 감정과 혼돈만을 솔직하게 보여줌으로써 그것을 더욱 부각시키고 있다.

나는 청춘이라는 단어를 참 좋아하는데, 그저 건강하고 싱싱함이 담겨 있다기보다는 근원적인 쓸쓸함과 애잔함이 더 크게 느껴진다고 생각한다. 청춘은 뜨겁고 푸르지만 성글기 때문에 겪어야 할 통과의례가 너무도 많다. 특히나 감정이나 사랑에 대해 기숙하기 때문에 절대로 하지 말아야 할 일과 꼭 해야 할 일을 혼동하게 된다.

돌이켜 생각해보면 '그래, 그것이 사랑이었지'하고 느껴지는 순간이 있다. 그때는 그저 조바심이 나고 가슴이 울렁거려 어디서부터 뭐부터 해야 할지를 몰랐고, 성인이 아니기 때문에 혹은 책임질 수 없다는 막연한 두려움에 사랑을 덥석 주머니에 넣어버리기도 하고, 이상한 곳에 풀어놓기도 했었다. 우리의 와타나베처럼 말이다.

고등학교 시절 기즈키와 기즈키의 실제적인 연인이라 할 수 있는 나오코, 그리고 주인공이자 화자인 와타나베는 모두 친구였다. 기즈키는 와타나베와 신나게 당구를 치고 웃고 떠든 다음 집으로 돌아가 차 안에서 가스를 틀어놓고 자살한다. 마치 내일 아침에 눈을 떠 해야 할

일을 미리 한다는 듯 일상적으로 말이다. 나오코와 와타나베의 인생을
전혀 일상적이지 않게 만들어버린 채.

　　그때까지도 나는 죽음이라는 것을, 삶으로부터 완전히 분리된 독립적인
　　존재로 파악하고 있었다. 즉 '죽음은 언젠가는 확실히 우리들을 그 손아귀
　　에 거머쥐게 된다. 그러나 거꾸로 말하면, 죽음이 우리들을 사로잡는 그날
　　까지 우리들은 죽음에 붙잡히는 일이 없는 것이다'하고.
　　그것은 나에겐 지극히 당연하고 논리적인 명제로 생각되었다. 삶은 이쪽
　　에 있으며, 죽음은 저쪽에 있다. 나는 이쪽에 있고, 저쪽에는 없다. 그러나
　　기즈키가 죽은 밤을 경계선으로 하여, 나로선 이제 그런 식으로 죽음을(그
　　리고 삶을) 단순하게 파악할 수는 없게 되어버렸다. 죽음은 삶의 반대편 저
　　쪽에 있는 존재 따위가 아니었다. 죽음은 '나'라는 존재 속에 본질적으로
　　내재되어 있는 것이며, 그 사실은 아무리 노력한다 해도 망각할 수가 없는
　　것이다.
　　열일곱 살의 5월 어느 날 밤에 기즈키를 잡아간 죽음은, 그때 동시에 나를
　　사로잡았던 것이다.

　　기즈키와 나오코의 관계를 알면서도 와타나베는 나오코에게 마음
이 있었다. 그러나 기즈키는 마치 이런 와타나베의 마음을 알기라도 한
듯 연기처럼 사라졌고, 생각지도 않은 인생의 다른 막이 열린 와타나
베는 혼란스럽다. 나오코와 이상하고도 불편한 하룻밤을 보낸 다음 날,
돌연 그녀는 사라지지만 나중에 정신 병원에서 요양 중이라는 편지를

받는다. 와타나베도 나오코도 정확하게 표현할 수 없을 만큼 못 견디게 마음이 망가졌던 것이다. 나오코는 그것을 견딜 수 없었기에 자기 안으로 파고들어갔다. 나오코는 견디고 와타나베는 서 있었다. 그 어떤 적극적인 행동도 하지 못한 채 사랑한다면 사랑한다고 할 수 있는 여자의 불행을 지켜보는 와타나베. 판단할 수 없었다고 변명하지만 실제론 판단하는 것이 무서웠던 것은 아닐까? 젊음은 무모하기도 하지만 한없이 작고 약한 것이기도 하니까 말이다. 그저 자신이 누군가를 사랑하는지조차도 가늠이 안 되는 상황에서 맞은 친구의 자살, 그리고 채 고백도 해보지 못한 여자의 죽음.

> 나오코의 죽음이 내게 가르쳐준 것은 어떠한 진리도 사랑하는 이를 잃은 슬픔을 치유할 수는 없다는 것이다. 어떠한 진리도 어떠한 성실함도 어떠한 강함도 어떠한 부드러움도 그 슬픔을 치유할 수는 없는 것이다. 우리는 그 슬픔을 실컷 슬퍼한 끝에 거기서 무엇인가를 배우는 길밖에 없으며, 그리고 그렇게 배운 무엇도 다음에 닥쳐오는 예기치 않은 슬픔에는 아무런 도움이 되지 못하는 것이다.

나오코는 아마도 어쩌면 와타나베를 사랑할 수 있었을 것이다. 와타나베는 어쩌면 나오코에게 사랑한다고 말할 수도 있었을 것이다. 하지만 그들은 그렇게 하지 않았고, 그렇게 할 수 없었다. 시간이, 세계가, 젊음이, 운명이 그렇게 하지 못하도록 만들었다고 두 사람을 위로할 수밖에 없을 것이다. 친구의 여자 친구를 오랫동안 가까이에서 지켜보면서 이미 자신의 가슴 속에 나오코라는 이름을 새겨버린 와타나베. 그래서 후에 '정말 사랑하고 봄날의 곰만큼 좋다'고 서슴없이 말할 수 있는 미도리에게도 마음을 열지 못하게 된다.

> 비스킷 통에 비스킷이 가득 들어 있고, 거기엔 좋아하는 것과 그렇게 좋아하지 않는 것이 있잖아요? 그래서 먼저 좋아하는 것을 자꾸 먹어버리면 그 다음엔 그다지 좋아하지 않는 것만 남게 되죠. 난 괴로운 일이 생기면 언제나 그렇게 생각해요. 지금 이걸 겪어두면 나중에 편해진다고. 인생은 비스킷 통이다, 라고

그러나 아무리 미리 예방한다고 해도 인생은 무뎌지지 않고 매번 다른 아픔과 다른 고통을 선사한다. 이제 나는 고통은 줄어드는 것이 아니라 단지 그것을 인생의 일부분으로 받아들이고 극복하는 방식을 익혀갈 뿐이라는 것을 깨닫는다. 물론 모든 것을 시간이 해결해 주지는 않지만 시간이 해결해 주는 것도 있다고 믿으며 이 순간을 견디는 것이 결코 안일한 것만은 아니라는 위로를 지금의 당신에게 해주고 싶을 뿐이다.

나는 처음 이 책을 다 읽었을 때 이문세의 〈옛사랑〉이라는 노래가 생각났다. 바람이 미친 듯이 불어대며 온 거리를 휩쓸고, 급기야 터진 와타나베의 울음이, 눈물이, 사랑이…… 전화박스 안에서 미도리를 애타게 부르던 그 모습을 떠올리며 나는 이 노래를 흥얼거렸다.

'남들도 모르게 서성이다 울었지…… 후회가 또 화가 난 눈물이 흐르네. 누가 물어도 아플 것 같지 않던 지나온 내 모습 모두 거짓인걸.

이제 그리운 것은 그리운 대로 내 맘에 둘 거야……'

　　사랑인지 아픔인지도 모르고 서성이다 어느 순간 깨달음같이 밀려오는 아픔을 느꼈을 와타나베의 아득함을 나는 어렴풋이 알 것도 같았다. 때로는 너무나도 통속적이라고 비난받는 하루키의 소설에서 이렇게 우리가 큰 공감을 얻듯, 또한 우리가 유행가라고 부르는 가요가 이렇게나 마음을 움직이듯 말이다. 그리고 그 아득함을 전혀 절망적이지 않게 그리는 매력이 바로 하루키의 능력인 것이다. 이것은 마치 계단이나 디딤돌처럼 절대로 밟지 않을 수 없는 인생의 징검다리 같다. 우리는 피 흘리는 가슴을 틀어막고 인생을 살아갈 뿐이라고, 잔인하지만 그것이 인생이라고 하루키는 말하고 있다. 그 잔인함이 오히려 정신을 번쩍 나게 만들어주는 것도 사실이다.

　　소설 곳곳에 숨어 있는 허무함과 혼든, 절대로 이해할 수 없는 젊음은 우리가 사랑하며 이미 충분히 느껴왔던 것이다. 아플 수 있는 만큼 아파하고 다시 다가올 사랑에게 이만큼 사랑하고 있다고 말해 줄 수 있으면 되는 것 아니겠는가?

　　"더 멋진 말을 해줘."

　　"네가 너무 좋아, 미도리."

　　"얼만큼 좋아?"

　　"봄철의 곰만큼."

　　"봄철의 곰?"하고 미도리가 또 얼굴을 들었다.

　　"그게 무슨 말이야, 봄철의 곰이라니?"

"봄철의 들판을 네가 혼자 거닐고 있으면 말이지, 저쪽에서 벨벳같이 부드럽고 눈이 똘망똘망한 새끼 곰이 다가오는 거야. 그리고 네게 이러는 거야. '안녕하세요, 아가씨. 나와 함께 뒹굴기 안 하겠어요?'하고. 그래서 너와 새끼곰은 부둥켜안고 클로버가 무성한 언덕을 데굴데굴 구르면서 온종일 노는 거야. 그거 참 멋지지?"

"정말 멋져."

"그만큼 네가 좋아."

하루키는 한국의 독자들에게 자신이 그리고 싶었던 것은 사람이 사람을 사랑한다는 것의 의미라고 말했다. 그러나 동시에 하나의 시대를 감싸고 있던 분위기라는 것도 그려 보고 싶었다고도 했다. 사람을 진실로 사랑한다는 것은 자아의 무게에 맞서는 것과 동시에 외적 사회의 무게에 정면으로 맞서는 것이기도 하기에 우리는 오늘을 살아가며, 또 오늘의 사랑을 하는 것이 아니겠는가?

하루키의 쓸쓸한 오늘날 사랑의 고전, 《노르웨이의 숲》*을 아직도 걸어 보지 않았다면 어서 길을 나서 보길.

---

* 《상실의 시대》의 원제

네루다의 우편배달부

나는 지금은 잘 쓰지 않는 '연정'이라는 단어를 좋아한다. 연정의 사전적인 의미는 '이성을 그리워하고 사모하는 마음'이다.

아내가 들으면 질투할지도 모를 이야기는 나의 중학시절로 거슬러 올라간다. 내 연정의 대상은 초등학교 때부터 같은 학교를 다닌 여학생이었다. 짓궂은 성격과 더불어 거리낄 것이 없었던 나는 용기를 내서 그 친구에게 여러 차례 편지도 보내고 몇 번인가는 선물도 보냈지만 한 번도 답장을 받아 본 적이 없었다. 솔직히 말해 매일 꾸중을 듣고 말썽만 부리는 나와는 달리 그 친구는 모두가 인정하는 예쁘고 공부 잘하는 '엄친딸'이었다. 당시에 이 친구에게 나가 얼마나 우습게 보였을까, 생각하면 얼굴이 다 화끈 거린다. 그렇게 말 한 번 걸어도 시원한 대답 한 번 들어 본 적 없이 초등학교를 졸업하고 우리는 중학생이 되었다. 뿔 난 망아지 같던 생활을 접고 공부에 중독이 된 생활을 하는 와중에도 나는 틈틈이 그 아이에게 편지를 보내는 것은 멈추지 않았다. 그 아이에 대한 이상야릇한 심정도 심정이었지만 정말이지 독하게 공부만 했던 그 시절의 그 아이에게 쓰는 편지는 일기이자, 비망록이었으며, 누군가를 향한 소리 없는 외침이었다.

사실 연정을 표현하려면 좀 더 시적이거나 좀 더 감상적으로 호소를 했어야 하겠지만 나는 연애편지조차도 내 중심으로 하고 싶은 말을 쓰는 편이었으니 아무래도 나에게는 연애편지 선생님이 필요했던 것 같다. 파블로 네루다와 같은 걸출한 시인이.

이제 곧 폭풍과도 같은 사랑을 만나게 될 평범한 소도시의 청년인 마리오는 일자리를 찾아 산안토니오 항구를 배회하던 중 우체국에 붙어 있는 구인광고를 본다. 별 어려움 없이 우편배달부가 된 마리오의 구역에는 대단한 인물이 살고 있었다. 칠레 국민뿐 아니라 전 세계적으로 사랑 받는 노벨상 작가 파블로 네루다가 바로 그 주인공이었다. 그를 향한 칠레 국민의 사랑이 어찌나 대단했는지 온 국민에서부터 대통령까지 추앙한 인물이었다고 한다. 이런 시인이 '이슬라 네그라'라는 작은 바닷가 마을에 오면서 오로지 한 명, 유일하게 그에게 문명을 전달해 줄 우편배달부가 필요하게 됐던 것이다. 그리고 마치 운명인 듯 백수 청년 마리오가 그의 우편배달부가 된다.

마리오는 전 세계 각지에서 쏟아져 들어오는 우편물에 놀라기도 하지만 자신은 할 수 없는 마법 같은 언어를 가득 가지고 있을 것만 같은 이 시인에게 점점 더 다가가게 된다. 아니, 다가가 매달릴 수밖에 없다. 마리오의 마음을 송두리째 빼앗아 가버린 베아트리스가 나타났기 때문이다. 그녀는 마을 주점에서 일하는 열일곱 아가씨로 마리오는 그야말로 벼락을 맞듯, 그녀를 보고 첫눈에 반하게 된다. 머릿속에 회로란 회로는 다 꼬이고 그녀 앞에서는 제대로 말도 못한다. 중병 중에 중병을 앓게 된 것이다. 그는 당장 시인에게로 달려간다. 그리고 의사에게 병을 말하듯 자신의 상황과 증상을 말한다. 시인은 이 순진한 청년에게 시와 자신의 전공을 살려 연애편지로 여자의 마음을 사로잡는 방법을 알려주기로 작정한다.

"좋아. 하늘이 울고 있다고 말하면 무슨 뜻일까?"

"참 쉽군요. 비가 온다는 거잖아요."

"옳거니. 그게 메타포야."

"그렇게 쉬운 건데 왜 그렇게 복잡하게 부르죠?"

"왜냐하면 이름은 사물의 단순함이나 복잡함과는 아무 상관없거든. 자네의 이론대로라면 날아다니는 작은 것은 마리포사(스페인어로 나비)처럼 긴 이름을 가지면 안 되겠네. 엘레판테(코끼리)는 마리포사와 글자 수가 같은데 훨씬 더 크고 날지도 못하잖아."

이 대목에서 이 두 남자가 귀엽기 느껴지는 것이 비단 나뿐일까? 사랑에 빠져 어떻게든 여자의 환심을 사보려는 청년과 그를 앉혀놓고 조곤조곤 그녀를 훅! 가게 만들 방법을 가르치는 노년의 시인. 둘의 모습을 그려 보기만 해도 절로 흐뭇한 미소가 지어진다.

몽매하고 가난한 자라고 어찌 사랑을 모를까. 그렇게 찾아온 사랑이라고 어찌 약할까. 이렇게 그 감정의 공평함을 네루다는 알고 있었던 듯싶다. 그는 훌륭한 시인이었으니까 말이다.

"시인 동무. 당신이 저를 이 소동에 빠뜨렸으니 책임지고 저를 구해 주세요. 당신이 제게 시집을 선물했고, 우표를 붙이는 데에만 쓰던 혀를 다른 데 사용하는 걸 가르쳤어요. 사랑에 빠진 건 당신 때문이에요."

"천만에! 시집 두어 권 선물했다고 내 시를 표절하라고 허락해 준 줄 알아? 게다가 자네는 내가 마틸데를 위해 쓴 시를 베아트리스에게 선사했어."

　"시는 쓰는 사람의 것이 아니라 읽는 사람의 것이에요!"

　"너무나 민주적인 말이라 감동하겠군. 하지만 아버지가 누군지 가족 투표로 정할 만큼 극단적인 민주주의를 행하지는 말자고."

　티격태격 우정을 나누는 두 남자의 협공에도 불구하고 거대한 장해물이 등장하는데, 그것은 바로 베아트리스의 어머니다. 공산당을 혐오하는 베아트리스의 어머니 로사 곤살레스는 순결한 자신의 딸을 마리오라는 놈팡이로부터 지켜내기 위해 수단과 방법을 가리지 않는다. 만만치 않은 적수를 만난 마리오의 가슴은 더욱 더 타들어간다. 하지만 시인에게 메타포라는 사랑의 박격포를 얻은 마리오는 결국 난공불락의 요새 베아트리스를 얻게 된다. 마리오는 남미 청년 특유의 기름에 불을 댕긴 것 같은 열정으로 그녀에게 구애를 하는데 솔직히 촌스럽기 그지없는 그의 언사에 넘어가는 베아트리스가 약간은 실망스럽기도 했다. 왜냐하면 베아트리스가 오래 버텨야 노시인과 마리오의 재밌는 공모를 더 볼 수 있기 때문이다. 하지만 생각해 보면 가장 단순하고, 유치하고, 촌스럽고, 솔직한 것이 사랑이라는 것을 이 시인은 알고 있었고, 그것을 마리오에게 전수해 줬을 것이다.

　그러나 이렇게 마리오에게 사랑뿐 아니라 인생까지도 알려주던 노시인은 민중연합의 대통령 후보 살바도르 아옌데가 대통령으로 당선되면서 프랑스 대사 자리를 맡게 되어 파리로 떠나게 된다. 그리고 마리오는 장모 로사의 주점에서 주방장을 하며 살아가게 된다. 그러던 어느 날 파리의 네루다로부터 편지가 오고 시인은 언제나 그리워하는 이슬라 네그라의 소리를 들려달라는 부탁을 한다. 네루다는 자신에게 사랑을 표현하는 방법을 가르쳐준 노시인을 위해 카세트테이프 레코더에 이슬라 네그라의 모든 소리를 담아 보내기 시작한다.

네루다가 일찍이 마리오에게 알려준 메타포의 근원을 이루는 이슬라 네그라의 모든 소리가 작은 카세트테이프 레코더에 담기기 시작한다. 하지만 이들의 작은 행복은 네루다의 건강이 급속하게 나빠지고, 아옌데의 민중정부를 전복시킨 1973년 9월 11일의 피노체트 일당의 쿠데타로 만사휴의가 되어버린다.

파블로 네루다라는 실존 인물에 마리오 히메네스라는 가상의 주인공을 등장시켜, 세계적으로 유명한 노시인이 이 청년과 어떻게 소통하는지 보여줌으로써 우리 모두의 공통 언어인 사랑은 다를 것이 없다는 것을 다시 한 번 확인시켜 주는 책이다. 그래서 나는 아옌데 정부나 다시 정권을 잡은 칠레의 기득권층들의 이야기는 사실 별로 기억에 남지 않는다. 후에 선거를 통해 우파 출신 국회의원 랍베에게 무모한 도전을 하기도 하는 마리오지만, 그저 묵묵히 자전거 페달을 밟아 언덕 위의 노시인에게 시를 배우기 위해 달렸던 마리오를 더욱 오래 기억하고 싶은 마음이 더 크다.

저자 스카르메타는 이렇게 한 젊은이의 사랑과 1970년대 격동의 칠레를 함께 다루면서도 조금도 균형을 잃지 않는 모습을 보여준다. 이 작품을 완성하기 위해 십 년이 넘는 세월을 수고했다는 얘기를 들은 적이 있는데 무엇을 표현하고자 그 오랜 세월을 보내면서 글을 써내려가고 마리오와 네루다의 우정과 베아트리스를 향한 사랑을 만들어 냈는지 알 것도 같다.

역사적 사건이나 이슈를 떠나 사랑은 소소함으로 위대한 것이다. 그것을 알고 있는 사람이 결국 역사의 중심에 있을 만큼 큰 사람이 아닐까 싶다.

오래도록 누군가에게 편지를 쓴 적이 없다거나, 가끔은 아무도 모르게 마음속에 시 한 구절을 담아두고 꺼내 보는 당신이라면 네루다의 우편배달부에게 연정이 가득 담긴 연애편지를 받아 보길 바란다.

우리는 사랑일까

우리는 늘 우리의 사랑에 대해 의심을 품는다. 그는 정말 나를 사랑하는 걸까? 그를 향한 나의 마음은 동정이나 집착이 아닌 사랑이 분명할까? 주변의 그 누구도 이 질문에 명확한 답변을 해줄 수 없을 때, 사랑에 대해 끝없는 의혹을 느낄 때 알랭 드 보통의 연애 3부작 가운데 하나인 이 책《우리는 사랑일까》를 읽어 보길 권한다.

사실 이 책을 처음 접했을 때 나는 사랑에 목숨 걸 만큼 젊은 나이는 아니었다(물론 사랑에 목숨을 거는 데 '정해진' 나이가 있는 건 아니지만). 그래서 내 맘대로 움직여주지 않는 사랑에 길잡이를 삼는 심정으로 이 책을 찾아 읽은 것은 아니었지만 당면한 연애 과제가 딱히 없던 나에게도 연애의 과정과 심리를 철저히 꿰뚫는 이 책은 매우 신선하고 흥미롭게 다가왔다.

저자는 이 책에서 앨리스와 그녀의 남자친구가 만들어가는 사랑 이야기를 통해 두 남녀가 만나고 사랑하고 헤어지는 일련의 과정들을 적나라하게 보여주면서 한편으로 그들의 말 한마디, 행동 하나하나의 의미를 캐나간다. 따라서 이들의 사랑 이야기는 우리들이 흔히 접하는 러브스토리와는 완전히 다른 모습을 보여준다. 저자에 의해 로맨틱한 러브스토리는 심리학, 문학, 예술, 철학 등 다양한 학문의 울타리 안에서 해부되고 분석된다.

작가의 이름은 '보통'이지만, 보통이 아닌 작가임은 분명하다. 불가능할 것 같은 현학적 분석을 여기저기 잘도 갖다 붙이는 데다 해석도기가 막히다. 말랑말랑한 러브스토리에 플라톤, 탈레스 등 철학대가의 사상에서부터 D.H 로렌스, 플로베르 등의 문학적 정의까지 안 나오는 것이 없을 정도다. 읽다 보면 어떤 지식에라도 대입시켜 과연 사랑이 무엇인지, 그와 나의 연애가 과연 제대로 된 사랑의 수순을 따르고 있는지 쉽게 답을 추론해 낼 수 있을 것간 같다.

우리는 모두 로맨틱한 사랑을 꿈꾼다. 하지만 현실의 사랑은 어떠한가? 주인공 앨리스도 에릭을 만나기 전까지 영화와도 같은 사랑을 꿈꾼다. 하지만 에릭과 연애를 시작하고 관계가 진행될수록 사랑은 예술이 아닌 현실이 된다. 영화 속 키스는 달콤하고 환상적이지만 현실의 키스는 형식적이거나 때로는 지독한 입 냄새를 동반하기도 한다. 저자는 키스를 하는 행위를 예술과 생활에 대입시켜 분석함으로써 얄궂게도 키스에 대한 우리의 환상을 산산이 조각낸다. 그의 예리한 분석에 무릎을 치며 고개를 끄덕이지 않을 수 없다.

지금은 진부해져 버렸지만 전설적인 오스카 와일드의 말에 의하면, 예술이 생활을 모방하는 게 아니고 생활이 예술을 모방한다. 그것은 예술이 생활보다 나은 점이 있다는, 3차원적인 애인에게 받은 키스는 영화에서 보는 키스보다 판에 박은 듯 형편없다는 것이다. 와일드의 '낭만적인 미학'은 토니 같은 남자들에게 그녀가 내리는 판결문과 같았다. 토니는 사무실 크리스마스 파티에서 앨리스에게 키스했는데, 토니의 입에서는 양파 수프 냄새가 폴폴 났고, 행동거지는 오랜만에 돌아온 주인을 맞아 촐랑대는 개와 비슷했다.

하지만 실제로 우리가 사랑한다고 믿고 있던 대상은 '연인'이 아니라 '사랑' 그 자체일 때가 더 많다. 즉 연애의 시작단계에서 우리는 '사랑을 사랑하게 되는 것'이라고 작가는 지적한다. 하지만 자신이 누군가와 사랑에 빠졌다는 착각은 곧 자신의 사랑을 좀 더 로맨틱하게 과대포장하도록 만든다. 그리하여 세상 그 누구보다 자신의 연인이 근사하고 멋진 사람처럼 느껴지는 놀라운 상상력을 발휘하게 되는 것이다.

그러나 시간이 흘러 눈에 콩깍지가 벗겨지는 순간 이제까지 나의 이상형이었던 애인은 사라진다. 내 눈에 애인은 아주 사소한 일에 흥분하고 화를 내는 성질 더러운 인간으로 보이다가 또 아주 심각한 상황에서는 놀랍도록 침착하게 처신하는 어른스러움을 보인다. 나는 그의 진짜 모습을 알지 못하고, 점점 그를 이해할 수 없게 된다.

앨리스는 확신을 원했지만 에릭의 피해가는 행동에 좌절했다. 그녀는 줄

곧 그 남자의 특성을 지도로 그렸고, 그 남자의 성격에 지각 변동이 일어날 때마다 그려온 지도들을 재검토해야 했다. 그녀가 이런 혼란상을 최선의 경우로 해석하려고 애쓰는 의지 내지 힘이 바로 사랑의 증거였다. 그 남자가 짜증을 내면 과로 때문이라고 받아들였고, 말이 없으면 고단하거나 배가 고파서 그럴 뿐이라고 받아들였다. 어느 시점에서 앨리스는 에릭을 '자신의 친절함에 스스로도 놀라고, 그 다음에는 굴종으로 이어질까 봐 위험을 느끼고, 그래서 못되게 구는 사람'이라고 정의 내렸다.

사랑에는 늘 권력이 존재한다. 사전적 의미에서 권력이란 어떤 일을 하거나 어떤 영향을 미치거나 사람이나 사물에게 작용을 가하는 능력이지만, 사랑에서는 권력이 무엇을 할 수 있는 능력이 아니라, 아무것도 안 해도 되는 능력이다. 따라서 사랑의 권력은 아무것도 주지 않을 수 있는 능력을 지닌 쪽에게 있다. 즉 상대에게 아무 의도도 없고, 바라는 것도 구하는 것도 없는 사람이 강자이다. 그들의 대수롭지 않은 말 한마디, 행동 하나에 상대는 상처 받고 슬픔을 느낀다. 요즘 젊은 세대들 사이에 유행하는 '밀당(밀고 당기기)'도 이러한 사랑의 권력을 쥐기 위한 싸움의 일종이라 할 수 있지 않을까?

사랑의 권력은 아무것도 주지 않을 수 있는 능력에서 나온다. 상대가 당신과 같이 있으면 정말 편안하다고 말해도 대꾸도 없이 TV프로그램으로 화제를 바꿀 수 있는 쪽에 힘이 있다. 다른 영역에서와 달리, 사랑에서는 상대에게 아무 의도도 없고 바라는 것도 구하는 것도 없는 사람이 강자다.

사랑의 목표는 소통과 이해이기 때문에, 화제를 바꿔서 대화를 막거나 두 시간 후에나 전화를 걸어주는 사람이, 힘없고 더 의존적이고 바라는 게 많은 사람에게 힘 들이지 않고 권력을 행사한다.

앨리스도 일방적으로 에릭이 휘두르는 권력에 종종 상처를 입지만 그런 상황에 화를 내기 보다는 그의 입장을 자신이 편한 대로 이해하려고 애쓴다. 그에게는 나보다 더 중요한 일이 있었을 거야, 그가 그런 행동을 한 데에는 내 잘못이 커…… 이런 식으로 그녀는 자신을 책망하고, 에릭의 부적절한 태도에 대해 그럴 만한 이유와 의미를 갖다 붙인다.

한눈을 파는 에릭을 보면서, 앨리스는 머리에 더 수준 높은 일을 담고 있는 사람과 같이 있다는 특권을 되새겼다. 그 남자는 한눈을 팔았다. 그녀보다 더 중요하고 훌륭한, 다른 일에 정신을 쏟았다. 더 중요하고 훌륭한 일을 다루는 남자라면 틀림없이 사랑할 가치가 있는 사람이었다(그게 그녀의 이야기를 들어주지 않는다는 것을 의미한다 해도).

알랭 드 보통이 이 책을 쓴 것은 이십 대 중반쯤이었다는 얘기를 들은 적이 있다. 돌이켜보면 나도 그 나이 때는 기쁨과 슬픔이 유한하다는 것에 위안을 받기도 했지만 또 한편으로는 불안하기도 했었던 것 같다. 슬픔이 언젠가 끝난다는 사실이야 힘든 현실을 버틸 수 있는 힘이 되겠지만 사랑하는 연인의 얼굴을 보며 이 기쁨 또한 언젠가는 사라질 것이란 사실을 떠올려야 한다는 것은 실로 고문이 아니겠는가?

하지만 이렇게 기쁨의 유한성까지 들먹이며 현재의 사랑을 안타까워하던 우리는 기어이 사랑의 균열을 만들기 시작한다. 사랑이 식어서도 아니고, 마음이 변해서도 아니다. 단지 너와 내가 다르다는 것. 좀 더 넓은 범주에서 남자와 여자가 다르다는 것을 발견하고, 그것이 백 퍼센트 이해되지 않은 찜찜함에서 출발하는 것이다.

책 속에서 에릭과 앨리스는 함께 열대섬으로 떠날 휴가 계획을 세우며 기대와 꿈에 부푼다. 하지만 여행지에 도착한 순간 환상은 깨지고 모든 상황은 삐걱거리기 시작한다. 에릭은 숙소에 에어컨과 노트북 모뎀이 설치되어 있지 않다는 사실에 어쩔 줄 몰라하며 화를 낸다. 비즈니스호텔에 익숙했던 그에게 열대의 원초적인 아름다움이라든가 이국적인 변화는 불편하고 두려움을 안겨줄 뿐이었다.

또한 휴가 동안 읽고자 하는 책의 성향도 둘 사이에 확연히 차이가 났다. 에릭은 호기심보다는 현실을 잊게 하는 영웅 이야기에 심취하고, 세상사를 알고 싶어 하기보다는 세상사와 부대끼는 일을 피하고자 책을 읽었다. 하지만 앨리스는 몽상가이자 탐구하는 사람이었다. 그녀는 자기를 발견하는 독서, 끝없는 호기심을 채워주는 책을 선호했다. 또한 사는 데 도움을 주는 책만이 가치 있으며, 심리적인 공감대가 무엇보다 중요하다고 평가했다.

에릭이 앨리스에게 짜증난 것은 이해할 만한 일이었다. 그 남자는 스쿠버 다이빙과 수영이 하고 싶었고, 아무 근심 없이 휴가를 보내고 싶었다. 근심 없는 휴가를 고집했지만, (불쌍한 샤를 보바리처럼) 옆에 있는 여자는 시무

록할 뿐이었다. 그녀에게 생각이 너무 많다고 말한 것도 놀라운 일이 아니었다. ……에릭과 함께하는 생활에 아무 문제가 없었다면, 그녀는 그들이 어떤 관계로 나아가는지 묻지 않았을 터였다. 또 그 남자에게 대화를 꺼린다고 비난하거나, 정말 스쿠버 다이빙을 할 드문 기회를 놓치지도 않았으리라. 하지만 이런 의문들이 생겼을 때 그녀가 할 수 있었던 일은 에릭의 성질을 돋우고, 아침 다이빙을 취소하는 것뿐이었다. 결국 그녀는 머릿속에서 철벅이는, 알록달록하고 낯설고 무서운 물고기를 쫓아다니는 수밖에 없었다.

이렇게 모든 사람의 사랑에는 충돌의 순간이 찾아온다. 이때 상대의 개성이나 차이를 인정하지 않고 자신의 가치관을 일원론적인 우주의 중심에 놓게 될 때 그 사랑은 위기를 맞이하게 된다. 에릭은 골동품에 큰 관심을 보이는 앨리스의 취향을 '구닥다리 할머니 취향'이라고 매도함으로써 있는 그대로의 그녀 모습을 받아들이지 않고 현대적이고 미니멀리즘을 추구하는 자신의 세계에 그녀를 억지로 끼워 맞추려 든다. 결국 앨리스는 친구가 소개한 남자 필립과 골동품 시장에 가게 되고, 자신의 모습을 그대로 인정해 주는 그에게 마음이 끌리게 된다. 앨리스는 필립과 유쾌하게 계속 이어나가던 대화가 에릭과 만났을 때는 생기를 잃고 몇 마디 오가기도 전에 단절되어 버림을 느낀다. 에릭은 앨리스의 고유한 취향을 무시하고 비웃었으며, 그녀다운 모습으로 다가서는 걸 거부했다. 반면 필립은 앨리스의 진짜 모습에서 깊은 영혼을 발견했으며, 그녀가 내뱉는 언어를 시와 같다고 느낀다.

내 생각이 반영되기를 기대하면서 상대의 눈에서 그것을 찾지만 결국은 불일치로 끝나버리는 것. 둘 사이에 불일치는 시간이 지날수록 늘어나기 마련이다. 이것은 사랑이 식는 것과는 또 다른 차원의 문제인 것이다. 이렇게 차이를 알게 되고, 서로 다름을 발견하게 되고, 또는 차이와 다름을 알지만 이해 못할 것들이 쌓이면서 사랑은 균열이 생기기 시작한다.

하지만 이것은 어쩌면 이제까지 우리가 '사랑'이라는 이름으로 상대에게 덧씌웠던 환상을 한꺼풀 벗겨내고 그의 본모습을 발견하게 되는 것과도 같다. 이로써 우리는 조지 버나드 쇼가 말한 '사랑은 두 사람이 서로 다른 점을 과장하는 흥미로운 과정'이라는 경구를 재차 확인하게 되는 것이다. 에릭이 더 이상 특별하게 보이지 않자, 사랑을 끝낼 각오가 되어 있는 앨리스는 그에게 헌신하던 노력을 줄이고 점차 그에게 소홀해지기 시작한다. 그러자 둘 사이의 관계를 유지하기 위한 노력은 오히려 에릭의 몫으로 돌아가는 재미있는 상황이 벌어지고 만다.

그들의 관계에서 에릭은 대부분 제 몫의 노력을 지불하는 것을 피했다. 자신이 노력하지 않으면 앨리스가 애쓰리란 것을 알았기 때문이다. 그 남자가 10x만 노력하면, 그녀가 나머지 30x를 채울 터였다. 그 남자가 차를 몰고 그녀의 집까지 가고 싶지 않다면 그녀가 그 남자의 집으로 올 터였다. 하지만 그 남자는 앨리스를 어디까지 밀어붙일 수 있을지를 잘못 계산했다. 40x 중에서 그녀가 노력하는 몫이 천천히 줄어들면서, 에릭이 나머지를 보충해야 했다. 처음에는 작은 몫이었지만, 그 남자가 감당할 부분이

사정없이 커지더니 결국 관계의 온 무게가 그의 가냘픈 어깨에 다 떨어지고 말았다. 앨리스는 여러 면에서 신경을 쓰지 않게 되었고, 에릭은 자신이 계속 39x를 쏟아 붓지 않으면 두 사람이 충돌해서 부서져 버리리란 것을 깨달았다.

공지영 작가는 자신의 책에서 '아직도 변하지 않았으며 심지어 가려고 하니까 더욱 열렬해지는 나를 두고 사랑이 저 혼자 가버릴 때'라고 사랑이 변하는 순간을 표현한 바 있다. 오늘은 상대를 위해서 무엇이라도 희생할 수 있을 것 같지만 몇 달 후에는 그 사람을 피하기 위해 일부러 자주 걷던 길을 돌아가거나 추억의 장소를 지나치게 되는 것이다. 하지만 사랑에는 이 모든 감정이 패키지로 묶여 배달되는 것 같다. 즉 모든 감정을 통째로 다 겪어야 한다는 말이다.

알랭 드 보통의 《우리는 사랑일까》에서도 역시 앨리스가 길고도 긴 고뇌의 시간을 보내고 에릭에게 이별 선언을 함으로써 그들이 만들어 온 사랑의 역사는 시시하게 막을 내린다. 하지만 사랑을 시작하고 성장하며 결실을 맺을 때까지의 이 성실한 성찰이 그들의 사랑을 얼마나 견고하게 만들었을지는 예상할 수 있을 것 같다. 지나치게 많이 생각하고, 현상을 파악하는 것이 때로는 사랑에 도움이 되지 않을 수도 있다. 하지만 열심히, 열심히 누군가를 사랑하다 보면 그것이 결국 우리에게 그동안 누구도 섣불리 말할 수 없었던 영원한 사랑이라는 열쇠로 나타날지 모를 일 아니겠는가? 앨리스가 우연히 필립과 재회하게 되면서 새로운 사랑에 기대를 품게 되듯이……

사랑하다가 죽어버려라

KBS 〈TV, 책을 말하다〉를 진행할 때 만난 어느 시인은 비슷한 연배인 나를 보자마자 개탄했다. 요즘 젊은이들은 시를 읽지 않는다고. 곰곰이 생각해 보니 선풍적인 인기를 끈 소설이나 자기개발서는 들어 봤어도 근자에 들어 시집에 대한 이야기가 뜸했던 것은 분명한 것 같았다.

우리 때는 소설보다 오히려 시를 많이 읽고 접했던 것 같다. 압축과 은유가 촌스럽지 않은 시대였다. 하지만 요즘은 어떤가? 직설이 아니면 바로 비겁하다는 소리를 듣는 초스피드 시대가 아닌가?

설교의 시작이라고 생각하고 있을 테지만 사랑하는 누군가를 만나 온 세상이 다 멈추고 그 사람과 나만 거리에 있는 기이한 경험을 해 본 사람이라면 느림의 미학이 왜 필요한지 알 것이다. 그런 경험을 해 본 사람이라면 사랑이라는 것이 여러 가지 단어와 해석으로 표현하기 불가능하기에 오히려 함축된 단어의 조합이 필요함을, 바로 시가 필요하다는 것을 이해할 수 있게 된다.

그래서 나는 시는 통속적일 수 있는 한 통속적이어야 한다고 생각한다. 적어도 사랑을 노래한 시는 유치하고 쉽게 읽혀야 하며 절대로 현학적이어서는 안 된다. 사랑하다가 죽어버리라고 말해줄 정도의 절절한 외침은 필수이다. 그래서 나는 정호승 시인의 시집을 건넨다.

정호승 시인의 시에는 솔직함이 묻어 있다. 누구나 오후에 작은 시집 한 권을 들고 앉아서 눈을 감으면 내 지난 사랑과 현재의 사랑과 앞으로 다가올 사랑에 대해 진지하게 고맙고 미안한 마음을 갖게 될 것이다.

길이 끝나는 곳에 산이 있었다

산이 끝나는 곳에 길이 있었다

다시 길이 끝나는 곳에 산이 있었다

산이 끝나는 곳에 네가 있었다

무릎과 무릎 사이에 얼굴을 묻고 울고 있었다

미안하다

너를 사랑해서 미안하다

-〈미안하다〉 중에서

아플 것을 알면서도 때려야 할 때가 있다. 나는 때로는 맞았고, 때로는 때렸다. 고백하자면 내게는 내 인생을 송두리째 흔들 만한 연애사건이 없었다. 젊었을 때는 그런 폭풍이 나를 훑고 지나가지 않는 것에 감사한 적도 있었다. 그것이 지나간 자리의 폐허를 지니고 살아가는 사람을 본 적이 있는데 그것은 어떠한 형벌에도 비할 바가 아니었다. 눈물을 만들어 내기 위해서인 듯 오로지 술로만 수분을 섭취하는 친구를 바라보며 나는 입이 벌어졌었다. 그것은 돌림병 같이 유행했지만 나는 내 안의 고민과 고통으로 말라갔던 탓에 오히려 그 병을 피해갈 수 있었다.

하지만 지금에 나이 오십에 이르러 나는 그 돌림병을 앓지 못한 것이 후회스럽다. 사랑하다가 죽어버릴 각오를 가지지 못했던 젊은 날은 홍역이나 수두를 앓지 않은 유년기와 다를 것이 없었다. 하지만 이런

나에게 정호승 시인은 세상에 존재하는 모든 사랑에 대한 아픔을 공감
하게 해주었다.

> 사랑하다가 죽어버려라
>
> 오죽하면 비로자나불이 손가락에
>
> 매달려 앉아 있겠느냐
>
> 기다리다가 죽어버려라
>
> 오죽하면 아미타불이 모가지를
>
> 베어서 베개로 삼겠느냐
>
> 새벽이 지나도록
>
> 마지를 올리는 쇠종 소리는 울리지 않는데
>
> 나는 부석사 당간지주 앞에 평생을 앉아
>
> 그대에게 밥 한 그릇 올리지 못하고
>
> 눈물 속에 절하나 지었다 부수네
>
> 하늘 나는 돌 위에 절하나 짓네

-〈그리운 부석사〉 중에서

시를 읽어야 하는 이유는 백 가지도 넘지만 〈그리운 부석사〉를 옮
겨 적고 난 지금에 단 하나 말할 수 있는 것은 이것이다. 나는 시인이
말하는 저 사랑의 극한을 이해하고 싶기 때문에 시를 읽는다. 평생 동안
사랑을 전하지 못하고 눈물 속의 절을 지었다 부수는 마음을 알고 싶기

에 시를 읽는다. 누군가 말하기를 시는 다 읽은 후에 시집 위에 손을 올려놓고 흡수하는 것이라고 했다. 그만큼 읽는 것은 순간이지만 공기 중에 흩뿌려진 시어를 나만의 시로 조합하는 것은 내 몫인 것인 것이다. 시를 사랑해 공중에 흩어진 단어를 모아 나만의 메타포를 만들어 보는 즐거움을 알게 되는 때가 빨리 오길 바란다.

사랑의 기술 에리히 프롬, 황문수 역, 문예출판사, 1975

콜레라 시대의 사랑 가브리엘 가르시아 마르케스, 김병욱 역, 늘푸른나무, 1988

상실의 시대(노르웨이의 숲) 무라카미 하루키, 유유정 역, 문학사상사, 1989

네루다의 우편배달부 안토니오 스카르메타, 권미선 역, 사람과책, 1996

우리는 사랑일까 알랭 드 보통, 공경희 역, 은행나무, 2005

사랑하다가 죽어버려라 정호승, 창작과비평사, 1997

03
안과 밖, 좌와 우, 나와 너를 알다

정치적인 인간과
인간들의 정치

요즘과 같이 정확하게 어디에 서 있을 것을 주문하는 사회가 또 있을까 싶다. 마치 당신은 자장면을 좋아합니까, 짬뽕을 좋아합니까? 라는 식의 일상적인 질문처럼 "당신의 좌입니까, 우입니까?"를 면전에다 대고 묻는 것이 당연시된 것이 오늘날의 현실이다. 물론 개인의 정치적인 취향에 대한 질문은 할 수 있다. 그렇지만 여기서 가장 나쁜 대답은 중간, 회색이라는 것이다. 마치 직무유기라도 한 것처럼, 마치 거짓말을 하고 있다는 듯한 눈빛으로 바라보는 사람들도 많이 있다.

하지만 어차피 정치에서 누군가는 지켜볼 수밖에 없다. 지켜보며 정치인에게 '다음' 기회를 박탈해 버리는 가장 큰 권력을 가진 이는 바로 국민이다. 다만 우리는 너무나도 극렬한 대립에 익숙해진 나머지 내가 아닌 너는 무조건 잘못이라고 인지해 버리는 상황에 이르렀다.

어느 원로 정치가의 '정치는 타협'이라는 말이 생각난다. 누가 어떤 이익을 취하고자, 누가 어떤 목적을 달성하고자 서로 타협해 나가는 모든 과정을 정치라고 이해한다면 너무 안일하다는 비난을 받게 될까?

이런 의미대로라면 우리나라의 정치 참여 연령이 점차 낮아지고 있다는 것은 참으로 뿌듯하고 좋은 현상이 아닐까 싶다. 토론 프로그램을 진행하면서 방청객으로 참여해 자신의 목소리를 내고, 사회나 정치가 나가야 할 방향에 대해 자신의 의견을 말하는 젊은 친구들을 보면 '더 이상 우리 사회가 수동적으로 몇 사람이 이끌어가는 사회가 되지는 않겠구나'하고 희망을 걸게 된다. 하지만 여기에 나와 다른 너의 차이를 인정하고 그 차이 속에서 더 나은 방향을 이끌어 낼 수 있는 융통성이 가미된다면 얼마나 좋을까?

대학 동문들을 만나 보면, 예전에 운동했던 친구들은 오히려 현재 정부가 추진하는 정책이나 방향에 공감하는 경우도 많고, 또 사회나 정치적 상황에 너무 둔감하다는 비난을 받았던 친구들이 오히려 흔히 요즘 말하는 급진보적 성향을 가지게 되는 경우도 많이 있다. 이는 인생에서 우리가 다양한 성장기를 거치듯 당연한 삶의 과정이라고 생각한다. 다만 그 안에서 정치를 실제적으로 수행하고 있는 사람들을 예의주시하고 제대로 된 비판과 대안을 제시할 수 있는 우리 개인의 정치적 세련됨이 필요한 시기가 아닌가 싶다.

의심스러운 싸움

지난해 나는 참으로 부끄러운 이메일 한 통을 받았다. 유학시절부터 알고 지낸 미국인 교수가 보낸 메일이었다. 오랜만에 나와 가족의 안부를 묻는 줄 알고 반갑게 연 이메일을 보고 나는 얼굴이 빨개져 한 참동안 창밖을 바라봐야만 했다.

그 교수는 우리나라 국회 파행 사태에 대해 질문을 던지고 있었다. 상임위는 물론 국회 본회의장 점거는 기본에 도끼와 쇠망치가 등장하고, 토론과 타협 따위는 어디에도 없는 아수라장 국회가 전 세계 신문과 뉴스를 통해 보도된 것이다. 물론 그 사태를 바라보는 우리 국민들의 개탄은 더 말할 나위가 없을 터였다. 민주주의로 뽑은 국회의원들이 모두 힘을 합쳐 민주주의를 난장판으로 만들어놓은 그 일련의 사태가 나의 외국인 친구에겐 참으로 이해가 안 됐던 모양이었다.

애당초 민주주의는 폭력을 배제하기 위해서 생긴 제도이고 절대군주의 횡포를 막기 위한 것이며 폭력을 예방하기 위해 지금 이때까지 우리가 보호해 왔던 것이 아니었냐며 '너희는 싸움이 아니면 말이 안 통하는 나라니?'라고 요약할 수 있는 메일이었다. 그의 조소 아닌 조소에 나는 너무나도 부끄러웠다.

바쁘다는 핑계로 차일피일 미루다가 결국 그 이메일에 답장을 하지 않았다. 대신 그날 오후 존 스타인벡의 소설 《의심스러운 싸움》을 다시 읽었다. 우리가 하는 싸움이 어떤 것인지 제대로 알아야 하기 때문이다.

작가 존 스타인벡은 미국 캘리포니아주 샐리너스에서 태어났다. 전형적인 농업지대인 캘리포니아에서 자란 스타인벡은 자신의 작품의 여러 곳에서 자신의 고향을 배경으로 등장시킨다. 스탠포드대학 영문학과에 입학한 이후에도 강의를 듣는 대신 목장이나 도로 공사장, 목화밭, 제당공장 등에서 노동을 하는 시간이 더 많았을 정도로 작가는 노동자의 삶과 함께 했다. 아마도 그가 노동자의 삶을 생생하게 묘사할 수 있었던 것은 이 기간 동안 사회의 밑바닥과 그곳을 기반으로 살아가는 사람들의 생활을 몸소 체험했기 때문이었을 것이다.

《의심스러운 싸움》의 주인공, 이름마저 억울한 '부랑죄'라는 죄목을 쓰고 옥살이를 하게 된 남자 짐. 그에게 공산당원 맥이 접근하고 짐은 공산당원으로 생활하게 된다. 대단한 정의심에 불타는 것도 아니고 그저 평범한 남자였던 짐의 인생은 새로운 궤도를 타게 된다.

인간의 사회는 갈등과 대립 또는 타협이 연속되는 과정이다. 우리는 삶 속에서 끊임없이 이러한 사이클을 반복해 왔고 앞으로도 그럴 것이다. 각각의 갈등의 원인은 모두 발전이다. 하지만 그 발전은 개인과 집단마다 지향하는 바가 다르기 때문에 대립과 싸움이 불가피하다.

공산당원으로서 그의 첫 번째 임무는, 그를 처음 공산당으로 이끌었던 맥이 전수한 파업 선동 기술을 발휘할 수 있는 사과 농장 지대의 파업이었다. 온갖 파업 선동 기술과 일선 공작을 동원해 싸움을 명분화하는 맥과 그를 따라 움직이는 짐. 이들은 철저히 투쟁에 초점이 맞춰져 있다. 하지만 맥에게도 논리는 있다.

그러나 몇몇 불쌍한 사람 잘 살게 해주는 것도 좋긴 하지만 우리가 원하는 건 일시적인 임금 인상이 아니야. 길게 봐야 한다고. 파업이 너무 일찍 끝나버리면 사람들이 조직을 이루는 법도 못 배우고 같이 일하는 법도 못 배우게 돼. 우리가 원하는 건 사람들이 함께 뭉치면 얼마나 강한 힘을 발휘할 수 있는지 깨닫도록 하는 거야.

맥은 파업을 통해 누군가는 소기의 목적을 달성하더라도 또 누군가는 여전히 불만을 가지고 있을 것이기에 개인의 목표 달성에 큰 의미를 둬서는 안 된다고, 좀 더 대의를 향해 나가기 위해 파업은 계속되어야 한다고 생각했을 것이다. 맥의 생각이 꼭 나쁘다는 것이 아니다. 스타인벡은 그저 이야기하고 있다. 맥의 논리를.

그러나 다른 관점에서 노동자의 상황을 판단하는 의사 닥 버튼은 맥과 자주 논쟁을 벌이게 되는데, 소설 중간에 등장하는 이 대화는 옮겨 적을 만하다.

"파상풍하고 개구(開口) 불능이 서로 관련 없는 것으로 여겨지던 때가 그리 오래전의 일이 아닙니다. 그리고 세상에는 어린아이들이 성교(性交)의 결과라는 사실을 모르고 있는 원시인들이 아직 존재하고 있어요. 맞아요. 집단인에 대해서 좀 더 많이 알고, 그것의 본질과 목적과 욕망에 대해 알아보는 것이 가치 있는 일이 될 겁니다. 집단인은 우리와 달라요. 우리가 가려운 데를 긁어서 얻는 쾌락이 많은 세포를 죽이게 하는 원인이듯이, 전쟁에서 개개인이 사라져 없어질 때 집단인은 쾌락을 맛보는 것일지도 모르죠."

극단적인 비유일지는 모르겠으나 닥은 개인이 없는 전체를 위한 투쟁이 얼마나 부질없는지에 대해 역설하고 있다. 따지고 보면 이 파업은 임금이 깎인 것에 대해 분노하는 노동자들의 파업과 그들을 돕는 코뮤니스트들의 모습이라기보다 최악의 실업률과 생산량 저하로 침체된 경제의 중심에 있던 당시의 미국 상황을 반영하는 것이다.

사실 그들이 맞서 싸워야 할 것은 경제 공황이었다. 하지만 그들은 서로를 보고 싸웠다. 심지어 맥은 불의의 사고로 죽은 노동자의 죽음을 파업의 유리한 카드로 활용하고자 한다. 사실 그는 짐과 맥 즉 공산주의자들과 미리 알고 있던 사람이었다. 맥은 이 노동자의 죽음을 이용하고자 높은 연단을 설치하고 노동자들의 결집을 유도한다. 작가가 바라본 의심스러움이 극명히 드러나는 부분이다.

파업에 참가한 노동자들의 유일한 목적은 그저 임금이 오르는 것뿐이다. 누구의 죽음도 원치 않았다. 그러나 짐과 맥은 이 파업을 통해 전국적인 연대투쟁과 궁극적인 공산사회를 만들고자 했던 것이다.

물론 이 반대의 경우에도 의심스러움이 존재하는 것은 마찬가지이다. 자본주의, 그러니까 시장경제 원리 위에서 더 높은 지위를 만들기 위해 비리를 일삼고, 기업끼리 결탁하며 부를 축적하는 자본주의의 병폐 또한 의심스러운 단면이 있음은 분명하다.

실제로도 이 소설은 출간 당시 좌, 우파 모두로부터 혹독한 비난을 받았다고 한다. 좌파는 소설 속 공산당의 이미지가 불만이었을 것이고, 우파는 집단 선동을 미화한다며 맹비난을 퍼부었을 것이다. 그러나 사실 작가는 그 어느 쪽으로도 치우침이 없이 인간과 집단, 사상과 현실 사이의 갈등으로부터 파생되는 문제들을 예리하게 포착하고 있다.

존 스타인벡을 거장이라고 부를 수밖에 없는 이유는 책을 손에 잡는 순간부터 놓는 순간까지 인생 전반을 훑을 수 있게 만들어주기 때문이라는 생각이 든다. 어떤 상황, 어떤 사회 속에서도 끊임없이 싸움을 일으키고, 싸움에 끼어들며, 또 싸움을 증오하는 싸움을 둘러싼 인간의 본성을 스타인벡은 꿰뚫어보는 듯하다.

또 이 책에서는 공산주의자들의 이념에 대한 해석이나 행동에 대한
비판을 말하고 있지도 않다. 대공황 속에서 빈궁한 삶을 살던 한 남자
가 사회로부터 불안한 시대라는 이유로 부당한 대우까지 받게 되자 그
의 안에 자리 잡고 있던 싸움의 본능이 살아났다는 것을 극명한 사실주
의로 표현해 내며 결국 우리가 그 싸움을 보며 무엇을 읽어야 하는지를
제시하고 있다. 다만 나는 그가 생각을 잘 했건 못 했건 간에 불행한 시
대에 대항하는 가난한 이의 대처가 싸움뿐이었다는 사실에 씁쓸해질
뿐이었다.

> 맥, 내 생각에도 비난의 소지는 있겠지요. 하지만 그게 내가 생각하고 있
> 는 것의 전부랍니다. 될 수 있는 한 전체를 바라보고 싶어요. '선'과 '악',
> 딱 둘로 나누는 색안경을 써서 시야를 제한하고 싶지는 않아요. 만일 어떤
> 한 가지 일에 '선'이라는 용어를 사용한다면 우린 그 일을 검증해 볼 자유
> 를 잃게 되는 거지요. 왜냐하면 그 속에 나쁜 것도 있을 수 있으니까요.

리얼리즘 소설을 접할 때마다 오히려 감정의 표현에 대한 집착이나
현실 속에서의 부조리를 문장력만으로 풀어내려는 불편한 작품을 자주
보게 된다. 이 《의심스러운 싸움》은 현상을 보고, 그 현상에 비춰진 현
재의 나 자신까지도 투영해 볼 수 있게 하는 수작이다.

의심스러운 싸움의 승자가 누구든 간에 그 승리가 공통을 위한 선
을 상실한 트로피라면 그것이 과연 어떤 의미를 가질 수 있을지 묻고

있는 소설. 오늘의 사회적 정치적 상황이 못 마땅한 당신일지라도, 아무 상관없이 흘러갈 대로 흘러가 버리라며 방관하고 있는 당신일지라도 반드시 읽어야 할 소설이다. 이 시대를 향해 당신이 품은 의심에 답을 줄지도 모를 일이니까.

유토피아

전국 대학가 앞에 이 이름을 가진 술집이나 밥집, 하다못해 오락실 하나 없는 곳이 없던 시절이 있었다. 우리는 유토피아에서 술을 마셨고, 유토피아에서 밥을 먹었고, 유토피아에서 당구를 쳤다. 세상에는 없는 유토피아가 간판에는 참 많기도 많았었다.

대학에 들어가 처음 토마스 모어의 《유토피아》를 읽었을 때는 현실, 더군다나 내가 살고 있는 사회 현실과 반대말과도 같은 제목의 이 책이 슬프도록 처연했었다. 그때나 지금이나 변하지 않는 사실은 유토피아는 꿈꾸지 않으면 존재하지 않는다는 것이다.

《유토피아》는 1516년 라틴어로 써졌다. 우리로 따지자면 조광조가 왕도정치를 부르짖던 중종 때일 것이다. 유럽에선 이 무렵 콜럼버스가 신대륙을 발견했다. 이렇게 세계는 새로운 세계를 발견하기도 하고, 새로운 정치를 하기도 하며 그런대로 굴러가고 있었던 모양이다.

토마스 모어는 라파엘 히슬로다에우스라는 선원(船員)으로부터 유토피아라는 이상의 나라의 제도나 풍속 따위를 들은 것을 기록하는 형식으로 이상적인 사회상을 묘사했다. 단순히 토마스 모어가 생각하는 이상 세계의 모습만을 기록한 책이라그 볼 수는 없다. 문학적 사실성을 더하기 위해 가공의 인물 라파엘을 만나는 과정을 그리고 있으며 또 그가 현재 영국의 가난과 부랑자, 절도범 등 사회 빈민 계층을 어떻게 구제할 것인가를 유토피아의 사례를 들어 조곤조곤 비난하는 모습도 보여주기 때문이다. 이로 인해 토마스 모어는 반역죄로 사형을 당해 죽고 이 책은 저자가 죽은 뒤인 1551년에 간행되었다.

'유토피아'라는 말은 원래 그리스어에서 유래된 말이다. '아무 데에도 없는 나라'라는 뜻이었지만 이 작품을 계기로 전 세계인들에게 '이상향(理想鄕)'이라는 뜻으로 각인되었다. 그러고 보면 토마스 모어는 소기의 목적을 달성한 셈이다. 간혹 토마스 모어를 공산주의자로 분리하면서 이 책 또한 편협한 사상주의 서적으로 오해하는 경우도 있지만 사실은 그렇지 않다. 제목만 해도 그렇지 않은가? 저자는 절대로 이 세상에는 존재할 수 없는 나라의 모습을 제시하면서 우리에게 그것이 어떻게 이 현실 속에서 존재할 수 없는지 역설적으로 설명한다.

책을 이루고 있는 내용은 여러 가지이지만 기본적으로 르네상스 휴머니즘 정신을 반영하고 있다고 볼 수 있다. 그 안에서 유토피아는 종교적인 관용과 평화주의, 그리고 남녀평등을 주창하고 있다. 그렇기에 유토피아는 그 면면을 들여다보면 당장 영주권 신청을 하고 싶을 만큼 매력적인 나라다.

이 공화국에서는 전시민이 교대로 능경에 종사하는데 노동시간은 6시간이다. 모두 공평하게 일하는 것이다. 논리는 단순하다. 꼭 필요한 것만 쓴다면 많이 만들 필요도 없는 것이다.

인류가 소비하는 물자를 실제로 생산해 내는 사람들이 너무나도 적다는 것에 놀라지 않을 수 없을 것입니다. 이토록 적은 노동 인구 중에서도 꼭 필요한 일을 하는 사람들은 또 얼마나 적을지 생각해 보십시오. 돈만이 유일한 가치 기준인 곳에서는 사치나 오락에 필요한 물품을 공급하기 위해 불필요한 직업들이 많을 수밖에 없습니다.

또 여가는 교양시간으로 돌리며 필요한 물품은 시장의 창고에서 자유롭게 꺼내 쓸 수 있다. 사유재산이 없는 사회인 것이다. 물론 모어는 공산주의자였기 때문에 이러한 사상이 당연히 기본에 깔려 있었을 것이다. 따라서 거주 이전의 자유는 없고 식사도 공동식당에서 함께 먹어야 한다. 여행은 물론 여행증명서를 발급받아야 하고 또 특이하게도 노예제를 인정하고 있다. 단 성실하게 지낸다면 노예에서 벗어날 수 있다는 전제조건 하에 말이다. 이와 더불어 명예로운 죽음을 선택할 수 있도록 안락사를 인정하고, 포교행위를 금지하며 다양한 종교를 받아들인다. 기독교 신자였던 저자는 신의 존재는 믿지만 그것을 전파하는 방식에 있어서는 불만이 있었던 듯하다.

그 사람은 우리 일행의 만류에도 불구하고 세례를 받자마자 신중하지 못하게 지나친 열정을 품고 기독교 신앙에 대해 공공연한 전도를 시작했습니다. 너무 열중한 나머지 결국은 기독교의 우월함을 주장하는 정도에 만족하지 못하고, 그 외의 모든 종교들을 비난하는 지경에 이르렀던 것입니다. 그는 목청을 높여 다른 종교는 모두 사악한 미신이며 그것을 믿는 자들은 불경스러운 괴물이며, 영원히 지옥불 속에 갇히는 형벌을 받게 될 것이라고 외쳐댔습니다. 그렇게 계속 떠들어대자 마침내 체포되어 기소되었는데, 그 이유는 신을 모독해서가 아니라 공공질서를 어지럽혔다는 것이었습니다. 유죄 판결을 받은 그는 국외추방형을 받았습니다. 유토피아 헌법에서 지켜온 가장 오래된 원칙은 바로 종교적인 관용이었기 때문입니다.

물론 이 말은 나 이외에 다른 신을 섬기지 말라고 한 예수의 십계명에 철저히 어긋난 것이었다. 이처럼 모어는 약간은 이중적인 태도를 가지는데, 후에 자신을 반역죄로 사형시킨 그들에게 다양성이라는 관용을 인정하라는 제안이 아니었을까 싶기도 하다.

또 모어는 전쟁에 대해 특이한 견해를 피력하고 있다. 유토피아에서는 전쟁이란 짐승들이나 하는 것이라고 규정하고 전쟁을 혐오한다. 그러나 남녀를 불문하고 전쟁 연습을 하도록 해 무기 사용법을 익히게 한다. 그들이 전쟁에 나가는 이유는 언제나 우토피아를 보호하는 목적이어야 하고, 압박받는 국민을 압제에서 해방시키는 경우 등 몇몇 경우에만 국한되어 있다.

"유토피아에서는 빈민도, 걸인도 없습니다. 어느 누구도 소유하는 바가 없으므로 모든 사람이 부자인 것입니다. 생계에 대한 근심이나 걱정 없이 즐겁고 평화롭게 사는 것보다 더 큰 재산이 있을까요?"

자본주의사회에서 살아가고 있는 우리에게 위 문장은 환상처럼 보인다. 유토피아는 인류 역사에 존재할 수 없었고, 그나마 가장 근접한 이념이라는 공산주의도 비참하게 몰락하며 역사의 뒤안길로 사라지고 있다. 존재하지도 않았지만 존재할 수 있는 가능성으로부터도 점점 멀어지고 있는 것 또한 사실이다. 세계는 지구를 쥐어짜고, 환경을 파괴하며 강대국과 약소국, 지배와 피지배라는 이분법으로 철저히 나눠져 유토피아와 반대편 레일로 끊임없이 달려가고 있지 않은가?

"사실 세계 여러 나라에서 운영되고 있는 사회제도에서는 그 사회를 운영한다는 미명하에 부자들이 자신의 이익만을 더욱 불려나가는 부자들의 음모 외에 다른 것은 아무것도 없습니다."

오백 년이 지난 지금도 모어의 지적은 세계 곳곳의 선진국에서 실현되고 있으며 별 도리 없이 우리는 그 지배의 그늘 아래 살아가고 있다. 기업이 가진 사회적 책임에 대해서 그들이 얼마나 솔직하고 당당할 수 있을지는 그들 자신만이 알 것이다. 다만 세계를 굴리는 데 더 큰 톱니바퀴를 차지한 그들이 잘 굴러가고 있지 못하다는 자각만이라도 하고 있기를 바랄 뿐이다. 또 법률가에 대한 따끔한 지적도 잊지 않는다.

"다 읽을 수 없을 정도로 양이 많고 누구도 명백하게 이해하지 못할 애매모호한 법률들로 사람을 옭아매는 것은 대단히 불공정한 일입니다. 변호사란 사건 수를 늘리고 싸움을 증폭시키는 부류로서 유토피아에서는 전혀 필요 없는 존재라고 주장합니다."

얼마 전 스폰서 검사 파문을 접하면서 유토피아의 이 구절을 떠올린 사람들이 적지 않았을 것이다. 한 사회의 드덕적 잣대 역할을 하는 법조인이 정치, 경제 부패 세력과 손을 잡고 막강한 권력을 누리고 있는 사회에서 유토피아를 꿈꾸는 이들을 생각할 때 차라리 슬퍼지는 것은 어쩌면 당연한 일 아니겠는가? 법은 멀고 주먹은 가까워지고, 법 없이도 살 수 있는 사람들이 자꾸만 줄어들 것이며 법대로 하자고 달려들었다가 낭패 보기 십상인 세상인 것이다.

> "시민들에게 불필요한 노동을 강요해서는 결코 안 되기 때문입니다. 그들이 운영하는 경제체제의 주된 목표는 전체 사회에 필요한 것들이 충족된다면, 모든 시민이 육체노동을 하지 않고 자유를 누리면서 시간과 에너지를 아껴 정신적 교양을 쌓는 데 있기 때문입니다. 바로 이러한 것이 인생의 진정한 행복이라고 생각하기 때문입니다."

이 부분에 있어서는 소시민인 우리가 반성할 대목이다. 우리는 불행하고, 덜 가졌다고 생각하는 백신을 맞으면 힘이 나는 특성이 있는 모양이다. 우리 대부분은 성경에 나오는, 살다가 뒤를 돌아보면 굳어버린다는 사람의 후예인지 앞만 보고 더 가지려고 아등바등한다. 사회가 그렇게 만든다고 변명할 수도 있지만 우리는 돈질의 축적을 위해 너무나도 정신의 활력을 낭비해 왔음을 인정해야 한다.

자신의 눈으로 진품인지 모조품인지 구별조차 못한다면 모조품이라고 해서 진품만큼의 쾌락을 주지 못할 까닭은 없는 것 아니겠습니까? 그렇다면 진품이든 아니든 아무런 차이가 없는 것입니다.

하지만 유토피아가 아닌 현실 세계에서 우리가 매 순간 진품과 모조품을 구별하는 것을 기대하기란 어렵고, 또 때로는 정말로 진품을 원하는 자신을 비난해야 할 적당한 이유조차 찾기 어려울 경우가 있다. 죽도록 일해 결국에 정말 저것을 갖고야 말겠다는 열정이 자본주의사회에서 얼마나 칭찬거리가 되는지 우리는 너무나 잘 알고 있지 않은가?

그러나 모어는 그것이 전부가 아니라고 말한다. 그리고 사실 그것이 전부가 아니기도 하다. 모어보다 우리는 우리 안에 작은 유토피아를 만들어야 했다. 한 시간, 하루, 한 달의 시간이라도 내어 나 자신을 돌아봐야 했다. 자유를 누리면서 시간과 에너지를 아껴 정신적 교양을 쌓아야 했다. 하지만 누구도 그렇게 하지 않는다고 소리치며 우리는 살아왔다. 여기는 유토피아가 아니기 때문에 그렇게 살다간 낙오된다고 스스로에게 다그치며 말이다. 그러나 젖과 꿀이 흐르는 유토피아를 꿈꾸지 않는다고 해도 그런 모습이 필요하다는 것을 우리는 잘 알고 있다.

나는 이 책을 읽으면서 토마스 모어는 어쩌면 참 순수한 학자일지도 모른다는 생각을 했다. 실제로 존재할 수 없다는 것을 알면서도 꿈꾼다는 것 자체가 이미 순수한 것 아니겠는가? 사회는 이러한 순수를 꿈꿀 수 없게끔 우리를 압박해 오고 있지만 그 압박을 풀 수 있는 열쇠 또한 우리에게 있는 것이다.

물론 토마스 모어가 그린 유토피아가 지나치게 성선설(性善說)의 입각한 것이란 비난은 피할 수 없기도 하다. 라파엘이 말한 유토피아의 구성원들이 영원히 행복하게 오래 오래 살았다고 믿는 사람들 또한 없을 것이다. 인간은 동등한 지적능력을 가지고 있지 않고, 언제나 모두가 이성적인 판단을 내리고 서로를 배려하는 마음을 가질 수는 없기 때문이다. 하지만 우리 사회가 궁극적으로 지향하는 공동 선을 향한 노력을 토마스 모어는 말하고 있다.

그 역시 책의 말미에 와서는 라파엘의 말 중에는 우스꽝스러운 것이 많았다고 적고 있다. 다만 반박하거나 하는 것은 미룬다고 하고 있는데 즉 이 내용에 대한 나머지 토론들은 독자들의 몫으로 남겨둔 것이다. 세상은 변하고 세계는 움직이기 때문에 그때마다 그 시대를 살아가는 사람들이 그들이 원하는 유토피아에 대해 토론하기를 바라는 마음이 아니었을까 싶다.

이상향이란 존재하지 않기 때문에 꿈꾸는 세계로 두지 않고 유토피아에 가깝게 가기 위해 노력하는 사람이 많아지는 세상. 그것이 바로 유토피아의 시작이 아닐까?

체 게바라 평전

내가 나중에 죽어서 사후 세계에 간다면 체 게바라를 찾아서 꼭 말해주고 싶다. "나는 한국이라는 나라에서 온 왕상한이올시다. 당신, 한국이라는 나라에서도 무지막지하게 유명한 사람이란 거 알고 있소?"하고 말이다.

체 게바라가 젊음의 관념적 아이콘이 된 지는 꽤 된 것 같다. 옷에
도, 모자에도, 배지에도 체 게바라는 그윽하게 먼 곳을 응시하고 있다.
그러나 이렇게 된 데는 아르헨티나의 의사 출신인 그가 인간을 억압하
는 모든 독재에 대항하기 위해 자신의 인생을 불살랐기 때문이고 그 열
정이 젊음과 동일시되는 인물로 만들었다. 이러한 나의 평에 내 지인은
이렇게 비꼬기도 했었다.

"체 게바라가 조금 덜 잘 생겼더라도 이렇게 오랫동안 전 세계 젊은
이들의 관심과 사랑을 받을 수 있었을까?"

실패한 실험으로 기억되는 사회주의를 신봉했던 체 게바라는 땅 속
에서 잠들었지만 그를 추모하고 기념하는 사람들 속에 그는 영원히 살
아 있는 것만 같다. 그를 만나 본 적도, 당시 남미의 상황에 대한 이해
도 없는 많은 젊은이들이 그에게 자신을 대입해 보며 변화와 혁명을 꿈
꾸었다. 그렇다면 나와 지금 당신, 젊은 우리는 왜 이렇게 체 게바라에
열광하는 것일까? 답은 간단하다. 그의 인생의 모든 촉수는 변화를 향
한 갈망으로 가득 차 있었기 때문이다. 젊음이 무엇인가? 현재의 상태를
가장 부정하는 단계가 아닌가? 그렇다면 체 게바라보다 더 적합한 인물
을 찾기 어려울 것이다.

이제는 사라지고 없는 영웅 체 게바라를 이렇게 가까이 알고 느낄
수 있게 되기까지 이 평전의 저자인 장 코르미에는 살아 있는 체 게바
라의 모습을 쫓아 헤맸다고 한다. 체 게바라의 평전은 많지만 이처럼
실제로 옆에서 체 게바라를 바라보는 것과 같은 묘사와 상황 설명, 자
세한 지명까지 세세하게 다룬 책은 없다. 작가가 얼마나 이 평전을 완

성하기 위해 애썼는지 알 수 있기에 단연 체 게바라 평전 중 으뜸으로 꼽히고 있는 것이다.

또한 체 게바라의 일생을 하나의 서사적 형태로 마치 소설처럼 구성했다는 것도 장점 중 하나이다. 아무리 존경하는 인물이라 해도 그의 일대기를 다큐멘터리 식으로 주구장창 늘어놓는다면 완독하기 어려운 것이 사실이다. 그래서 소설처럼 펼쳐지는 체 게바라의 인생이 더욱 매력적으로 다가온다. 전기적인 사실을 기반으로 하되 결코 딱딱하지 않은 것이 이 평전의 최대 장점이라 말하고 싶다.

체 게바라는 1928년 6월 14일에 태어나서 1967년 10월 9일 39세의 나이로 자신의 열정을 완전히 소진한 생애를 마쳤다. 아르헨티나에서 의학을 전공했던 체 게바라는 이십 대 초반에 그의 친구 알레르토 그라나도와 남아메리카 여행을 떠나게 되는데 이 여행은 그가 혁명가로서의 삶을 살게 되는 계기가 된다. 여행어서 남미 여러 지역은 강대국과 자본가들에게 착취당하고 있었다. 민중들은 유린당하고, 노동자들은 비참한 현실을 살아야 했다. 여행을 마치고 현저 쿠바의 실질적인 통치자인 피델 카스트로를 만나게 된 체 게바라는 그와 함께 쿠바의 바티스타 독재정권에 대항하기 위해 게릴라 조직의 일원으로 혁명의 첫 발걸음을 내딛는다. 1959년 카스트로가 정권을 잡자 쿠바 시민이 되어 라카바니아 요새 사령관, 국가토지개혁위원회 위원장, 중앙은행 총재, 공업장관 등을 역임하며 정권의 수뇌부 역할을 하며 '쿠바의 두뇌'로 불린다. 카스트로와 체 게바라가 주축이 된 게릴라의 혁명이 성공할 수 있었던 것은 불굴의 의지와 특유의 조직력 때문이기도 했겠지만 억압받는 쿠바 농민들과의 연대와 피델의 예리한 전략과 체 게바라 특유의 사람을 사랑하는 마음이 시너지를 이뤘기 때문이다.

그러나 1965년 4월, 체 게바라는 돌연 쿠바의 모든 공직에서 물러난다. 사람들은 그를 이해할 수 없었다. 그를 보고 누군가는 씨를 뿌리고도 열매를 따먹을 줄 모르는 바보 같은 혁명가라고 했다. 그러자 그는 웃으며 그 사람에게 이렇게 말했다고 한다. 그 열매는 이미 내 것이 아닐 뿐더러 난 아직 씨를 뿌려야 할 곳이 많다고, 그래서 나는 행복한 혁명가라고. 체 게바라는 직위를 위해 혁명을 한 혁명가가 아니었다.

우리 모두 리얼리스트가 되자. 하지만 가슴속에 불가능한 꿈을 갖자.

혁명은 성공했지만 쿠바는 여전히 국제정세 틈바구니 안에서 여러 가지 어려움에 처하게 된다. 그 잔인하고 냉정한 현실 속에서 쿠바는 어떻게든 살아남아야 했고, 혁명의 이상을 가지고 달려왔던 그는 이러한 현실에서 심한 괴리감과 상실감을 느꼈을 것이다.

평전에 나온 체 게바라의 사진을 보면 그는 혁명가라기보다는 동네 의사의 느낌이 더 강하다. 매우 인간적인 모습의 그를 보면 잔인한 현실 속에서 그가 얼마나 고뇌했을까 싶기도 하다. 사실 그는 쿠바에서 게릴라로 활동하며 삶과 죽음 사이에서 줄타기를 했다. 하지만 그 시절에도 조직에 반하는 행동을 한 동지를 죽음으로 다스리지 않았다. 배신은 곧 죽음이라는 게릴라 조직의 강령과는 매우 다른 것이었다. 그러면서 그는 이런 말을 하기도 했다. 혁명에서 가장 필요한 정신은 사랑이라고. 체 게바라에게 혁명은 분노나 용기 아니라 사랑이었다는 것이 그를 이렇게 오랜 시간 우리 가슴에 남아 있게 한 것이리라.

> 얼마 후 대원 중 한 명이 체에게 와서, 자기들이 방금 포로로 잡은 적군 중위 한 명을 바케리토의 죽음에 대한 보복으로 사살하는 일을 허락해 달라고 하자 체는 이렇게 대답했다.
> "자네는 우리가 그들과 똑같다고 생각하나?"

관용이나 사랑이 없는 혁명은 증오나 저주로 변하기 십상이고, 반드시 잔인해지며 그렇게 구축한 체제를 유지하기 위해 군중의 희생을 당연하게 생각한다. 그러나 그것은 민중의 대한 사랑으로 출발한 체 게바라의 혁명과는 가장 반대되는 것이었다. 굶주리는 군중과 체제의 유지 사이에서 했던 그의 고민을 옮겨 본다.

> 우리 시대가 당면한 문제는, 기층민중을 헐벗게 만드는 자본주의와 먹고사는 문제는 해결할지 몰라도 자유를 억압하는 공산주의 중에서 택일해야 한다는 점이다. 자본주의는 인간을 제물로 삼는다. 한편 공산국가는 자율에 관한 한 전체적인 개념 때문에 인간의 권리를 희생시킨다. 우리가 그 어느 것도 일률적으로 받아들일 수 없는 이유가 바로 여기에 있다. 우리의 혁명은 쿠바만의 주체적인 혁명이어야 한다.

공산주의에 입각해 민중의 자유를 갱목적으로 압박하기보다는 어느 관념이든 민중의 입장에서 일률적으로 받아들일 수 없기에 고뇌하고 고뇌했던 것이다. 그는 이론을 만들기보다는 행동하기를 바랐고, 결코 처음 가졌던 꿈을 잃어버리지 말고 불가능하더라도 언제나 꿈을 갖자고 역설했다. 결코 처음 가졌던 꿈을 잃어버리지 말자고, 불가능한 꿈을 갖자고 했는지 모른다.

그리고 그는 민중 스스로가 자신들을 해방시키기를 바랐다. 그들을 해방시킨다는 미명 아래 권력을 쥐고 폭력을 휘두르는 지배자가 되고 싶은 생각은 애초부터 없었던 듯싶다.

어느 날, 올리브 그린색 군복을 입고 M 7-26의 완장을 차고 기관총까지 든 한 소년이 그에게 물었다.

"산토도밍고를 해방시키고 트루히요를 끝장내러 가는 원정대의 대장을 맡으실 건가요?"

"천만에, 대체 어디서 그런 얘길 들었지?"

이 미래의 게릴라는 눈 하나 꿈쩍 않고 대답했다.

"다들 그렇게 얘기해요. 그런데 대장님은 해방자가 아니던가요?"

"나는 해방자가 아니다. '해방자들'이란 어디에도 존재하지 않아. 민중을 해방시키는 건 그들 자신이란다."

그는 마지막 순간까지도 아내와 아이들을 걱정했다. 피로 응징하는 혁명을 꿈꿨던 것이 아니라 사랑으로 이루는 혁명을 꿈꿨던 그이기에 사랑하는 사람들 생각에 마음이 편치 않았을 것이다. 그가 죽기 직전에 이혼한 아내에게 "아메리카에서 영광스러운 혁명 성공의 그날이 얼마 남지 않았다"는 말과 함께 "재혼해서 행복하게 살라"는 말을 전했다는 이야기는 유명하다.

죽음을 앞둔 순간까지 자신 때문에 고생한 아내의 재혼 이야기를 하는 것을 보면 그는 자신을 혁명을 위한 수단, 사랑을 위한 수단으로 충분히 활용했지만 정작 자신만을 위한 삶은 살지 못했던 것은 아닐까?

무엇보다도, 언제나 자기 존재의 깊이를 느낄 수 있는 준비가 되어 있어야 하며, 세계 어느 곳에서라도 누군가에게 부정이 행해지지 않는지 살펴보아야 한다. 이것은 혁명가의 자질 중에서도 가장 중요한 것이다. 너희들이 편지를 읽게 될 즈음엔 나는 너희들과 함께 있지 못할 게다. 너희들은 더 이상 나를 기억하지 못할 거고, 어린 꼬마들은 이내 나를 잊어버릴지도 모른다. 그러나 아빠는 소신껏 행동했으며, 나 자신의 신념에 충실했단다. 아빠는 너희들이 훌륭한 혁명가로 자라기를 바란다. 이 세계 어디에선가 누군가에게 행해질 모든 불의를 깨달을 수 있는 능력을 키웠으면 좋겠구나. 그리고 혁명이 왜 중요한지, 그리고 우리 각자가 외따로 받아들이는 것은 아무런 가치도 없다는 점을 늘 기억하여 주기 바란다.

한 여자의 남편으로 사랑하는 아이들의 아빠로 평범한 행복을 누릴 수 있었겠지만 그는 끝내 새로운 저항을 향해 떠났고 죽음을 맞았다.

사실 체 게바라의 죽음에 대해 저자는 미국의 책임에 무게를 두고 있는데, 미국은 체 게바라의 문제를 빨리 마무리 짓고 싶어 했다. 쿠바 혁명의 핵인 피델 카스트로와 라울, 체 게바라를 제거하는 일명 '쿠바 작전'을 계획하고 있었던 것이다.

이들의 계획은 1967년 10월 9일 볼리비아에서 행해졌고 생포된 무방비의 포로 신분임에도 불구하고 그들은 체 게바라를 사살하게 된다. 미국의 오만한 태도가 살아 있다면 82세가 되었을 노년의 혁명가를 볼 수 없게 만든 것이다.

나는 체 게바라가 생활 속에서 또 이 사회 속에서 혁명과 저항을 꿈꾸지만 언제나 그것이 꿈으로만 머물고 마는 우리 소시민들 안에서 오래도록 남기를 바란다. 그것이 거대 담론적 혁명이나 저항이 아니어도 좋다. 우리는 살면서 작은 반란을 꿈꾸며, 나름대로의 방식으로 저항하기도 한다. 그러나 그것의 파장은 생각보다 사소한 것이고, 현실은 우리 뜻대로 쉽게 변하지 않는다. 이렇듯 더 이상 혁명이 가능하지도, 위협이 되지도 못하는 시대를 사는 우리를 보며 체 게바라는 뭐라고 할까?

배고프지만 쇠처럼 건강하며 동시에 깨어 있는 미래의 사람이고자 했던 체 게바라. 틀을 깰 수 없다며 순응하고 오늘을 살아가기 바쁜 내 안의 나에게 체 게바라가 그려진 티셔츠를 입혀주고 싶다. 그래서 저항의 기운으로 늘 깨어 있으면서 진정한 리얼리스트로서 내 삶을 직시할 수 있게 되길. 내 안의 내가 만들어놓은 틀 정도는 스스로 분연히 떨치고 일어나 편협함으로부터 탈출할 수 있게 되길.

부서진 사월

이유가 무엇이건 사람이 사람을 죽이고 자신도 죽어야 하는 상황은 안타까운 일이 아닐 수 없다. 지금도 수 많은 사람들이 일면식도 없는 사람들에 의해 죽임을 당하고 있다. 불특정 다수를 상대로 한 테러는 목적이 무엇이건 무고한 생명을 담보로 했다는 점에서 정당화될 수 없다.

젊디 젊은 청년이, 삶과 죽음의 정의와 경계가 무엇인지도 모른 채 누군가에게 총을 쏘는 것도 모자라 몸에 폭탄을 안고 사람들에게로 뛰어들어 스스로 목숨을 버리는 일들이 아직도 이 지구상에서 벌어지고 있다. 세상에 어떤 사건이 이보다 더 허무하고 잔인할 수 있을까? 특히 자살 폭탄 테러를 한 청년은 조직의 우두머리가 전하는 긴장감을 없애준다는 마약을 씹으며 그는 신념을 위해 기꺼이 죽어갔을 것이다. 그러나 그에게 외부적인 압력과 제대로 된 판단을 하기 전부터 흡수되어온 운명적 분노의 대가를 왜 그는 죽음으로밖에 표현할 수 없었을까? 그를 포함한 사회는 왜 그에게 그런 식으로밖에 조국을 사랑한다고 표현할 수밖에 없게 만들었을까?

아프가니스탄, 가자지구 등 세계 곳곳에서 자신들만의 대의를 위해 사라져가는 수많은 청춘들을 보면 나는 끓어오르는 분노를 참을 수 없다. 전쟁 자체에 대한 부정과 분노를 넘어 젊은이들의 맹목적인 열정이 안타까워 자리에 앉아 있을 수가 없을 지경이다.

지인이 내게 이스마일 카다레의 소설 《부서진 사월》을 건네준 건 중동에서 일어난 테러로 입에 거품을 물고 있던 날이었다.

저자 이스마일 카다레는 1936년 알바니아에서 출생했다. 나는 순간 알바니아를 세계지도에서 그려 보다 아뜩해졌다. 그만큼 생소한 나라의 소설을 손에 들고 또 어떤 청춘의 억울한 죽음이 나를 가슴 답답하게 할까 싶었다. 하지만 이 작가는 이미《죽은 군대의 장군》이라는 소설로 조국인 알바니아에서보다 외국에서 더 큰 명성을 얻고 있었고, 매년 가장 유력한 노벨문학상 후보로 거론되는, 세계문학에서 확고한 위치를 잡고 있는 작가였다.

소설의 배경은 1970년대 알바니아지만 저자는 국가가 만든 법보다 관습법이 더 큰 지배의 힘을 발휘하는 시대로 그렸다. 자신의 조국을 자신의 소설 안에서 새롭게 만드는 시도를 아끼지 않았던 것이다. 하지만 관습법이 지배하는 알바니아의 배경은 꽤나 음습해서 흩뿌리는 비 사이로 자기가 죽일 자를 표시하는 상장을 단 주민들이 유령처럼 산맥이 겹겹이 늘어선 험준한 산과 계곡을 돌아다닌다. 살인이 예고되고 자행되는 사회. 피는 피로서 갚고 그것이 어떤 법에도 저촉되지 않는 사회.

그렇다면 왜 저자는 자신의 작품에서 조국을 이러한 모습으로 새롭게 만들었을까? 다른 동구 공산권 국가들과는 비교도 되지 않을 정도로 혹독한 공산체제하에서 비참했던 조국의 현실을 슬퍼했다면 좀 더 자유로운 세계를 꿈꿔야 하지 않았을까? 이것은 곧 일련의 사건과 뉴스를 접하며 광분하고 있는 나를 진정시키기 위한 지인의 방법이기도 했을 것이다.

작가가 이토록 야만적이고 후진적인 관습을 다루며 주인공들을 운명의 노예로 그리는 이유는 그들의 신념을 간과해서는 안 된다는 진지

한 성찰 때문이었다. 물론 모든 테러와 도발이 신념을 이유로 용서될 수 없다는 생각은 지금도 변함이 없다. 하지만 그 사회 속에서 관습을 행하는 젊은이에게도 고뇌와 번민이 있었다는 것을 이해하는 노력이 필요하다는 것을 이 책은 보여주고 있다.

'카눈'이라는 말을 들어 본 적이 있는가? '피는 피로써 갚는다'는 뜻으로 알바니아 북부 고원 지대에 고대르부터 전해 내려져오는 전통 관습법이 바로 카눈이다. 한 가문의 누군가가 타 가문으로부터 살해당하면 바로 복수는 시작된다. 상대 가문의 누가 되었던 간에 죽여야만 한다. 그런데 이 카눈이라는 것에는 참 흥미롭고도 아이들 같은 면이 있다.

카눈에 의하면, 누군가 손님을 배웅하러 나갔는데 손님이 그의 면전에서 죽었다면, 그가 손님을 위해 복수할 의무가 있었다. 반대로 이미 등을 돌리고 돌아선 뒤에 쓰러졌다면, 그는 그런 의무를 지지 않아도 되었다. 손님을 배웅하러 나갔던 할아버지의 동생은 손님디 총을 맞은 순간 이미 등을 돌린 뒤였으며, 따라서 그를 위한 복수의 의무를 지지 않아도 되었다. 그러나 그것을 확인해 줄 사람이 아무도 없었다. 때마침 시각이 이른 새벽이었기 때문에 주변에는 그것을 증언해 줄 사람이 아무도 없었던 것이다. 그러나 사람들은 할아버지의 동생의 말을 그대로 믿어도 됐다. 카눈에서는 말이면 충분했기 때문이었다.

코에 걸면 코걸이가 될 수도 있고, 피해 가려건 충분히 피해 갈 수도 있는 것이 바로 카눈이다. 그럼 이 책 안에서 알바니아인들은 왜 카눈을 고수하는 것일까? 그들은 그 안에서 나름의 질서를 유지하고 있었던 것 아닐까? 아마도 저자는 냉혹한 공산주의보다는 이러한 전통이 더 낫다고 생각했는지도 모른다.

이렇게 시작된 피의 복수는 끊임없이 반복될 수밖에 없다. 주인공 그조르그는 이십 대 청년이지만 피의 복수라는 임무의 바통을 넘겨받아 피의 여정을 떠나야만 했다. 어느 날 그의 형이 누군가로부터 '죽임'을 당했기 때문이다. 카눈의 관례대로 형이 죽었던 날에 입었던 셔츠는 세탁하지 않고 고스란히 안마당에 철사 줄로 걸어 두었다. 하루가 지나고 한 달이 지나, 피가 묻은 형의 셔츠는 점점 누렇게 변색되어 간다. 그것은 죽은 자의 안식을 향한 간절한 갈망처럼 주인공을 노려본다.

하지만 그는 가슴 깊이 복수심이 동하지도, 관습법에 대한 정확한 이해도 생기지 않았다. 그저 반드시 걸어가야 하는 운명에 저항하는 것이 오히려 더 귀찮고 지루하게 느껴졌다. 그것이 바로 젊음의 또 다른 특성이 아니겠는가?

그는 아버지가 그에게 했던 말이 떠올랐다. 네가 형의 피를 회수하지 않는 한, 너는 다른 어떤 것을 위해서도 살 수 없다. 그는 하마터면 웃을 뻔했다. 사람을 죽이기 전에는 살 권리가 없다니! 오직 사람을 죽인 연후에야, 그리하여 이번에는 그 자신이 죽음의 위협을 받을 때에라야 그의 삶이 이어질 거라니!

그러나 그조르그는 몇 날 밤을 매복한 끝에 형을 죽인 원수의 가문의 한 사람을 총으로 쏘아 살해한다. 그는 피의 복수를 완수한 것이다. 하지만 이것은 반대로 이제는 자신이 카눈의 다음 타깃이 되리라는 것을 말하는 것이었다.

카눈이라는 운명을 맞기 전의 그와 카눈을 실행한 후의 그는 완전히 다른 생에 놓이게 된다. 피의 복수를 치르고 관습대로 소매에 검은 천을 단 그는 피의 세금 오백 그로슈를 납부하기 위해 오로쉬 성으로 향한다. '서두를 거야, 서두를 거라니까'하며 그는 알 수 없는 노여움으로 가득 찬 발걸음을 옮긴다.

> 피의 법칙에서 벗어났으나 망각의 먼지로 뒤덮인 조용한 삶과, 떨리는 시침실처럼 한끝에서 다른 한끝으로 번쩍이며 흐르는, 위험하기는 하나 죽음의 광휘로 장식된 삶 중에서 어느 것이 더 나은지 말할 수 없게 되었음을 그는 느꼈다.

살인, 그러니까 복수를 한 이후 한 달간은 상대방 집안에서 이쪽을 어쩔 수 없게 만드는 기간, 이를 테면 숙려기간 같은 것이 주어진다. 그것이 바로 '베사'인데 그는 이 기간 동안 오로쉬 성으로 가던 도중 베시안과 그의 아내 디안을 만난다. 그조르그의 창백한 얼굴을 뇌리에 박아버린 디안과 그런 디안에게 마음을 뺏기고 마는 그조르그. 그러나 때는 삼월 말, 곧 사월이 닥치고 봄은 언제고 끝날 준비만 하고 있었다. 그 시간을 그조르그는 걸어가기로 결심했고, 막바지에 다다르고 있었다.

떠돌이 벌목꾼이 되어 운명을 피해 볼까도 생각했지만 아니었다.

비정한 저 아래 도시들에 살면서 고개를 숙이느니 피의 복수를 되돌려 받는 편이 오히려 나았다. 차라리 죽음의 사월 속에 머무는 것이 나았다. 하지만 디안의 모습이 뇌리를 떠나지 않았고 자신에게 남은 유예기간 동안 돌아다녀도 좋다는 아버지의 허락을 받은 그는 디안을 찾아 떠난다. 이 젊은이는 제대로 된 사랑을 한 번도 해 보지 못했으리라. 그래서 마지막으로 자신의 열정을 단 한 번 마주친 낯선 여인의 눈빛에 바치기로 해도 아무 상관이 없었으리라. 오로지 자신만을 위한 일이었으니까. 죽은 형도 아닌, 카눈도 아닌 오로지 자기 자신만을 위한 일.

이러한 변화는 디안에게도 일어났다. 남편의 따뜻한 애정과 질투어린 관심에도 불구하고 그조르그의 유예 기간을 저도 모르게 꼽고 있었고, 장미처럼 아름다운 청년의 죽음이 도무지 현실로 느껴지지 않아 화가 나기도 했다. 베사의 기간에 유폐탑에 올 수도 있다는 소리에 가는 길마다 혹시나 그조르그가 있을지도 모른다는 생각을 하며 애처롭게 유폐탑을 바라보았다. 그들은 카눈이 그조르그에게 운명이었던 것처럼 카눈을 실행하는 그 길 한 가운데서 만났고, 그들 나름의 방식으로 사랑을 했다. 그리고 결국 그조르그는 상대방 집안에 의해 사살된 채 길 위에 쓰러진다. 디안이 타고 있던 이상하게 생긴 마차의 환영을 알려주었던 차가운 길 위에 아직 채 식지도 않은 젊음의 볼을 대고.

이 책을 읽고 나면 왜 이토록 야만적이고 후진적인 관습으로 주인공들을 운명의 노예로 끌고 가는지 이해되지 않을 것이다. 하지만 우리 사회가 언제 우리에게 이해하게끔 해준 적이 있었던가? 우리는 사회를 부정하기 위해 태어난 듯 불만을 토로하지만 그 사회를 벗어나서 산다는 것은 꿈도 꿀 수 없다.

이렇듯 사회가 만들어 놓은 거대한 틀, 예를 들어 관습법을 들어보면 아무리 잔인하고 야만적이라 할지라도 피의 법칙은 누구에게나 등가로 취급된다. 그렇기 때문에 어느 헌법 체계보다도 민주적이고, 피를 일단 잃으면 반드시 회수하기 때문에 오히려 함부로 유혈 사태로 이어지지 않게 만들어 인간적이기도 하다. 따라서 이 모든 것을 절대악으로 치부해서는 안 된다는 것이다.

운명을 거부하지 못하고, 빗속으로 떠났던 그조르그가 디안이라는 생애 첫 번째의 진정한 환희를 찾았듯이 지금도 세계 어느 곳에선가 맹목적인 희생과 분노만을 강요하는 또 다른 카눈 속의 젊은이들도 그들만의 '디안'을 찾을 수 있게 되기를 간절히, 정말이지 간절히 바란다.

인간 실격

대학시절의 어느 날, 나는 거울을 보면서 내가 울고 있다는 것을 느낀 적이 있었다. 아니, 자각했다는 표현이 더 정확할 것이다. 실로 십여 년만에 흘리는 눈물이었지만 나는 거울 안의 내 얼굴에서 두 줄기 액체가 흐르는 것을 보고서야 내가 운다는 사실을 깨달았다.

큰 키는 아니었지만 그래도 스무 살을 갓 넘은 청년이 겨우 43킬로그램밖에 나가지 않는 왜소한 육체를 이끌고 왜 사는지, 왜 먹어야 하는지, 왜 자야 하는지 근원적인 물음에 대답조차 할 수 없는 삶을 살고 있었다. 하늘을 보면 그것이 존재하는 이유는 있어도 그것을 보고 있는 나란 존재의 이유는 찾을 수 없었다.

마음의 병이 이렇게 깊었으니 몸이라고 오죽했겠는가. 나는 면역체계가 급격히 악화되어 각종 알레르기에 시달렸다. 독하다는 피부약을 달고 살았고, 때문에 위가 약해져 밥을 먹고 돌아서면 토하기 일쑤였다. 그런 자식을 보는 부모님의 마음이야 오죽하셨겠는가?

하루는 학교도 가지 못하고 방에 누워 있다가, 차마 내 얼굴도 보지 못하고 문 앞에서 "식탁에 죽을 쒀놓았으니 먹어라"는 말만 하시고 돌아서던 어머니의 목소리에 정신이 번쩍 들었다. 내 방 작은 거울에 비쳤던 내 모습. 나는 인생을 통틀어 가장 힘들었던 그 때에 내 모습을 여전히 기억하고 있다.

젊음은 그 자체로 활기차고 생동감이 있을 것이라 생각하지만 우리는 그렇지 못한 젊음의 한 단면을 알고 있다. 그 단면을 한쪽 어깨에 끼고 우리는 성장해 왔다. 젊음은 그 설익음만으로도 충분히 우리에게 힘겨운 카르마가 될 수 있었다.

나는《인간 실격》의 작가 다자이 오사무와 같이 자살 미수나 약물 중독 등의 고비를 넘지는 않았지만 그의 이 작품을 읽으며 누구보다도 공감을 느꼈다. 뉴욕 타임스에서 '인간의 나약함을 드러내는 데 있어 다자이 오사무보다 뛰어난 작가가 없었다'고 평가했듯이 그는 심연의 나약함과 젊음의 이면을 표현하는 데 탁월했다.

누가 무언가를 주었을 때 그것을 거절한 것은 제 생애에서 그때 단 한번뿐이라고 해도 과언이 아닙니다. 제 불행은 거절할 능력이 없는 자의 불행이었습니다. 권하는 데 거절하면 상대방 마음에도 제 마음에도 영원히 치유할 길 없는 생생한 금이 갈 것 같은 공포에 위협당하고 있었던 것입니다.

다자이 오사무의 《인간 실격》은 '나'라는 화자가 서술하는 서문과 후기, 작품의 주인공인 요조가 쓴 세 개의 후기로 구성되어 있는데, 주인공 요조는 사회를 비롯해 가족, 친구 심지어는 자기 자신과도 제대로 소통하지 못하는 인물로 그려진다.

근본적으로 다른 사람들을 이해할 수 없었던 요조는 세상과 소통하기 위해 스스로 익살꾼이 되기로 하지간 번번이 좌절하고 결국 마약에 중독, 자살을 기도한다. 그러나 이 또한 성공하지 못하고 급기야는 동반 자살을 시도했지만 자신만 살아남는 최악의 상황에 이른다. 거기다 본가로부터 절연을 당하고 외딴 시골집에서 쓸쓸히 혼자 죽음을 기다리는 '인간 실격자'가 되고 만다.

저한테는 단체 생활이라는 것이 아무래도 불가능한 것 같았습니다. 그리고 또 '청춘의 감격'이라든가 '젊은이의 긍지'라든가 하는 말은 듣기만 해도 닭살이 돋았고, '고교생의 기개'라느니 하는 것은 도저히 좇아갈 수가 없었던 것입니다. 그런 저에게 소위 '친구'같은 것이 있을 리 없었고 게다가 저한테는 '방문'하는 능력조차 없었던 것입니다. 남의 집 대문은 저한테는 저 《신곡》에 나오는 지옥의 문 이상으로 으스스했고 그 문 안쪽에서 무시무시한 용 같은 비린내 나는 짐승이 꿈틀거리는 기척을, 과장이 아니라 실제로 느꼈던 것입니다.

이 말은 요조가 친구를 원하지 않았다는 것과는 다르다. 친구나 그와의 소통을 원했지만 그는 그런 소통을 할 수가 없는 사람이었던 것이다. 그 또한 자신의 이런 면에 염증을 느꼈을 것이다. 누구는 슬픔과 고민을 나누면 반으로 줄어든다고 했겠지만 요조는 그것을 받아들이기 어려웠고, 나 또한 그랬다. 오롯이 나 혼자만이 감당해야 할 끝도 알 수 없는 외로움과 고뇌가 내 청춘을 짓눌렀다.

아마 요즘 사람들은 요조 같은 이가 옆에 있다면 "타인과 완전히 소통하는 것은 어차피 불가능한 것인데 뭘 그렇게 그 불가능에 대해 오래 생각하느냐"고 답답하게 여길 것이다. 그러나 도무지 열리지 않는 타인의 마음의 문 앞에서 번번이 고개를 떨어뜨리는 요조야말로 인간관계의 한계를 인정하는 가장 솔직한 사람이 아니었을까 싶다. 요조가 생각하는 인간의 삶은 애매모호함과 체면치레, 거짓과 속임수의 연속이다.

철저한 이기주의자가 되는 것이 당연한 일이라고 확신하고 한 번도 자기 자신에게 회의를 느낀 적이 없는 것은 아닐까? 그렇다면 편하겠지. 하긴 인간이란 전부 다 그런 거고 또 그러면 만점인 게 아닐까. 모르겠다…….

요조는 타인이 사람들을 대할 때 철저히 이기주의자가 되어 원하는 것을 직설적으로 말하고, 또 그것을 얻어내곤 하는 과정이 정말이지 신기했을 것이다. 그러면서도 서로와 서로의 거리를 인정하며 친구라는 이름으로, 연인이라는 이름으로 함께 하는 그들의 이해관계가 이해하기 어려웠을 것이다.

서로 속이면서, 게다가 이상하게도 전혀 상처를 입지도 않고, 서로가 서로를 속이고 있다는 사실조차 알아차리지 못하는 듯, 정말이지 산뜻하고 깨끗하고 밝고 명랑한 불신이 인간의 삶에는 충만한 것으로 느껴집니다.

아아, 인간은 서로를 전혀 모릅니다. 완전히 잘못 알고 있으면서도 둘도 없는 친구라고 평생 믿고 지내다가 그 사실을 알아차리지 못한 채 상대방이 죽으면 울면서 조사(弔詞) 따위를 읊는 건 아닐까요.

정작 죽은 이의 슬픔이나 고뇌는 알려고 하지 않았으면서 친구랍시고 장례식에 와서 울고, 조사를 읽는 따위의 관계. 그 철저하게 가벼운 관계를 요조는 견딜 수 없었다. 하지만 현실에서 그 가벼운 관계를 견디지 못한다면 남는 건 무거운 고독밖에 없었다.

왜냐하면 요조는 의미를 인정할 수 없는 가벼운 관계를 만들 수 없었고, 또 마음 깊이 그렇게 되고 싶은 마음도 없었기 때문이다. 그저 조용히 혼자서 사람이 사람을 밀쳐내도 죄가 되지 않는 것인지, 또 내쳐짐을 당한 나에게도 그들에게 화를 낼 수 있는 능력을 달라고 신에게 묻고 말하기만을 반복했다.

그러나 인간이 되기 위해서는 삶의 기본 속성인 기만과 위선을 가져야 했고, 이러한 조건을 받아들이지 못한 요조는 변방에서 인간 실격자가 될 수밖에 없었다.

하지만 첫 수기의 문장에서 요조가 갈했던 "저는 인간의 삶이라는 것을 도무지 이해할 수 없습니다"라는 말을 곡해해 '나는 영원히 그들과 분리되어 내 팔 내가 흔들며 자유롭게 살겠다!'라고 생각하지는 말길 바란다. 그 말에는 거짓과 위선, 모호함으로 가득 찬 현실이라도 사람과 사람 사이의 무구한 소통의 가능성이 있을 것이라는 기대를 버리지 못한 요조의 절박함이 충분히 묻어나고 있다. 그래서 더 슬픈 것이다.

　　도쿄에 큰 눈이 내린 밤이었습니다. 저는 취한 채 긴자 뒷골목을 여기는 고향에서 몇 백 리, 여기는 고향에서 몇 백 리, 라고 작은 목소리로 되풀이해 중얼거리듯이 노래하면서 내리는 눈을 구둣발로 차며 걷다가 갑자기 토했습니다. 그것이 저의 최초의 각혈이었습니다. 눈 위에 커다란 일장기가 그려졌습니다. 저는 잠시 쭈그리고 앉아서 더럽혀지지 않은 눈을 양손으로 쓸어 담아 얼굴을 씻으면서 울었습니다.
　　여기는 어디의 샛길이지?
　　여기는 어디의 샛길이야?

　　내가 어디에 와 있는지 그 간단한 물음조차 던질 상대방이 없었던 요조의 철저한 고립과 고독. 하얀 눈 위에 각혈을 했다는 다자이 오사무의 글귀를 읽고 나는 겨울 산사에서 돌아봤던 내 발자국을 생각했다. 나는 이미 예전에 실체가 빠져나가고 껍데기만 남아 있었다. 그래서 내가 지나온 길 위에 발자국이 남는다는 사실이 믿기지 않고 우습고 슬퍼서 한참동안 망연히 눈 쌓인 길을 바라보았다. 요조처럼.
　　나의 우울함은 매우 개인적인 문제지만 그 당시 사회적인 책임이 전혀 없지는 않다고 본다. 사회는 나를 공부하는 기계로 자라도록 종용

했고, 경쟁에서 살아남지 못하면 낙오자가 된다고 협박했으며, 서로의 가슴 너머의 어떤 것을 볼 시간을 주지 않았다. 그저 앞으로, 앞으로 달려가야만 하는 경주마로 만들었던 사회적인 분위기도 분명히 문제가 있었다.

누구는 다자이 오사무를 청춘의 한 시기에 통과 의례가 찾아오듯 한 번 앓고 지나간 뒤 잊히는 작가라고 평가하기도 하지만 내 생각은 다르다. 태어나 죽음에 이르기까지 겪는 일련의 성장과정 속에서 인간은 더 강해질 수는 있지만 타고난 나약함이나 본성은 바뀌지 않는 경우가 대부분이다. 다만 이 사회 대다수의 구성원들처럼 강해졌다고 믿고 강해진 것처럼 보이기 위해 죽을힘을 다해 노력할 뿐이다. 그런 의미에서 보자면 자신의 나약함과 인간 실격적인 요소를 드러내는 요조야말로 용기 있는 사람인지도 모르겠다. 마치 카멜레온이나 정글의 곤충처럼 보호색을 띠며 자신을 요란하게 방어해야만 그가 견디고 있다는 사실을 알아주는 세상에서 요조는 웃으며 울었을 것이다.

혹시 지금 이 순간 내가 행복한지 불행한지, 또는 내가 다른 이들과 충분히 소통하고 있는지에 대한 의문으로 밤을 지새우는 청춘이 있다면 다자이 오사무를 만날 것을 권한다. 이 작품은 깊은 절망을 그리고 있지만 결코 그 절망의 구렁텅이로 우리를 끌어당기지 않는다. 오히려 나를 대신해 극한의 외로움을 찍은 요조를 바라보며 위안을 얻는다. 그것이 비겁한 안도라고 해도 나 자신을 비난해서는 안 된다. 요조가 익살로 풀었던 세상의 유치한 소통 방법에 대해 함께 비웃어도 좋다. 눈길 위에서 홀로 찍힌 발자국을 보며 내 잘못이라고 자학하지만 않으면 된다. 내가 어리석고 소극적이었듯 사회도 충분히 잘못하고 있으니.

지나치게 경쟁적이고 물질적이며 비인간적으로 굴러가는 사회 탓도 조금은 할 필요가 있다. 청춘의 무게를 요조처럼 혼자 짊어지고 가서는 안 된다. 눈 쌓인 산사에서 악! 하고 지르는 세상을 향한 비명이 언제고 한 번은 필요한 것이 바로 젊음인 것이다.

도덕적 인간과 비도덕적 사회

개인을 하나씩 따로 떼어놓고 본다면 그 개인은 도덕적일까? 사회가 이렇게 비도적일 수밖에 없는 이유는 우리가 집단을 이루고 있기 때문일까? 동양사상으로 말하자면 지극히 성선설에 입각한 이론일지도 모를 이 질문에 대한 답을《도덕적 인간과 비도덕적 사회》의 저자 라인홀드 니버는 이렇게 말하고 있다.

도덕적인 인간으로 구성된 사회라고 할지라도 그 사회는 비도덕적일 수 있다. 개인은 동정심, 혹은 자기를 희생하면서 다른 사람을 도우려는 이타심 혹은 이해심을 가질 수 있으며 양심적이고 충분히 이성적일 수 있다는 것이다. 그러나 사회 집단은 그렇지 않다. 인간이 집단으로 모여 있게 되면 개인일 때보다 훨씬 이기적이 되고 그래서 한 국가나 계급이 자기들의 이익을 위해서는 부도덕도 감행하는 그야말로 비도덕적 사회가 된다는 것이다.

아마도 한번쯤은 니버의 이론을 뒷받침할 만한 경험을 한 적이 있을 것이다. 그리고 우리는 사회에서 불가피하게 만들어지는 불협화음

(예를 들면 부도덕 같은)에 대한 답이 무엇일까 생각해 본 적이 있을 것이다. 쉽게 말해 '나는 착하게 살아가려고 노력하고, 남에게 해코지 하지 않고 살았고 내 주변의 대부분의 사람들도 그렇게 보이는데 도대체 이 사회는 왜 이다지도 부도덕하고 날이 갈수록 살기 힘들어지는 세상이 되는 것일까'하는 개탄 말이다.

니버는 이러한 사회 집단의 악을 견제할 때 양심에 대한 호소나 설득 같은 것은 아무런 효과가 없다고 피력하고 있다. 신이 인간에게 베푸는 끝없는 사랑과 죽음 너머의 구원까지 믿는 신학자라는 그의 신분적 출발에서 보자면 다분히 충격적일 수밖에 없다. 하지만 그의 주장은 여기서 그치는 것이 아니라 한 국가나 사회 집단에게 해악을 가하는 원인을 제거하기 위해서는 폭력이나 강제성을 사용할 수도 있다고 보았다.

바로 정의로운 전쟁(Just War)이다. 그러나 니버가 폭력과 강제로 모든 질서를 유지할 수 있다고 본 것은 아니었다. 이러한 폭력과 강제력이 반드시 정의나 도덕적인 선을 내포하고 있다는 보장이 없기 때문에 이것을 다시 견제하기 위해 또 다른 부도덕이 생겨날 수 있다는 것이었다. 이러한 악순환의 반복을 막기 위해 니버가 제시한 것이 바로 종교의 도덕적인 요소를 폭력이나 강제력과 결부하는 것이다. 물론 신의 존재를 인정하지 않는 무신론자들에게 이것을 강요했다간 더 큰 거부반응을 불러일으킬 수 있겠지만 니버는 이 부분 또한 사회 구성원들의 동의를 바탕으로 한 상황을 가정한 것 같다. 간디의 비폭력 저항 운동이 이 상황의 좋은 예가 될 수 있을 것이다.

폭력은 종종 간디가 시사했던 바와 같이 도덕적 선의지의 봉사자일 수 있다. 또한 비폭력적 방법이라고 해서 완전한 사랑의 정신을 보여주는 증거라고 할 수는 없다.

개인이 바라는 것과 국가가 바라는 것에는 반드시 차이가 있기 때문에 충돌은 불가피하다. 개인의 요구는 개인적이고 내면적인 것이고, 국가의 요구는 사회 안에서 공익을 위해 필요한 것이다. 조화가 어렵지만 어렵다고 피해갈 수 있는 것은 아니다.

개인 양심의 가장 높은 도덕적 통찰과 성취는 사회생활에 적합하기도 하고 필요하기도 하다. 또 개인의 도덕적 상상력이 그 동포의 필요와 이익을 이해하려 하지 않고서는 최고의 완전한 정의도 수립될 수 없다.

사회는 모자이크처럼 개성 강한 개인들이 모인 그림이기 때문에 개인의 양심에 따라 자신의 삶에서 높은 도덕성을 추구하고자 하지 않으면 붕괴에 이를 수도 있다. 그래서 니버는 개인적 도덕과 사회적 도덕이 양립하는 상황에서 변증법적 해결 방안을 모색하고 있는 것이다.

누구나 똑같은 이상향을 꿈꿀 수 없고, 나와 타인의 도덕적 기준에 차이가 있을 수도 있다. 이러한 차이 속에서 절충점이 되는 것이 바로 정의이다. 사회적으로 용인된 정의라면 그것이 나의 이상향이 아니라고 할지라도 한 발 물러서야 한다는 것이다. 사회 구성원으로서의 양보가 더 큰 발전을 가져오게 되리라는 믿음이다.

공리주의라는 것이 무엇인가? 공공의 이익을 우선하고 그것이 우리 모두에게 결과적으로는 이롭다는 것을 주장하는 것이 아니던가? 니버의 이론 또한 마찬가지이다. 그는 도덕의 내적 입장과 외적 입장은 충분히 조화를 이룰 수 있다고 보았다. 이 책을 읽고 난 후 나도 그 부분에 있어서는 절대적인 공감을 하게 되었다.

사회가 개인의 행복을 최대한 보장하고 그것을 유지할 수 있도록 지켜주는 역할을 해야 한다는 것은 부정할 수 없는 사실이겠으나, 오늘날엔 이것이 지나쳐 공익은 언제나 두 번째 문제 혹은 나 몰라라 해도 되는 문제로 치부하게 되었다.

개인과 개인이 이해관계로 묶여 있는 집단의 이기주의는 좀 더 심각하다. 첨예한 이해관계 속에서 필요한 것은 절충인데, 배려와 양보라는 도덕 교과서에나 나옴직한 말들로는 도저히 이것이 통하지 않는 경우가 허다하다. 니버는 이런 경우에 제도적 장치 마련이 해결 방법이 될 수가 있다고 봤는데, 이것은 법치주의 국가의 근간과 다르지 않다.

우리 사회를 구성하는 모든 사람이 사회 전체의 가치와 공공의 이익을 위해 도덕적으로 행동한다면야 얼마나 좋겠는가? 하지만 도덕이라는 큰 정의 역시 미묘한 해석의 차이를 가지고 있다. 또한 말했듯이 개인의 욕망이 도덕보다 앞서는 경우도 얼마든지 있다. 그렇지 않다면 사회문제가 일어날 일도 없을 것이다. 결국 도덕성에만 의존하는 사회는 실질적인 문제를 해결할 수 없기 때문에 사회 제도가 필요한 것이다. 하지만 이러한 사회제도를 통한 해결도 각각의 문제 상황에 따라 그에 맞는 구체적인 방법들이 제시되어야 한다. 이러한 구체적인 방법들을 잘 제시하기 위해서 수준 높은 정치가 필요한 것이다.

그렇다면 다시 화살표는 정치로 돌아오게 된다. 어쩌면 이것은 우리가 순수한 도덕성을 추구하는 개인이 될 수 없다는 것만큼 어려운 문제일지도 모른다.

니버의《도덕적 인간과 비도덕적 사회》를 통해 우리는 사회 문제를 해결하기 위해 우리가 해야 하는 근본적인 고민을 알 수 있다.

개인이 아무리 노력해도 사회는 달라지지 않는다는 비겁한 변명 대신, 구체적으로 어떻게 하면 나를 버리지 않고 사회의 도덕을 이뤄낼 수 있을까라는 고민을 하는 시민이 되어야 한다는 것이다. 그리고 그러한 시민 하나하나가 사회를 바꿀 수 있고 믿고 싶다.

의심스러운 싸움 존 스타인벡, 윤희기 역, 열린책들, 1990

유토피아 토마스 모어, 나종일 역, 박영사, 1976

체 게바라 평전 장 코르미에, 김미선 역, 실천문학사, 2000

부서진 사월 이스마일 카다레, 유정희 역, 문학동네, 1999

인간 실격 다자이 오사무, 박홍근 역, 심지, 1982

도덕적 인간과 비도덕적 사회 라인홀드 니버, 이한우, 문예출판사, 1992

04
오십 년 살아온 가슴을 뛰게 만드는 것

답답한 일이 있을 때마다 오르곤 하는 산에서 내가 젖는 상념의 첫 봉우리는 바로 나 자신에 대한 관조이다. 다른 사람도 그런지는 모르겠으나 나는 유독 나라는 사람에 대해 자주 생각한다. 아마 이런 습관이 처음 시작된 것은 유치원 때인 것으로 기억한다.

나는 서울 YMCA 유치원과 중국인들이 다니는 화교 유치원을 다녔다. 사람들은 내 성이 '왕'씨라서 당연히 내 몸에 중국과 연관된 피가 흐를 것이라고 생각한다. 하지만 내가 아는 족보로는 연관관계가 뚜렷하지 않다. 그렇지 않아도 성 때문에 중국 놈이라고 놀림 받는 것이 싫었던 나를 어머니는 굳이 화교 유치원에 넣으셨다. 교육에 남다른 열의가 있었던 어머니는 당시로서는 외국인 학교라그 할 수 있는 화교 유치원을 보내 사고뭉치 어린 아들의 견문을 넓히고 싶으셨던 모양이다. 하지만 나는 그 안에서 한국인도 아니고, 중국인도 아닌 이상한 위치에 서 있는 나를 경험하게 되었고, 그 때문에 그저 뛰어놀기 바쁠 나이에 내가 누군지에 대해 생각하게 되었다. 어렸지만 마음의 소용돌이가 꽤 컸던지 나는 화교 초등학교도 중간에 그만두었다. 어머니는 어린 내가 물었던 질문을 아직도 기억하고 계셨다.

"엄마, 난 누구예요?"

당황한 어머니는 나에게 웃으며 이렇게 대답하셨다고 한다.

"넌 내 아들 왕상한이지."

내가 원한 질문의 대답은 아니었지만 어린 마음에도 '난 그저 나다'라는 생각이 자리를 잡았던 것 같다. 그렇게 자라온 꼬마는 오십 년이라는 세월을 살면서도 일 년에 한두 번쯤은 내가 누구인지에 대한 물음으로 감기를 앓는다. 나와 생각이 다른 사람들과 부딪힐 때, 나 하나 노력한다고 해서 거대한 사회가 바뀌지 않는다는 것을 또 다시 깨달을 때, 어쩔 수 없이 나도 저들처럼 이기적이 되어야 할 때, 내 안에서 사기그릇이 요동치듯 달그락거리는 소리를 듣게 된다. 하지만 나는 꽤 요란한 질풍노도의 사춘기를 보내면서 한 가지 터득한 것이 있었다. 가슴에 손을 얹고 눈을 감은 채로 내 심장소리를 느끼는 것이다. 그러면 내가 살아 있기 때문에 하는 이 모든 고민이 그저 자연스럽게 느껴지면서 불안이 서서히 멈추는 게 느껴진다. 그리고 다시 내 심장을 움직이게 만들어줄 무언가를 찾아 끊임없이 헤매는 것이 결국 인생이라는 것도 나는 깨닫게 되었다.

멈추지 않는 심장에게 감사하는 것도 바로 이 때문이다. 내가 아직도 희열을 느낄 만한 것이 남아 있게끔 멈추지 않고 뛰어주는 심장에게 나는 오늘도 부탁한다.

오십 년이나 잘 뛰어주어 너무도 그맙다. 하지만 앞으로 등산도 더 해야 하고, 아내랑 사소하게 더 자주 싸워야 하고, 뜨거운 눈물로 시집보낼 딸이 둘이나 더 있으며 마라톤 완주도 해야 한다. 오십 년산 위스키가 있다면 그 값이 얼마나 비쌀지 상상이 될 것이다. 너는 오십 년산 붉은 위스키다. 깊은 풍미로 좀 더 오래 내가 세계를 바라보는 열정을 유지할 수 있도록 요란하게 뛰어다오.

위대한 패배자

만약 어떤 사람이 나를 보고 성공한 삶이라고 말한다면 나는 단연코 이렇게 말할 것이다. 그런 무시무시한 말은 하지도 말라고. 오십 줄에 들어서니 나를 비롯한 내 주변의 있는 모든 사람들은 우리 또래의 인생을 성공 아니면 실패 둘 중 하나의 저울 위에 올려놓지 못해 안달인 듯하다. 좀 더 잘 살았어야 한다는 자조가 없는 것은 아니지만 무시무시한 이분법의 칼을 들고 성공과 실패의 기준으로만 나누려고 달려드는 것은 여간 불편한 일이 아니다. 왜냐하면 인생은 실패와 성공이 적절하게 섞여 있어야만 진정한 성공이라고 할 수 있기 때문이다. 실패를 통해 얻는 것이 성공을 통해 얻는 것보다 훨씬 더 많을 때가 있다는 것을 우리는 이미 경험을 통해 알고 있다.

짧다면 짧고 길다면 긴 인생을 살아오면서 사실 나는 결국에는 성공하기 위해 열심히 걸어왔다는 생각을 하게 된다. 그러면서 남은 인생에 대한 밑그림을 그려 보는 지금 나는 더 이상 성공을 하지 않아도 좋을 상태, 성공하지 않은 채로도 충분히 행복할 수 있는 법을 알아가는 것 같다. 나이는 괜히 먹는 것이 아니란 어른들의 말처럼 말이다.

그래서 볼프 슈나이더의 《위대한 패배자》라는 책을 좋아한다. 이름만 대면 다 아는 역사 속 걸출한 인물도 반드시 실패를 경험했다는 사실이 어쩐지 고소하기도 하고 때로는 위로가 되어주기 때문이다.

승리자들로만 가득 찬 세상보다 끔찍한 것은 없다. 그나마 삶을 참을 만하게 만드는 것은 패배자들이다. 세상사를 가만히 지켜보면 집요하고 끈질긴 사람일수록, 혹독하고 과감하게 밀어붙이는 사람일수록 정상에 좀 더 쉽게 도달하는 것을 알 수 있다. 필자는 예전에 백과사전에 실린 이들은 어떤 유의 사람들일까 하는 궁금한 마음에 《승리자》라는 책을 쓴 적이 있다. 그 책에서 이런 결론을 내렸다.
백과사전에 이름이 실린 사람들은 그렇지 않은 사람들보다 거칠고 비정하고 역겨운 사람일 가능성이 훨씬 높다고.

까마득한 옛날부터 세상의 모든 역사는 승리자를 위한 세레나데였고 패배자들은 위대한 승리자들의 삶을 보고 배워야 한다는 강박관념에 사로잡혔었다. 하지만 저자는 들어가는 말에서부터 평범한 우리에게 희망을 준다.

몇 사람을 제외하고 우리는 모두 패배자다. 좋은 패배자란 느긋하고 사랑스러운 사람들이다. 그들은 즐겁게 웃지만 승리자는 음흉하게 웃는다. 예전에 공화주의자 마르쿠스 포르시우스 카토는 카이사르와 벌인 싸움에서 패한 뒤 뭐라고 했던가? '승리는 신들의 것이고, 패배는 카토의 것'이라고 하지 않았던가? 우리는 깨끗하게 승복할 줄 아는 아름다운 패배를 배워야 한다. 우리는 위대한 패배자들의 모습에서 우리 자신을 깨닫는다. 그들은 우리들 대부분이 겪는 좌절의 아픔을 겪었지간, 그 운명을 비극으로 승화시킬 줄 알았다.

지구는 좌절의 별이고 만인 대 만인의 경쟁에서 늘 선두권에 서지 못하고 뒤처지는 것은 차라리 운명이라는 저자의 말은 남은 삶을 더 잘 돌아보라는 따뜻한 충고와도 같은 것이다.

이 책은 비참하기도 하고 영광스럽기도 한, 승리를 목전에 두고 사기를 당하거나 가까운 사람들에게 내몰린 패배자, 또는 끝없이 추락하고 명성을 도둑질당하며 살아서 인정받지 못한 패배자 등 역사 속에 존재하는 다양한 패배자의 모습을 보여준다. 나는 고르바초프를 말하는 대목에서 승리자와 패배자를 가르는 기준이 사회적으로 다를 수 있다는 것에 대해서도 다시 한 번 깨닫게 되었다.

많은 서구 정치인들이 고르바초프의 역사적 업적에 감사를 표했다. 동구권 국가에 자유를 선사했고, 독일의 통일을 지원했으며, 폐쇄된 공산주의 체제를 무너뜨려 세계평화에 기여했다는 이유에서였다. 서구에서는 승리자로서 각광을 받던 사람이 왜 자국 내에서는 초라한 패배자 취급을 받았을까? 러시아인들은 세계제국의 붕괴를 옐친 탓으로 돌린 것이 아니라 고르바초프에게 책임이 있다고 믿었기 때문이다. 또한 소비에트 인민들은 자유를 얻은 대가로 빈곤과 부패가 더 한층 심해진 것을 못마땅하게 생각했다. 게다가 오랫동안 강압적인 질서에 길들여져 있었던 탓에 사회적 민주화에 따른 혼란을 받아들이기 어려워했다.

누군가가 어떤 사회에서는 패배자로 기억되기도 하고, 또 어떤 사회에서는 승리자로 기억되기도 한다는 것은 참으로 아이러니하면서도 흥미로운 대목이 아닐 수 없다. 이밖에도 세계적으로 명성을 얻기 위해 바이올린 연주자가 되었지만 결국 아들인 요한 스트라우스에 가려 잊혀진 같은 이름의 아버지 요한 스트라우스. 동생 토마스 만의 그늘에 가려 고통을 당하면서도 집필을 멈추지 않았던 하인리히 만과 동료인 오토 한에게 노벨상을 빼앗긴 물리학자 리제 마이트너, 스탈린에 의해 마지막까지 쫓기다 죽음을 당한 트로츠키 등 다양한 2인자들의 삶은 매우 흥미롭게 다가온다. 하물며 우리는 친구와 내기 당구를 쳐 이길 때도 짜릿한 희열을 느끼는 단순한 인간이지 않은가. 앞으로 남은 인생이 얼마가 되었건 그 승리가 어떤 질감의 것이건 이기는 삶을 살고 싶은 것이 솔직한 욕심이다. 그런 우리가 지금 이 시간의 패배자들의 이야기를 읽어야 하는 이유는 무엇일까? 답은 간단하다. 우리는 실패할 확률이 더 많은 삶을 살고 있기 때문이다.

하나의 이야기를 군더더기 없이 가장 간결한 언어로 만들어내는 것은 에베레스트 산을 깎아 평지로 만드는 것만큼이나 힘이 든다. 너무 힘에 겨워

펑펑 운적도 있었다. 문장이 만들어지지 않으면 심장이 쪼그라들 듯이 아팠다. 얼마나 그런 경우가 많았던지! 망할 놈의 문장 같으니! -이사크 바벨

우리는 신이 아니다. 그렇기 때문에 원하는 것을 얻기 위해서는 에베레스트 산을 깎아 평지를 만드는 노력이라도 해야 했다. 그리고 우리는 그것을 노력, 혹은 성취라고 부른다. 그렇기 때문에 바라고 도전할 것이 많아 실패도 잦은 삶을 살고 있다면 나는 감히 이렇게 말하고 싶다. 그것은 인생 전체로 볼 때 성공한 1인자의 삶과 다를 바가 없다고.

그래서 나는 이 패배자들의 이야기가 좋다. 물론 전부는 아니지만 이 책에 거론된 사람 중 대부분은 2인자로서의 자신의 삶 속에서 충분히 최선을 다한 인물들이다. 승자주의로 매도되는 시쳇말로 '일등만 기억하는 더러운 세상'에 살고 있는 우리는 인간 자체의 본성으로 돌아가 승자와 패자에 대해 재조명할 필요가 있다. 실패로 인해 영웅으로 거듭난 체 게바라도 있고, 살아생전엔 단 한 작품밖에 팔지 못했지만 전 세계인에게 가장 오래도록 사랑을 받고 있는 화가 고흐도 있다.

분명히 '실패를 두려워하지 않는 젊음을 가져라'라는 낡은 구호는 이제 아무런 힘도 가지지 못한다고 말하는 청춘이 있을 것이다. 조심조심 오늘의 돌다리를 두드리며 건너서 강 건너편으로 빨리 가고 싶은 마음, 이해한다. 그러나 겨울 강에 빠져 온몸이 뻣뻣하게 고드름처럼 얼어붙을 때 두통처럼 찾아오는 패배의 깨달음을 간과해서는 안 된다. 하물며 인생의 반을 걸어온 나조차도 가끔씩 작은 실패 앞에서 '아, 내가 아직도 가야할 길이 멀구나'하는 것을 와락 꺼닫지 않던가.

모든 패배 속에는 승리가 담겨 있다. 그리고 실패는 새롭게 출발할 기회, 그것도 좀 더 영리하게 출발할 기회를 준다는 사실을 잊지 말길 바란다.

서양 미술사

내가 그림 즉 미술에 관심과 애정을 갖게 된 계기를 말하려면, 먼저 눈물 없이는 들을 수 없는 나의 유학기부터 끄집어내야 한다.

나는 요즘도 드라마를 보면서 제일 이해가 되지 않는 부분이 있다. 거의 텔레비전을 보지 않지만 어쩌다가 가뭄에 콩 나듯 보게 되는데, 드라마의 주인공들의 유학에 관한 설정을 보면 참으로 이해불가하다. 그 가상현실 속에서 유학은 어찌나 쉬운지…… 부잣집 아들, 딸들이 부모의 마음에 들지 않는 일을 하면 바로 다음 날 떠날 수 있는 게 유학이요, 사랑하는 연인이 헤어지는 가장 흔한 이유가 또 그 유학이며 일단 떠났다가 돌아오면 타국에 가서 뭘 어떻게 했는지 모르지만 일제히 성공을 거두고 선글라스를 낀 채 유유히 공항을 빠져나오는 모습들 일색이다.

이미 그 과정을 겪어 본 나로서는 그곳에서의 생활이 얼마나 치열한지 잘 알고 있기에 그것이 드라마라고 해도 어이가 없을 때가 많다. 유학은 젊음이라는 우주선 하나만 딸랑 타고 다른 행성에 혼자 떨어지는 것이란 표현이 정확할 것이다.

유학생활은 전쟁 그 자체였다. 컬럼비아 대학에서 유학했던 나는 공부와 생활 둘 다를 책임져야 했다. 무엇보다 의식주에 대한 고통이

276

너무 컸다. 서울에서는 속옷까지 개켜 침대머리에 놓아주시던 어머니가 계셨지만 미국에서 나는 철저히 혼자였다.

뉴욕의 32번가에 있는 한인 슈퍼마켓에 가서 엄청나게 큰 병에 든 김치를 사가지고 일주일 정도를 두면 먹기 좋을 정도로 익는다. 이 김치를 썰어 냄비에 넣고 물을 붓는다. 그리고 스팸을 썰어 넣고 간장으로 간을 맞춘 뒤 끓이면 김치찌개가 된다. 자, 여기까지 읽고 침이 고이는 사람들도 있을 것이다. 이렇게 끓인 김치찌개, 물론 맛있다. 금방 지은 밥에다 이 찌개 하나면 세상 부러울 것이 없었다. 그러나 문제는 그렇게 만든 김치찌개를 재탕, 삼탕하는 데 있다. 무슨 얘기인고 하니, 나는 학교와 가까운 곳에 집을 얻을 수 있었던 관계로 주로 밥은 집에 와서 먹었다. 그러나 주어진 시간이 짧다 보니 점심시간이 되면 뛰어 들어와서 보온밥통 앞에 선 채로 밥을 먹고, 목이 메면 냉장고에 있는 김치찌개를 꺼내 그 국물을 물처럼 마셨다. 그렇게 한 끼를 때우면 마신 국물의 양만큼 다시 냄비에 물을 채으고 끓인 뒤 냉장고에 넣었다. 무슨 사골도 아니고 이렇게 김치찌개를 재탕, 삼탕해서 먹은 탓에 나중엔 냄비 안에 든 김치가 허옇게 너덜너덜해지곤 했다. 유학 기간 동안 이 방법이 계속되었으니 김치찌개를 다시 먹고 싶은 생각이 들지 않는 것도 크게 무리는 아닐 것이었다.

내가 뉴욕에 와 처음 메트로폴리탄에 갔던 날도 바로 이 김치 때문이었다. 한인 슈퍼마켓에서 김치를 사들고 집으로 돌아오는 길이었다. 전날 내린 눈이 덜 녹은 채로 날씨가 추워지는 바람에 길이 살짝 얼어 있었던 모양이다. 나름대로 조심하며 걷는다고 걸었는데 삐끗하며 넘어지면서 보도블럭 모서리에 부딪혀 김치 병이 박살이 난 것이다. 하얗게 쌓인 눈 위로 번지는 뻘건 김칫국물을 보면서 한동안 망연히 서 있었는데, 어느새 나는 울고 있었다. 생각 같아서는 눈 위에 흩어진 김치 몇 조각이라도 담아서 가지고 오고 싶었지만 사방으로 퍼진 냄새만으로도 뉴욕 한복판에서 나는 충분히 창피했다.

그때 나는 무슨 생각으로 그랬는지 과감하게 벌떡 일어나 주변의 한국 식당에 들어가 거금 십 불을 들여 불고기 백반을 먹었다. 그리고 그 길로 메트로폴리탄으로 갔다. 뉴욕에 오면 제일 먼저 들리고 싶었지만, 너무 바쁘고 몸도 고되어 차일피일 미뤘던 곳이었다. 모든 것이 엎어진 오늘 미술관에 가야겠다는 생각이 들었던 것이다.

에곤 실레, 클림트, 모딜리아니, 반 고흐, 에드워드 호퍼…… 이름만 들어도 머릿속에 그림이 그려지는 작가들의 작품이 가득 찬 그곳에서 나는 오래도록 그림을 보며 유학시절의 고단함을 잊었다. 물론 그 후로도 바빠 자주 갈 수는 없었지만 언제나 마음이 끝간 데 없이 꺼져 내리고 '내가 왜 이 만리타국에서 이 고생을 하나'하며 스스로가 측은해질 때는 그곳을 향했다.

예술의 의미는 큰 것이 아니라 바로 이런 사소함에 있는 것이 아닐까? 사람을 위로하는 것. 그것이 예술이 가진 가장 큰 힘일 것이다.

나의 그때 그 시절을 추억하게 하고, 또 편협하고 얕은 미술 지식을 더해주는 책. 바로 곰브리치의 《서양미술사》이다. 요즘도 가끔 활자에 지쳤을 때 꺼내 보는 나만의 그림책 같은 책이다. 사실 미술책을 끝까지 다 읽기란 얼마나 어려운가. 하지만 곰브리치의 이 책은 1950년 영국에서 초판이 간행된 이래 비교적 쉽게 서양미술사를 이해할 수 있도록 돕는 지침서로서, 가히 독보적인 존재라고 할 수 있다.

곰브리치는 이 책을 '자신들의 힘으로 이제 막 미술 세계를 발견한 십 대의 젊은 독자들'을 위해 저술했다고 했다. 그리고 그들을 '유식한 체하는 전문 용어의 나열이나 엉터리 감정들을 재빨리 알아내어 분개할 줄 아는 비평가'들이라고 표현하면서 진정으로 순수하게 미술을 바라볼 수 있는 아마추어인 우리의 식견을 높이 샀다. 원하는 만큼 보기 위해 자신이 좀 도와주겠다는 것이다.

곰브리치는 서문에서 그동안 미술학자랍시고 어려운 용어들을 남발하는 사람들의 어려운 책을 너무도 많이 봐왔기 때문에 자신은 되도록 쉽게 글을 쓰겠다고 했다. 그리고 이 책을 쓰면서 세웠던 몇 가지 원칙을 밝혔다. 첫째는 도판으로 보일 수 없는 작품은 가능한 한 언급을 피할 것, 둘째는 진정으로 훌륭한 작품에 대해서만 언급할 것, 세 번째는 임의대로 도판을 선정하지 않을 것.

자, 그렇다면 작가가 우리에게 알려주고 싶어 한 그 미술이란 도대체 무엇일까? 왜 우리는 미술을 알아야 하고 그림을 제대로 볼 줄 알아야 하는 걸까?

그림은 인간의 꿈과 염원을 발현하는 가장 적극적인 행동이다. 원시 알타미라 동굴벽화나 주술적인 그림들, 그리고 이집트 벽화와 중세시대의 제단화에 이르기까지 그림의 기능은 인간의 꿈과 염원을 대신하는 어떤 것이었다. 동굴에 벽화를 그리거나 주술적인 그림을 그리던 원시시대의 미술은 그것 자체로 어떤 마력을 가지고 있었고, 중세 교회의 제단화 또한 종교적인 의미에서 구원을 표현하는 중요한 수단이었다. 그래서 이들 그림은 수준이 낮고 때로는 유치해 보이기까지 하지만 단지 자연적 대상을 표현했다기보다 어떠한 이상향, 이데아를 표현했다는 점에서 결코 무시할 수 없는 것이다.

저자는 이렇게 선사시대 동굴벽화부터 실험적으로 작가의 개성을 드러내는 근대미술까지 각 시대와 양식, 작품과 작가를 독자가 최대한 알기 쉽도록 보여주는 수고를 아끼지 않고 있다. 이것은 비단 우리가 교과서나 잡지에서 접했던 그림에만 머물지 않으며 작가의 중세 건축물이나 조각 작품에 대한 설명도 더하고 있다.

《서양미술사》를 처음 읽게 되면 어서 현대미술의 차례가 돌아오기 바랄 것이다. 하지만 강한 주관의 결과인 예술을 객관적 시각으로 비평한다는 것은 조심스러운 일임에 틀림없다. 특히 주제나 색감 모든 면에서 화가가 그림을 그릴 당시의 감정과 상황이 최우선시되며, 주관적 개성이 강하게 표출되는 현대미술을 어떤 근거와 잣대로 평가할 수 있을까?

그렇기 때문에 현대미술은 몇몇 비평가들보다는 대중적인 인기, 즉 화상들이 매기는 그림의 가치에 따라 그 평가가 극명히 갈렸다. 어떤 이는 거장이 되기도 하고, 어떤 이는 이름 없는 무명 화가로 남기도 했다.

사회와 그 구성원인 인간이 변하듯이 미술도 변했다. 정물이나 인물, 풍경을 그리던 것을 벗어나 캔버스 스스로가 오브제가 되는 새로운 변화의 길에 들어서기도 했다. 액션 페인팅 기법을 사용한 잭슨 폴록의 그림은 이런 면에서 충격적이라고 할 수 있을 것이다. 캔버스에 물감을 흩뿌리며 마치 제멋대로 낙서하듯 그리는 과정에서 우연히 창조된 색과 형태. 이 같은 고민은 칸딘스키와 마티스, 몬드리안 등과 같은 화가들도 거치게 된다. 조각에 있어서도 특정한 부분만 온전하게 묘사하고 나머지 재료는 손대지 않는 상태로 두는 로댕의 기법도 충격적인 시도였다. 당시의 시각으로 보자면 미완성 작품이 완성작으로 나온 것이다.

미술에 있어 이러한 개념 파괴, 새로운 시도는 일반적인 사회적 현상과는 비교도 할 수 없을 정도로 파격적인 것이다. 그렇기 때문에 이들을 감히 선구자라고 부르게 되는 것이 아닐까 싶기도 하다. 열정을 가진 화가가 그의 가슴에서 불을 꺼내 내가 공감할 수 있는 그림을 그리고 내가 그것을 조용히 바라볼 수 있다는 것. 정말이지 나는 그것을 놀라운 경험이라고 생각한다.

우리는 흔히 미술은 젠체하는 사람들의 취미이거나, 나와는 동떨어진 것이라고 미리부터 겁을 먹는 경우를 자주 본다. 하지만 미술은 어렵지 않다. 따지고 생각해 보면 사람이 그린 것을 똑같은 사람이 보는데 어려워 봐야 얼마나 어렵겠는가?

어떤 그림, 그것이 모두가 이름만 말하면 다 아는 유명한 그림이라 할지라도 어떤 그림을 삼 초 이상 물끄러미 바라본 적이 있는 당신이라면 곰브리치의 《서양미술사》를 통해 미술과 더욱 친해질 수 있는 가능성이 충분하다. 곰브리치의 유려하고 자상한 설명을 따라가다 보면 저절로 서양의 역사와 함께 미술을 이해하기 위한 항해에 동참하게 된다. 그리고 예술 작품을 바라보는 자세의 변화를 느끼게 될 것이다. 예술 작품, 책이나 영화, 그림 모두가 그렇듯이 애정을 가지고 바라보지 않으면 그것은 한낱 글자 덩어리, 필름 덩어리, 물감 덩어리에 불과하다.

작가가 창조해 낸 예술 작품과 좀 더 공감하기 위해서 우리는 끊임없이 공부를 해야 하는 것이다. 아는 만큼 보이고, 보는 만큼 얻을 수 있는 것이 예술이라는 것을 잊지 말길.

달리기를 말할 때 내가 하고 싶은 이야기

한강변에서 함께 걷던 어린 딸이 나에게 물었다.

"아빠! 저 사람들은 왜 뛰어요? 우리도 뛰어요!"

아마도 그때 마라톤 대회가 있었던 모양이다. 짧은 반바지를 입고 결의에 찬 사람들이 강둑 위를 달리고 또 달리고 있었다. 우리처럼 걸으면 되는데 죽어라고 뛰는 사람들이 어린 마음에 이해가 안 됐던 모양이다. 하지만 나는 딸아이가 나에게 그 말을 물어본 순간 요 녀석이 조금만 더 큰다면 함께 마라톤을 하고 싶다는 생각이 들었다. 혼자서 뛰는 레이스는 고독하니까 요놈을 끼고 남은 인생을 천천히 달리고 싶다는 생각 말이다.

한국에서 가장 많은 독자를 확보하고 있다고 해도 과언이 아닌 작가 무라카미 하루키의 달리기 사랑은 유명하다. 심지어 그는 자신의 가장 오래되고 친밀한 취미인 달리기에 대한 에세이를 발표하기에 이르렀는데 그것이 바로《달리기를 말할 때 내가 하고 싶은 이야기》이다.

얼마나 달리기에 대해 하고 싶은 말이 많으면 이 과묵한 작가가 에세이를 다 냈을까 웃음도 나지만 육십이 넘은 나이에 이렇게 애정을 쏟는 취미가 있다는 것 자체만으로도 이 작가는 외롭거나 심심한 인생을 살지는 않겠구나 싶기도 하다.

　이 책은 제목에서 말한 대로 하루키라는 사람이 달리기를 말할 때 하고 싶은 이야기를 적었다. '달린다는 간단한 행위에 대해 말할 것이 얼마나 있을까'하고 의아해할 수도 있지만 달리기를 향한 작가의 애정은 남달랐다. 언뜻 취미에 대한 애정 이야기일 것이라고 치부할 수도 있지만, 읽은 뒤에 드는 생각은 아마 다를 것이다.

　　어쨌든 나는 그렇게 해서 달리기 시작했다. 서른세 살. 그것이 그 당시 나의 나이였다. 아직은 충분히 젊다. 그렇지만 이제 '청년'이라고 말할 수 없다. 예수 그리스도가 세상을 떠난 나이다. 스콧 피츠제럴드의 조락(凋落)은 그 나이 언저리에서 이미 시작되고 있었다. 그것은 인생의 하나의 분기점 같은 것인지도 모른다. 그런 나이에 나는 러너로서의 생활을 시작해서, 늦깎이이긴 하지만 소설가로서의 본격적인 출발점에 섰던 것이다.

　인생의 분기점, 멈춘 것도 아니고 달리는 것도 아닌 시기 서른 즈음. 누구는 세상을 구원하고 십자가에 못 박혀 죽었는데 자신은 아직도 삶의 의미 하나조차 찾지 못해 전전긍긍하는 꼴이라니. 작가는 답답했을 것이다. 실제로 마라톤은 가장 격한 운동 중 하나로 꼽힐 정도로 체력 소모가 많다. 이를 악물고 그저 달리기만 하면 될 것 같지만 철저한 코스 계산과 체력 안배를 요하는 매우 계획적인 운동이기도 하다.

　어떤 잡지와의 인터뷰에서 하루키는 직장에 나가는 것처럼 아침 몇 시부터 오후 몇 시까지 시간을 정해놓고 글을 쓰고 그 외에 시간은 여가생활, 즉 달리기나 요리 등을 하며 보낸다고 한다. 이렇게 계획적인 그가 마라톤인들 설렁설렁했겠는가? 그는 목표를 정해놓고 몸을 관리하고 체력을 쌓아갔다.

하루키의 작품을 사랑하고 그가 만들어 우리에게 전달해 준 인물에 공감을 느끼고 가슴으로 울어본 적이 있다면 좋아하는 예술가들에게 감명을 주었던 여행지를 순례해보는 것처럼, 그가 달리기를 통해 말하고 싶어 하는 인간 하루키를 알아가는 재미도 쏠쏠할 것이다.

서머싯 몸은 '어떤 면도의 방법에도 철학이 있다'라고 했다. 아무리 하찮은 일이라도 매일매일 계속하고 있으면 거기에 관조와 같은 것이 우러난다는 말이라고 생각된다.

서문에서 하루키가 얘기한 것처럼 우리는 때로 작은 것에 의미를 부여하고 그것에서 오는 소소한 기쁨 때문에 살아가는 것이 아닐까. 어쩌면 이렇게 사소한 것에 의미를 부여하면서 삶의 잔뿌리를 내리지 않으면 인생의 커다란 파고 앞에서 속수무책 무너지고 말지도 모른다. 하루키의 이 잔뿌리가 바로 달리기이듯이 나도 내 인생을 굳건하게 뿌리내릴 무언가가 필요하다는 생각을 하게 되었다.

작가는 우리가 살면서 기대는 것이 사람이나 어떤 형상을 가진 것일 경우도 많지만, 자신이 하고 있는 어떤 행위가 될 수도 있다고 피력한다. 그리고 외아들로 자란 자신이 가질 수 있는 단점들을 여러 차례 고백하며, 그래서인지 혼자서 하는 달리기가 잘 맞는다고 했다. 우리는 다른 이

들에게 자신이 어떤 사람인지 솔직하게 고백하지 못하곤 하는데, 자유
롭게 자신의 이면을 말하는 하루키가 내심 부러워지기도 할 것이다.

이 책은 달리기라는 행위를 축으로 한 일종의 '회고록'으로 읽어주어도 무
방하다고 생각한다. 여기에는 '철학'이라고까지는 말하기 어렵다 해도, 어
떤 종류의 경험칙과 같은 것은 얼마간 포함되어 있다고 생각한다. 대단한
것은 아닐지 모르지만, 그것은 적어도 내가 나 자신의 신체를 실제로 움직
임으로써 스스로 선택한 고통을 통해, 지극히 개인적으로 배우게 된 것이
다. 누구나 공통적으로 잘 응용할 수 있는 범용성은 그다지 많지 않을지도
모른다. 그렇지만 무엇이 어떻든 간에, 그것이 나라는 인간인 것이다.

이번 에세이집은 달린다는 행위를 축으로 한 작가의 회고록에 가깝
다. 그리고 그 속에서 소설가 하루키는 달리는 자, 러너의 삶을 정말이
지 부러울 만큼 자신의 삶에 잘 버무리고 있다. 그렇다면 과연 달리기
는 그에게 어떤 의미일까?

마치 양동이로 물벼락을 맞은 것처럼 입고 있는 모든 것이 땀으로 흥건하
게 젖어버린다. 햇볕에 탄 살갗이 따끔거린다. 머리가 멍해진다. 정리된
생각은 어느 한 가지도 할 수가 없다. 그래도 참고 끝까지 달리고 나면, 몸
의 중심에서 모든 걸 깡그리 쥐어짜낸 것 같은, 어쩌면 모든 걸 다 털어낸
듯한 상쾌함이 거기에 우러난다.

명징한 표현이다. 왜 달리는지에 대해 이만큼 더 피부에 와 닿는 설명이 있을까? 갑자기 나도 내가 좋아하는 것에 대해 이렇게 단 몇 문장으로 누군가를 확실하게 이해시킬 수 있는 능력이 있다면 좋겠다는 생각까지 든다. 물론 좋은 이유를 뭘 그렇게 설명하냐며 핀잔을 주는 사람도 있겠지만 나는 그것을 설명하는 동안 내면에서 정리되는 본인만의 열정이 있을 것이란 걸 믿는다.

어렸을 때부터 각종 병치레를 했던 나는 달리기가 나에게 잘 맞지 않을 것이라는 선입견 아닌 선입견을 가지고 있었다. 하지만 달리기는 과학적으로도 비교할 대상이 없을 정도로 효과적이면서 간단한 운동이다.

이 책을 읽고 나도 시간이 날 때마다 달리는 취미를 가져 보고자 하는데, 이 쾌감이 생각보다 대단하다. 일단 달리기는 다리로 하는 운동이 아니라 심장으로 하는 운동이다. 다들 경험한 바가 있겠지만 달리기를 멈추는 이유는 심장이 터질 것 같아서, 숨이 가빠서지 다리가 아프기 때문만은 아니다. 쉽게 맞닥뜨릴 수 없는 나의 극한을 만나는 즐거움이 있고, 거기다가 달리기를 끝낸 후엔 오늘도 헛되이 보내지 않았다는 묘한 만족감을 얻을 수 있다. 그것은 어느 지점부터 어느 지점까지를 달렸다는 매우 원시적인 만족감일지도 모른다. 하지만 내면의 채워짐이 있는 것은 분명하다.

어제의 자신이 지닌 약점을 조금이라도 극복해 가는 것, 그것이 더 중요한 것이다. 장거리 달리기에 있어서 이겨내야 할 상대가 있다면, 그것은 바로 과거의 자기 자신이기 때문이다.

사실 하루키처럼 극명히 대비되는 평가를 받는 작가도 드물 것이다. 독자들에게 사랑받는 만큼 문학 비평가들에게는 많은 찬사를 받지 못했기 때문이다. 하지만 이 중후하게 잘 늙은 작가는 소설가로서의 삶과 자신으로 살아가는 삶의 균형을 달리기로 잡고 있는 듯 보인다.

나는 소설 쓰기의 많은 것을 매일 아침 길 위를 달리면서 배워왔다. 어느 날 갑자기 나는 내가 좋아서 소설을 쓰기 시작했다. 그리고 어느 날 갑자기 내가 좋아서 거리를 달리기 시작했다. 주위의 어떤 것으로부터도 영향 받지 않고 그저 내가 좋아하는 것을, 내가 하고 싶은 대로 하며 살아왔다.

물론 위의 마지막 문장은 마음대로 누군가에게 상처를 주며 제멋대로 살았다는 것이 아니라 소설가로서, 인간으로서 살면서 자유로워지려는 노력을 멈추지 않았다는 뜻이 아닐까? 그리고 그것은 분명 자신에게 충실했기 때문에 우리처럼 많은 독자들에게 공감을 주었을 거라 확신한다. 이렇게 우리가 사랑하는 작가 하루키의 달리기에 대해 다 읽고 그가 달렸던 길, 그 길 위에서 들었던 음악과 생각을 따라가다 보면 자신도 모르게 폐활량이 늘어난 것 같은 기분을 느낄 수 있을 것이다. 그리고 하루키가 농담처럼 던진 마지막 문장에 기분 좋은 공감도 할 수 있을 것이다. 하루키는 만약 자신에게도 묘비명 같은 것이 있다면, 또 그 문구를 자신이 선택할 수 있다면 이렇게 써넣고 싶다고 한다.

무라카미 하루키, 작가(그리고 러너) 1949~20** 적어도 끝까지 걷지는 않았다.

생을 마감하는 순간 당신의 묘비명에 무엇을 새겨 넣고 싶은가? 마지막까지 내 열정을 지켜준 든든한 취미가 곁에 있었다고 말할 수 있다면 눈 감은 후의 여정이 그렇게 힘들지 않을 것 같다는 생각도 해 본다. 당신에게도 하루키에 비견할 만한 귀한 취미가 발굴되어지길 바라며, 나는 꼬맹이 둘을 데리고 운동화 끈을 고쳐 매어 봐야겠다.

오페라 읽어주는 남자

줄리아 로버츠라는 여배우를 일약 스타덤에 올려놓은 로맨틱 영화 〈귀여운 여인〉. 누구나 한 번쯤은 이 영화를 본 적이 있을 것이다. 돈밖에 모르는 남자와 거리의 여자가 만나 진정한 사랑을 찾는다는 뻔한 내용이긴 하지만 볼 때마다 미소가 지어진다.

영화에서 전용 비행기를 타고 오페라를 보러 가는 대목이 나온다. 그저 신기해하며 난생 처음 오페라를 보는 여자. 그저 상류층에게만 허용된 사치스런 취미로만 생각되던 오페라를 본 그녀는 단 한마디도 알아듣지 못하지만 눈물을 흘릴 정도로 감동하며 일어서서 박수를 친다. 거리에서 몸을 파는 여자라고 할지라도 마음을 열고 본다면 감동을 느낄 수 있는 것이 바로 오페라인 것이다.

사실 우리에게 오페라라고 하면 드레스나 턱시도를 빼입고, 우아하게 앉아 보고 돌아와 와인이라도 마셔야 할 것 같은 강박관념이 있다. 나 역시 그랬기 때문에 오페라에 대한 이상한 반감이 있었다. 그러나 지인에게 거의 목덜미를 잡아 끌려서 보러 간 오페라 〈카르멘〉을 보고는 그 생각이 달라졌다. 마치 줄리아 로버츠처럼.

오페라는 쉽게 말하면 뮤지컬의 점잖은 버전이라고 할 수 있다. 그 점잖음도 오페라 안에 들어있는 재치와 해학을 이해한다면 오래 가지 않을 선입견이긴 하지만 말이다. 이렇게 처음으로 오페라가 결코 어려운 것이 아니라는 것을 깨달은 이후에 나는 오페라 연출가가 낸 《오페라 읽어주는 남자》를 읽게 되었다. 이 책은 오페라를 접해 보지 않은 사람, 이미 한 번 이상 오페라를 접해 본 사람 할 것 없이 예술을 사랑하는 모두에게 든든한 지침서가 될 수 있는 책이다. 가장 쉽고도 어려운 주제이면서 누구나 공감하는 사랑이라는 테마로 접근하기 때문에 더욱 와 닿을 것이다. '오페라 속에 숨어 있는 7가지 색깔의 사랑 이야기'라는 부제만 봐도 알 수 있듯이 말이다.

저자인 오페라 연출가 김학민은 한국인 처음으로 미국 텍사스 주립대학 음대 오페라과에서 연출 실기 박사 학위를 받았다. 그는 마치 객석 내 옆자리에 앉아 설명하듯이 오페라의 씨실과 날실을 갈라준다.

오페라를 불러주는 대신 읽어준다고 한 것은 이 책이 오페라가 담고 있는 삶의 진실, 전달하고자 하는 메시지에 집중했기 때문이다. 나는 처음에 얼결에 끌려가서 봤던 〈카르멘〉을 이 책을 읽은 후에 다시 볼 기회가 있었다. 그때는 정말이지 특훈 과외라도 받고 시험을 치는 느낌이었다. 눈이 떠졌다고나 할까? 이야기와 노래가 함께 있는 이렇게 훌륭한 종합예술을 그 전에는 왜 그렇게 벌 받듯이 접했을까하는 아쉬움이 밀려왔다.

〈카르멘〉은 자유연애를 추구하는 여주인공 카르멘과 그녀와 사랑을 하는 군인 호세가 등장한다. 카르멘은 전형적인 아름다움을 가졌지만 이제까지 다른 오페라 주인공들이 보여줬던 지고지순한 사랑을 하는 주인공과는 거리가 멀다. 카르멘은 절대로 사랑이 식었다고 해서 정 때문에 만남을 지속할 생각도 없고 죽음이 우리를 갈라놓을지라도 당신만을 사랑하겠다는 맹세 따위도 하지 않는다. 이렇게 낭만적인 사랑의 전형을 완벽하게 깨부수는 오페라계의 혁명녀 카르멘은 뜨거움과 냉정함을 동시에 갖춘 여자이다. 이렇게 보헤미안이자 집시였던 카르멘이 호세와의 사랑에만 머물러 있을 리 만무했다. 카르멘은 호세에게 싫증을 느끼고 인기 투우사인 에스카미요에게 마음을 빼앗기고 만다. 사랑하는 연인 카르멘의 마음을 돌리기 위해 호세는 노력하지만 카르멘의 차갑게 돌아선 마음은 돌릴 길이 없다. 이 과정에서 젊은 연인이 서로를 그리워하고 또는 외면하는 절절한 노래가 마음을 울린다.

결국 호세는 카르멘의 마음을 얻지 못하고 분노에 눈이 멀어 카르멘을 단도로 찔러 죽이고 만다. 극한의 사랑이 극한의 결말을 가져오게 된 것이다. 또한 유혹의 화신 카르멘과 갈등하는 인간의 전형을 보여주는 호세를 통해 인간의 삶에 숨겨져 있는 사랑의 야수성, 파괴성에 대해서도 말해주고 있다. 마지막에 모두의 눈물샘을 자극하는 호세의 노래. 카르멘의 시체 곁에 무릎을 꿇고 공포와 후회, 그리움으로 쏟아내는, 투우장 군중들 앞에서 쓰러진 카르멘의 주검을 안고 울부짖는 호세의 노래는 듣는 이의 가슴을 짓누른다.

"그대를 죽인 것은 바로 나다, 오 나의 카르멘, 사랑하는 카르멘……"

노래가 끝나고 호세는 스스로 목숨을 끊는다.

이야기와 노래가 다른 점은 음의 고조가 있다는 것인데 이것은 절대로 간과해서는 안 되는 것이다. 우리가 국어책을 읽듯이 평이하게 말하는 것과 특정한 대목에서 언성을 낮추고 올리고 양념을 넣는 것의 차이는 천차만별이듯이 노래로써 표현하는 감정은 그 감동의 전달이 남다르다. 저자는 오페라 내용과 특징을 짚어주면서 감동이 배가될 수 있도록 도와준다.

이밖에도 원수와 사랑에 빠져 결국은 죽음에 이르게 되는 트리스탄과 이졸데의 이야기를 통해 죽음으로 완성되는 낭만적 사랑에 대해 이야기하기도 하고, 우리 주변의 우스꽝스러운 이웃의 재미있는 일상을 보여주거나 사회를 풍자하기도 한다. 모차르트의 〈코지 판 투테〉와 〈돈 지오반니〉, 〈피가로의 결혼〉, 슈트라우스의 〈살로메〉, 베르디의 〈오텔로〉 등 우리가 무조건 멀고 어렵게만 느꼈던 다른 오페라들도 자세하고 편안하게 설명해 주고 있다.

한편으론 우리가 이때까지 알고 있었던 이야기도 오페라를 통해 달리 와 닿는 경우도 있다. 나의 경우는 〈살로메〉가 그랬다.

동생을 죽이고 동생의 아내인 헤로디아와 결혼한 인면수심의 왕 헤롯왕이 등장한다. 세례자 요한은 그런 헤롯왕의 부도덕함을 비난하다가 결국 옥에 갇히게 된다. 사사건건 왕에게 딴지를 거는 세례자 요한이 눈엣가시였던 헤로디아는 헤롯왕의 동생과의 사이에서 낳은 딸 살로메를 시켜 헤롯왕을 사로잡게 만들고, 소원으로 세례자 요한의 목을 달라고 요구한다. 이것이 우리가 일반적으로 알고 있는 살로메의 이야기일 것이다.

그러나 나중에 리하르트 슈트라우스가 오스카 와일드의 희곡을 각색해 만든 〈살로메〉의 경우 더욱 더 확장된 이야기가 나온다. 헤롯왕은 처음부터 의붓딸인 살로메에게 흑심을 품고 있었다. 그러나 이미 살로메는 정의로 가득 찬 세례자 요한을 마음에 품은 상태였다. 하지만 세례자 요한은 살로메의 사랑을 차갑게 거절하고, 오뉴월에도 서리를 내리게 한다는 여자의 한으로 헤롯왕을 유혹한 후 세례자 요한의 목을 요구하게 된다. 살로메는 사랑을 얻지 못한다면 죽여서라도 내 것으로 만들어야 하는 여자였던 것이다. 또 이들의 사랑 외에 살로메를 너무나도 사랑한 근위대장의 이야기도 등장한다. 그는 요한을 가지기 위해 살인까지 감행하는 살로메를 보고 비관하여 목숨을 끊는다. 이것은 우리가 알고 있던 내용에서 완전히 벗어난 것이다. 살로메가 세례자 요한을 유혹하고, 그녀의 치명적인 매력에 빠진 근위대장이 자살을 하는 상황은 오페라가 초연될 당시만 해도 매우 파격적인 것이었다.

하지만 언제나 그렇듯 예술은 시대를 가장 먼저 앞서가는 것이 아니겠는가? 이것을 오페라로 접해 볼 수 있다는 것도 큰 기쁨이 될 수 있을 것이다. 가끔은 나도 대통령이나 대기업 그룹 총수처럼 어떤 분야든 나를 위한 전문가들이 한 명씩 존재했으면 하고 바랄 때가 있다. 특히나 미술, 음악 등에 전문적인 지식을 가지고 보면 그 감흥이 배가 되는 경우에는 더욱 그러하다. 그런 의미에서 이 책은 정말이지 든든한 오페라 보좌관이 되어줄 것 같다. 친절하게 어린아이에게 새로운 세상을 열어주듯 하나하나 짚어주니 말이다.

아울러 이 책은 풍부한 도판으로 보는 즐거움까지 제공하고 있다.

무대 디자인, 의상 디자인, 실제 공연 사진들까지 다양하게 나와 있어 읽는 속도가 붙을 뿐 아니라 저자의 설명 또한 머리에 쏙쏙 들어온다.

오페라 공연 표를 들고 '이걸 가, 말아? 가면 졸다가 망신당하는 건 아닐까? 박수는 중간에 쳐도 되나……' 라는 고민으로 번민의 밤을 보낸 적이 있었다면 이 책을 가슴에 품고 바로 공연장으로 달려가도 되지 싶다. 야구는 공을 쳐서 멀리 날아가면 되고, 축구는 골대에 공을 넣으면 된다. 이런 간단한 룰을 우리가 어렵게 터득한 것이 아니듯이 오페라를 구성하는 몇 가지 요소, 간단한 에티켓만 미리 알고 간다면 거대한 인생의 바다, 그보다 더 깊은 사랑의 무대를 화려한 음률과 함께 경험할 수 있게 될 것이다.

여행생활자

인생을 뜬구름 잡듯, 혹은 그 뜬구름 위에서 살듯 살아가는 사람들이 있다. 여행을 갔다 온 뒤 잠깐 돈을 벌어서 그 돈을 바닥까지 탈탈 털어 다시 여행을 가는 사람들. 그들은 삶에 있어 중요한 것의 기준이 다르다는 평이한 설명으로는 그들을 도저히 설명할 수 없다. 하지만 이렇게 훌훌 털고 떠나는 그들이 매번 부러워지는 것 또한 어쩔 수 없는 것 같다.

이미 나의 생의 중심은 정해졌고, 내가 하는 일과 할 수 있는 일에 대해 내가 느끼는 행복 또한 적다고 할 수 없으니 나는 일상에서 여행을 조미료로 사용하는 방법을 터득해야만 한다. 여행이 가져오는 재충전의 효과를 부정할 사람이 과연 얼마나 될까? 물론 떠난 곳에서의 고난과 역경이 다시 제자리로 돌아왔을 때 여파를 미치기도 한다. 그러나 그 고난과 역경마저도 추억의 한 페이지를 장식하게 된다는 것을 우리는 알고 있다.

여기 한 권의 여행기가 있다. 자유롭게 떠날 수 있고, 그 자유로운 영혼으로 여행지의 경험과 감성을 담뿍 흡수하는 여행 작가의 책이.

나같이 남에게 관심 없는 사람이 이 여행 작가를, 거기다가 어떻게 생겼는지까지 알게 된 데는 단 하나 내가 사랑해마지 않는 프로그램인 EBS의 〈세계테마기행〉 덕분이다. 일찍 집에 들어간 날이면 다큐멘터리를 싫어하는 딸아이를 옆에 끼고 이 프로그램을 보는 것이 낙이었다. 그런데 어느 날 멕시코 편에 이 여행 작가가 등장했고 자막에는 그를 '여행생활자'라 표시하고 있었다.

소개도 특이했지만 그의 여행법은 더욱 특이했다. 철저한 자립과 보이는 것만 보되 유난스럽지 않은 여정, 그리고 그 안에 녹아들려고 애쓰는 모습이 눈에 들어왔다. 바로 자신을 스스로를 '여행생활자'라 부르는 유성용이었다. 저자는 단 한 번도 국내 여행사의 패키지 상품을 이용해 본 적이 없다고 한다. 일단 '과도하게 인간화된 곳이 아니면서 자연에 가까운 곳'을 첫 여행 목적지로 선택하는데, 그 선택은 첫 목적지에 한해서라고 한다. 그 후로는 길이 알려주는 대로 떠난다는 것이다.

이 작가의 가장 큰 장점은 바로 가르치지 않는다는 것이다. '이런저런 오지를 다녔는데, 우리와 달리 먹을 것이 없고 고립되어, 우리가 가진 환경이 이렇게 발전됐고, 사소한 것에 감사하며 살자'는 식의 가르침이 전혀 없다. 그저 삶에, 여행에, 길에 대한 담담한 관조가 있을 뿐이다.

삶의 대부분은 밋밋하고 지겨운 일상이다. 우리를 온통 적시는 소나기는 평생에 몇 번 내리지 않을지도 모른다. 잠시 반짝이고 사라지는 것을 좇아 일생을 사는 일은 그리하여 삶의 대부분을 배반하는 위험한 짓은 아닐는지. 기나긴 기다림의 순간에는 의심스러운 의지만으로 견디고 그리워하며 외로웠지만 그보다 늘 맘이 아린 건, 내 삶의 허방한 터전을 깨우치는 충일의 순간이다. 내 부끄럼의 일번지가 되는 곳에서 나는 그만 사고가 멈추고 만다.

벌써 문체가 예사롭지 않다는 것을 느낀 사람이 있을 것이다. 일반적인 여행기가 서사적인 구조를 가지고 풍광이나 상황을 묘사하는데 그친다면 이 책에는 스토리가 있다. 아니 스토리를 꿈꾸게 한다.

원난성의 어느 저녁, 물 위에 아른거리는 불빛을 보며 말하는 익숙한 것과 낯선 것의 관조는 한 번도 본 적은 없는 아스라한 불빛이 눈앞에 펼쳐지듯 그 속에서 사연을 전달한다.

이곳에서는 익숙한 것과 낯선 것이 별 구분이 서지 않는다. 익숙한 것이 낯설고, 낯설다는 것이 익숙하다. 이 거대한 규모의 살아 있는 고성은, 시간을 쥐었다가 천천히 풀어내서 그 미로 속으로 끊임없이 흘려 보낸다. 이곳을 걷는 이들은 누구나 시간의 감각과 함께 아주 자주 길을 잃게 될 것이다.

누구나 못 견뎌 여행을 떠나지는 않는다. 요즘같이 해외여행이 동네 마실 같이 자유로워진 때, 사람들은 일 년에 한 번이라도 안 나갔다

오면 유행에 뒤처지기라도 하는지 무슨 핑계를 대서라도 나갔다 오려고 하지 않는가. 그러나 이것은 어디까지나 휴가의 개념일 뿐이다. 치유의 개념으로 떠나는 여행은 그 맥락이 다르다. 도저히 그곳에 있을 수 없어서, 내지는 도저히 떠나지 않을 수 없을 정도로 마음의 상처가 깊어 아무리 닦아도 피고름이 멈추지 않을 때 필요하다. 이런 여행을 통해 우리는 한 뼘 이상 자라는 것이다. 작가는 아무래도 누군가를 마음에서 채 지워내지 못한 모양이다. 고성을 흐르는 맑고 얕은 수로를 따라 걸으며 연꽃등에 불을 밝히고 누군가를 그리는 모양새가 그렇다.

어둠 속에서 빛날 마음의 씨앗들. 나도 매일 그 곁에 서서 내 마음의 한 조각을 저 멀리로 흘려 보낸다. 그대는 살아가고 싶어서 눈이 눈물처럼 빛나던 사람이다. 긴 생을 마감할 때까지 그대 부디 안녕하라. 미칠 것 같으나 사랑은 결코 치명적이지 않으니, 다만 어느 순간에도 부디 그대가 그대이기를 포기하지 마라.

원난성과 장강, 세상 끝에 걸친 길이라는 천장공로를 지나 티베트, 인도, 스리랑카, 네팔, 파키스탄의 오지를 다니며 세상에서 가장 쓸쓸한 여행을 하기 위해, 그 안에서 극한의 외로움을 만나기 위해 저자는 안간힘을 쓰고 있는 것 같았다. 좀 더 안으로, 좀 더 사람들 속으로 들어가 그들과 차 한 잔, 밥 한 끼를 마주하고 앉아 통하지도 않는 말을 나누며 헤어지기 싫은 마음을 얻어오는 모습을 보며 과연 오지는 우리 마음에나 존재하는 곳이구나 싶었다.

이 바쁜 도시에서 우리는 이렇게 언제나 늘 가까이 있으면서도 서로가 하는 말과 서로의 생각에 귀를 기울이지 못해 그야말로 불통의 시대를 살아가고 있지 않은가? 그러나 전기도 텔레비전도 없는 지구 어딘가에서는 낯선 이방인과도 이렇게 마음을 나누고 있다. 이걸 알기 위해 우리는 한 번쯤 여행을 떠나야 하는 것이 아닐까 싶기도 하다.

하지만 아무리 그래도 중국의 시천에서 시장, 그러니까 티베트로 이어지는, 세상에서 가장 아름다운 길로 꼽힌다는 천장공로로 가는 길에 옆으로 완전히 나자빠진 버스의 사진을 보고 나면 저절로 '아이쿠!' 싶어진다. 저런 환경에서 살아 돌아와 아직도 여행을 다니는 저자가 천운을 타고 났지 싶을 정도로 말이다.

계속해서 오지로 들어가다 보니 교통편인들 제대로 된 것이 있을 리 만무했을 것이고, 기상조건에 따라 떠나고 안 떠나고도 없었던 모양인지 허벅지까지 눈이 빠지는 길을 흰 눈 속의 한 점처럼 내달리다가 길 위에서 며칠씩 고립되기도 부지기수였던 모양이다. 하지만 이 책 어디에서도 어느 나라, 어디 가서는 뭘 조심하고 어디에 묵으라는 둥 하는 친절한 안내는 없다. 여행기라는 이름을 달고 있긴 하나 이 기록은 매우 개인적이다. 그래서 더욱 와 닿는 것인지도 모르겠다.

저자는 '여행이란 결국 삶을 등지고 죽음의 냄새를 맡으러 가는 머나먼 길'이라고 했다. 세상은 늘 외롭고 막막한 것이라는 그의 솔직한 고백에 나는 백 퍼센트 동감한다. 그것은 여행을 떠나든 여기에 남든 마찬가지일 것이다.

미국 유학시절에 한 학기 동안 보이지 않던 유럽 태생의 여학생이 몇 달 후에 모습을 나타낸 적이 있었다. 그동안 어딜 다녀왔냐고 물었더니 아프리카를 트럭으로 횡단했다는 것이다. 그 바쁜 와중에 다른 곳도 아니고 아프리카를, 그것도 어떻게 트럭을 타고 횡단했냐는 나의 질문에 했던 그녀의 대답이 명언이었다.

"뭔가 거대한 것이 필요했어."

그녀는 오래 사귄 남자친구와 헤어졌다고 했다. 아프리카와 같이 거대한 땅을 끝도 없이 달리는 막막함으로 자신의 이별을 대수롭지 않게 만들기 위해 노력했다는 것이다. 그리고 어느 정도는 성공했는지 남은 학기 동안 열심히 공부를 했던 기억이 난다.

그것이 거기에 있어 찾아간 여행자를 맞는 오체투지의 순례자를 보며 지금 나의 고민의 무게를 달아 보기도 하고, 끝없이 그림자를 낳은 것만 같은 거대한 산 앞에서 삶과 죽음의 무게를 달아 보기도 하는 것. 이 무게가 사람마다 얼마나 다르건 간에 나는 한 사람의 이 과정이 담긴 여행기를 읽는 것이 이렇게도 공감되고 마음을 움직이게 될 줄은 몰랐다.

오체투지!

어둠 속에서부터 그녀는 오체투지만으로 카일라시를 돌고 있었다. 나는 그 곁에 멈춰서버렸다. 그녀는 조금씩 나아갔고, 나는 그녀가 사라질 때까지 그대로 서서 그녀를 바라보았다. 우리가 몰라서 그렇지 새들은 가끔씩 허공에 머리를 처박고 죽었을 것이다. 그리고 또, 우리가 몰라서 그렇지 사람들도 가끔씩 허공에 머리를 처박고 죽었을 것이다. 이생에서 저버릴 수 없는 짐이 나와 그대의 어깨 위에 있다. 그 짐은 결코 사라지지 않을 것이다.

그렇다. 여행을 다녀와서도 해야 할 일은 태산이고 미운 놈은 여전히 밉다. 그러나 일상이 존재하지 않을 것 같은 안나푸르나에서도 생활은 속내를 반짝였다. 누군가는 밭을 갈고, 이제 어른이 되어 곧 결혼할 청년은 나무를 베어다 집을 짓는다. 일상에서 떠나 누군가의 일상을 들여다보는 것, 그것이 바로 여행인 것이다. 그리고 저자는 이 기쁨을 놓치지 않았다.

> 무엇보다 맘에 드는 것은 이 속에 내가 홀로라는 것이다. 나는 오늘 또 편지를 쓴다. 이 세상에서 나를 애틋하게 여겨주는 몇 안 되는 이들에게 지금 내가 걷고 있는 이 길의 아름다운 풍경보다는 차라리 우리 함부로 그리워하지 말자고 편지를 쓴다. 나의 나타에는 이제 겨울이 끝나고 꽃 피는 봄이 오고 있겠구나.

여행에서 느끼는 청결한 고독, 그것을 일상에서 영원히 지속할 수 없는 것은 어쩌면 당연한 일일 것이다. 왜냐하면 우리는 티베트의 여인처럼 오체투지로 관절을 닳게 할 수도 없다. 그렇기에 그저 여행에서 얻는 얕은 수행으로 한정된 시간을 견디게 되는 것이다. 우리의 한계는 그것이다. 단지 얼어붙은 호수와 먼지사막, 뒤집힌 버스, 눈물 나게 누군가 그리웠던 밤을 추억하며 일 센티미터는 커진 사람이 되겠지. 그렇다. 여행은 좀 더 나은 나를 만들기 위한 가장 값싼 대가이다.

꽃들이 지천으로 핀 지구의 어느 곳에서 더 이상은 너를 사랑하지 않는다는 눈물 어린 고백도 해 보고, 가식과 위선으로 가득 찬 사회를 욕할 생각도 없는 순수한 사람들도 만나면서 떠나온 서울 생활을 돌아볼 수 있다면 얼마나 좋겠는가?

모 일간지의 인터뷰에서 저자는 독자들에게 '의도 바깥으로의 외출'을 제안한다고 했다. 의도하지 않는 곳, 우연이 다음 기차가 되는 여행. 당신은 그런 여행을 떠나 본 적이 있는가? 또 저자는 최근 인기를 끌고 있는 오지 여행에 대한 걱정도 나타냈는데 오지 여행이 그저 살고 있는 도시에 대한 반발의 개념일 때가 많다는 것이다. 그렇게 되다 보면 오지는 점점 이기적인 사람들이 '마음의 쓰레기를 버리는 곳'이 되어버린다는 것이다. 이기적인 사람이 되지 않기 위해 떠난 여행이 그런 결과를 가져와서야 되겠는가?

'세상에서 가장 쓸쓸한 여행기'라는 부제가 붙은 표지에는 호수로 향하는 사막 같은 대지를 걷는 저자의 뒷모습이 보인다. 마치 자신의 외로움, 그 심장부를 향해 걷는다는 느낌이다. 이 책을 읽으면 오롯이 나를 향해, 티베트에도 있고 안나푸르나에도 있는 나를 향해 걸어가는 발걸음으로 떠나고 싶어진다. 마음으로 그리워할 누군가를 가슴에 새기고.

조세현의 얼굴

이제는 '일인 디카시대'라는 말도 한물간 것 같다. 최고급 화질을 자랑하는 HD급 핸드폰 카메라가 나오는 마당이니 말이다. 사람들은 언제 어디서나 사진을 찍으며 그 순간과 그 느낌을 잡아두려고 안간힘을 쓴다.

그런데 이 안간힘이 지나친 경우를 요즘 자주 보게 된다. 아이들을 데리고 음식점에 가서 밥을 먹는데 여대생 정도 되어 보이는 이들이 앉은 옆 테이블에서 난리가 났다. 음식이 나오자, 먹으려는 자와 세팅이 된 그대로 카메라에 담고자 하는 자 사이의 혈투에 가까운 싸움이었다. 카메라를 가진 자의 승리로 끝이 났나 보다 하고 있는데 몇 숟가락 먹더니 서로의 얼굴을 찍기에 여념이 없었다. 방향을 바꿔가며 찍기도 하고 여럿이서 셀프카메라를 찍기도 했다. 네 명도 넘는 얼굴을 옹기종기 다 넣으려고 안간힘을 쓰는 게 안쓰러워 내가 다 찍어주고 싶은 심정이었다.

이렇게 사진은 이제 우리 일상에서 너무나도 당연한 것이 되었다. 때로는 그것이 홍수처럼 밀려와 본래의 의미를 잃어버리게도 하지만 우리의 소중했던 추억을 담아두는 장치 중 사진만 한 것을 찾기 어려운 것도 사실이다.

나로 말하자면 어린 시절부터 사진 찍는 걸 죽기보다 싫어했다. 그래서 예전 앨범을 들춰 보면 개구지게 잔뜩 인상을 쓰고 있다거나, 아예 먼 산을 보고 있는 사진도 허다하다. 나에게 제대로 된 기념사진을 남겨주고 싶은 마음에 어머니가 아예 내 얼굴을 깁스처럼 붙잡고 찍은 사진도 있었다. 웃지 못할 에피소드다. 하지만 이런 내가 자발적으로 카메라를 들고, 피사체에게 나의 어머니처럼 웃으라고 말하는 때가 왔다. 나도 부모가 되었기 때문이다.

처음 아이가 태어났을 때는 어쩔 줄을 몰라 사진을 찍을 경황이 없었다. 그저 아이의 울음을 멈추게 하고, 밥을 먹이고, 잘 재우게 하는 일로도 하루 24시간이 모자를 지경이었다. 그러나 아이가 좀 더 자라자 나는 아이의 모습, 다시는 돌아오지 않을 이 천사 같은 모습을 오래도록 담아두고 싶은 욕심이 생겼다. 아내도 물론 그랬다. 그래서 그때부터 좋은 카메라를 사서 차곡차곡 아이들의 사진을 모아두었다. 우리가 놓치고 있는 우리의 생의 부분 부분들을 카메라는 성실히 지켜주고 있었다. 하지만 단지 기록으로서의 사진을 뛰어넘어 잘 찍어 보고 싶다는 욕심이 생기는 것도 사실이었다.

그 무렵 나는 한 일간지에서 법정 스님의 사진 한 장을 보게 된다. 후에 스님의 영정사진으로도 쓰여 우리에게 너무도 잘 알려진 사진. 누군가의 얼굴을 이렇게 담아낼 수 있다면 얼마나 좋을까? 그것은 사진에 대한 지식, 좋은 카메라를 통한 기술만으로 담아낼 수 있는 것이 분명히 아니었다. 피사체에 대한 이해와 사랑이 동반되지 않고서는 절대로 상대방의 얼굴을 저렇게 사진으로 표현해 낼 수 없을 것이다. 나는 그렇게 생각하고 그 사진을 찍은 사람을 물어보았다. 사진작가 조세현 씨였다. 스님이 돌아가신 후에 들은 이야기지만 조세현 작가는 오랫동안 법정스님의 사진을 찍으며 인연을 맺어왔다고 한다. 처음에는 독자로 스님을 따르다가 가까이서 사진을 찍게 되었다고. 나도 이 부분은 참 의아했는데 스님은 예전부터 사진 찍기를 참 꺼려하셨기 때문이다. 조세현 작가도 꽤 여러 번 간곡히 청해 사진을 찍게 되었는데 다행히도 스님께서 조 작가의 사진을 좋아해 주셔서 계속 찍게 되었다고 한다.

그러니 스님의 사진을 보면서 느낀 감동은 아마 당연한 것이었을지도 모르겠다. 내가 아는 스님의 모습을 넘어 스님 심연의 단단하고 온기 있는 모습까지 담아낸 사진은 절로 경탄이 나오게 만들었다. 스님을 알고 지낸 나의 긴 세월과 스님을 찍은 사진작가의 시각에서 나는 묘한 동

질감을 느끼게 되었고, 후에 서점에서 조세현 작가가 쓴 포토에세이집
《조세현의 얼굴》을 발견하자마자 사서 돌아오는 길에 다 읽어버렸다.

사진이 무엇을 담아야 하는지, 또 그것을 어떻게 담아야 진정 사진
다워지는지에 대한 사진작가 스스로의 질문과 대답을 적은 이 책은 저
자가 20년 간 수많은 사람들을 찍으며 느꼈던 감정을 중국 시안 여행을
통해 풀어내고 있었다. 시안이 어디인가? 진시 황제의 거대한 무덤 속에
육천 명에 달하는 병사들의 얼굴이 있는 곳이 아니던가. 살아 있는 자의
얼굴과 죽은 자의 얼굴, 또 그 죽은 자들의 터를 삶의 기반으로 살아가
고 있는 사람들의 또 다른 얼굴. 작가는 이곳에서 또 다른 얼굴을 담아
돌아오게 된다. 화려한 스타의 얼굴이 한 가지 표정일 수 없듯이 생활
속에 인간군상이라고 하나의 표정일 수는 없을 것이다. 그 각각의 표정
을 담아내고 읽어내는 것이 바로 사진작가의 능력이라고 할 수 있겠다.

사실 조세현 작가는 배우들의 내면 초상을 담아내기로 잘 알려져
있는 작가다. 자선 사진전시회도 여러 번 개최한 것으로 기억되는데 작
가로서의 사회적 역할을 누구보다 잘 이행하고 있다고 말하고 싶다.

그는 이렇게 시안에서 그곳 사람들 속에 섞여 함께 이야기하고, 웃
고, 떠들며 그들의 표정과 거짓 없는 마음을 담아낸다. 또 그곳에서 자신
이 카메라를 처음 잡은 순간부터 지금까지 자신의 이야기도 풀어낸다.

우리는 일반적으로 사람을 볼 때 얼굴을 가장 먼저 보게 된다. 다시
말해 얼굴은 시선이 가장 먼저 닿는 곳이라는 뜻이다. 그렇다면 우리가
처음 보고 느끼는 얼굴에 대한 이미지를 사진이라는 필터를 통해 볼 때
어떤 사진이 가장 잘 찍은 사진일까? 나는 왜곡되지 않은 것이라고 말

하고 싶다. 피사체를 왜곡시키지 않는 사진이 가장 훌륭한 사진이라고 말이다. 그렇다면 왜곡하지 않기 위해서는 시간을 들여 정밀하게 그 사람을 바라볼 필요가 있고 얼굴 속 표정 하나하나를 응시해야 한다.

《조세현의 얼굴》에서는 인물, 즉 얼굴에 포커스를 맞춰 작업한 결과물들이 거의 전부이다. 그리고 그 얼굴에서 출발해 주변의 상황과 사물, 공간, 시간의 흐름까지 크게는 피사체 인생의 단면을 보여주고 있다.

달빛 아래서 그림자 연극을 펼치는 시골마을 사람들의 표정들, 탄광촌이나 수용소에서도 여전히 이어지는 삶, 보이는 것과 보이지 않는 것 모두를 알 수 있게 해준 한 장의 가족사진, 온 우주를 환하게 만드는 모든 이의 웃음…….

사람이 사람을 대하는 가장 기본적인 몸짓 중 하나가 웃음이다.
타인에게 잘 보이기 위해, 복잡한 내면을 애써 감추기 위해 짓는 거짓 웃음이 아니라 타인을 향한 호기심으로 스스로를 무장 해제시키는 웃음, 그런 웃음을 중국의 어느 시골에서 만났다.

어쩌면 당연한 일 아니겠는가? 울고 있거나 실의에 빠진 사람에게 카메라를 들이대는 것만큼 고역도 없을 것이다. 몇 천 가지의 이유와 표정이 있는 웃음에서 특별한 한 순간을 이끌어내 사진에 각인하는 것은 누구나 할 수 있는 것은 아닐 것이다. 그는 시안에서 작은 그림자 연극을 보러 가기도 하고 길에서 장기를 두는 할아버지, 인력거꾼, 아버지 목말을 탄 꼬마아이, 길거리 음식을 파는 상인들 등을 카메라 렌즈부터가 아닌 작가의 눈으로 먼저 다가가 보았다. 아마 그랬기 때문에 몇 마디 말을 나눈 것이 전부인 이방인 사진작가에게 그들은 그런 표정을 보여준 것이리라.

이 책을 통해 나는 다양한 사람들의 얼굴 속에서 뜻밖에도 나를 투영하게 되었다. 때로는 아이를 보는 아버지이기도 했고, 노년의 느린 세월을 바라보는 노인이기도 했다. 아마 그것을 공감이라고 부를 것이다. 사람들의 얼굴 속에 스며든 그들 개개인의 이야기. 그것이 읽히는 사진. 그것이 우리 모두가 찍고 싶어 하는 사진이 아닐까?

사람의 얼굴은 한 편의 소설과도 같다. 그들이 수십 년의 세월을 통해 겪어온 시간은 긴 문장이 되어 얼굴과 표정에 스며든다. 툭하고 건드리면 한없이 쏟아져 나올 것처럼 그들의 얼굴은 이야기로 가득 차 있다. 하지만 그 긴 문장들을 하나의 단어로 압축해야 하는 것이 바로 사진가의 일이다.

가끔 누군가가 나에게 작은 고민이라도 털어놓을라치면 괜스레 내 마음까지 무거워져 참 곤욕스럽게 느껴질 때가 있다. 하지만 사진작가는 누군가의 곤혹도 받아들여야 하는 직업인 것 같다. 한 사람의 압축된 생의 흔적을 사진으로 담아내기 위해서는 피사체가 보내는 눈빛 한 줌도 놓쳐서는 안 되므로. 작가는 이 고단함을 숙명으로 받아들이고 있는 것처럼 보인다. 그리고 우리는 그런 결과물을 보면서 오히려 마음의 빗장을 풀고 서로에게 가슴을 보이게 되는 것은 아닐까?

어디에 사는, 무엇을 하는 누구인가가 뭐 그리 중요할까. 그들과 나는 한 공간에 있었고, 우리는 카메라를 사이에 두고 서로의 마음을 열어 보였는데.

작가는 이 말을 하고 나서 아마도 렌즈에서 눈을 떼고 담배를 한 대 피지 않았을까 싶다. 우리는 가끔 서로를 이해하기 위해 너무 많은 말을 하고 있지는 않은가 반성해 보게 된다. 어디에 사는, 무엇을 하는, 어느 집의 누구인지는 어느 순간엔가 별로 중요하지 않은데 말이다. 작가는 사람들과 마주 앉으며 카메라 렌즈를 통해 굳이 보려 하지 않아도 보이는 그들의 삶을 느꼈을 것이다.

하지만 그것이 무조건적인 연민이나 동정이 되는 것 또한 옳은 방향은 아니다. 반드시 내 삶과 비교해 무언가를 얻어야 한다는 강박관념 또한 벗어나야 한다. 사람을 사람으로 볼 줄 아는 법. 그 내공을 얻기가 어려운 것도 사실이지만 또 그것이 우리가 얻어내야 할 궁극임은 틀림없는 것 같다. 작가는 여러 해 전에 자폐를 가진 아이들과 그 가족들을 촬영할 일이 있었다고 한다. 큰 운동장에 아이들을 모아놓고 사진을 찍어야 했는데, 요 녀석들 찍는 일이 보통 일이었겠는가? 마음대로 운동장을 돌아다니는 아이들을 통제하기도 어려워 쩔쩔 매고 있는데 한 녀석이 다가와 다짜고짜 카메라를 달라고, 직접 찍어 보겠다고 나서는 바람에 더욱 곤란해졌다고 한다. 하지만 직접 사진을 찍어 본 아이는 자신이 찍은 사진을 보고 좋아서 어쩔 줄 몰라 하며 기뻐했다고 한다. 세상과 소통하는 마음의 문을 닫고 안으로만 파고들었던 아이가 세상에게 문을 열기 시작한 것이었다. 작가에게 이것은 신비한 경험이었다.

며칠 뒤 한 통의 전화를 받았다. 그 아이의 엄마였다. 아이가 그날 이후로 카메라를 너무 좋아해서 결국 하나 사줬는데 그것으로 소통이 시작되었다며 감사하다는 내용의 전화였다. 지적 장애가 있는 아이가 사진을 통해서 장애를 치료할 가능성을 얻게 됐다는 뜻이다. 사진으로 할 수 있는 일이 이렇게 많구나 생각하니 심장이 두근거렸다. 그리고 더 할 수 있는 일이 없을까 찾기 시작했다. 나는 계속 새로운 일을 꿈꾼다.

아는 것과 느끼는 것의 차이란 바로 이런 것이 아닐까. 내가 가진 능력을 사회와 함께 나눌 수 있다는 것을 아는 게 아니라 느끼는 것이 실천으로 이어지기 훨씬 더 쉬울 것이다. 사진이 갖는 소통의 기능을 느끼고 보다 긍정적이고 이로운 방향으로 자신의 능력을 전환하기 위해 노력하려는 작가의 의지에 박수를 보내고 싶다.

한 사오 년 전부터 젊은이들 사이에서 필름카메라 열풍이 불었던 모양이다. 강의를 들으러 오는 학생들이 용돈을 모아 산 클래식 카메라를 차마 가방에 구겨 넣지 못해 강의실 책상 위에 올려놓는 걸 몇 번 본 적이 있어 물어봤었다. 그중에는 내가 어린 시절 아버지가 가족을 찍어주던 카메라 모델도 있어 깜짝 놀라기도 했었다. 왜 이렇게 오래된 카메라에 열광하느냐고 했더니 그 정도로 오래된 것인지는 몰랐다는 표정이긴 했지만 대부분 필름 사진에서 오는 독특한 느낌 때문인 것 같았다. 좋은 현상이다. 천천히 사물을 바라보고 담으려 노력하는 것, 요즘 젊은이들에게 반드시 필요한 것임에는 분명하다. 나에게도 말이다.

낱말에 부등호를 매길 수 있다면 나는 '이해하다'와 '보다'를 '='로 표현하고 싶다. 보지 않으면 어떤 것도 이해할 수 없다. 이해하고 싶기 때문에 유심히 보는 것이기도 하고 말이다. 사진은 인생 속에서 이 부등호를 맞춰 가기에 너무도 좋은 취미가 아닐까 싶다. 또 조세현 작가처럼 훌륭한 결과물과 동시에 피사체와의 공감을 이끌어낼 수 있다면 카메라 한 대가 수십 명 친구 부럽지 않을 것 같기도 하다.

가끔 지인을 만나 앉아 이야기 하다 보면 상대방이 무심코 내 핸드폰 메인화면의 사진을 확인하고 미소를 지어 보일 때가 있다. 언제나 내 메인화면의 주인공은 두 딸이다. 돼지 코를 해보이며 카메라로 다가와 꽃같이 웃어주는 아이들. 그 아이들을 더 잘 이해하고 보기 위해서라도 나, 이 책을 조만간 다시 한 번 읽어야겠다. 렌즈보다 몸을 좀 더 밀착시키고 조리개보다 마음을 먼저 열어야겠다.

희박한 공기 속으로

올봄 여성 산악인 최초로 우리나라의 오은선 대장이 히말라야 8,000미터 고봉을 오르는 모습이 중계되었다. 거대하다는 표현 외에는 쓸 것이 없는 곳에서 정말로 거대한 일을 해낸 그녀가 위대해 보이기까지 했었다. 잡아먹을 듯이 달려드는 눈사태를 지나 숨이 막혀오는 고도를 이기며 산소통도 없이 산을 오르는 오은선 대장을 보며 나 혼자 숨이 턱까지 차오르기도 했었다.

저 높고도 험준한 산을 오르며 저들은 무슨 생각을 할까 갑자기 궁금해졌다. 곰곰이 생각해 봤는데 아마도 그들은 아무 생각도 하지 않을 것이다. 무념의 상태, 단순히 본능적으로 앞으로만 향하는 맹목적인 상태에서 느끼는 원초적 희열. 그것 때문에 산을 오르는 것은 아닐까? 그리고 정상에서 오롯이 나의 눈을 통해서, 나의 피부를 통해서만 전해지는 거대함과의 숭고한 교감. 그것이 목숨을 내놓고 산을 오르는 그들만의 이유가 아닐까라고 감히 생각해 본다.

내가 《희박한 공기 속으로》를 접하게 된 것은 2000년 초로 기억한다. 책 속의 실제 주인공들의 조난은 외신어서도 크게 보도했던 터라 나는 서점에서 금방 이 책을 발견할 수 있었다. 사실 이 책은 산을 사랑하는 사람들 사이에서는 입에서 입으로 전해지는 등반가들의 필독서였다. 잡지사 기자였던 저자, 존 크라카우어는 거대 자본이 스폰서라는 명목으로 접근하면서 점점 상업화되어 가는 에베레스트 등반을 취재하기 위해 1996년 5월 10일, 로브 홀이 이끄는 세계 최고 수준의 가이드 등반대인 '어드벤처 컨설턴트'에 참여하게 된다. 일반적으로 에베레스트는 강한 정신력과 체력만 있다면 누구라도 도전할 수 있다고 생각할 수도 있지만 실상은 그렇지 않다.

등정을 위해서는 한 사람당 육만 달러 이상이 드는 것으로 안다. 개인 비용이 그 정도이고 에베레스트를 가진 네팔 정부에게 수만 달러 이상을 다시 지불해야만 한다. 그래야만 에베레스트를 오를 수 있는 허가증이 발급되는 것이다.

'어드벤처 컨설턴트'의 등반대원들 중 일부는 전문 산악인이었고, 나머지는 비싼 참가비를 지불할 수 있는 일반인이었다. 작가가 회고하기에 산에 대한 순수한 열정, 극한에서 자신을 간나겠다는 의지를 가진 사람도 있었지만, 당시만 해도 드물었던 일반인의 에베레스트 등반으로 세상의 스포트라이트를 받고 싶었던 사람도 있었던 모양이다. 여하튼 이렇게 열여덟 명의 남녀로 구성된 이 등반대는 에베레스트를 향해 첫 발걸음을 떼게 되고 정상까지는 전원이 무사히 오르게 된다.

하지만 인생의 정점에서 우리는 방심하고 운명이란 놈에게 허를 찔리듯이 에베레스트는 만만한 상대가 아니었다. 산은 모두에게 자신을 허락하지 않았고, 살아서 산을 내려온 사람은 열여덟 명 중 겨우 여섯 명이었다. 산은 냉정했고, 누가 더 살아야 하는지 판단하지 않았다. 정상의 기쁨으로 내려온 그들은 캠프를 불과 수백 미터 남겨두고 눈 폭풍을 만나게 된다. 그 속에 갇힌 그들은 강풍과 눈보라로 체감온도 영하 70도에 이르는 추위와 평지의 삼 분의 일밖에 되지 않는 산소량과 맞닥뜨리게 된다. 산의 무지막지함 때문에 열두 명은 에베레스트에서 영원히 잠들게 되었다. 이 책은 에베레스트에서 살아 돌아온 저자가 함께 오른 동료의 죽음을 겪었던 비극의 순간을 돌아보고 나머지 다섯 명의 인터뷰를 통해 그날 산이 자신들에게 보냈던 메시지를 복원해 나가는 것으로 구성된다.

그 즈음 나는 강추위로 거진 다 죽어가고 있었고 두 눈이 얼어붙어 아무것도 보이지 않았어요. 살아서 그곳을 빠져나갈 방도는 없는 것 같더군요. 추위가 너무나 고통스러워 더 이상 그걸 견뎌낼 수 없을 것 같았고, 나는 그저 공처럼 잔뜩 웅크리고 앉아 어서 빨리 죽음이 닥쳐오기만 바랐죠.

등반대 일원인 벡 웨더스의 회고다. 그 사람의 생존기는 등반가들 사이에서도 전설로 내려오는데 그는 에베레스트 정상 인근인 사우스콜의 7,925미터 지점에서 얼굴과 상반신이 눈에 덮인 채 팔다리만 밖으로 나와 있는 상태로 겨우 숨만 쉴 뿐 회생 가능성이 희박했다. 그런 상황에서 구조대는 자신들의 안전도 보장할 수 없었기에 그를 포기하고 돌아서게 된다. 산보다 잔인한 결정을 하게 되는 것이다. 그 이후 밤과 이틀 낮 시간 동안 그는 빙판에 무방비로 노출된 채 강풍을 맞으며 '카탈렙시'라고 부르는 최면상태에서 감각이 없고 근육이 경직되는 증상을 겪으며 서서히 죽어가고 있었다. 그러나 그는 산이 죽음의 카드를 건넨 사람이 아니었던 모양이다. 기적과도 같이 정신을 차린 웨더스는 바로 코 앞에서 있는 것 정도만 식별할 수 있을 정도의 시각으로 앞으로 움직이기 시작했다. 장시간 추위에 노출된 무릎 관절은 각목처럼 굳어 있었지만 그는 필사의 움직임으로 4캠프까지 도달해 생환한다.

나는 이 대목을 읽으며 인간의 아이러니함을 다시 한 번 느끼게 되었다. 죽음의 위험이 곳곳에 도사리고 있는 곳을 오르면서도 우리는 당연히 살아서 돌아올 것을 믿는다. 등반을 자살이라고 부르지 않는 이유도 바로 그것이다. 인간은 너무나도 복잡한 동물이어서 죽을 것을 알면서도 도전하고, 또 산을 바꿔가며 그 도전을 반복하기도 한다. 신이 보기에 우리의 행동이 얼마나 어이없을까 생각해 보면 헛웃음이 난다.

극한의 상황, 죽음이 코앞에 다가온 그때 그들은 무슨 생각을 했을까? 산을 오르기 위해 처음 결심했던 그 순간으로 돌아가 선택을 되돌릴 수 있었으면 좋겠다고 생각했을까? 아니면 가장 사랑하고 가장 미안한 누군가의 얼굴을 그리면서 고통이 어서 끝나고 평온한 죽음을 맞이하길 기다렸을까?

이 등반의 대장이었던 로드 홀은 에베레스트 정상 바로 밑인 사우스 서미트 지점에서 조난을 당했고, 홀로 죽음을 맞이하며 마지막으로 아내와 교신한다. 그가 마지막 남긴 말은 "사랑해, 여보. 잘 자요. 너무 걱정하지 말고"였다. 그리고 아내에게 자신이 맞은 죽음이 그렇게 끔찍한 것만은 아니라는 말도 남긴다.

"예상했던 것보다는 훨씬 더 괜찮은 것 같군요…… 따뜻해요."

그는 우리가 평소 말하는 것과 반대편의 죽음을 상상했을 것이고, 그리고 그것을 직접 마주했을 때 따뜻하다고 표현했다. 그것이 진실이든 거짓이든 남는 자들에게 짐을 훨씬 덜어준 말이었음은 분명하다.

그들의 죽음을 지켜본 살아남은 자들, 또 이 책을 읽는 우리 모두에게 풀리지 않는 의문은 한 가지다. 왜 오르는가? 저자도 기사를 쓰기 위해 산을 올랐고, 각자 저마다 나름의 이유를 가지고 산으로 올라갔다. 물론 저자는 에베레스트 정상에서 맛본 쾌감은 정말이지 환상적이었다고 회고하고 있다. 한 발로는 네팔을, 다른 한 발로는 중국을 디디고 서서 그 넓디넓은 티베트를 바라볼 때의 감격은 이루 말할 수가 없다고 말이다. 하지만 정상에서 머무를 수 있는 시간은 고작 오 분에 불과하다고 한다. 단 오 분의 시간을 위해서 그 많은 시간을 오르고, 동료를 눈밭에 두고 돌아서야 하며, 죽을 것 같은 고통을 견뎌야 한다. 단 오 분을 위해.

신비로운 여신의 산이라는 에베레스트의 본래 면모는 온데간데없이 지금은 노인이나 장애인도 마음만 먹으면 오를 수 있는 산이 되었지

만, 자연은 우리의 이런 경계가 허물어질 때를 놓치지 않고 재난을 내
린다. 우리가 오 분의 환희를 느끼고 산을 우습게 여길 때 산은 비로소
운명의 카드에 손을 대는 것이다.

사실 생각해 보면 살면서 언제 히말라야와 같은 대산을 접해 보겠
는가? 지금부터 체력을 연마한다고 해도 나는 바짓가랑이를 붙들고 늘
어지는 집안의 세 여자와 천성적으로 약골인 체질을 핑계로 지리산 종
주를 인생 최대의 목표로 만든 뒤 가슴을 쓸어내릴 것이다. 그러나 섣
불리 생각한다. 그 산이 에베레스트든 안나푸르나든, 도봉산이든 오르
고 내려온다는 것의 의미는 크게 다르지 않을 것이다.

우리가 산에 오르는 이유는 다름 아닌 올라가고 내려감에 있다. 나
도 어렸을 때는 등산이나 마라톤과 같은 회귀성 운동을 하는 이유를 이
해하지 못했다. 그렇게 기를 쓰고 오르고 달려도 결국에는 원점으로 돌
아오는데 도대체 왜 시간과 노력을 들여가며 그것을 해야 하는지 도무
지 이해가 되지 않았다. 하지만 나이가 들면서 나를 극복해 내는 운동
의 묘미를 알게 되었다.

그 어떤 기계음이나 인공음도 없는 자연 속에서 오로지 걷는 일밖
에는 할 일이 없는 상태. 온전히 '걷고 있다는 것'을 경험해 본 사람이
라면 이 책에서도 반드시 공감을 얻을 수 있을 것이다.

솔직히 남의 일기, 그것도 동료의 죽음을 기록한 일기를 읽는 것이
무어 그리 즐겁고 재미있겠는가? 하지만 작품 속에 나를 이입하는 순
간 나는 그들과 함께 에베레스트에 있게 된다. 극한의 추위와 죽음의
공포 속에서도 그들이 산을 올랐던 이유, 그들이 바라봤을 정상의 모

습……. 그 상황의 생생함이 전해져 소름이 돋게 될 것이다. 그리고 타인의 무모하리만치 뜨거운 열정을 바라보며 산이 거기 있는 이유를 어느 정도 공감할 수 있게 된다.

이 책은 산악인이 아니라, 하루하루를 버티듯 살아가고 있는 우리 자신들에게 치열함을 주입시켜 주는 백신 같은 역할을 하는 듯하다.

이번 주말엔 오이 두어 개랑 얼린 보리차를 들고 북한산에 올라야겠다. 땀으로 꾸덕꾸덕해진 티셔츠를 배낭에 말아 넣고 정상에선 웃통도 벗어 봐야겠다. 아이처럼 소리도 질러 보고, 슬프고 화나는 일이 생기면 울기도 해야겠다.

산이 그렇게 말하겠지. "이러라고 있는 게 산이다. 여기 다 올라왔다! 나 정말 대단하다! 산 별거 아니네! 라고 허세 부리라고 있는 것이 아니라 산 아래서 힘들다고 말 못했던 것, 산 아래서 슬프다고 울지 못했던 것들 쏟아내고 아래에선 씩씩하게 살라고 언제나 산이 여기에 있는 거다"라고 말이다.

오두막 편지

휴일에 잠깐 늦잠을 자고 일어났더니 집에 아무도 없다. 배를 긁적이며 주방에 나가 물 한 컵을 마시고, 텔레비전을 이리저리 돌려 봐도 전화 한 통 오지 않는다. 아내도 아이들도 흔적 없이 사라진 것 같다. 기분이 좀 이상해지려고 하는 찰나 백화점 종이가방을 든 아내와 아이들이 집으로 돌아왔다. 이상한 안도감을 느꼈던 그날 밤에 나는 아내에게 물었다.

"나중에 나이 많이 들어서 시골 가서 사는 거, 어떻게 생각해?"

아내의 대답은 긍정도 부정도 아닌 "글쎄, 좋긴 할 텐데, 좀 불편하기도 하겠지?"였다. 그래서 나는 나의 원대한 꿈을 그날 밤에 말할 수 없었다.

나는 법정스님이 《오두막 편지》를 처음 발간하시던 1999년부터 시골에서의 노후를 꿈꾸게 되었다. 강원도 산골의 화전민들이 살던 오두막, 전기도 들어오지 않는 곳에 사람들의 시끄러운 관심을 피해 스님은 자리를 잡으셨다. 아무리 그래도 몸도 불편하신 분이 수발하는 사람 하나 없이 홀로 그곳으로 들어가신다고 했을 때 나는 대놓고 걱정을 했었다. 하지만 스님은 그곳이 오히려 마음 편하다는 말만 되풀이하셨다. 그리고 입적하는 그 순간까지 온전히 자신만의 보금자리 강원도 오두막집을 그리워하셨다. 스님은 그곳에서 손수 땔감을 구해와 불을 지피시고, 공양도 스스로 하셨다.

이렇게 스님이 오두막에 머무시면서 쓴 오십 편의 글이 《오두막 편지》로 묶여 나왔을 때 우매한 세상의 아들인 나는 그제야 스님의 마음을 조금 이해할 수 있게 되었다. 그리고 어느 순간엔가 전원의 삶을 꿈꾸고 있는 나 자신을 발견하였다.

얼마 전부터 해질녘이면 커다란 떡두꺼비 한 마리가 섬돌에 엉금엉금 기어 나와 내가 나오기를 기다린다. '오, 네가 또 왔구나' 하고 아는 체를 한다. 낮에는 눈에 띄지 않다가 해질녘이면 어김없이 찾아온다. 나는 이 두꺼비한테 '너는 무슨 재미로 이 산중에서 혼자 사느냐'고 두런두런 이야기를 한다. 두꺼비는 아무 대꾸도 없이 내 말을 끔벅끔벅 들어주기만 한다. 이렇게 지내온 사이에 우리는 한집안 식구처럼 길이 들었다.

어린 왕자와 여우의 관계가 생각나는 대목이다. 스님은 그 안에서도 친구를 만드셨나 보다. 세상사가 꼬일 대로 꼬이고 상처주고 상처받느라 하루해가 모자란 도시 속에서 우리가 수양을 하면 얼마나 할 수 있겠는가? 최대한 자극을 피하는 것도 지혜일 수 있을 것이다. 이렇게 스님은 오두막에서의 잔잔한 일상을 그릴 때는 한없이 서정적이고 감성적이시지만 사회의 부조리함에 대해 말씀하실 때는 날카롭기 그지없으시다. 우리가 오래도록 스님을 참된 어른으로 기억하는 이유도 그 때문일 것이다. 산중에 앉아 있다고 세상사가 안 들려올 리 만무할 것이고, 중생을 위해 언제나 기도해야 하는 구도자로서 스님의 번민은 끝이 없었을 것이다.

세상에는 하찮은 것을 위해 자신의 소중한 황금을 마구 낭비하는 불쌍한 사람들이 많다. 그 하찮은 것들로 인해 그들은 하루하루를 고통 속에 살다가 처참한 죽음을 맞이한다. 자신의 좋은 특성과 잠재력으로 상징되는, 당신이 지닌 그 황금은 무엇인가? 소중한 그 황금을 혹시나 하찮은 일에 탕진하고 있지는 않은가?

스님은 평소 법회 때도 신도들에게 할 수 있는 만큼 하라는 말씀을 자주 하셨다. 일반 신도는 구도자가 아닌데 어찌 모든 것을 절제하고 모든 것을 내어줄 수 있겠는가? 그 대신 '많이 나누고, 덜 소유하도록 노력하고, 서로 사랑하고 아껴라'라는 가르침이 대부분이었다. 스님은 항상 물질만능주의에 젖어가는 우리의 삶을 안타까워하셨다. 세상 속에 살아가야 하기 때문에 어쩔 수 없는 중생의 숙명을 말이다.

산에 있으면 시계를 볼 필요가 없어지는 것 같다. 해 뜨면 소일거리를 시작해, 해가 중간에 오면 점심을 먹고, 해가 지면 저녁을 먹은 후 잠자리에 들면 그만이다. 삶이 그만큼 단출해진다는 것이다. 평소에 스님이 말씀하셨던 무소유의 삶이 비슷하게나마 실현될 수 있는 환경은 자연이었다.

> 버릴 때는 미련 없이 버려야 한다. 언젠가는 이 몸뚱이도 버릴 거라고 생각하면 미련이나 애착이 생기지 않는다. 빈손으로 왔다가 빈손으로 가는 것이 인생살이 아닌가. 현재의 나에게 참으로 필요한 것이 무엇인지, 그리고 없어도 좋을 것이 무엇인지 스스로 물어봐야 한다. 버리고 또 버리고 마지막으로 남는 것이 무엇이겠는가. 그것이 바로 그 인생의 내용이고 알맹이가 될 것이다.

철저히 내 관점으로만 생각해 볼 때 나는 사람이 도시에서 살 수 있는 한계가 분명히 있다고 생각한다. 온갖 공해와 스트레스, 빽빽이 들어찬 숨 막힐 것 같은 밀도 속에서 인간이 온전한 정신 상태를 죽을 때까지 유지하길 바라는 것이 오히려 욕심 아닐까?

죽어 한 줌 재나 흙으로 돌아가듯이 우리는 어느 지점에선가는 자

연으로 돌아가야 할 필요가 있다. 그래서 나는 노년의 전원생활을 위해
여러 가지 연관되는 취미를 가져 보기로 계획했다.

일단 자급자족해야 하니 농사를 배워야 할 테고, 예전부터 관심이
있었던 조경도 체계적으로 배워 볼 생각이다. 위급한 상황엔 내가 모든
것을 고쳐야 하니 전기나 건축 기본 상식도 갖춰야겠지……. 이렇게 생
각하다 보면 마음이 급해진다. 갑자기 십 대 때 어른이 되고 싶어 시간
이 빨리 갔으면 좋겠다고 생각했던 것처럼 노인이 되어도 좋으니 어서
전원생활을 시작했으면 하고 바라고 있는 나 자신을 발견하게 된다. 그
리고 당신 역시 스님이 두런두런 전하는 관조적인 이야기를 읽고 있노
라면 저절로 그 삶에 자신을 대입하고 싶을 것이다.

> 될 수 있으면 눈과 귀에 방해물이 적은 고요하고 깨끗한 방에서, 가볍고
> 느슨한 옷으로, 방석을 깔고 허리를 곧추세우고 앉는다. 아주 편안한 마음
> 으로, 우선은 눈을 감고 입을 다물고 혀를 입천장에 대고 숨을 고르게 쉬
> 면서 귀를 기울인다. 무슨 소리를 듣기 위해서가 아니라 고요를 지켜보라
> 는 뜻이다.

우리가 살면서 자주 싸우게 되는 이유는 서로의 말에 귀를 기울이
지 않고, 또 내가 원하는 목소리에도 귀를 닫기 때문이다. 우리가 전에
살았던 아파트 몇 집 건너 이웃은 사흘이 멀다 하고 서로 죽일 듯이 싸
웠다. 그 집 아이들을 데리고 오고 싶을 정도로 부부의 전투는 대단했
다. 싸움이 잦지 않은 아내와 나였지만 나는 언젠가 우리도 서로의 말

에 귀를 닫고 저렇게 싸우게 될 수도 있다는 생각에 섬뜩해졌다.

'삼식'이라는 말의 뜻을 아는가? 퇴직 후 세 끼를 집에서 챙겨먹는 남편을 삼식이라고 부른다고 한다. 예전에는 남편이 매일 회사에 나갔으니 아내도 그 시간에 나름의 생활 패턴이 생겼을 텐데, 퇴직한 남편이 집에서 이것저것 잔소리를 해대며 매 끼니마다 밥을 챙겨달라고 하니 아내들의 불편이 이만저만이 아니라는 것이다.

여자들은 나이가 들어도 자신의 시간을 유용하게 쓰는 기술에 있어서는 남자들보다 월등한 것 같다. 그 월등함에는 백화점도 반드시 한몫한다고 나는 생각한다. 어지간한 남자들은 백화점에서 한 시간만 있어도 곧 매몰되기라도 할 것처럼 그곳을 탈출할 생각밖에 안 하지만 여자들은 그렇지 않은 것 같다. 쇼핑도 하고, 차도 마시고, 사람도 만나고, 심지어 요즘은 뭘 배우기도 한다. 나는 아내가 백화점에 가 있는 동안 집에 앉아 아내를 기다리게 되는 것이 싫다. 그래서 서로와 자연을 더 자주 바라볼 수 있는 곳에 함께 살면서 나도 가끔 아내처럼 백화점을 그리워하고 싶다.

오늘의 문명은 머리만을 믿고, 그 머리의 회전만을 과신한 나머지 가슴을 잃어가고 있다. 중심에서 벗어나 크게 흔들리고 있다. 가슴이 식어버린 문명은 그 자체가 크게 병든 것이다. 비인간적인 이런 수렁에서 헤어나려면 우리 모두가 저마다 따뜻한 가슴을 되찾는 길밖에 없다. 물질의 더미에 한눈파느라고 식어버린 가슴을 다시 따뜻하게 가꾸어 삶의 중심을 이루어야 한다. 따뜻한 가슴만이 우리를 사람의 자리로 되돌릴 수 있다. 따뜻한 가슴은 어디에서 오는가. 따뜻한 가슴은 저절로 움트지 않는다. 이웃과의 정다운 관계를 통해서, 사물과의 조화로운 접촉을 통해서 가슴이 따뜻해진다.

　도시에서도 이렇게 될 수만 있다면 얼마나 좋겠는가. 그 편안한 생활을 포기할 만큼 도시에서 지치게 될 때 우리는 어쩔 수 없이 피난처를 찾게 되는 것 같다. 아직 도시의 밤과 열정, 편리함에 익숙한 젊은 사람들은 이와 같은 감정에 백 퍼센트 공감하기가 어려울 것이다. 그리고 그 공감을 강요하는 것도 별 의미가 없을 것이다. 하지만 어린 시절 한 번쯤 시골에서 쏟아질 것 같이 아름다운 별이 박힌 밤하늘을 말없이 올려다본 경험이 있다면, 세월이 많이 흐른 후 지금 이야기하는 이 감정을 이해하게 될 것이다. 문명을 경험해 본 이들이 불편함의 삶으로 스스로 걸어갈 수밖에 없는 이유를 말이다.

　인생이 그렇게 단순하지 않다는 것을 우리는 알고 있다. 단순하게 살고 싶은데 인생 그 자체가 너무도 복잡하고 미묘한 것이기 때문에 우리는 늘 흔들리고 있다.

　하지만 그럴수록 단순하게 살아야 한다. 복잡하거나 모순되게 살지 말고 안으로 자기 자신을 들여다보면서 단순하게 살아야 한다. 단순한 삶이 본질적인 삶이다. 저마다 자기 자신을 구제함으로써 우리 사회가 구제받을 수 있지, 밖에서 어떤 손길이 뻗쳐서 우리를 구제해 주는 것은 아니다. 마른 가지에서 향기로운 꽃이 피어나는 것은 생명의 신비요, 아름다움이다. 생명의 그 신비와 아름다움은 우리 안에도 깃들여 있다.

밖에서 찾으려고 하지 마라. 만물이 살아서 움트는 이 봄철에 각자 자기 내면의 소리에 귀를 기울여 보았으면 한다. 그 귀 기울임에서 새로운 삶을 열었으면 좋겠다.

내 삶이 벼랑 끝으로 몰렸을 때 나는 스님을 처음 뵈었고, 그 뒤로도 수많은 인생의 고조를 앞두고 스님을 찾았었다. 스님이 돌아가신 후 나는 나침반을 잃고 산 속에 홀로 버려진 느낌이 들었다. 울기도 많이 울었다. 나는 아직도 어리석었던 모양이다. 좋은 가르침을 이렇게나 많이 남기고 가셨는데 그저 스님의 겉모습을 볼 수 없다고 아이처럼 울고만 있었다니.

다시 스님을 볼 수 있는 날까지 깨우치고 깨우쳐도 모자랄 스님의 이야기를 손만 뻗으면 만질 수 있다는 것에 다시 한 번 감사하게 된다. 스님은 우리가 인간의 가슴을 잃지 않으면 이 세상은 얼마든지 밝은 세상이 될 수 있다고 하셨다. 우리가 그 가슴을 잃으면 아무리 많이 가지고 산다 해도 세상은 암흑으로 바뀌게 될 것이라고 말이다. 더 밝고 좋은 세상을 위해서 나 스스로의 눈을 조금만 더 크게 뜨는 일. 그것은 삶에 있어 새로운 시작이 될 수도 있고 끝없는 변화의 시작이 될 수도 있을 것이다.

우리가 속해 있는 세상은 시시각각 변하며 새롭게 전개되고 있다. 절대 잊지 말아야 할 것은 지나가는 게 무조건 낡은 것은 아니라는 것이다. 새것과 낡은것이 들숨 날숨처럼 자연스럽게 공존하게 만드는 것. 그것이 바로 삶의 지혜이고, 살아 있는 생명의 흐름이다.

나는 산골에서 살면서 가부좌를 틀고 앉아 '아! 인생 참 허망하지' 이런 한탄 따위를 하고 싶은 생각은 없다. 불교에서 구하는 무상은 허망이 아니라 '항상하지 않다', 즉 영원하지 않다는 뜻인 것처럼 자연의 변화와 나의 늙어감을, 고정되지 않고 변함의 순리를 받아들이고 싶은 것이다. 스님의 말처럼 가는 세월을 안타까워하지 않고 살아 있기 때문에 변하며 거듭 형성되어 가는 나의 노년을 만들어가고 싶다.

작은 방을 몇 개 만들어 딸아이의 식구들이나 제자들을 철마다 불러다가 그런 내 노년을 자랑도 하고 싶다. "저 풀이 뭔지 아느냐"부터 시작해, 겨울에 따뜻하게 지내는 방법에 대해 지루하게 늘어놓으며 설교도 하고 싶다.

그리고 어느 순간엔가 그런 내 모습을 미소를 띠며 봐주실 스님의 얼굴도 그려 보고 싶다. "스님, 상한이 이 정도면 잘 살고 있지요? 이 정도면 스님의 뜻 비스무리하게 살고 있지요?" 물어보고 싶다. 그럼 스님은 어떤 답을 주실까?

위대한 패배자 볼프 슈나이더, 박종대 역, 을유문화사, 2005

서양 미술사 에른스트 H. 곰브리치, 백승길 역, 예경, 2002

달리기를 말할 때 내가 하고 싶은 이야기 무라카미 하루키, 임홍빈 역, 문학사상, 2009

오페라 읽어주는 남자 김학민, 명진출판사, 2001

여행생활자 유성용, 갤리온, 2007

조세현의 얼굴 조세현, 앨리스, 2009

희박한 공기 속으로 존 크라카우어, 김훈, 황금가지, 1997

오두막 편지 법정, 이레, 1999

05
앉은 자리에서 세계를 보다

어린 시절 나는 혼자 할 일 없이 집에 앉아 지구본을 돌리는 일이 잦았다. 그중에서도 내가 제일 좋아하는 놀이는 눈을 감은 채로 지구본을 돌리고 순간적으로 찍은 나라가 무엇인지 보는 것이다. 그리고는 깨알같이 적힌 그 나라의 수도를 머리에 넣고, 우리나라와의 거리를 재보았다. 어린 손으로 한 뼘이 넘는 곳브터 가까운 동남아시아까지, 나는 혼자 방에 앉아 이 나라와 저 나라 사이를 넘나들고 있었다.

처음 비행기를 타고 해외라는 곳을 나갔을 때 나는 예의 어린 시절 나의 지구본을 떠올리지 않을 수 없었다. 하늘을 날아 다른 나라말이 시끌거리는 미지의 세계로 떠난다는 것. 철이 들어도 한참 든 나이에 떠난 여행이었지만 그때의 감동을 잊을 수 없다.

우리는 요즘 흔히 국경이 사라지고 있다는 말을 많이들 한다. 실제로 유럽 국가들은 각 나라 자체로 존립하고 있기도 하지만 경제적으로는 화폐를 통합하고, 거대한 국가의 개념으로 새로운 세기를 맞기도 했다. 그래서 최근 등장한 말이 바로 '세계시민'이라는 것인데, 나는 요즘 이 단어에 대해 자주 생각하게 된다. 해외여행을 가 본 사람들이라면 알 수 있겠지만 다른 나라 특히 서방에서 한국은 그야말로 '사람의 나라'이다. 수학을 잘하는 사람이 많은 나라, 반도체와 IT 선진국이 될 만큼 명석한 두뇌를 가진 사람이 많은 나라, 그리고 씻을 수 없는 얼룩과도 같은 상처를 가진 세계 유일의 분단국가. 언젠가는 국적을 말할 때 남과 북을 구별해 말하지 않아도 되는 편리한 세상이 오겠지만 지금은 현실을 인정하고 세계를 보는 것 또한 중요하다.

나는 세계의 정치·경제·사회적 판도를 예측하는 석학처럼 언제 우리가 실질적으로 완전하게 모두 세계시민이라는 이름으로 흡수될지 알수 없다. 하지만 그 전에 우리가 갖추어야 할 것이 한 두 개가 아니라는 것만은 확실히 알고 있다. 도덕시간처럼 공중도덕, 법질서 지키기 등의 지루한 소리로 국격을 상승시켜야 한다는 이야기는 할 필요가 없을 것 같다. 우리가 모르고 지키지 못하는 것은 드무니까 말이다. 다만 나는 우리 한반도가 아닌 세계 밖에서 일어나는 일에 대해 좀 더 관심을 갖고 지켜볼 필요가 있다고 주장한다. 무슨 유행처럼 대학교 1, 2학년만 되면 뚜렷한 목적도 없이 몇 백만 원이 넘는 경비를 지불하고 유럽의 뻔한 관광지를 도는 배낭여행을 하는 학생들을 보게 된다. 이런 말을 하는 것은 여행 자체에 대한 비난이 아니다. 몇 달이나 되는 귀한 시간 동안 세계의 중심으로 여행을 떠나는데 역사나 세계에 대한 이해가 동반된다면 얼마나 충만한 여행이 되겠는가하는 아쉬움이 남는다. 베르사유 궁전의 아름다운 정원을 보면서 프랑스 왕가의 얼룩진 일면을 바라볼 줄 알고, 그것이 현재 프랑스 역사에 미치는 영향과 연관 지어 생각해 볼 수 있다면 세계시민으로 가는 지름길을 젊은이들에게 맡겨도 좋을 것이다. 단순한 현상을 바라보는 다양한 해석과 그것을 현재와 연관 지을 수 있는 능력, 하나에서 전체를 볼 수 있다는 것, 그것이 핵심인 것이다.

이전 세대가 가난을 떨쳐버리기 우해 그저 살아만 왔다면 다음 세대는 앉은 자리에서 세계를 바라보는, 그 중심에 선 자들이 되어야 한다.

그리스 로마 신화

세상살이가 양은 냄비 속에 자갈돌을 넣어둔 것처럼 시끄러울 때는 잠시 부엌을 벗어나 마당에 나가 앉아 있고 싶은 생각이 든다. 찬성과 반대, 이익과 불이익의 명찰을 떼고 그저 돌아 앉아 옛날이야기나 읽고 싶다. 이럴 때 아무 생각 없이 신화 속 이야기르 걸어 들어가 책상다리를 하고 앉아 신선들 놀음에 감 놔라 배 놔라 하면 세상사가 조금은 잊히곤 한다. 고로 내가 신화를 손에 잡으면 내 주변이 시끄럽다는 얘기다.

젊은 친구들은 간혹 역사는 이미 지나간 것, 돌이킬 수 없기 때문에 지루한 것이라고 여기는 경우가 있다. 하지만 역사를 읽는 것은 언제나 즐거운 일이다. 이미 일어난 것, 그러니까 누구의 잘못으로 결국에 어떻게 되는지를 알고 보는 추리소설 같은 느낌이랄까?

세계를 이해하고 더 넓게 보고 싶다면 역사만 한 교재는 없다. 역사는 오늘의 사회 모습까지 비추어 볼 수 있을 정도로 시간과 공간을 뛰어넘는 재현성을 가지기 때문이다. 나는 이러한 역사의 특성이 좋았다. 인물의 구성과 원하는 바가 약간 다를 뿐이지 언제 어느 시대에도 권력 분쟁과 암투는 존재했고, 지금도 인류의 가장 큰 병폐인 전쟁은 끝나지 않고 있다.

나는 어린 시절부터 이러한 역사의 특성에 재미를 느꼈다. 초등학교 시절에는 중세 유럽 역사에 특히 맛을 들였는데, 그 부분은 일반 역사책부터 만화로 풀어낸 책까지 찾아서 읽고 또 읽었었다. 그리고 이런 얕은 역사 지식을 아이들에게 풀어내며 으스대기도 했었다.

그러다 중학교에 가서 접하게 된 것이 바로 《그리스 로마 신화》다. 나는 요즘도 머리가 복잡할 때면 이 책을 펼쳐 들고 신들의 놀이터로 참견을 하러 떠난다.

그리스 로마 신화를 다룬 책들은 무수히 많은데 나는 소설가이자 번역가인 이윤기의 《그리스 로마 신화》를 권한다. '신화를 이해하는 열두 가지 열쇠'라는 부제가 붙은 이 책은 소설가인 저자가 쓴 탓인지 구성도 남다르고 문장도 매우 재미있다. 방대한 분량의 압박으로 아직도 《그리스 로마 신화》를 전체적으로 접하지 못한 사람이 있다면 제대로 된 《그리스 로마 신화》를 만날 수 있는 기회가 될 것이다.

저자는 책을 시작하기 전 이렇게 말하고 있다. 미궁은 거기에 들어가지 않으려는 사람에게는 존재하지 않는다고. 신화도 그 의미를 읽으려고 애쓰지 않는 사람에게는 존재하지 않기 때문에 그런 의미에서 신화는 우리에게 미궁과도 같다는 것이다.

그 미궁 속에서 상징적인 의미를 알아내기란 여간 어려운 일이 아니지만 저자는 흔쾌히 자신이 아리아드네의 실타래가 되어줄 것을 장담한다. 사랑하는 테세우스가 미궁으로 빠져들 때 실타래를 던져주어 그를 안전하게 다시 밖으로 나올 수 있게 하는 신화 속 인물, 아리아드네. '이 실타래를 잘 잡고 신화라는 미궁 속에서 진정한 의미를 찾길 바란다'는 저자의 당부로 시작되는 책은 흥미진진한 신화의 세계 속에서 어제와 오늘, 미래의 나까지도 찾을 수 있도록 독려하고 있다.

이 무수한 신들이 연출하는 드라마는 뒷날 인간 세상에서 그대로 되풀이된다. 신화를 아는 일은 인간을 미리 아는 일이다. 신화가 인간 이해의 열쇠가 되는 것은 이 때문이다. 그리스에 신전이 유달리 많은 까닭, 신들의 모습을 새긴 석상이 유난히 많은 까닭을 상상해 보라. 인간 이해의 열쇠가 신화라면 신화 이해의 열쇠는 무엇일까? 상상력이다. 상상력의 빗장을 풀지 않으면 그 문은 열리지 않는다.

솔직히 그리스 로마 신화 이야기는 요즘 말로 치자면 막장 중에 막장이다. 근친상간은 말할 것도 없고, 배신과 음모, 술책이 난무하는 누구도 믿을 수 없는 곳이다. 하지만 우리가 이 이야기를 읽으며 웃고 또 때로는 무언가 배울 수 있는 이유는 그것이 신들의 영역, 즉 인간이 범접할 수 없는 곳이기 때문이다. 우리에게도 우리 신화가 있지만 아직까지 단순한 이야기나 미신으로 치부해 버리는 경향이 강한 것 같다. 그래서인지 유럽인을 넘어 전 세계 모든 사람들이 사랑하는 이야기로 남은 그리스 로마 신화는 참 부럽기도 하다.

이 책의 장점은 정서상으로나 상황상 이해되지 않는 부분이나 어떤 은유에 대한 작가의 친절한 해석에 있다. 작가의 개인적인 해석이겠지만 그럴 듯한 부분이 많이 있다.

> 사랑의 여신 아프로디테가 거품에서 탄생한 사건은 무엇을 뜻하는 것일까? 사랑은 거품처럼 덧없는 것이라는 뜻일까? 하지만 아프로디테는 크로노스가 낫을 들고 설치는 데도 아랑곳하지 않고 이 세상을 사랑으로 가득 채운다. 크로노스가 무엇인가? 시간의 신, 즉 세월의 신이다. 아프로디테가 크로노스를 비웃으며 인간들에게 육체적인 사랑의 기쁨을 가르쳤다는 것은, 사랑은 세월을 초월해서 존재할 수 있다는 뜻이 아닐까?

사랑은 시간을 뛰어넘어 존재할 수 있다는 해석은 우리가 단순히 아름다운 사랑의 여신으로만 우러러 봤던 아프로디테에 대한 새로운 관점을 제시해 준다.

신들이라고 이기적이고 유혹적인 사랑만 한 것은 아니다.《그리스 로마 신화》중 태양신 헬리오스의 부정이 특히 가슴에 남는다. 헬리오스는 클뤼메네라는 여자와의 사이에서 파에톤을 낳는다. 그러나 둘은 공식적인 사이가 아니었다. 후에 파에톤이 우여곡절 끝에 진짜 아버지인 헬리오스를 찾아오자 헬리오스는 소원을 하나 말하라고 한다. 그러자 파에톤은 날개 달린 말 네 마리가 끈다는 태양 마차를 하루만 끌어보겠다며 태양신의 마차를 하루만 빌려달라고 한다. 이제 때가 되었다며 호라이 세 자매에게 천마를 몰고 나오라고 명령하는 헬리오스. 하지

만 젊음과 제 힘만을 믿고 태양 마차로 올라탄 파에톤은 혼쭐이 나게
된다. 불로초를 배불리 먹은 천마는 헬리오스와 비해 비교할 수도 없을
만큼 가벼운 파에톤을 마음대로 휘둘렀고, 파에톤은 천마가 숨 쉴 때
마다 토해 내는 불길을 그대로 견뎌야 했다. 태양신 헬리오스는 아들
의 얼굴이 불길에 그을릴까 고약을 발라주고, 살갗에 고루 묻도록 골고
루 문질러 주기까지 한다. 그 위대한 신은 아들의 머리에다 빛의 관까
지 씌워주지만 걱정스런 마음을 어쩔 수 없어 자주 한숨을 쉬었다고 한
다. 그도 그럴 것이 능숙한 태양의 신만이 끌 수 있는 태양마차를 끌어
보겠다고 젊은 치기로 달려들었으니……. 어쩌면 헬리오스는 파에톤의
불행한 결말을 미리 예감한 것은 아닐까? 또한 아들이 그 고난의 과정
을 통해 얻어야 할 것이 무엇인지도 알지 않았을까? 하지만 청춘은 언
제나 그렇듯 파에톤처럼 살갗이 녹는 아픔을 겪고 나서야만 깨달음을
얻게 된다. 신화는 그것마저도 여과 없이 보여주고 있다.

　동양의 신이 인간 세상을 방관하는 쪽이라면 서양의 신은 인간의
형상으로 최고의 위치에서 만물을 지배한다. 이것은 유럽의 예술에도
고스란히 나타나는데, 동양화처럼 배경이나 여백의 미를 중시하기보다
인물을 중시하는 예술 작품으로 발달한 것도 같은 맥락이다. 좀 더 확
대해석하자면 자유주의의 출발이라고 볼 수도 있을 것이다. 좌충우돌,
어떤 때는 인간조차도 하지 않을 어리석은 행동을 하기도 하는 신. 그
러나 신화 속 신들은 언제나 자신이 원하는 것을 한다. 전부를 잃고서
라도 말이다. 마치 어리석은 인간들처럼 그리고 그 신화의 흔적은 자
세히 살펴보면 아직도 우리 곳곳, 아주 가까운 곳에 살아 숨 쉬고 있다.

질투의 여신 젤로스, 승리의 여신 니케가 이들의 딸이다. 젤로스의 이름은 질투를 뜻하는 영어 jealousy에 그대로 남아 있다. 니케의 영어식 발음은 나이키다. 운동 기구를 생산하는 회사가 상표로 나이키로 삼은 까닭이 여기에 있다.

오늘날 스포츠 용품을 파는 회사의 이름에까지 흔적을 남기는 그리스 로마 신화. 신화 속의 이미지가 상표에까지 영향을 미치는 걸 보면 신화가 우리 삶에 얼마나 깊이 뿌리내리고 있으며, 때로는 우리 삶을 비추는 거울이 되는지도 알 수 있다. 이것은 감히 신화의 재현이라 할 수 있겠다.

또한 저자는 서두에서 밝힌 바와 같이 여러 가지 사건이나 감정에 대한 해석을 통해 어둠 속에서 접하는 신화를 우리가 대충 더듬어 어림 짐작하지 않도록 도와준다.

에로스와 프쉬케는 이로써 하나로 맺어졌다. 아프로디테가 육체를 사랑했기 때문에 '아프로디테 포르네(음란한 아프로디테)'라고 불린 것은 사실이다. 그러나 그렇다고 해서 아프로디테를 비난해서는 안 된다. 보라, 그 아들인 에로스는 '프쉬케(마음)'를 사랑하여 마침내 사랑을 한 단계 드높이지 않았는가? 마침내 인간이 본받아야 마땅한 사랑의 본보기를 브이지 않았는가? 에로스와 프쉬케 사이에서 딸이 태어난다. 이 딸의 이름이 무엇이겠는가? 바로 '기쁨'이다. '사랑'과 '마음'이 짝을 이루니 그 딸이 '기쁨'이 되는 것은 당연하지 않은가? 사랑은 바로 이런 것이다.

다분히 육체적일 수밖에 없는 신들의 사랑에도 이런 깊은 의미가 있는 것이다. 내일을 걱정하지 않아도 되고, 어떤 신이건 한 가지씩의 능력은 가진 그 동네에서도 사랑뿐인 사랑과 마음뿐인 마음은 소용없다는 것을 알았나 보다.

이렇게 신과 인간 사이의 교감은 현재와 과거의 교감으로 이어진다. 신화를 기반으로 한 유럽인들의 정서적 삶이 풍요롭다는 것을 부정할 사람은 없을 것이다.

또 신화 속에서 신은 영원히 죽음을 모르는 세계에서 살 것 같지만 《그리스 로마 신화》는 우리 인간이 겪고 있는 생과 사의 개념에 대해 그 어떤 이야기보다 충실하게 말해주고 있다.

그리스 신화에는 세 가지의 레테가 등장한다. 그중 가장 두드러지는 레테가 바로 저승 앞을 흐르는 레테, 즉 망각의 강이다. 저승으로 들어가려면 이 강을 건너야 한다. 이 강을 건너면 추억은 깡그리 잊는다. 그러니 추억의 슬프고도 아름다운 해독제가 아닌가?

신들은 인간에게 그저 죽음 이후에 망각의 강을 건너면 기쁜 기억도 슬픈 추억도 모두 잊을 수 있다는 위안에 기대어 오늘을 살아가라고 말하고 싶었던 것일까?

리바디아의 바위산 기슭에서는 맑디맑은 샘물이 모래를 헤치며 솟아오르고 있었다. 같은 샘인데도 오른쪽에서 솟는 샘물은 므네모쉬네, 왼쪽에서 솟는 샘물은 레테라고 했다. 같은 샘에서 솟은 물은 곧 하나로 어우러져 서는 아래로 흘러 시내를 이루었는데, 척박한 땡볕의 나라 그리스에서 그토록 아름다운 샘물을 마시고 시내에 손을 담근 일은 망각의 물 마신 것도 하릴없이 내게 소중한 추억으로 남아 있다. 그 아름다운 시내를 가리키면서 그리스인에게 시내의 이름이 무엇이냐고 물어보았다. 그의 대답은 짤막했다. '라이프(인생)'.

신화 속 신들이 마셨던 물이 흘러 이 순간 내가 마시는 물이 되고, 시공간을 뛰어 넘는 이야기 속에 오늘을 살아가는 우리의 라이프.

이런 이유 때문에 우리는 나이가 들어서도, 예전에 대충 읽은 적이 있다 하더라도 다시 한 번 신화를 접해야만 하는 것이다. 때로는 너무나 정치적이고, 때로는 인간보다 더 인간적인 신들의 이야기를 통해 우리 스스로가 볼 수 없는 것들을 볼 수 있게 되니 말이다.

또 하나, 《그리스 로마 신화》를 가까이 하면 중세 유럽 미술에 대한 이해가 다섯 배 이상은 빨라질 것이다. 각종 건축물에 그려진 벽화부터 그림까지, 거기다가 어린아이들이 그림 동화책을 읽듯 기억에서 신화 속 인물을 꺼내어 실제 미술품과 대조해 보는 일은 색다른 재미와 감동을 전해준다.

나는 원래는 위에서 언급한 헬리오스를 개인적으로 제일 좋아했는데 이번에 다시 《그리스 로마 신화》를 읽으며 취향을 바꿔 볼 요량이다. 딸에게 헌신한 아버지를 하나 찾아 딸들에게 생색이라도 내려면 말이다.

중동의 평화에 중동은 없다

2010년, 5월 촘스키가 요르단의 수도 암만을 통해 팔레스타인 자치 지구 내 이스라엘 점령지역인 요르단 강 서안으로 입국하려다 이스라엘 관리로부터 입국을 거부당하는 사건이 발생했다. 그는 이곳의 비르차이트 대학의 초청으로 강연을 가는 길이었다. 팔십 대 유대인 노교수가 국경에서 이스라엘에게 문전박대를 당한 이 사건을 둘러싸고 세계는 연일 각기 다른 시각으로 언론보도에 열을 올렸다. 중동은 어떤 의미로든 여전히 세계의 화약고일 뿐 아니라 작은 움직임에도 전 세계의 이목이 집중되는 핫플레이스다. 그렇다면 왜 중동이 이런 위치를 갖게 되었을까? 세계가 언제부터 그렇게 남 걱정을 했다고 미국을 비롯한 전 세계가 간섭은 물론 파병까지 해가며 남의 나라에 감 놔라, 배 놔라 하는 것일까?

단연 그곳이 현대 산업 사회에서 가장 중요한 자원인 석유와 연관되어 있기 때문이다. 그리고 그곳엔 인종과 종교, 민족과 민족 간의 갈등이 꺼지지 않는 불씨처럼 자리 잡고 있다.

물론 중동문제에 관심을 가지고 있는 사람들이라면《중동의 평화에 중동은 없다》의 저자 노암 촘스키가 이 문제에 대해 어떤 관점을 가지고 있는지 충분히 알 것이다. 내가 이 책을 소개하는 이유는 중동문제에 있어 대표적인 좌파 논객인 촘스키의 시각을 소개하고 그것이 맞다는 말을 하기 위해서가 아니다. 어쩌면 단편적으로 중동문제를 접할 수밖에 없었던 우리의 시각의 폭을 넓혀 오랜 시간을 갖고 중동문제에 대해 이른바 '딴지'를 걸어온 학자의 시각을 만나 볼 필요가 있다는 것이다.

노암 촘스키의 중동에 대한 비판적 분석은 이미 세계적으로 정평이 나 있다. 철저하리만큼 문서 증거주의에 근거하는 그의 연구는 미국 안에서 잘 다루어지지 않는 히브리어 텍스트, 기밀 정보에서 해제된 정부 입안 자료, 이스라엘과 팔레스타인 갈등에서 미국의 역할을 논할 때 흔히 간과되어 온 자료들을 포함한 방대한 정보원에 그 뿌리를 두고 있다. 하지만 그의 논거의 기저에는 누구라도 그러하듯이 중동문제에 대한 걱정이 깔려 있다.

> 적어도 내가 볼 때는 제대로 문제제기조차 된 적이 없다. 지난날의 평론들에서 경고에 불과했던 것들이 지금은 엄연한 현실로 등장한 경우가 너무나 많다. 이스라엘의 유대인과 팔레스타인의 아랍인들로 나뉘어 대적하고 있는 두 민족 집단, 양측 모두에게 작금의 현실은 제2차 세계대전의 여파 속에 이스라엘이라는 국가가 수립되고 팔레스타인이 대재앙을 겪은 이래 가장 고통스럽고 불길한 상황인지도 모른다.

그는 《중동의 평화에 중동은 없다》를 통해 이 주제에 관해 수십 년이 넘는 시간 동안 심도 깊은 분석을 이어가고 있다. 전체 3부 10장으로 되어 있는 것 중에서 1969년에서 1974년 사이에 쓴 1부는 아랍의 민족주의와 유대인의 시오니즘이 충돌하는 과정을 다루고 있고, 2부는 그로부터 9·11 사태까지, 3부는 미국의 대(對) 테러 정책의 배경을 설명한 것으로 9·11 사태 이후에 쓰였다. 사실 미국 내부에서도 미국이 중동문제에 주도권을 쥐고 자국의 이익을 추하고 있다는 것을 부정하는 사람은 거의 없을 정도이다. 촘스키는 유대인 출신 미국인이지만 미국은 물론 중동 지역 전체의 분쟁에 대해 놀랄 만큼 비판적이고 냉정한 시각을 유지하고 있다. 또 촘스키는 이 책어서 중동의 갈등을 다루는 미국 내의 많은 논의들이 중대한 이슈는 간과하고 있다고 지적하고 있다. 뿐만 아니라 다른 이슈들에 대해서도 아주 부정확하게 전하는 사례가 빈번하다고 말하고 있다. 언론 스스로가 '안타까우리만치 무심한 태도'를 만들어가고 있다는 것이다.

원하든 원하지 않든 미국이라는 필터를 통해 중동문제를 자주 접하게 되는 우리의 입장에서는 중동문제에 대한 다른 시각도 반드시 필요하다.

그는 미국 내에서 일어나고 있는 이른바 '평화 프로세스'에 대해서도 미국이 중동에서 원하는 것은 자국의 이익, 다시 말해 석유 장악이라고 보고 있다. 촘스키의 주장에 따르면 미국이 지원하는 이스라엘이 본질적으로 얼마나 민주적이고, 자극민에게 얼마나 지지를 받고 있느냐 하는 문제나 이스라엘과 부딪히는 팔레스타인 난민들의 입장은 사실상 미국에게 크게 중요하지 않다는 것이다.

팔레스타인은 어떤가? 그들에게는 아무 재물도 없다. 힘도 갖지 못했다. 따라서 정치의 가장 초보적인 원칙에 따라 강연히, 권리도 갖지 못한다. 그것을 둘 더하기 둘이 넷이 되는 것도 같은 이치다. 오히려 그들은 네거티

브 권리만 가진다. 왜냐하면, 박탈당하고 고통받는 그들의 처지가 지역 내 다른 부분들에서 항의와 반대를 야기하는 원인이 되고 있기 때문이다.

당신은 얼마나 동의하는가? 수많은 무고한 인명을 희생시킨 테러를 자행하는 그들의 민족주의가 과연 우리의 포용 범주에 있을까? 그것 역시 이 책을 읽고 난 후 선택일 것이다.

물론 팔레스타인 사람들의 권리를 인정하여 현재의 이 난국을 풀어 보자는 집단은 이스라엘 내부에도 분명히 존재한다. 1972년 7월 이스라엘에서 승인된 원칙을 보면 이스라엘과 혹은 팔레스타인 두 민족의 영토상의 자결권을 분명히 인정하고 있다. 중동 지역에서 두 개의 독립국과 그 권리를 상호 인정하겠다는 것이다. 하지만 미국을 비롯한 주변국들과 각 집단이 지금까지 제안이라는 이름으로 중동에 미쳤던 영향이 성공적으로 평가되는 한 결코 인정되지 않을 것들이 아니겠는가?

우리 군 역시 현재 아프가니스탄에 재건팀을 파병한 상태이다. 이것은 곧 우리 역시 중동문제에서 자유로울 수 없으며 세계 유일의 분단국가인 우리는 중동에 대한 고개의 각도를 더욱 긴박하게 유지해야 함을 의미하는 것이기도 하다.

민족국가들이나 국내 혹은 국제사회를 무대로 목소리를 높이는 엘리트층과 대립하는 것이야말로 제3자들이 팔레스타인 땅의 화해를 위해 해줄 수 있는 가장 유의미한 도움이 될 것이라는 촘스키의 논리에도 맹점은 있다. 이미 깊어질 대로 깊어진 중동문제가 단지 강대국의 방관만으로 해결될 것이라고 기대하는 것 또한 어찌 보면 순진한 생각이라고 할 수 있을 것이다. 그러나 촘스키는 중동문제에 있어 우리 모두가 정직하기를 요구하고 있다.

> 정직은 우리를 딜레마로 몰아넣을 것이다. 관행화된 위선이 보다 손쉬운 탈출구이니까(복음서에도 분명하게 나와 있는 말이다). 이 탈출구의 반대쪽에 놓인 선택은 보다 힘들게 추구해야만 하는 길이다. 그러나 세계가 최악의 상황을 모면하기 위해서는 피할 수 없는 선택이다.

옳고 그름의 문제와 어느 편에 서 있나를 결정하기를 떠나 거대한 지구를 굴리는 파트너로서 우리는 정직한 눈으로 중동문제를 바라봐야 한다. 누구나 평화를 추구하지만 언제나 그 평화에 조건이 따르게 마련이고 우리는 그 조건의 정당성을 평가할 의무와 권리가 있다.

나는 단지 세계적인 석학의 시각을 쫓아가고 답습하기 위해서 이 책을 읽는 것만은 아니라고 생각한다. 중동에서는 평화라는 미명 아래 많은 것들이 희생되었다. 하지만 긴 세월이 지난 지금 그들의 손에 쥐여진 것은 평화가 아니라 전쟁과 테러, 반목이었다. 그렇다면 무언가 다른 시각, 다른 통찰 혹은 원점에서 다시 사고를 시작해야 하는 것은 아닐까 싶어진다. 그리고 무엇보다 세계의 아름다운 면만을 보려 하지 말고, 불편하지만 알아야 하는 진실을 똑바로 보고 자신의 견해를 말할 수 있어야만 우리가 외치는 글로벌이라는 단어가 공허하지 않으리라는 생각이다.

왜 세계의 절반은 굶주리는가?

밥이 먹기 싫어서가 아니라 밥을 먹을 수 없는 형편이기 때문에 사람이 굶을 수도 있다는 것을 처음 깨달은 것은 중학교 때였다. 물론 어렵던 시절 이야기를 하자면 초등학교 때도 마찬가지였겠지만 남에게 관심을 주고 그것에서 무언가를 깨닫게 된 것은 중학교 때부터였다. 중학 시절, 점심시간이 되면 도시락을 싸오지 못한 아이들은 자연스럽게 운동장으로 모이게 되었다. 가난한 집안 살림 때문에 도시락을 싸올 수 없었던 아이들은 운동장에 나가 무리지어 앉아 있기도 하고, 몇몇은 배고픔을 잊기 위해 공을 차거나 수돗물로 배를 채우기도 했다. 학기 초 점심시간마다 도시락을 먹는 대신 운동장으로 나가 공을 차는 같은 반 학생을 보았을 때 나는 순진하게도 그저 공을 차는 것이 좋아서 그런 줄로만 알았다. 왜냐하면 나는 타의에 의해 밥을 굶어본 적이 없는 아이였기 때문이다. 인생의 화살표가 오로지 나 자신만을 향해 있던 그 시절에 현실을 깨달은 것은 충격이었다. 끼니를 거를 만큼의 가난을 지고 있는 아이가 나와 같은 나이구나, 나와 같은 반에서 공부하고 있구나, 저들을 둘러싼 고뇌는 또 어떤 것일까……. 막연한 미안함 같은 것이 들어 괜스레 고개가 떨어지기도 했다. 별 생각 없이 친구에게 도시락을 함께 먹자고 했을 때 그 친구가 정색하고 운동장으로 나갔던 일도 있었다. 그로 인해 우리는 새 학년으로 올라갈 때까지 어색한 사이로 지냈다. 돌이켜 생각해보면 이것은 또 하나의 무지함이 아닌가 생각된다.

우리가 생각하는 앎, 그러니까 지식은 사실을 기반으로 한다. 그리고 지식은 효용가치가 있어야 한다. 그러나 이러한 지식의 종류에는 또 다른 지각의 개념이 있다. 바로 깨달아가는 것이다.

중학교 때의 내가 나와 다른 환경에서 어려움을 겪는 이웃이 있다는 것을 지각하지 못한 것도 일종의 무지이다. 다만 우리 사회가 그런 종류의 무지에 대해 너무 관대하기 때문에 우리는 그것을 모른다고 생각하지 않을 뿐더러 모르는 것이 잘못인지즈차 알지 못한다. 우리는 나 이외에 혹은 우리나라 이외의 나라가 겪는 빈곤에 대해 너무도 오랜 시간을 알지 못했다. 우리는 한국전쟁을 겪으며 여러 나라에게 도움을 받았었다. 그런 불쌍하고 가난한 나라가 오십 년이 지나 원조를 해주는 나라로까지 발전했다. 하지만 공적원조의 개념으로 보자면 우리의 갈 길은 아직도 멀었다. 그리고 우리는 지구 어느 곳에선가, 누군가 한 끼의 식사를 해결하지 못해 당장 한 시간 후의 삶도 보장받을 수 없는 지경에 처해 있다는 사실을 인지할 필요가 있다. 그러한 우리의 지각을 더욱 확실하게 해줄 책이 바로 장 지글러의 《왜 세계의 절반은 굶주리는가?》이다.

나는 가끔 모든 것을 숫자로 혼산하는 게 소름끼칠 때가 있다. 이를테면 한국인이 일 년 동안 먹는 라면의 양이 지구 몇 바퀴를 돌고도 남는다는 비유 같은 것 말이다. 하지만 숫자 환산의 비유 중 이보다 더 끔찍하고 마음 아픈 것은 없을 것이다.

2005년 기준으로 10세 미만 아동이 5츠에 1명씩 굶어 죽어가고 있으며, 비타민 A부족으로 시력을 상실하는 사람이 3분에 1명꼴이다. 그리고 세계

인구의 7분의 1에 이르는 8억 5000만 명이 심각한 만성적 영양실조 상태에 있다. 기아에 희생당하는 사람들이 2000년 이후 1200만 명이나 증가한 것이다. 블랙 아프리카의 상황은 특히 열악하다. 아프리카에서는 현재 전 인구의 36퍼센트가 굶주림에 무방비 상태로 놓여 있다.

이 책이 던지는 물음은 단 하나이다. 120억의 인구가 먹고도 남을 만큼의 식량이 생산되고 있다는데 왜 10만 명이, 5초에 한 명의 어린이가 굶주림으로 죽어가고 있는가 말이다.

유엔 인권위원회 식량특별조사관인 장 지글러는 기아의 실태와 배후 원인에 대해 아들과 나눈 대화 형식으로 책을 구성했다. 따라서 거대담론을 이야기하는 딱딱한 문체가 아니라 가슴으로 지구촌 최악의 문제에 대해 말하고 있다. 사실 우리가 알고 있는 세계 빈곤의 실체는 막연했다. 더군다나 우리에게 세계의 빈곤과 기아를 알려주려고 했던 책들은 지극히 딱딱해서 피상적인 것들만 보여주었던 것이 사실이다. 실제로 우리는 학교에서 사람의 목숨을 빼앗아 가는 것은 전쟁이라고 배웠지, 기아에 대해서는 배운 바가 없었다.

브라질의 조슈에 데 카스트로(전 FAO 이사회 의장)는 1952년에 출간된 저서 《기아의 지리학》에서 이 '금기시되는 기아'를 언급했지. 그의 설명은 무척 흥미로워. 사람들이 기아의 실태를 아는 것을 대단히 부끄럽게 여긴다는 거야. 그래서 그 지식 위에 침묵의 외투를 걸친다는 거야. 오늘날 학교와 정부와 대다수 시민들도 이런 수치심을 가지고 있단다.

하지만 이 책은 남녀노소 누구나 쉽게 읽을 수 있는 문체로 기아의 진실을 전하고 있다. 나는 처음 이 책을 접했을 때 내 머릿속에 박혀 있던 기아에 대한 막연한 이미지가 구체화되고 현실화되는 것에 많이 놀랐다. 도대체 무엇 때문에 식량이 넘쳐남에도 불구하고 우리는 그들이 죽어가는 것을 지켜만 봐야 하는가 또한 가졌음에도 나누어주지 않는 살인적인 세계질서에는 어떤 비밀이 있고, 과연 그 책임은 누구에게 있는지 따져 보지 않을 수도 없었다.

현재로서는 문제의 핵심이 사회구조에 있단다. 식량 자체는 풍부하게 있는데도, 가난한 사람들에게는 그것을 확브할 경제적 수단이 없어. 그런 식으로 식량이 불공평하게 분배되는 바람에 안타깝게도 매년 수백만의 인구가 굶어죽고 있는 거야.

그렇다. 대부분의 가난한 나라, 배를 곯고 있는 나라는 정치적으로 매우 불안한 상황에 처해 있는 경우가 대부분이다. 그들은 심지어 비옥한 옥토나 그곳에서 일할 사람들을 충분히 가지고 있지만 전쟁과 살육, 권력을 위한 투쟁에 심취해 이 모든 것들을 나 몰라라 하고 있다. 특히 이러한 모습은 아프리카에서 두드러진다. 2000년을 기준으로 보면 아프리카 인구는 세계 인구의 십오 퍼센트에도 미치지 못한다. 하지만 그곳에 기아 인구의 이십오 퍼센트 이상이 집중되어 있다고 한다. 1970년에서 1999년 사이에 아프리카에서만 마흔세 번의 전쟁이 벌어졌고, 이들 전쟁이 그들을 더욱 심각한 기아의 늪으로 몰아넣은 것이다. 그렇기에 이들이 스스로 자신들의 식량을 확보할 수 있는 경제적인 수단을 만들어주는 것이 가장 시급하며, 그러기 위해선 사회가 안정되어야 할 것이다.

책을 통해 알게 된 또 하나의 경악할 만한 사실은 전 세계에서 수확되는 곡물의 4분의 1이 부유한 나라의 소들이 먹고 있다는 것이었다. 지구의 어느 곳에서는 고기를 너무 많이 먹어서 그로 인한 질병 때문에 사망하는 사람들이 있고, 지구 반대편에 누군가는 굶어죽고 있다는 사실. 정말 개탄하지 않을 수 없는 부분이다.

사실 우리나라만 해도 쌀 재고량이 백만 톤이 훌쩍 넘었지만 대북 지원을 섣불리 재개하지 못하고 있는 상황이지 않은가? 북한은 1995년에서 2000년 사이에만 무려 이백만 명 이상이 굶어죽었다고 한다. 곡물 수확량은 늘어가고 있지만 토지 소유 구조가 취약하고 비료와 농기구가 부족할 뿐 아니라 만성적인 에너지 위기로 인해 곡물 생산량은 최저 생계선에도 미치지 못하고 있다. 2004년 유니세프와 FAO의 조사 결과에 따르면 15세 미만 아동의 삼십칠 퍼센트가 만성적인 영양실조에 시달리고 있고, 게다가 수유모의 삼십 퍼센트가 영양실조로 인해 아이들에게 젖을 줄 수 없는 상황이라고 한다.

카림, 그런데 더욱 비참한 것은 배고픔의 저주가 세대에서 세대로 대물림된다는 거야. 심각한 영양실조에 걸린 수백만의 엄마들이 매년 지구 곳곳에서 수백만의 건강하지 않은 아이들을 낳고 있어.

너무도 견고하고 불행한 이 기아 사슬의 거대함에 가슴이 턱 막혀
오는 부분이다. 어쩌다 한 끼만 굶어도 손이 벌벌 떨리고, 짜증이 치솟
으며 뭔가 엄청난 부당한 처사를 당한 것 같이 서러운 마음까지 드는
게 사람이다. 이렇듯 지구상의 모든 생명체는 먹을 것에 대한 강한 본
능을 가지고 있다. 그런데 누구는 풍족함 속에 배부른 불평을 하고 누
구는 절대적 빈곤에 허기를 면하지 못하고 있다.

물건이 남아돌면 물건이 모자란 사람들에게 서로가 납득할 수 있
는 '착한' 가격으로 돌아갈 수 있어야 하지만 이처럼 단순한 이치가 지
구를 굴리는 실질적인 힘, 즉 자본 때문에 실행에 옮겨지기 어렵다는
게 이 책의 주장이다. 세계시장에 비축된 식량의 가격이 정직하지 못하
기 때문이라는 것이다. 세계의 주요 농산물이 거래되는 시카고 곡물 거
래소는 몇몇 금융 자본가들에 의해 좌지우지되고, 부유한 나라들은 자
신의 이익을 위해 식량을 대량으로 폐기처분하거나 어떤 방식으로든
자신의 이익에 반하면 농산물의 생산까지도 제한하고 있다. 신자유주
의 안에서 그들은 자유롭게 지구촌 전체의 문제인 식량을 주무르고 있
는 것이다. 적지 않은 사람들이 신자유주의는 '자유'라는 이름을 내세
워 당연히 존중받아야 할 인권을 외면하고 있다고 비난한다. 지나친 경
쟁주의로 약육강식의 냉혹한 질서만이 남아 다수의 약자들은 너무나
쉽게 소외당하는 현실도 지적한다. 자본의 욕망이란 끝이 없어서 꼭 필
요하지 않은 영역까지 잠입한다는 사실에 주목한다. 문화나 교육, 예술
등 고유의 가치를 지니는 분야까지 금전에 눈먼 욕망이 잠식해서 우리
삶의 체계를 더욱 건조하게 만들고 있음을 부인하기 어렵다.

브레히트는 '분노하는 것은 고통이다'고 했다. 제네바의 은행가들도 양심의 가책을 느끼고 싶어 하지 않는다. 그리하여 그들은 자신들의 행위를 정당화하기 위한 이데올로기를 필요로 한다. 이 이데올로기가 바로 신자유주의(시장원리주의)라는 것이다. 이 이데올로기는 특히 위험하다. 중심에 자유라는 개념이 있기 때문이다. 규범도 가라, 규제도 가라, 국민국가도 가라, 장애만 될 뿐이다. 선거도 가라, 일치도 가라, 정권교체도 가라, 민족주체성도 가라. 자유! 자본을 위한 자유, 서비스를 위한 자유, 특허를 위한 자유만 남아라.

이렇게 자본은 단기간의 지구를 정복한 후 모든 것을 손안에 넣고 흔들었다. 하지만 더 이상 이것을 두고 볼 수는 없다. 세계시민인 우리는 거대 자본에 맞서 다윗과 골리앗의 싸움을 이끌어내고, 또 승리해야 한다는 것을 이 책은 희망의 메시지로 던져주고 있다.

가장 우선적인 과제는 인도적인 구호조치의 효과를 극대화하는 것이다. 이것이 필요한 이유는 긴급구호를 통해 식량을 지원한다고 해도 그것을 받는 나라의 사회구조가 안정되지 못할 경우 그 식량을 기득권 세력에 의해 역이용될 수도 있기 때문이다. 이것이 부당한 사회구조를 더욱 고착시키고 기아와 가난의 고리를 더욱 견고하게 만드는 것이다. 그렇기 때문에 기아를 구제하기 위해 사회 분위기가 불안한 곳으로 식량을 가지고 가는 긴급구호 또한 매우 위험하다. 월드비전의 한비야 팀장을 통해 긴급구호라는 말은 우리에게 이제 익숙한 단어가 되었다. 그러나 책을 읽어 보면 이 또한 쉬운 문제가 아니라는 것을 알게 된다.

긴급구호는 쉬운 일이 아니고, 아주 잘 훈련된 인력이 있어야 한다는 거
야. 영양불량이 심각한 상태에 있는 아이들은 면밀한 계획에 따라 신중하
게 치료해야 해. 굶주린 사람들에게 무턱대고 먹을 것을 주면 오히려 위험
하단다. 자칫 생명을 앗아버리는 일이 될 수도 있지. 굶주림에 시달린 몸
은 몹시 쇠약해져 있어서, 구호센터에 모습을 드러낼 즈음에는 신진대사
가 극도로 악화되어 있는 경우가 많단다.

'지구촌 최고의 수도꼭지'라는 별명을 가진 한비야 팀장이 이를 악
물고 버티며 일손을 놓을 수 없게 만든다는 아이들의 배고픔. 나의 슬
픔이 먼저가 아니라 아이들의 배고픔이 먼저라는 것을 깨달아 자신을
진정한 어른으로 만들어 주었다는 저 가난한 나라의 예쁜 아이들. 하지
만 이 책은 냉정하게 그 아이들의 배고픔을 잠시 잊게 만들어 주는 것
보다는 그들이 앞으로도 스스로 농사를 지어 기아를 극복할 수 있는 방
안을 마련해 주는 것이 더욱 중요하다고 말하고 있다.

브라질은 세계에서 가장 중요한 식량 수출국에 속한다. 그럼에도
불구하고 나라 곳곳의 아이들이 배고픔에 시달리고 있다고 한다. 단 일
퍼센트의 지주가 경작지의 사십오 퍼센트를 점유하고 있기 때문에 농
민들은 땅도 없이 가족과 함께 그 거대한 나라를 떠돌고 있다. 농사를
지을 수 있는 농민에게 토지를 주어서 농사를 지을 수 있도록 구조적인
개혁을 하는 것이 시급한 문제이다.

또한 그들이 제대로 된 농사를 지을 수 있도록 자본과 도로, 적당한
종자, 비축 식량을 비롯해 농경 전문 지식 등을 지원하는 것도 필요하

다. 아프리카 남쪽에는 아직도 엄청난 규모의 땅들이 농부를 기다린 채 비어 있다. 그리고 투자 없이는 절대로 혼자서 씨를 뿌리고 곡식을 거두어들일 수 없다.

우리가 자본주의라는 방패 뒤에 숨어 배불리 먹는 동안 사회의 혼돈으로 더욱 더 빈곤이 가중되고 있는 사람들이 있다는 사실을 잊어서는 안 된다고 이 책은 거듭 강조하고 있다. 그리고 우리가 다른 누군가가 처한 고통에 함께 아파할 수 있는 유일한 생물, 바로 인간이라는 것에 마지막 최대의 희망을 걸고 있다. 우리는 함께 눈물을 흘리면서 마음이 움직였고, 그럼으로써 이미 행동할 수 있다고 믿고 있다.

물론 우리가 시장 경제 속에서 가난한 나라의 경제를 움직일 만큼, 거대 자본을 설득할 만큼의 영향력이 있는 것은 아니다. 아이들을 기아로 더욱 몰아넣는 전쟁을 멈추게 할 수도 없고, 자연재해로 농작물이 덧없이 사라지는 것을 막을 수도 없다. 다만 이 책을 읽은 후 우리는 왜 세계의 절반은 굶주리는지 정확하게 알게 되었고, 우리가 어떤 과정을 거쳐 어떻게 움직여야 하는지도 생각하게 될 것이다.

단지 이 책 한 권을 읽는다고 기아 문제가 달라지지 않을 것이라고 지레 포기한다면 나는 감히 당신에게 비겁하다고 말하겠다. 마음의 변화는 반드시 쌓여 행동의 변화를 가져올 것이고, 그로 인해 세상은 조금씩 변하는 것이다.

이미 우리 주변에는 한 달에 얼마씩 국제기구나 기아 관련 단체에 기부하는 사람들이 많다. 방송국 사무실에서도 후원하는 아프리카 어린이의 사진이 붙어 있는 자리를 보는 것도 어렵지 않다. 전쟁의 폐허

속에서, 경제 발전의 굴레 속에서 그저 앞만 보며 달려가던 우리가 변하고 있는 것이다. 그러나 여전히 우리는 그 변화에 체계를 더할 필요가 있고, 그 체계를 정립함에 앞서 진실을 직시해야 한다. 그리고 이 책이 그것을 도와줄 것이다.

결국 우리가 희망을 걸 수 있는 것은 사람이다. 희망은 사람에게 있고 우리가 좇는 정의가 결국 우리를 웃게 해줄 것이다. 네루다의 시 속에서처럼 말이다.

그들은 모든 꽃을 꺾어버릴 수는 있지만
결코 봄을 지배할 수는 없을 것이다.

국화와 칼

나는 세계사를 가장 왜곡된 시선으로 보는 나라가 일본이라고 생각하는 사람 중 하나이다. 우리는 일본에 의한 식민지 지배라는 아프고 껄끄러운 기억을 가지고 있는 데다 일본은 과거의 잘못을 반성하기는 커녕 잊을 만하면 망언을 쏟아내기 때문이다.

아픈 상처일수록 왜 내 몸에 이런 상처가 생겼는지 따지고 볼 필요가 있다. 그것은 반복되는 불행을 막아줄 뿐 아니라 더 나은 미래를 약속하는 것이기도 하다. 최대한 왜곡되지 않은 시선으로 객관적인 관점에서 일본을 바라보고 있는 책으로 루스 베네딕트의 《국화와 칼》을 추천한다.

이 책은 문화인류학자인 저자가 제2차 세계대전이 막바지로 접어들던 1944년에 미 국무부의 위촉을 받아 쓴 책이다. 미국은 평균적인 일본인의 행동과 사고 패턴을 알고자 했다. 일본을 상대로 전쟁을 하던 미군의 입장에서 본 일본인들은 정말이지 이해 불가였을 것이다. 왕이 하사한 '거룩한 술'을 마신 후 비행기를 몰아 적군의 전함으로 돌진을 하지 않나, 포로로 잡힌 일본 장교는 스스로 배를 가르기까지 했다. 누가 봐도 일본은 미국의 상대가 되지 않았지만 일본은 항복하지 않았고 오히려 더 맹렬하게 미국을 공격했다. 그래서 미국은 일본인이 두려워하지 않는 이유를 알아야만 했을 것이다.

이에 미국 국무부는 루스 베네딕트에게 일본 연구를 의뢰했다. 그 연구결과가 바로《국화와 칼》이다. 이 책에서는 메이지유신, 덕의 딜레마, 인정의 세계, 자기수양, 패전 후의 일본인 등으로 나누어 각 장마다 깊이 있게 탐구하고 있다.

저자는 일본문화의 특성을 '국화와 칼'이라는 대립적인 이미지로 표현하고 있다. 일본인은 미와 예를 중시하고 예술가를 존경하고 국화를 가꾸는 데 신비로운 기술을 지녔지만, 동시에 칼을 숭배하고 학자보다 무사를 더 으뜸으로 여긴다는 것이다. 이를 당시 서양인들이 쉽게 이해하기란 어려웠을 것이다.

칼도 국화와 함께 한 그림의 일부분이다. 일본인은 최고로 싸움을 좋아하면서도 얌전하고, 군국주의적이면서도 탐미적이고, 불손하면서도 예의 바르고, 완고하면서도 적응력이 있고, 유순하면서도 귀찮게 시달림을 받으면 분개하고, 충실하면서도 불충실하고, 용감하면서도 겁쟁이이고, 보수적이면서도 새로운 것을 즐겨 받아들인다. 그들은 자기 행동을 다른 사람이 어떻게 생각하는가에 놀랄 만큼 민감하지만, 동시에 다른 사람이 자기의 잘못된 행동을 모를 때는 범죄의 유혹에 빠진다. 그들의 병사는 철저히 훈련되지만 또한 반항적이다.

이 구절만 읽는다면 일본인이 마치 다중인격인 것처럼 느껴지리라. 하지만 이것은 그들의 가진 문화적 개방성에 기인하는 것이다. 그들은 자신의 것을 지키면서도 남의 것을 받아들이며 발전을 거듭했다. 그것이 일본이 가진 저력일 것이다.

역사적인 이유로 무조건 매도하기엔 일본은 장점이 많은 나라다. 예와 미로 대표되는 국화는 원래 일본 황실을 상징하는 것이다. 사실 일본의 국화는 벚꽃이지만 일본인들은 국화를 더 좋아한다고 한다. 모든 꽃들이 피는 봄이 아니라 꽃이 지는 시기인 가을에 홀로 피는 국화를 깨끗하고 청결하고 엄숙하다고 생각하기 때문이다. 하지만 이러한 '국화' 속에 숨겨진 '칼'은 가공할 만한 위력을 가진 것이기도 하다.

이렇게 규정할 수 없는 국화와 칼을 동시에 지닌 일본인에게 서방, 즉 미국은 알 수 없는 두려움을 느꼈을 것이다. 사실 히로시마 원폭 투하의 결정적 원인을 미국의 두려움으로 규정하는 사람도 적지 않다. 그런 초강수를 두지 않았다면 일븐은 결크 전쟁을 포기하지 않을 정도의 국민성을 가졌기 때문이라는 것이다.

우리 자랑 같지만 한국인은 미소가 아름다운 민족이라는 칭찬을 곧 잘 듣는다. 하지만 일본의 경우는 다르다. 언제나 미소를 짓지만 그 미소가 아름답다고 느껴지기 보다는 '참 예의 바르다'라는 느낌 정도에서 머문다. 미소의 다중성이다. 일본인의 이러한 정서에 대해 저자는 이렇게 말하고 있다.

> 일본인은 실패나 비방, 배척 때문에 상처받기 쉽다. 따라서 타인을 괴롭히기보다는 너무도 쉽게 자기 자신을 괴롭힌다. 최근 수십 년간 일본소설에는 교양 있는 일본인이 빈번히 자아를 잃고 분노를 폭발시키기거나, 반대로 극단적인 우울에 빠져드는 모습이 거듭 묘사되고 있다.

동양의 작은 섬나라에서 수많은 외세의 침략, 불안한 지형을 버텨야 했던 일본인의 성향을 나타내는 부분이다. 이것은 나츠메 소세키나 다자이 오사무와 같은 일본 근현대소설의 주인공들을 떠올리게 한다.

저자는 당시 적국이었던 일본을 방문할 수 없었던 탓에 일본에 한 번도 가보지 않고 이 책을 집필했다. 하지만 놀랍게도 저자는 일본인의 미소에 담긴 다중적 의미까지도 간파하고 있다. 일본에 관한 기존 연구서는 물론 2차 문헌까지 폭넓게 섭렵하고 소설과 같은 문학적 자료와 전시 선전용 영화까지 보며 데이터를 모았다고 한다. 그렇게 완성된 이 책은 객관적인 입장을 유지하면서도 일본문화의 핵심을 관통하는 책이라는 명성을 얻으며 일본을 이해하기 위해 읽어야 할 첫 번째 책으로 꼽히고 있다. 또 학문 연구에 있어서 해당 대상을 직접 보거나 경험하지 않는 것이 오히려 좀 더 심층적이고 객관적인 연구를 할 수 있게 한다는 것도 보여준다.

일본인의 외면적인 행동과 또 그 행동을 하게 만드는 일본인의 기본적인 사고방식의 분석으로 시작되는 이 책은 외적인 생활 변화에도 불구하고 어떤 민족의 문화패턴은 좀처럼 변하지 않는다는 문화인류학적 신념을 기초로 하고 있다.

> 일본인을 이해하기 위해서는 우선 그들이, '각자가 알맞은 위치를 갖는다(take one's proper station)'는 말을 어떻게 받아들이는지를 알아야 한다. 질서와 계층제도를 신뢰하는 일본인과, 자유와 평등을 신뢰하는 미국인 사이에는 큰 차이가 있다. 우리가 계층제도를 하나의 가능한 사회기구로서 바르게 이해하기는 어렵다. 계층제도에 대한 일본인의 신뢰는 인간 상호관계와 인간과 국가의 관계에서 일본인이 품고 있는 관념의 기초가 된다. 우리는 가족, 국가, 종교, 경제생활 등 국민적 제도를 살펴봄으로써, 비로소 그들의 인생관을 이해할 수가 있다.

미국 뉴욕의 롱아일랜드에는 백인들이 모여 사는 주택지구가 있다. 그곳 사람들은 자기네 동네에 누가 이사를 오는지에 대한 것까지 관여한다. 이 동네에는 단 한 명의 한국인, 단 한 명의 중국인도 없지만 일본인들은 살고 있었다. 부촌이라 부유한 일본인만 사는 것도 아니었다. 아마도 이것은 저자가 말했듯이 일본인은 각자가 알맞은 위치를 갖고 그것을 지킬 줄 알기 때문일 것이다. 깨끗하고, 질서를 지키고, 남에게 피해를 주지 않을 것이라는 기대가 은연중에 있지 않았을까.

나 역시도 비슷한 경험을 한 적이 있다. 유학시절 서로의 과제를 평가하는 간단한 테스트가 있었는데 좀 더 좋은 주제를 갖기 위해 일본인 친구와 약간의 신경전을 벌였다. 나는 당연히 그 친구가 나에게 가장 낮은 점수를 줄 거라 예상했다. 하지만 나의 예상을 깨고 제일 좋은 점수를 주었고, 나는 저격을 예상하고는 티 나지 않게 애매한 점수를 주었다. 성적을 확인하고 나서 나 자신이 약간 부끄러웠던 기억이 난다.

이 책에서 서구 사회 봉건주의에서 각 계급이 얼마나 폐쇄적이었는지, 그에 반해 일본은 그렇지 않았다는 것을 비유한 대목은 과연 백미이다. 일본엔 각각의 카스트, 즉 동일한 계급 안에서만 혼인을 해야 하는 강제 조항이 없었다. 다른 계급과의 혼인도 가능하거니와 이를 공인하는 수속도 있었다고 한다. 그 결과 부유한 상인이 하층 사무라이 계급과 합류되기도 했는데 이것이 서구 봉건사회와 판이하게 다른 점이라는 것이다. 서양의 봉건 사회가 붕괴된 것은 점점 치고 올라오는 중산 계급의 압력 때문이었다. 그리고 이 중산 계급이 자본을 토대로 근대 산업 시대를 지배하게 된다. 동서양을 막론하고 봉건 제도가 몸살을 앓고 있던 시기에 일본은 유럽 대륙의 여러 나라와는 다르게 계급 간의 이동을 승인한 것이다. 의외의 일이지만, 무엇보다도 이로 인해 귀족과 시민 계급 사이의 계급투쟁의 역사가 없다는 것에 우리는 주목할 필요가 있다. 두 계급의 제휴로 양쪽 모두에게 시너지가 발생했기 때문이었다. 물론 서구에서도 이런 식의 계급 간 동맹이 있었지만 여전히 계급은 고정성을 지녔다.

일본의 경우를 보자면 근대에 와서도 귀족 계급은 계속 보존되었다. 만약 일본이 계급 간 이동을 가능하게 하는 공인된 수단을 마련하지 않았다면 아마 불가능한 일이었을 것이다. 이렇게 사회 속의 유연함이 근대 일본 발전의 근간이 되었다는 것을 우리는 부정하기는 어렵다.

또 저자는 일본의 국민성이 형성된 과정과 배경을 밝혀내기 위해 문화를 총체적으로 분석했다. 앞서 말한 봉건사회의 위계체계와 메이지유신의 과정, 가족제도와 조상을 섬기는 것, 육아와 종교 분야에 이르기까지 전방위에 걸쳐 원인을 찾으려 느력한 흔적이 책 곳곳에 남아 있다.

또 하나 주목할 만한 것은 제5장 '과거와 세상에 빚을 진 사람'과 제9장 '인정의 세계'에서 일본인들만의 독특한 사회적 행위를 지배하는 도덕체계를 설명하는 대목이다. 일본인은 은(恩) 또는 은혜, 보은(報恩)이라는 것을 사람이 반드시 갚아야 하는 의무감을 동반한 혜택이자 부담으로 여긴다. 이것은 인간관계에서 나아가 개인과 국가의 관계에 대한 일본인의 관념 기초를 형성하고 있다. 그와 동시에 의리를 목숨보다 중요시하는 이유에 대해 설명하고 있다. 의리는 바로 자신의 명예와 직결되는 것이라고 여겨 이것을 더럽히지 않는 것이 중요하게 생각하고, 지키지 못했을 경우 자살하기도 한다. 할복은 바로 일본인의 '칼'의 성정을 대변하는 대표적인 예라 할 수 있을 것이다.

하지만 이렇게 명예나 의리, 덕에 대한 의지가 강했기 때문에 열정이나 욕망도 컸던 게 아닐까? 으리는 흔히 일본인과 일본문화라고 하면 예와 미를 떠올리기도 하지만 퇴폐적이고 왜곡된 성문화를 떠올리기도 한다. 저자 역시 '덕의 딜레마'라는 이름으로 이 내용을 다루고 있다.

극단적인 의무의 변제와 철저한 자기 포기를 요구하는 일본의 도덕률은, 당연히 개인적 욕망은 인간의 가슴속에서 제거해야 할 죄악이라고 낙인 찍을 것처럼 생각된다. 전통적 불교의 가르침이 그러하다. 그럼에도 불구하고 일본의 도덕률이 그처럼 관대하게 오관(五官)의 쾌락을 허용하고 있는 이중성은 의외라는 느낌을 준다. 일본은 세계 유수의 불교 국가 가운데 하나임에도 불구하고, 그 윤리는 이런 점에서 석가 및 불교 경전의 가르침과 두드러진 대조를 이룬다. 일본인은 자기 욕망의 충족을 죄악이라고 생각하지 않는다. 그들은 청교도적이지 않다. 일본인은 육체적 쾌락을 좋은 것, 함양할 만한 것으로 생각하고 있다. 쾌락은 추구되고 존경받는다. 그렇지만 쾌락은 일정한 한계 내에 머물러야 한다. 쾌락은 인생의 중대 사항의 영역을 침범해서는 안 된다.

즉 일본 사회는 모두가 무릇 지켜야 할 높디높은 도덕 기준을 정해 강제하는 것이 아니라 어떤 행위에 대해 내가 남으로부터 수치를 당하는가, 아닌가의 여부로 도덕성을 가름한다고 저자는 말하고 있다. 이처럼 죄와 악을 극복의 대상으로 삼는 기독교 열강들의 문화와 일본의 문화는 확연히 다르다. 일본인의 죄의식이나 악에 대한 개념을 저자는 온전히 인지하며 지적하고 있고, 책을 읽는 동안 내내 그의 정확한 시각에 놀라게 된다. 우리는 식민지 역사가 종식된 후에 일본에 대해 당시의 현상을 탐구하거나 잘못을 추궁하는 방향으로 연구를 진행했다. 그러나 어쩌면 우리도 일본인 자체에 대한 탐구가 필요한 것은 아니었을까 하는 생각이 들기도 한다.

패전 후의 일본을 다루고 있는 마지막 장에서 저자는 일본인은 상황에 따라 적응할 수 있다는 예견을 하고 있다. 전쟁의 패배로 그들은 그들이 선택한 군국주의에 대한 반성을 하게 되겠지만, 만약 군국주의가 성공한 사례가 있다면 일본은 자신들이 더 성공적인 사례를 보이려 할 것이라는 것이다. 또 세계가 평화주의로 물든다면 일본은 자기들이 평화주의의 모범이라는 것을 보이기 위해 애쓸 것이라고도 말한다. 이러한 판단의 근거는 일본인은 상황에 따라 반응하는 민족이며 실패는 단순히 수단의 잘못이 있는 것이지 악이나 죄의 개념에 의한 것이 아니하고 생각하기 때문이라는 것이다. 이것이 과연 정답일지 아닐지는 판단할 수 없겠으나 종전이후 일본이 국저사회에서 보여준 모습을 보자면 그렇게 빗나간 예측이라고 하기도 어려울 것 같다.

제2차 세계대전 당시 일본군에게 포로로 잡혔다가 풀려난 미군의 일화 중 재미있는 것이 있는데, 이 군인은 일본인이 자신에게 검은 종이를 먹였다고 진술했다. 검은 종이…… 바로 김이다. 당시 미국은 그만큼 일본을 모르고 있었다는 단적인 예라고 할 수 있겠다. 이렇듯 이 책을 통해 그 당시 일본을 바라보던 미국의 시각까지도 이해할 수 있다. 물론 이 책이 발간된 후 일본은 눈으로 확인할 수 없을 정도의 많은 변화를 겪었고, 따라서 일본인도 변했다. 책에서 말하는 남자아이와 여자아이에 대한 다른 훈육법도 이제 일본에서 거의 찾아보기 어렵다. 그러나 일본인의 근본을 이루는 정서, 그들의 역사관을 알기에 이보다 좋은 책을 나는 아직 찾지 못했다.

언제나 '가깝고도 먼 나라'라는 식상한 이름 속에 일본을 가두고 더 이상 탐구할 필요를 느끼지 못했다면 이 책을 들어 보길. 그리고 그 안에 숨은 일본을 알아가는 재미를 책상에서 느껴 보길 바란다.

세계사를 움직이는 다섯 가지 힘

최근에 읽은 인문서 중에 학생들에게 가장 많이 추천해 준 책 중 하나가 바로《세계사를 움직이는 다섯 가지 힘》이다. 저자인 사이토 다카시는 이미 일본을 넘어 우리나라에도 잘 알려진 학자이다. 그는 지식과 실용을 가장 잘 결합하고 있다는 평가를 받고 있다. 현재 메이지대학교 문학부 교수이기도 한 그는 나약한 교육이 나약한 인재를 만든다는 교육관에 따라 기본과 원칙을 중시하는 교육을 지향하기로도 유명하다. 나는 저자의 이러한 교육관에 전적으로 동의하는 사람으로서 그의 저술을 언제나 눈여겨보고 있었다. 그러던 중 작년에 세계사 전반과 문화와 경제, 사회를 넘나드는 저술을 한 권에 담아낸 책을 발표하여 나는 사뭇 반갑기까지 했었다.

사실 우리는 세계사의 유용성을 너무 쉽게 간과하는 듯하다. 세계사는 하나의 거대한 서사로 그 흐름을 한 번 이해하기만 하면 역사에 담긴 의미와 인과관계가 도표처럼 정리된다. 그러면 세계의 유구한 역사를 나만의 표로 머릿속에 집어넣을 수 있다. 단순히 따분하고, 알 필요 없다고 치부하기엔 아까울 정도로 쉬운 이야기인데 말이다. 아마 당장에는 필요 없다고 느낄지도 모른다. 하지만 지구는 둥글고 세상은 돌고 도는 것이기 때문에 역사책 속의 어느 페이지 몇 번째 줄이 필요한

순간이 반드시 오게 되어 있다. 머릿속의 백과사전식 지식이 필요하다
는 것이다.

세상은 점점 더 외골수보다 다방면에 능통한 사람을 원한다. 흩어
져 있는 지식들을 엮어낼 수 있는 사람, 그러한 백과사전식 지식을 펼
칠 수 있는 사람. 그런 사람이 될 수 있는 가장 좋은 출발점이 바로 세
계사 공부이다.

세계사는 생각해 보면 참 쉽게 우리에게 열려 있다. 그도 그럴 것이
책 몇 권으로 살지도, 만나 보지도 못한 나라의 역사와 국민성을 알 수
있다는 것이 참으로 놀랍지 않은가? 하지만 우리가 고리타분한 역사
해설에 너무 오래 매여 있었던 겻은 사실이다. 이렇게 새로운 시각, 새
로운 해석으로 세계 역사에 주석을 달아줄 새로운 인문서가 필요했다.
이 책이 그 자리를 대신할 수 있을 거라 믿는다. 우리가 세계의 역사를
알아야 하는 이유는 단지 과거를 뒤돌아보기 위한 것만이 아니다. 현재
의 문제에 대한 해답이 과거에 있기 때문이다.

시험이 아닌 다음에야 세계사로 눈을 돌리는 것이 쉽지 않을 것이
다. 하지만 그런 사람에게 더욱 《세계사를 움직이는 다섯 가지 힘》을
권해주고 싶다. 세계사를 관통하고 있는 큰 이슈들을 중심으로 역사 전
반을 날카롭게 분석할 뿐 아니라 인류가 지나온 자취를 펼쳐 보이며 다
양한 시각을 제시하고 있기 때문이다. 또 이와 동시에 우리 생활의 사
소한 것들이 어디에서부터 시작되었는지 알아가는 특별한 재미도 함께
느낄 수 있다.

나의 제자 가운데 독학으로 법률을 공부해서 사법시험에 합격한 사람이 있습니다. 나는 굳이 스타벅스를 고집하지는 않는 편이지만 그는 출근 전 그곳에서 한 공부가 대단히 효과적이었다고 말합니다. 그에 따르면 향상심을 북돋워주는 분위기가 공부에 큰 도움이 되었다고 합니다. 스타벅스는 어떻게 그토록 엄청난 기세로 승승장구할 수 있었을까요? 그것은 단순히 커피 맛 때문이 아니었습니다. 그보다는 현대인에게 뭔가 '특별하다고 느끼는 공간'을 지속적으로 제공하기 때문에 그들의 마음을 사로잡아 대단한 성공을 거머쥔 것이라고 할 수 있습니다.

첫 장에 나오는 스타벅스의 성공사례 분석부터 흥미롭다. 세계사와 스타벅스가 무슨 상관이 있냐고 생각할지도 모르지만 커피와 홍차는 세계를 양분하는 근대의 원동력이기도 하다. 그리고 그중에서도 미국에서 시작되어 바퀴벌레와 같은 번식력으로 전 세계에 퍼져나가고 있는 스타벅스의 성공은 단연 특별하다. 저자의 말처럼 근대부터 지금까지 전 세계는 각성의 검은 액체라는 커피를 발견하고 소비함으로써 잠들지 않는 산업사회로 들어왔고, 그로 인해 축적된 거대 자본은 또 다시 커피를 토대로 비즈니스화 되어갔다. 이렇게 커피와 홍차를 매개로 한 근대 산업사회와 세계 자본의 흐름을 저자는 알기 쉽게 훑어주고 있다.

저자는 세계사의 흐름에 중요한 역할을 한 다섯 가지 힘으로 욕망, 모더니즘, 제국주의, 몬스터(자본주의, 사회주의, 파시즘), 종교, 이 다섯 가지를 꼽는다. 앞서 스타벅스의 예를 들었던 것처럼 첫 번째로, 욕망은 커피나 홍차, 금, 철과 같은 물건을 떠나 특정 브랜드와 도시를 바탕으

로 하고 있다. 그리고 세계사에서 이것이 왜 그토록 중요한 의미를 갖
게 되는지도 분석하고 있다.

이어 고장 난 기관차처럼 가속도를 내 달리던 근대 문명의 딜레마
에 대해서도 작가는 날카롭고 독특한 통찰력을 보인다. 자타가 공인하
는 가장 근대적인 철학자인 데카르트의 영향으로 신체를 중요하게 여
기지 않던 유럽의 근대 사회가 왜 유독 바라보는 것, 즉 '시각'을 중요
시 했는지에 대한 원인을 밝혀낸 점이 흥미롭다. 저자는 이것을 '보다
—보여지다'라는 구조로 제시하면서 '보는 자'가 '보여지는 자'를 지배
할 수밖에 없는 메커니즘이 만들어진 과정에 대해 분석하고 있다.

> 중세에서 '성서'라는 지식을 지배하는 것이 모든 것을 지배하는 권력으
> 로 이어졌듯이 근대에서는 '시선'을 지배하는 것이 권력으로 이어집니다.
> 우리는 잘 의식하지 못하지만 시선에 의한 지배는 지금도 계속되고 있습
> 니다. 그 가운데 하나가 바로 '인공위성'입니다. 우리는 위성항법장치인
> GPS(Global Positioning System)나 위성방송 등을 편리하게 사용하면서도
> 그 본질은 제대로 알지 못하고 있습니다. 인공위성이 가진 힘은 우리가 생
> 각하는 것 이상으로 어마어마합니다. 첨단기술의 눈부신 발달로 지금은
> 인공위성을 통해 세계의 어느 곳이나 한눈에 감시할 수 있습니다. 냉철하
> 게 생각해 보면 이것은 참으로 무서운 일입니다.

'보다—보여지다'의 가장 단편적인 관계가 형성되는 곳이 바로 형무
소이다. 저자는 영국의 철학자 제레미 벤담이 제시한 무서울 만큼 합리

적인 감시 시스템 파놉티콘을 예로 든다. 한가운데 감시탑이 있고, 그 감
시탑을 둘러싸듯 도넛 모양의 수용동이 세워진 곳이다. 투명한 유리로
된 건물 안엔 독방이 있고, 죄수가 한 명씩 수감되어 있는데 방엔 불이
켜져 있어 일거수일투족이 노출된 상태라는 것이다. 죄수는 모든 것이
'보여지고' 감시탑에서는 그저 '볼' 뿐이다. 이렇게 되면 감시원이 없어
도 치안이 유지되고, 급기야는 중앙의 감시탑에 기도를 드리는 죄수까
지 나타난다. 저자는 이것을 두고 감시자가 '신'이 되어가는 과정이라고
표현하고 있다. 보여지는 쪽은 자신의 모든 것이 고스란히 노출되기 때
문에 점점 더 수동적이 되어가고 급기야는 차라리 대적할 수 없는 신적
인 존재로 상대를 숭배하는 것이 마음 편하다고 느끼게 된다는 것이다.

> "근대에는 한계가 있었다. 인간은 더욱 자유로워져야 한다"고 주장하고
> 나온 것이 '포스트모던'입니다. 중세에서 근대로 이어지면서 인간은 상당
> 히 자유로워졌다고 생각했는데, 곰곰이 생각해 보니 근대의 합리적인 정
> 신하에 사회는 거대한 관리 시스템이 되어버렸습니다. 따라서 기능주의,
> 합리주의만 추진해서는 안 됩니다. 그러한 반성에서 출발하여 탈근대를
> 지향함으로써 인간은 더욱 자유로워질 수 있다고 주장하는 것입니다.

저자는 포스트모더니즘에 대해 이렇게 말한다. 중세가 신을 중심으
로 하는 신성을 강조하고, 근대가 냉철한 이성을 중시했다면 현대는 인
간 내면의 감성을 가장 먼저 인정하는 시대라고. 그렇기에 보다 인간적
이고 인간의 생각을 이해할 수 있는 문화와 예술이 등장할 수 있었다

고. 하지만 그렇게 출발한 포스트모던이 얼마나 인간을 자유롭게 했는지에 대해 완전한 긍정을 할 사람이 몇이나 될까? 아무도 없는 감시탑처럼 우리는 스스로 발달된 과학 속에서 갇혀 관리당하고 있었던 것은 아닐까 생각해 보게 된다.

이 책을 통해 새롭게 알게 된 사실 하나는 바로 피라미드에 관련된 것이다. 제3장인 '제국의 야망사'는 우리가 알고 있던 피라미드의 근원을 완전히 뒤집는다.

> 피라미드는 강제적으로 노예를 시켜서 만든 것이 아니라 나일강의 범람으로 농사를 지을 수 없는 시기에 민중을 구제하기 위해 이루어졌던 일종의 공공사업이었습니다. 물론 현재의 공공사업과는 달리 종교적인 의미를 가졌지요. 하지만 그렇기 때문에 민중은 더욱 적극적으로 건설 과정에 참가했고, 그토록 대단한 건축물을 만들어낸 것입니다.

지금까지 우리는 피라미드가 왕이 자신의 기쁨을 위해 백성과 노예를 착취해 만들어졌다고 알고 있었다. 그런데 그것이 일종의 공공사업이었다니 놀랍지 않은가? 피라미드는 오랫동안 강제노동설의 정설로 여겨졌다. 이집트 파라오는 영혼의 불멸신앙이기도 했지만 태양신의 화신인 동시에 신관이기도 했다. 지배자인 동시에 신앙의 대상도 되었기 때문에 사람들은 일체감을 가지고 이 사업에 동참했던 것이다.

저자는 제국을 이끌어가는 사람의 특징을 파악할 때도 동양과 서양의 차이점을 들어 설명하고 있다. 사상의 기저에 종교가 깊게 자리한 동양 문화에서는 지배자를 뽑을 때 신의 지명이라는 개념이 크지만 서양에서는 연설을 잘하는 사람, 즉 민중을 설득하는 사람이 승자가 된다는 것이다.

나는 미국의 선거전을 볼 때마다 역시 미국에도 그리스 로마에서 시작되는 서양의 전통이란 것이 살아 있구나, 하고 생각합니다. 고대 그리스 로마 사회에서는 공공장소에서의 표현력에 의해 신임받는 민주주의의 기본적인 형태가 있습니다. 그것이 '연설'이라는 문화를 만든 것이죠. 서양에서는 그만큼 '말'에 대한 신뢰가 있다는 것이기도 합니다. 즉, 연설은 단순히 인기를 얻기 위한 것이 아니라 자신이 말로 한 것을 얼마나 실행할 수 있는가가 신뢰의 기준이 되는 것입니다.

저자는 동·서양을 아우르는 제국의 역사를 재조명하면서도 각기의 특성을 구성하는 모티브를 놓치지 않고 있다. 그리고 무력으로 다른 나라를 지배하는 것을 묵과하지 않는 국제사회에서도 제국주의는 여전히 사라지지 않는다고 말한다. 그 예가 바로 마이크로소프트사이다.

컴퓨터 시장에서 애플과의 패권 다툼에서 승리한 마이크로소프트사는 독주를 계속해 왔다. 지금은 구글이 그 견제 세력으로 성장하고 있지만 패권을 둘러싼 그들의 싸움은 과거 제국의 이미지와 다를 바가 없다. 모든 것을 장악하겠다는 야망을 지닌 제국주의의 본질이 사라지지 않는 한 이 경쟁은 글로벌리즘이라는 이름으로 계속될 것이라는 해석에 동감하는 사람들도 많을 것이다.

제4장에서는 '세계사에 나타난 몬스터'들 중 현대세계를 지배하는 자본주의가 거론되는데 저자는 여기서 중국을 '사회주의 몸체에 자본주의 바퀴를 달고 달리는 나라'라고 표현하고 있다. 중국은 소련을 따라 공산주의의 실현을 목표로 중화인민공화국을 수립했다. 사회주의 국가였지만 중국은 특유의 독재적인 시스템을 유지한 채 경제적으로는 자본주의를 받아들였다.

이에 따라 야누스처럼 기묘한 사회 시스템이 형성되었고 현재는 세계에서 따라올 국가가 없을 정도로 빠른 고속 성장을 하고 있다. 이렇게 정치적인 체제 면에서는 공산당 독재에, 경제적인 시스템 면에서는 사실상의 자본주의라는 이중구조를 가진 중국이 앞으로 어떻게 발전해 나갈지가 향후 세계사 흐름에 큰 영향을 미칠 것이라는 저자의 전망에 나 역시 동의한다. 그것은 중국 가까이에 있는 우리가 항상 중국의 발전을 예의주시해야 하는 이유이기도 하다.

마지막 장에서는 종교에 대한 담론이 펼쳐진다. 세계사의 중심에는 언제나 종교가 있었고, 유대교와 기독교, 이슬람교와 같이 오직 하나의 신만을 인정하고 믿는 일신교 삼형제가 거의 모든 인류 전쟁사의 주범이 될 수밖에 없었다는 기막힌 역사를 풀이하는 내용이 흥미롭다.

기독교는 '사랑'의 종교임에도 불구하고 이렇게 제국의 야망과 하나가 되었고, 이슬람교는 한편으로 관용적인 측면을 갖고 있으면서도 다른 한편으로 전 세계적인 분쟁의 불씨가 되고 있습니다. (……) 일신교의 힘은 강해서 기독교, 이슬람교는 결과적으로 세계의 여러 지역에서 받아들여졌고, 유대교도도 전 세계로 이주하게 됩니다. 그러나 그 결과 세계의 역사, 특히 전쟁의 역사의 대부분은 이 종교 삼형제의 집안싸움이라는 양상을 띠고 있습니다. 인류를 구원할 종교가 싸움의 원천이기도 했다는 점에서 인간세계의 복잡함을 실감하게 됩니다.

지금까지 각기 다른 다섯 장에서 저자의 말을 인용한 것만 보더라도 저자는 절대로 자신의 역사관을 이해시키려는 의도가 보이지 않는다는 것을 알 수 있다. 그의 문체는 '나는 그냥 그렇게 본다. 그런데 너는 어떠냐?'하는 물음이 숨겨져 있는 것만 같다. 그렇기 때문에 저자가 이야기하듯 늘어놓는 백과사전의 페이지들을 우리는 걸어가면서 한 장씩 읽어 내리고, 머리에 기억하고, 내 방식대로 평가하면 된다.

세계사를 움직이는 다섯 가지 힘이라고 제시된 것들이 과연 얼마나 실질적으로 세계를 움직였는지 평가해 보고, 저자가 부정적으로 느꼈던 부분이 현재의 한국에서 살아가는 나에게 어떻게 와 닿는지 대입해 보는 자발적 순간이 찾아온다면 나는 이미 세계를 바라볼 마음의 준비가 갖춰졌다고 생각한다.

흔히들 인문학에서 세계사 담론은 무의미하다고 말하며, 누군가의 견해에서 본 해석이 고착화될 것을 두려워하기도 한다. 그러나 우리가 단순한 사실의 평면적 열거에 불과한 세계지도 하나만을 가지고 그 안에 담긴 사실을 이해할 수 없듯이, 세계사는 필연적으로 누군가의 해석으로부터 출발해야 함을 부정할 수 없다. 그렇기 때문에 소설을 장르별로 읽듯이 인문학, 특히 세계와 역사를 해석하는 책들도 저자별로 골고

루 읽어 나만의 세계관을 확립하는 것이 중요하다.

세계로의 첫발을 떼기가 어려웠다면, 세계가 어떤 톱니바퀴로 굴러가 이곳에 도착했는지 궁금했다면, 오늘 이 책을 들어 읽어 보길 바란다.

그리스 로마 신화 이윤기, 웅진닷컴, 2000

중동의 평화에 중동은 없다 노암 촘스키, 송은경 역, 북폴리오, 2005

왜 세계의 절반은 굶주리는가? 장 지글러, 유영미, 갈라파고스, 2007

국화와 칼 루스 베네딕트, 김윤식 역, 을유문화사, 2008

세계사를 움직이는 다섯 가지 힘 사이토 다카시, 홍성민 역, 뜨인돌출판사, 2009

결정적인 책들

1판 1쇄 발행 2010년 11월 11일
1판 3쇄 발행 2011년 7월 1일

지은이 · 왕상한
펴낸이 · 주연선

책임편집 · 오가진
편집 · 이진희 정종화 김준하 박은경 김류미
디자인 · 정혜욱 홍세연
마케팅 · 장병수 윤우성
관리 · 윤석호 구진아

도서출판 은행나무
121-839 서울특별시 마포구 서교동 384-12
전화 · 02)3143-0651~3 | 팩스 · 02)3143-0654
등록번호 · 제 10-1522호(1997. 12. 12)
www.ehbook.co.kr
ehbook@ehbook.co.kr

잘못된 책은 바꿔드립니다.

ISBN 978-89-5660-371-1 03810